T0248478

Los contemplativos

PABLO d'ORS

Los contemplativos

Galaxia Gutenberg

Publicado por
Galaxia Gutenberg, S.L.
Av. Diagonal, 361, 2.º 1.ª
08037-Barcelona
info@galaxiagutenberg.com
www.galaxiagutenberg.com

Primera edición: septiembre de 2023

Preimpresión: Maria Garcia
Impresión y encuadernación: Sagrafic
Depósito legal: B 12668-2023
ISBN: 978-84-19738-05-9

Advertencia

Los relatos que conforman esta colección son susceptibles de, al menos, tres tipos de lectura: la del puro entretenimiento, la literaria o artística, y la más profunda o espiritual, cuyo propósito sería el autoconocimiento y, en definitiva, el crecimiento personal. El primer tipo de lectura, tan legítimo como los otros, pone la atención en las anécdotas. El segundo, para los amantes de la literatura, en la expresividad o elocuencia de las formas. El tercero, en fin, en el fondo de la cuestión, el núcleo al que apunta.

Este tercer tipo de lectura y, sobre todo, la aplicación personal a la que invita, es, evidentemente, el más interesante y jugoso. Si te decides por esta última propuesta, cerciórate de que lees estas historias *como si estudiaras un libro de medicina: tratando de averiguar si padeces alguno de los síntomas que en él se describen.*

Mientras gestaba estos *Cuentos contemplativos* –título del que partí–, pensaba en las pistas que ofrecería a sus lectores para que pudieran trabajar en ellos, tanto a nivel personal como grupal. Esas pistas o consignas podría resumirlas en estas cuatro:

1. Haz una breve sinopsis del relato, centrándote sólo en los sucesos o acontecimientos.
2. ¿Cuáles han sido los dos o tres momentos de esta historia que te han tocado emocionalmente más o que consideras más memorables?

3. Atendiendo a la categoría sobre la que este relato trabaja (cuerpo, vacío, sombra, contemplación, identidad, perdón o vida cotidiana), ¿cuál dirías tú que es la propuesta del autor?

4. Confróntate personalmente con esta narración. ¿Dónde estás tú? ¿Qué te están diciendo estos personajes y estas situaciones sobre tu vida?

En uno de sus maravillosos libros, el famoso Anthony de Mello, primer maestro espiritual del que tuve noticia, escribió, a modo de prefacio, esta «advertencia», que me permito transcribir como pórtico para mi propio libro.

Resulta bastante misterioso el hecho de que, aun cuando el corazón humano ansía la verdad –pues sólo en ella encuentra liberación y deleite–, la primera reacción de los seres humanos cuando finalmente da con ella sea de recelo y hostilidad.

Por eso, mismo, los maestros espirituales de la humanidad –tales como Buda o Jesús– idearon un recurso para eludir la oposición de sus oyentes: el relato. Ellos sabían bien que las palabras más cautivadoras que posee el lenguaje son: «Érase una vez...»; y sabían, de igual modo, que, si bien es frecuente oponerse a una verdad, resulta imposible resistirse a un relato.

Viasa, el autor del Mahabharata, dice que, si escuchas con atención un relato, nunca volverás a ser el mismo, puesto que ese relato se introducirá en tu corazón y, como si fuera un gusano, acabará royendo todos los obstáculos que se oponen a lo divino. Por eso, aunque leas los relatos de este libro sólo para pasar el rato, no hay ninguna garantía de que alguno de ellos no acabe deshaciendo tus defensas y explote cuando menos lo esperes. ¡Estás avisado!

EL AUTOR

Índice

El estilo Wu

I

A sus ochenta y ocho años, Lita Sanromán vivía en un piso muy modesto del edificio que yo mismo ocupo, en la calle Quintana, 22. No era una de esas personas a quien puedes olvidar con facilidad. Yo, desde luego, no creo que llegue a olvidarla nunca, ¿cómo podría?

–Es usted muy masculino. –Eso fue lo primero que escuché de sus labios, lo recuerdo como si me lo estuviera diciendo ahora mismo.

Acababa de entrar al portal de nuestro inmueble y ella, que me había visto desde el ascensor, había tenido la deferencia de esperarme. Durante el trayecto hasta el tercer piso, donde ella vivía, pude observarla a placer. Lita Sanromán era una apacible anciana de cabello muy blanco y abundante. Tenía la comisura izquierda de la boca ligeramente caída, como si hubiera padecido algún tipo de intervención quirúrgica, lo que en absoluto eclipsaba su luminosidad. Esa fue la impresión que me dio en aquel instante, y que más tarde confirmé repetidas veces: la de ser una mujer radiante, iluminada por su gran fuerza interior.

Pese a tener casi noventa años, había en su movimiento una sorprendente ligereza y flexibilidad. Se había presentado sin quitarme ojo y me había sonreído dejándome ver sus dientes. A decir verdad, no había un instante en que Lita no estuviera sonriendo; y ahora puedo decir que no he conocido una mirada tan dulce como la suya, ni una simplicidad más sobrecogedora, ni un corazón tan noble.

—¿Masculino? —me atreví a preguntar.

—Sí, masculino —me contestó ella, sin que pareciera que aquella situación, un tanto pintoresca, le incomodara lo más mínimo—. Conmigo no se haga el ingenuo. ¡No es que usted sea mi tipo, no se vaya a creer! —Tenía ochenta y ocho años, repito, y yo, en aquella época, treinta y uno—. Pero no me diga que no es consciente de sus encantos: manos pequeñas y viriles, labios sensuales de cubano…

¿Manos viriles, labios… de cubano…? Aquella desconocida… ¡había conseguido dejarme fuera de juego en el primer *round*!

—No es que se parezca a Denzel Washington o a Charles Bronson, por poner un par de ejemplos claros —continuó Lita, y su sonrisa se hizo, si cabe, aún más abierta—. Pero le cito a estos archiconocidos actores para que se haga usted una idea. —Me miró de arriba abajo, como yo mismo la había mirado a ella poco antes—. Alguien como usted… —y una vez más me dejó ver sus dientes— debe tener mucho éxito con las mujeres, ¿me equivoco?

Llegamos al tercer piso y, como iba cargada con unas grandes bolsas, me presté a ayudarla.

—Puedo sola —replicó ella—, pero si tiene el gusto…

Fue así como entré en la vivienda de Lita Sanromán y como comenzó mi extraña amistad con esta insólita y venerable anciana.

*

Nos recibió doña Candelaria, a quien Lita llamaba Candy. Fuera por su aspecto, visiblemente más joven que el de Lita, o por sus modales, menos aristocráticos, enseguida pensé que sería una empleada, pues la señora de la casa, dada su edad, requeriría sin duda de ciertas atenciones. Nada de eso, me equivoqué de medio a medio. Según sabría más adelante, era más bien Lita quien cuidaba de Candy, y ello pese a ser esta unos veinte años más joven.

Apenas hubo presentaciones, aunque algo tuvo que suceder para que de pronto, sin saber cómo, me encontrara sentado en una coqueta sala de estar ante un plato de pastas y una gran jarra de té helado. Tras servirnos a Candy y a mí el té en unos grandes vasos de cristal tallado, Lita Sanromán, que nada más entrar se había puesto un chándal de color azul fluorescente, alzó sin venir a cuento ambos brazos muy despacio, como si cogiera impulso para echarse a volar. Aquello me dejó perplejo, por supuesto, pero no dije nada, no me atreví. Admito que consideré la posibilidad de que aquella pobre mujer no estuviera, después de todo, en sus cabales y que, como no sería de extrañar, padeciera demencia senil. Su mención a Charles Bronson y a Denzel Washington me empezaba a cuadrar. De modo que guardé un silencio circunspecto hasta que el gesto se repitió. En efecto, al coger la servilleta para limpiarse la comisura de sus labios –justo aquella que tenía caída–, Lita elevó de nuevo ambos brazos, otra vez como si se dispusiera a volar. En esta segunda ocasión –lo confieso– me sentí francamente incómodo. ¿Debía hacer algún comentario o, más bien, como poco antes, mantenerme callado? Pero mi dilema se disipó en el acto.

–Es mi hora –dijo Lita y, sin permitirme que arguyera alguna excusa con la que retirarme, puso sus labios en forma de piñón y dio un paso al frente, poniendo su pie, que en algún momento se había descalzado, en la alfombra que presidía aquella coqueta salita de estar.

Como si hubiera entrado quién sabe dónde, Lita alzó entonces la barbilla con suma elegancia, casi con soberbia, y empezó a levantar uno de sus brazos como yo le había visto hacer poco antes, tras servir el té helado en los grandes y gruesos vasos de cristal tallado. Era como si se dispusiera a danzar; pero no, no era una danza, sino unos movimientos de taichí, como ella misma me explicaría en cuanto terminó aquella primera tabla, la primera de las muchas que le vería realizar en los días siguientes. Ni que decir tiene que asistí maravillado a la ejecución, siempre con absoluta seriedad y conmovedora elegancia, de aquella tabla, y que, en cuanto la acabó, no me resistí a aplaudir.

–Es admirable –no podía por menos de felicitarla–. Lo hace usted... –y me pensé cómo calificarlo– ... maravillosamente. Por un momento creí estar en un ballet –dije también, puesto que al verla moverse con tanta delicadeza como ensimismamiento se me había venido a la cabeza la imagen de una mariposa.

–El taichí me salvó la vida –fue la respuesta de Lita, dicho lo cual tomó asiento de nuevo a mi lado mientras Candy, silenciosa hasta ese momento, rellenó por segunda vez mi vaso de té helado.

–Algún día le contaré, si así lo desea, cómo me aficioné a este arte marcial. –Y tuve la impresión de que Lita, aun sentada, quizá por el ligero balanceo de sus hombros, seguía practicando su arte marcial.

Sí, aun sentada y quieta –aunque aquella anciana nunca estaba lo que se dice quieta–, Lita Sanromán me hizo pensar siempre, fuera por su distinción natural o por la fragilidad que irradiaba, en una mariposa. Eso era: Lita Sanromán fue para mí, desde el mismo día en que la conocí, una bonita mariposa azul.

2

Fuera porque mi elogioso comentario hubiera podido animarla o porque también para ella había llegado la hora de sus ejercicios diarios, el caso fue que Candy, que se había ausentado sin que me diera cuenta, apareció de repente, ataviada también ella con un chándal, si bien esta vez de color naranja. Con un aspecto tan desenfadado como juvenil, aquella mujer, que no llegaría a los setenta, se descalzó en silencio, como poco antes había hecho Lita y, sin preámbulo de clase alguna, entró también en la alfombra, que, evidentemente, servía como espacio para el ritual. Lita se unió enseguida a su compañera y, sin saber cómo, me encontré de pronto ante dos mujeres que danzaban ante mí y que lo hacían con tal armonía y compenetración que las dos me parecieron a veces sólo una. Eran –¿cómo decirlo?– dos mariposas revoloteando –la naranja y la azul– en aquella inesperada primavera que se había desatado en su vivienda de la calle Quintana, 22.

–Me meto tanto en el movimiento –me dijo Candy algo después– que cuando hago taichí me olvido de todo lo demás.

Lita la escuchaba con suma atención, como si fuera la primera vez que oía algo similar. Fue entonces cuando me di cuenta de que aquella mujer había tenido que ser muy bella de joven, antes de que la operaran y quedara con la comisura izquierda del labio caída.

–Todo deja de existir para mí cuando practico taichí –continuó Candy.

Al oír esto pensé en cómo sería eso de que todo, todo en absoluto, dejase de existir cuando uno se sumerge en una actividad. Algo así sería sin duda deseable, pero ¿sería realmente posible?

–Debería usted probar –dijo Candy rellenándose ella misma el vaso de té helado, por cierto delicioso–. Debería usted unirse a nuestro grupo –me invitó con suma amabilidad, a lo que yo reaccioné mostrándoles las palmas de mis manos, para declinar su invitación.

Ambas se echaron entonces a reír alegre y ruidosamente. Aunque no pude comprender el motivo de aquellas risas, tan fogosas, al cabo terminó por hacerme gracia su manera de reír y también yo las acompañé, aunque sin motivo alguno, sólo por el gusto. Sólo para manifestarme de acuerdo con la vida. Hacía mucho tiempo que no me reía así, tan desenfadadamente. A decir verdad, ¡hacía mucho tiempo que no me sentía tan feliz! ¡Y sólo por compartir un té helado con aquellas dos ancianas, tan risueñas!

—Veo que se lo ha pasado usted bastante bien —me dijo Lita algo más tarde, cuando me acompañó hasta la puerta de su vivienda, terminada aquella alegre velada—. Vuelva mañana, si lo desea.

—Volveré —respondí, y así lo hice, pues había disfrutado como un niño.

De no haberme preguntado si tenía que marcharme, es probable que hubiera permanecido con ellas todavía un buen rato en aquel cálido saloncito. De modo que aquella misma noche, ante el espejo de mi cuarto de baño —sí, sí, lo admito—, ensayé alguno de los movimientos de taichí que había presenciado poco antes. Pero abandoné la intentona enseguida, ¡me parecía estar haciendo el ridículo!

El caso es que supe que Lita y Candy tenían un grupo de taichí y que, gracias a la gentileza del portero —a quien yo conocía bien—, se reunían cada jueves en el patio interior de nuestro inmueble. Me sorprendió no haberles visto nunca, pese a vivir en el mismo edificio.

—En primavera y en verano practicamos ahí —me explicó Candy—. Pero en otoño e invierno lo hacemos en el propio portal. Venga una tarde a vernos —me insistió—, le gustará. Lita es una verdadera profesional.

—Pero ¿usted imparte clases? —quise saber, dirigiéndome a mi anciana vecina, pero sin estar todavía seguro de no encontrarme ante la alocada imaginación de un par de pobres demenciadas.

No, nada de eso. Lita Sanromán impartía verdaderamente aquellas clases.

—Comenzamos con la enseñanza sólo tres —me explicó, ella siempre utilizaba el término *enseñanza*–. En aquellos comienzos —y echó una de sus manos hacia atrás, como indicando que desde entonces había llovido mucho—, podíamos practicar aquí mismo —y señaló el saloncito— o en casa de nuestra Vicenta —una de sus alumnas.

Por alguna razón que no pude averiguar, siempre que hablaban de la tal Vicenta se referían a ella con el *nuestra* delante.

Como no habían encontrado un local que las acogiera sin cobrar, con el permiso del portero y de la comunidad de vecinos, practicaban el taichí en el mismo portal de la vivienda, que era bastante espacioso.

—¿En el portal? —pregunté yo, bastante atónito.

Sentía curiosidad y, al jueves siguiente, a la hora convenida, asistí efectivamente a la llamada enseñanza.

*

Pude verlo todo con mis propios ojos.

Ataviada con su inevitable chándal azul, tan fluorescente que echaba para atrás, Lita Sanromán realizó con sus alumnas la misma tabla que yo le había visto realizar en su casa, sobre la alfombra.

Sobre esa alfombra tenía que haberme explayado antes, puesto que captó mi atención desde que la tuve ante mis ojos. Debo advertir que la vivienda de Lita y Candy no destacaba por nada en particular, salvo —acaso— precisamente por aquella alfombra ocre que, por lo demás, era parecidísima a la que habría podido encontrarse en cualquier otra vivienda. Entonces, ¿cuál era su particularidad? Pues que sobre ella no había ningún mueble y que, desnuda como estaba, presidía silenciosa y soberana aquel cuartito de estar.

Hablé con Lita y con Candy sobre aquella alfombra, y enseguida comprendí cuál era su función.

–¡Cuidado no la vaya a pisar! –protestó Lita al advertir que, para dejar sus grandes bolsas en la cocina, aquel primer día me disponía a cruzar aquella salita por el medio, no por los lados, como ella misma acababa de hacer–. Es nuestro territorio –arguyó, inclinando la cabeza y solicitando mi comprensión.

–¿Vuestro territorio? –quise saber.

Pero eso sólo me lo explicaron después, cuando vi cómo aquellas mujeres practicaban su taichí. Allí, en aquella alfombra, era donde ambas se transformaban, por obra y gracia de aquellos suaves movimientos, en esos seres alados, tan delicados, que a mí me habían hecho pensar en una primavera improvisada llena de mariposas azules y naranjas.

–El taichí es muy bueno –me dijo Lita al término de aquella sesión, la primera de las muchas en que tomaría parte–, pero mejor aún que el taichí –y me brindó una de sus húmedas sonrisas– son las personas.

Las personas, sí, puesto que a Lita Sanromán, según pude verificar, le encantaban las personas. Tampoco era como para extrañarse, puesto que resultaba imposible llevarse mal con ella. Lita sonreía en todo momento, dijeras lo que dijeras. No fallaba. No hubo día, ni uno solo, en que la viera de mal humor. Reía con frecuencia, una risa contagiosa como no he escuchado otra, y se deslizaba por la vida, y entre sus gentes (y deslizarse es aquí el verbo adecuado), con tanta familiaridad como espíritu de aventura. Esta extraña combinación entre aventura y familiaridad era, seguramente, la clave de su permanente buen humor. Y ese buen humor, junto a sus clases de taichí, hizo posible que Lita fuera conociendo a todas las vecinas de nuestro inmueble. Sabía sus nombres y los nombres de sus hijos, sabía de sus problemas personales y de sus necesidades más perentorias. No es que se esforzara por resultar amable. Era, más bien, que retenía lo que le contaban, pues le interesaba de verdad. Antes de salir de su casa, por ejemplo, si tenía que bajar a la calle a por algo, Lita Sanromán se ofrecía a las más mayores (todas más jóvenes que ella, por cierto), por si alguna necesitaba que les trajera alguna cosa del mercado o, simplemente, para saludarlas y saber que estaban bien.

—¡No me cuesta nada! —me dijo cuando le pregunté por este hábito—. Es bueno socializar —me dijo también, y me guiñó un ojo buscando mi complicidad.

No estoy acostumbrado a que los ancianos me guiñen un ojo. No creo que esto sea algo muy habitual.

3

Lita Sanromán realizaba metódicamente sus tablas de taichí dos veces al día, por la mañana y por la tarde, en sesiones de unos veinticinco minutos. Ver a una anciana tan disciplinada y, sobre todo, tan grácil y flexible, impresionaba a cualquiera. Con todo, no fue esto lo que más me impactó, sino comprobar cómo, a lo largo del día, y diría que en los momentos más inesperados, Lita realizaba alguno de aquellos movimientos de taichí para así acordarse de cómo debía mantener siempre la actitud recogida y atenta que se enseña en las artes marciales. Así las cosas, cuando se sentaba a la mesa para desayunar, por ejemplo, cuando extendía la mano para servirse la leche, sin venir a cuento, en lugar de tomar la jarra, Lita giraba su cuello, lenta y elegantemente, o levantaba el brazo para bajarlo poco después, siempre muy despacio, como si fuera una directora de orquesta. O abría el armario ropero y, quién sabe por qué motivo, ponía los dedos en forma de pico de pájaro; o se ponía de puntillas, como si más que una anciana al borde de los noventa fuera una bailarina con dieciséis. ¡Había que ver a Lita cuando alzaba los brazos! En esos momentos me maravillaba sobre todo la posición de sus manos, siempre con la inclinación justa, siempre con admirable suavidad. La atmósfera se electrizaba cuando aquella venerable anciana practicaba el taichí, todos lo notaban.

Todos, sí, puesto que aquel jueves, el de la primera clase a la que asistí, comprobé satisfecho que yo no era el único, ni mucho menos, que sentía admiración por aquella mujer. Cuando Lita y Candy me hablaron de sus clases, no sé por qué pensé que no las frecuentarían más de siete u ocho personas, nueve a lo sumo. Nada de eso, aquel jueves –el primero de los muchos que seguirían– se juntaron no menos de veinte, todas mujeres menos un varón, pero tan entregado ese al taichí como cualquiera de sus compañeras. Ninguna de todas aquellas mujeres era lo que se dice mayor –como también había imaginado, tontamente–, sino de todas las edades, pero sobre todo jóvenes. Quedé gratamente impresionado, por otro lado, al constatar la inmensa deferencia con que aquellas jovencitas trataban a su maestra, enmudeciendo en cuanto ella entraba al patio, por ejemplo, pero también obedeciendo la menor de sus consignas y brindándose para todo lo que pudiera necesitar. Viendo a todas aquellas mujeres ahí, moviéndose a cámara lenta, creí encontrarme por un momento en plena naturaleza; y una vez más sentí el impulso de practicar taichí yo mismo, si bien, por una u otra razón, terminé por desistir. No estaba preparado, me daba vergüenza; y preferí asistir, como simple espectador, al suave vuelo de todas aquellas mariposas, alineadas y guiadas por Lita, la mariposa-reina.

–¿Se va a apuntar? –me preguntó el único alumno varón al término de aquella sesión, la primera a la que acudí.

–¡No, no! –respondí yo, como si hubiese recibido una propuesta deshonesta–. Sólo he venido a mirar –dije también, mientras que aquel caballero de mediana edad y suave sonrisa se colgaba a su espalda una mochilita.

–Me he hecho una amiga de ochenta y ocho años –les dije aquella misma tarde a mis amigos Víctor y Ferrer.

Como no comentaron nada, me atreví a dar un paso más.

—Estoy pensando en apuntarme a un grupo de taichí –les dije también, aunque en realidad nunca había pensado en nada semejante.

—Yo no soporto el taichí –sentenció Víctor.

*

Aunque basta que entre en un lugar para que sienta deseos de marcharme, algo había en casa de Lita y Candy que siempre me retenía a su lado: su amabilidad, posiblemente, o la amenidad de su trato, quizá fuera eso, o acaso la suavidad de sus modos y lo mucho que ambas se reían por las más absurdas insignificancias, logrando contagiarme de su infantil hilaridad. Quiero decir que no sé bien qué es lo que en realidad me llevaba cada tarde a esa casa, pues nunca, nunca, me decidí a practicar el taichí. Sin embargo, yo no era el único del vecindario fascinado con la personalidad de esta anciana, como prueba que eran muchas las veces en que me encontraba en su casa con don Jesús Antonio, el párroco. Claro que él tenía la excusa de llevarle el santo sacramento, de acuerdo; pero ¿cómo explicar que se quedara luego tanto rato, cuando ya había terminado sus servicios?

Recuerdo la mañana en que le conocí.

—¡Es don Jesús Antonio! –voceó Candy desde la puerta, pues era ella quien le había abierto.

Como comprobaría acto seguido, se trataba de un hombre poco más o menos de mi edad. Vestía unos vaqueros, unas deportivas y una camisa a rayas. El joven párroco entró en el saloncito y me saludó con extrema familiaridad, como si me conociera de toda la vida; luego se apoltronó en una de las butacas en una postura que estimé muy poco sacerdotal, mientras esperábamos a que Lita saliera de su habitación, de donde llegó al cabo con los labios ligeramente pintados.

Escuché cómo aquel sacerdote invitaba a Lita a que viniera a su parroquia a dar allí sus clases de taichí. Me gustó lo que le contestó:

—Mejor vamos a quedarnos aquí. —Y puso su mano en el brazo del clérigo, tratando de consolarle—. Aquí estamos muy bien. Nos ve la gente que pasa por la calle y... algunos se quedan.

Lita tenía razón. Yo mismo vi cómo algunos transeúntes se paraban ante el portal, asombrados de que allí se impartieran aquellas clases. Y constaté cómo más de uno no se conformaba con mirar, sino que entraba y preguntaba si había algún modo de inscribirse.

Aunque eran muchos los días que iba a misa a primera hora, Lita quiso asegurarse de recibir la Comunión a diario, por lo que se había apuntado en su parroquia a una lista para que se la trajeran a casa. Al estar allí presente, pude ver cómo se preparó para recibir la Eucaristía: no con un rato de devoto silencio o recitando una plegaria —como es probable que haga la mayoría de los feligreses—, sino precisamente, y para mi sorpresa, con algunos suaves movimientos de taichí.

—No se preocupe —me dijo poco antes de empezar con aquella tabla—, en esto no tardo más que en lo que se recita un Credo. —Y, en efecto, terminó en poco más de un minuto.

—El Cuerpo de Cristo —oí decir al párroco, con la sagrada Forma en la mano, cuando ella hubo concluido su preparación.

Lita sacó la lengua para recibir a Jesús sacramentado y sí, os lo juro, unió los dedos de sus manos, imitando el pico de un pájaro, para, al fin, quedarse recogida y en silencio, con esas manos suyas, todavía en forma de pico, dulcemente cruzadas en el pecho.

4

Aquella fue la primera vez en que me di cuenta de lo muchísimo que disfrutaba Lita Sanromán con cualquier cosa: no había nada en este mundo que no le produjera un inmenso placer. Debo advertir, sin embargo, que ella no diferenciaba entre el placer corporal y el espiritual, como sí suele diferenciar el resto de los mortales. No, para Lita ambos eran el mismo y único deleite. No cabía alegría sin placer; y el placer, fuese provocado por una u otra causa, la llenaba de una alegría infinita.

—Disfrutando. —Esa era siempre la respuesta de Lita cuando se le preguntaba qué tal estaba.

Porque aquella mujer disfrutaba del baño que se daba muchas mañanas en la piscina del Canal, algo a lo que no renunciaba por nada en el mundo; disfrutaba enormemente de la conversación con sus vecinas, a quienes no dejaba de saludar cada día; disfrutaba incluso de ir a la compra (la conocían bien en el supermercado); de abrir el buzón y ver que había una carta —eso la hacía muy feliz—; de la colonia que se ponía en el cuello —pues nunca renunció a ponerse guapa—; del olor a limpio de la ropa, eso le encantaba. Sí, Lita Sanromán disfrutaba de todo lo imaginable; era una maravilla. Un cielo límpido y azul le privaba, pero también el cielo encapotado tenía para ella su poesía. Eso —lo de la poesía del cielo nublado— se lo oí decir muchas veces. El sol del verano la volvía literalmente loca de contenta, pero también la lluvia del otoño y el granizo del invierno. Una buena charla sobre los beneficios del taichí la saboreaba como nadie, pero también apreciaba mucho el silencio, en el que se recogía a menudo con total simplicidad. Todo le gustaba tanto que aquel día ya no lo resistí más y tuve que preguntarle por su secreto.

—Yo sigo siempre un principio —me dijo cuando don Jesús Antonio se hubo marchado.

—¿Cómo un principio?

—Si tienes deseo de hablar, cállate. Nunca falla. Siempre compruebo luego que es mucho mejor callarse que hablar.

E hizo un nuevo silencio, acaso porque sentía deseos de hablar.

—A este mundo hemos venido a disfrutar —continuó al fin, estimando, seguramente, que esto que iba a decirme merecía la pena—. No disfrutar de las personas que están a nuestro lado y de las cosas que tenemos a nuestra disposición es lo único que ofende a Dios —me dijo también, y ese fue el único instante en que dejó de sonreír—. Lo malo —dijo todavía— es nuestra falta de atención. —Y asintió, como ratificándose en lo que había dicho y, por supuesto, disfrutándolo.

Lita Sanromán tenía su secreto, por supuesto: llevaba treinta y ocho años, desde los cincuenta y uno, haciendo taichí todos los días.

—Antes de practicar taichí no disfrutaba de casi nada —me reconoció—. Entonces todo me preocupaba, como a todo el mundo.

Pero en aquel momento no me explicó mucho más, puesto que lo suyo no eran las explicaciones. Ella se limitaba a disfrutar y dejaba las explicaciones del disfrute o de lo que fuera para gente como yo, los profesores. Porque yo, dicho sea de paso, soy profesor en un instituto de segunda enseñanza, donde doy clases de dibujo.

*

Lita Sanromán solía empezar sus tablas de taichí abriendo la mano derecha y girándola como si estuviera desenroscando una tuerca, eso era casi siempre lo primero. Lo segundo que hacía era alzar ambos brazos en paralelo, para acto seguido bajarlos con suavidad, como si imitara el vuelo de un pájaro. Con las manos a la altura de las caderas y las piernas abiertas, hacía después círculos con su tronco en ambos sentidos. Esta primera parte de la tabla concluía con un pequeño masaje en las rodillas, que giraba tres veces en un sentido y tres en su contrario. De nuevo abría entonces las piernas, esta vez en lo que llamaba la postura de «mabu», es decir, en una suerte de sentadilla. Aquel era un movimiento que, según aseguraba, ayudaba a la salud cardíaca, quizá el que más de los muchos que componían aquellas tablas. Como muchos de los que vendrían después, aquel ejercicio terminaba con una sacudida de manos y piernas, soltando de este modo cualquier clase de tensión que allí hubiera podido acumularse. Tras poner las manos en *gassho*, esto es, a la altura del corazón y como si estuviera rezando, empujaba acto seguido hacia los lados, como si allí hubiera una pared que le ofreciera resistencia. Claro que para memorizar todos estos movimientos tuve que presenciarlos varias veces, llegando en ocasiones a tomar alguna nota, cosa que Lita consideraba del todo inútil. En su opinión, todo lo iría memorizando de forma natural, a fuerza de práctica. Ella había aprendido con Izumi Onka, una de las más reputadas maestras de taichí afincadas en España.

—A la hora de levantar los brazos, Izumi Onka se ponía siempre de puntillas —me advirtió Lita, recalcando la importancia de este detalle.

Pero el ejercicio que yo prefería por encima de todos era cuando colocaba una mano a la espalda intentando darle alcance con la otra, realizando enseguida lo mismo pero en sentido inverso, en un bonito juego de caderas.

—Pero ¡no son movimientos tan lentos como los que yo había visto en el taichí! —protesté, a lo que ella me contestó que yo estaba pensando en el estilo Yang, el más popularizado en Occidente, pero que ella practicaba el estilo Chen, mucho más dinámico.

—Sin embargo, cuando estoy en el autobús o, incluso, en la cama, practico también el estilo Wu —agregó—, de movimientos casi imperceptibles, realizados con extrema lentitud. Si me viera realizarlo, ¡usted ni siquiera se daría cuenta de que lo estoy practicando! Es muy sutil, es casi un taichí mental, pero… –y batió palmas– ¡lo disfruto!

–Estilo Wu –recapitulé–. Tan lento es más difícil.

–La lentitud es la verdadera conquista –me respondió–. Los alumnos deben acostumbrarse poco a poco a esa desesperación a la que no pocas veces sucumben los occidentales ante la lentitud.

–Pero todo esto… –quise saber, un poco cansado de la intensidad de aquella lección–, ¿todo esto… para qué sirve?

Para mi sorpresa, en cuanto pregunté aquello, Candy y Lita empezaron a troncharse de la risa. Según sabría más tarde, habían hecho apuestas en torno a cuánto tardaría yo en formular aquella cuestión, la de la utilidad, al parecer inevitable.

–¡Sirve para todo! –esta vez fue Candy quien me contestó, mientras se recomponía su maquillaje–. Pero si tuviera que decirlo en una palabra, esa palabra sería flexibilidad.

–A usted, por ejemplo –continuó Lita–, el taichí le vendría fenomenal. Tiene que sufrir mucho de lo rígido que está.

Era verdad, tenía que reconocerlo: siempre he sido un tipo corporalmente bastante rígido, ya desde mi juventud.

–La flexibilidad es la clave del pensamiento y del amor –continuó Lita, cual improvisada maestra–. Ningún pensamiento rígido puede ser verdadero. Es difícil pensar bien si tenemos un cuerpo rígido.

Intenté procesar toda la información que aquella anciana me había proporcionado en unos pocos segundos. Sólo había dicho tres frases, pero estimé que necesitaba de cierto tiempo para sopesarlas como merecían y calibrar su valor.

–¡No lo piense! –me reprochó ella, pues advertía con facilidad cuando me escapaba de la realidad con el pensamiento–. Limítese a practicar y lo comprenderá mucho antes de lo que se imagina.

Hizo en aquel instante, sin previo aviso, el llamado movimiento del tigre, poniendo las manos en garra y lanzándolas hacia delante, al tiempo que exhalaba con fuerza, emitiendo un sonido salvaje. A este ejercicio solía seguir, en las tablas, el llamado movimiento antílope, con los dedos índice y meñique alzados y el resto recogidos, al tiempo que se levantaba uno de los talones en un medio giro.

–Un, dos, tres, cuatro y cinco –decía entonces la maestra–. ¡Cambio de pie! Un, dos, tres, cuatro y cinco... La mente debe estar alineada con el corazón –insistía.

Lita hablaba como quien no quiere la cosa, dulcemente, como si no tuviera importancia y, al tiempo, todo el mundo comprendía en el acto que aquello era decisivo y que, de un modo u otro, debía ejecutarse. Su forma de hablar, su tono de voz, sólo cambió el día en que me habló de su difunto esposo, don Matías. Nos habíamos sentado una vez más ante la mesita camilla de la sala de estar y Candy se nos unió enseguida, envuelta, como casi siempre, en su chándal naranja. La historia del difunto Matías me impactó.

5

–Pasé doce años cuidando de mi marido, que padeció esclerosis múltiple –fue así como Lita empezó su relato–. Sólo Candy sabe lo que le voy a contar –me dijo también, bajando mucho la voz, como si hubiera alguien, además de nosotros tres, que pudiera estar escuchándonos–. Semanas antes de que muriera, cogí la costumbre de besarle cada noche todas y cada una de las partes de su cuerpo: le besaba las cejas, siempre comenzaba por ahí; el ombligo, eso me encantaba; cada uno de los dedos de sus manos, sin olvidarme de ninguno; las orejas... También le besaba los labios, eso no hay ni que decirlo, el cuello, las rodillas... Le besaba las plantas de los pies y... –Era evidente que estaba recordando–. En los pies era donde más me detenía cada noche. Los pies de mi marido eran casi lo que más me gustaba de su cuerpo, ¿sabe? Eran unos pies preciosos, ¡tenía que haberlos visto! ¡Me sentía tan feliz besando a Matías de arriba abajo! Aunque para entonces –y el rostro se le volvió a ensombrecer–, él ya estaba con opiáceos y no se enteraba de casi nada.

–Se enteraba –glosó Candy, como si hubiera estado ahí presente mientras su mejor amiga besaba a su marido enfermo en todos los rincones de su cuerpo–. Estoy segura de que se enteraba –sentenció.

Lita se limpió los labios con una servilletita y prosiguió.

–¿Cómo puedes estar tan alegre?, me preguntaban muchos al verme tan feliz en medio de la larga y terrible enfermedad de mi marido. Pero a eso yo sólo sabía responder que cuando tienes un amor, un verdadero amor, el dolor ya no es dolor, deja de serlo.

Continuó explicándome, con bastante detalle, cómo había vivido la muerte de su marido, dejándome progresivamente más atónito.

–Al principio rezaba para que no se fuera de este mundo. Pero eso era porque todavía pensaba en mí. Poco después, cuando empecé a pensar sólo en él, recé para que se fuera, así que lo más probable es que tuviera al pobre Dios hecho un lío.

Miró por la ventana, como si estuviera recordando, y continuó:

–Recuerdo a Matías en todo momento con muchísima alegría; a decir verdad, lo tengo todo el tiempo conmigo. No se ha ido, ¿sabe usted?, no se ha ido en absoluto. Ahora mismo, aunque no lo crea, está aquí, puedo sentirle perfectamente y me resulta extrañísimo que los demás no lo percibáis. Y muchas veces me río con él, puesto que Matías y yo nos reíamos sin parar, ¿sabe? –Y dejó su vaso sobre la mesa para volver a mirar por la ventana, o en dirección a la ventana, pues quizá fuera ahí, en esa zona de la salita, donde sentía presente a su marido–. Durante las primeras semanas no me hacía a la idea de vivir sin él. Pero eso fue sólo hasta que comprendí que no vivía sin él, sino que él estaba conmigo, aunque de otra forma. ¿Recuerda cuando le dije que el taichí me salvó la vida? –me preguntó entonces.

Asentí. Sus mejillas estaban un poco encendidas.

–Pues sepa usted que al principio echaba mucho de menos a mi marido, pero que, al cabo de no sé cuánto tiempo, pude darme cuenta de que cuando practicaba el taichí…, ¡se aligeraba mi pena! –Y Lita se puso en pie, como si el mero recuerdo de aquella agradable ligereza la hubiera aligerado verdaderamente–. Una pena ligera es lo mejor que hay –dijo entonces, inclinando la cabeza hacia el lado derecho–. No se puede ser feliz sin una pena ligera. No es lo mismo tener una pena ligera que no tener ninguna pena en absoluto.

De pronto, como si yo hubiera conocido al difunto Matías, imaginé el cadáver desnudo de aquel hombre sobre una plancha metálica, atiborrado de barbitúricos y amado como nadie ha sido amado en este mundo. Aunque era un tipo muy voluminoso, calvo y con un bigotazo estilo mejicano –según me había contado Lita antes–, quién sabe por qué a mí me hizo pensar en Cristo. Esta imagen me sobrevenía con sobrecogedora nitidez cada vez que ella me contaba cualquier cosa de su difunto esposo.

*

Se hizo entonces entre nosotros tres –Lita seguía en pie, ligera como una pluma– un silencio muy largo, tanto que, durante algunos segundos, quizá minutos, me alejé mentalmente de aquella habitación y me puse a pensar, quién sabe por qué, en Irja-Luisa: una niña finlandesa, hija de un diplomático, de la que me enamoré perdidamente cuando tan sólo teníamos once años.

Ni Irja-Luisa ni yo sabíamos entonces qué era el amor —éramos demasiado pequeños—, de modo que, cuando estábamos juntos, nos limitábamos a mirarnos a los ojos y a, como máximo, cogernos de las manos. Me gustaba tenerla a mi lado. En medio de mi timidez, era feliz cuando la tomaba de la mano. Sentía un inconmensurable placer y una enorme alegría, y me parecía que no había en el mundo entero dicha mayor que la que yo disfrutaba. No es que en aquel momento lo pensara en estos términos, pero hoy puedo decir que eso era exactamente lo que sentía. A menudo nos sonrojábamos, ¡qué digo, nos moríamos de la vergüenza!

No me canso de decirlo: los once años es la edad de la plenitud. A los once años yo era un niño de poca estatura, el más bajito de la clase. Irja-Luisa, en cambio, era muy robusta, la más alta e imponente entre las chicas. Resultaba curioso cuanto menos que yo me hubiera fijado en una chica tan grande y que ella, por contrapartida, se hubiera encaprichado con el chico más bajito, que era yo. Pero era así como estaban las cosas. Ni que decir tiene que después de Irja-Luisa, mi primer amor, conocí a decenas de chicas, he perdido la cuenta; pero de ninguna de ellas —eso quiero decirlo aquí— me enamoré tanto como de aquella niña finlandesa.

El asunto fue que al escuchar la intensa historia de amor entre Lita Sanromán y su difunto Matías, me vino a la cabeza la de Irja-Luisa conmigo, tan lejana en el tiempo. Porque yo no había vuelto a pensar en aquella niña en al menos quince años, quizá más. Para mí era en aquel momento como si los quince años que habían transcurrido no hubieran pasado en absoluto. Como si yo fuera todavía ese niño de once años, enamorado sin saber lo que es el amor, y como si Irja-Luisa siguiera siendo para mí una posibilidad real, mi verdadera posibilidad. Ningún pasado se me ha presentado nunca como en aquel instante, con tanta nitidez. ¿Les pasan estas cosas a los demás o soy un caso único? Irja-Luisa –todo hay que decirlo– estaba hermosísima en mi ensoñación, dolorosamente hermosa. Fue así como pude calibrar, sólo entonces, la verdadera dimensión de mi pérdida. La historia de Lita y su marido me había recordado a Irja-Luisa con tanta fuerza que, de pronto, aquella niña estaba ahí, junto a nosotros, en medio de aquella habitación. Porque para mí se trataba de una presencia totalmente real, tan real como la de Candy y Lita, enfundadas en sus sempiternos chándales naranja y azul. Tal vez fuera una presencia incluso más real que la de aquellas mujeres, nunca me había pasado algo semejante: el pasado se había hecho de pronto presente, el niño que yo había sido revivía y reclamaba mi atención.

En cuanto aquella visión se esfumó, sentí en mi pecho, en forma de ardor, una terrible nostalgia por aquella niña. Y comprendí en un segundo que aquella historia de amor infantil había sido, a la postre, uno de los capítulos más decisivos de mi vida. Comprendí también que su partida del colegio –causada, probablemente, por un nuevo destino de su padre– había sido para mí, bien mirado, la mayor de las pérdidas. Y supe con una clarividencia total que Irja-Luisa había estado todos aquellos años en algún lugar de mi corazón, esperando el momento de hacerse presente. Ese momento había llegado por fin, gracias a la historia de amor que acababa de escuchar en labios de Lita Sanromán. Irja-Luisa había salido de su escondite y se había colocado, por fin, en el lugar que le correspondía, justo en el centro de mi corazón, al que yo, con los años, había perdido el hábito de escuchar. Es lo que sucede con las personas a las que amamos de verdad: que nunca se marchan del todo, que nos acompañan sin que nos demos cuenta. Que emergen de vez en cuando, si se lo permitimos, aunque sólo sea para recordarnos que existe el amor y que un día fuimos felices.

6

También Candy había perdido a su marido años atrás, y también por causa de la esclerosis múltiple (quizá había sido esa coincidencia la que había unido a ambas mujeres), si bien ella, por desgracia, no había encajado aquella pérdida tan bien como lo había hecho su amiga Lita. De hecho, el pensamiento de su marido muerto le afligía de tal manera que, periódica y recurrentemente, caía en el pozo de la depresión. Que una mujer como Candy pudiera deprimirse era lo que, al menos por su aspecto, menos podía esperarse. Porque Candy era una mujer risueña, servicial, dispuesta. Siempre alerta a las necesidades ajenas, siempre canturreando y enfundada en aquel chándal deportivo que tanto la rejuvenecía. Deprimirse con un carácter tan alegre como el suyo era, cuanto menos, una contradicción.

Lo único que la consolaba cuando le sobrevenía aquella tristeza, tan paralizante, lo único que la aliviaba (pero sólo cuando ya había pasado lo peor) era el taichí. En efecto, sólo practicando taichí –que había aprendido con Lita– se olvidaba aquella viuda de su esposo.

–Yo me acuerdo mucho de mi Manolo –dijo entonces Candy, y siempre que mencionó el nombre de su difunto marido lo hizo precedido de este posesivo, mi, de tal forma que sonaba como si se tratara de una sola palabra: *Mimanolo*–. Practico el taichí varias veces al día porque me alivia este doloroso recuerdo –continuó, todavía ensombrecida–. Pero, claro, ¡no puedo estar practicándolo todo el rato! –se lamentó–; y, en cuanto lo dejo, si estoy mal, al instante me sobreviene de nuevo la tristeza. Es como si mi tristeza me estuviera esperando –yo la

34

escuchaba con verdadero interés–; como si me respetase mientras estoy haciendo taichí, pero, no bien lo dejo, me vuelve a invadir.

Candy me contó aquella tarde el fallecimiento de su Manolo con una prolijidad exasperante, con detalles que repetía una y otra vez y que, pese a su insignificancia objetiva, ella subrayaba como si tuvieran una importancia capital. Me había advertido antes que ella no sabía hablar, pero lo cierto es que aquella tarde lo hizo sin recato. Después de todo, quizá fuera cierto que no sabía hablar. Sin embargo, por mal que lo hiciera, hubo algo en su relato que me atrapó. De modo que terminé por escucharla sin interrumpirla, pero no sólo por cortesía, sino por verdadero interés.

. –Dos días antes me había pedido que le incorporase en la cama, y así lo hice. Poco después me pidió que le sentara en la butaca, y, por supuesto, lo senté. En aquellos días su esclerosis estaba ya muy avanzada y *Mimanolo* sólo movía el cuello. Si quería algo lo apuntaba con los ojos, o lo miraba fijamente, dándome así a entender que se lo acercase. Si miraba hacia la ventana, yo deducía que quería que bajase las persianas; si miraba el vaso de agua, yo, que siempre estaba a su lado, le daba de beber. No sabe usted lo feliz que yo era velándole y ayudándole en todo lo que necesitaba. No me creerá si le digo que aquellos días fueron para mí los más felices de mi vida.

Se oyó a un perro ladrar.

–Un mes antes el doctor le había dicho a mi marido que tenían que ingresarle de nuevo. Consciente de que aquel sería su último y definitivo ingreso, *Mimanolo* le dijo que no, que prefería quedarse en casa. El médico lo entendió y no puso ninguna objeción. Propuso entonces traernos a casa una cama articulada, para que *Mimanolo* pudiera dormir mejor. ¿Una cama articulada?, preguntó *Mimanolo*. No, yo quiero dormir con mi Candy, dijo también. ¡Y también yo quería dormir con él! ¡No nos habíamos separado ni un momento en nuestros cuarenta y dos años de matrimonio!

—Ya se lo he dicho muchas veces —intervino entonces Lita, puesto que Candy se había puesto a gimotear—, pero no acaba de ser capaz. Para superar ese dolor tiene que imprimir a cada una de sus actividades cotidianas la misma impronta, el mismo espíritu, que imprime a sus movimientos cuando hace taichí.

—¡Es fácil decirlo! —protestó Candy, mientras se recogía el moño.

Tenía una horquilla en los labios. La vi en aquel instante como habría sido de joven, cuarenta años atrás.

—Si uno tuviera siempre la actitud que se nos pide en el taichí —sentenció entonces una Lita magisterial—, no sufriríamos nunca.

Quise saber, como es natural, cuál era esa actitud, por si también yo podría practicarla y aprenderla.

—Quietud, lentitud y plenitud —volvió a sentenciar Lita, y una vez más nos brindó una de sus beatíficas e inolvidables sonrisas.

Lita Sanromán podía predicar y practicar cuanta quietud, lentitud y plenitud le viniera en gana, pero cuando Candy entraba en una de sus recurrentes depresiones, lo cierto era que poco o nada se podía hacer. Todo era cuestión de esperar. Su aflicción podía durar mucho o poco, imposible predecirlo; lo más sensato, en cualquier caso, era armarse de paciencia. En esos casos, una Candy muy desmejorada solía sentarse en un rincón, desde donde esperaba a que esa ola maléfica —como la denominaba Candy—, que se había apoderado de ella, desapareciera por donde había venido.

—¿Ola maléfica? —quise saber: la expresión había captado mi interés.

—Sí —me respondió ella, que empezaba a recuperarse del abatimiento que le causaba rememorar—. Ola porque viene y va. Desde que murió mi marido, así ha sido con matemática y macabra precisión; y maléfica porque me devasta por dentro, dejándome convertida en un ser inútil, algo así como un mueble viejo del que no ve uno la hora de desprenderse.

—Un mueble viejo —recapitulé.

Lita Sanromán me confirmó lo que Candy me acababa de relatar con llamativa concisión. También con una implicación emocional tan dramática como contenida. Su compañera de piso se sentaba en un rincón cuando le afligían aquellas terribles depresiones y, en esos casos, no había taichí que la sacara de su ensimismamiento. Lita lo intentaba todos los días, por supuesto, mañana y tarde; pero si Candy no respondía, la dejaba en paz hasta la siguiente intentona.

—Siempre llega el día, sin embargo —continuó Lita— en que Candy puede incorporarse, levantar un brazo —y sonrió abiertamente—, poner la mano en garra para recuperar a su viejo tigre, o al antílope...

—Cuando me recupero —Candy volvió a tomar la iniciativa— hago las tablas más despacio de lo acostumbrado. Pero poco a poco voy volviendo a la normalidad. En cualquier caso —y miró a Lita para decirme esto—, hasta que no me pongo del todo bien, es ella quien tiene que hacerlo todo en casa. —Y la apuntó—. Ella limpia, ella va a la compra y ella cocina; y, por si esto fuera poco, también es ella quien me asea, viste y da de comer. —Y ambas se echaron a reír, como si toda esa aflicción de la que habían estado hablando nunca hubiera estado ahí.

Visualicé durante unos pocos segundos a una mujer de ochenta y ocho años haciéndose cargo de una de sesenta y seis.

—Lo hago con gusto —continuó Lita Sanromán, como si a alguien pudiera caberle alguna duda.

*

–Los calmantes tenían a *Mimanolo* medio adormecido todo el día –Candy continuó con su historia, cuando ya parecía que no la retomaría–. Pero cuando *Mimanolo* abría los ojos y me veía... ¡ah, cómo le brillaba entonces la mirada! ¡Qué felices somos!, le decía yo en esos casos; y él asentía, pues el cuello lo pudo mover hasta el final. Ni que decir tiene que yo no dejaba de mirarlo ni un segundo. Me parecía más guapo que nunca, más que cuando era joven y fuerte como un toro. Dios ha sido muy bueno conmigo regalándome durante tantos años a un hombre como *Mimanolo*.

Quise decir algo, sentía que debía decir algo. Pero decidí seguir callado y escuchar esta historia hasta su final.

–Como intuía que no podían quedarle muchos días, no quería alejarme de él ni un segundo, no fuera a morirse en aquel instante. Porque yo quería que se muriese conmigo, ¿sabe?, de la mano. Para mí eso era muy importante –repitió, y me miró con una sonrisa diferente: una sonrisa de nostalgia que yo no conocía–. La última mañana de su vida estuvo bastante bien. Desayunó té con leche y a mí me parecía que Dios me estaba haciendo el milagro que tanto le había pedido. Le mojé una magdalena en el tazón, a ver si así se la comía. Dijo incluso algunas palabras, cuando hacía ya varios días que no hablaba. Debe usted saber que Lita estaba aquella mañana conmigo, puesto que le había pedido que viniera, por si en algún momento nos hacía falta. *Mimanolo* me la jugó –dijo Candy entonces–. Aprovechó el segundo en que salí de la habitación para morirse. Murió en las manos de Lita, no en las mías. Yo no podía creérmelo. Cuando entré de nuevo en la habitación y supe, desde que lo miré, que ya no estaba en este mundo, me enfadé muchísimo con él y se lo dije. Eso no se hace, Manolo –aquella vez lo dijo sin el posesivo «mi»–. ¡Has aprovechado que he ido al baño para morirte!, le reproché, y rompí a llorar porque la congoja me reventaba en el pecho. Me desahogué, le golpeé y acaricié al mismo tiempo, sin saber bien qué sentir, indignación, vergüenza, rabia… Lita dejó que me explayara todo cuanto quise y, cuando por fin me derrumbé a los pies de aquella cama, agotada más por mi confusión de sentimientos que por la pérdida que acababa de sufrir, Lita me tomó de la mano y me explicó algo que me alivió. Muy despacio, muy bajito, me dijo que mi marido había aprovechado aquel momento para morirse porque conmigo delante nunca habría sido capaz. Esto me lo dijo muchas veces, siempre de forma distinta, pero parecida. Me lo dijo hasta que supo que esta idea había entrado en mi cabeza y empezaba a entrar en mi corazón. Cuando al fin entró, bastante después de que ella comenzara a hablarme, me sentí de pronto tan contenta que empecé a besar el cadáver. ¡Estaba más guapo muerto que vivo! –Y volvió a echarse a llorar, o más bien a gimotear, víctima del recuerdo.

Al escuchar aquella conmovedora historia de amor sentí admiración, por supuesto, porque ¿cómo no admirarse de hasta dónde puede llegar la capacidad de entrega? Pero sentí también –no puedo ocultarlo– vergüenza de mí. Vergüenza, sí, puesto que yo suelo ahogarme en un vasito de agua, mientras que aquellas mujeres, las dos, habían tenido que afrontar la pérdida de lo que más amaban y lo habían soportado con tanta entereza como amor. Y vergüenza, sobre todo, porque mi amor, en comparación con el que acababa de escuchar, quedaba reducido a una triste caricatura. ¿Me había traído el destino a aquel hogar para que aprendiera a amar? ¿Tendría que aprender primeramente taichí, para luego poder amar? Sé que suena tonto, pero así fue como me lo planteé. ¿Sería el taichí para mí, después de todo, la puerta del amor?

–La gente piensa que la vejez es una etapa terrorífica –dijo entonces Lita, y ambas mujeres se echaron a reír una vez más, como si toda la anterior conversación, tan dramática, nunca hubiera tenido lugar–. No tienen ni idea, es la mejor etapa, ¿no es así?

Su compañera de piso asintió.

–Incluso para Candy, que padece depresiones, es así, ¿me equivoco?

Ella volvió a manifestar su acuerdo.

–Nunca tienes tantas ganas de vivir como cuando eres viejo. Nunca estás tan relajado como cuando eres viejo. Tampoco eres nunca tan libre como cuando eres viejo, pues sólo entonces no tienes nada que demostrar y simplemente vives. –Me miró, su expresión era de pura felicidad–. Es una maravilla ser viejo –concluyó–, cada año que cumplo soy más feliz. Los achaques, claro, las limitaciones... Pero con todo y con eso, ni los achaques ni las limitaciones pueden compararse con lo bonito y placentero que es vivir.

–Da gusto escucharla –intervine–. ¡Casi siento lástima por ser todavía tan joven! –Un trueno interrumpió nuestra conversación, se estaba desatando una tormenta. Una tormenta... ¿en esa época del año?

La fachada de nuestra casa es metálica, de modo que cuando empezó a granizar el ruido era endiablado. Desde mi vivienda, los días en que llueve con intensidad, el sonido puede llegar a ser ensordecedor. Desde la vivienda de aquellas mujeres, sin embargo, aquel sonido era directamente terrorífico.

Pues bien, en medio de aquella tormenta, no se les ocurrió nada mejor que apagar todas las luces, por si se fundían los plomos, descalzarse y... –tenía que haberlo imaginado– ponerse a practicar una de sus tablas. La estancia se iluminaba sólo con el centelleo de los rayos, que entraba de forma violenta y entrecortada, alumbrando a las mujeres y otorgando al conjunto una apariencia fantasmal. Sin todavía saber que algún día escribiría esta crónica, en aquel momento pensé que esta era una escena que bien merecería ser descrita. Pues aquí estoy, escribiendo sobre ella.

–Parece una tormenta más fuerte de lo habitual –me atreví a comentar tras escuchar los primeros truenos, que habían sonado preocupantemente cercanos.

Mi voz me sonó irreal.

Resultaba evidente que había dicho aquello para tranquilizarme, puesto que las tormentas siempre han conseguido ponerme muy nervioso. Consideré inoportuno, además, que las mujeres se hubieran puesto a practicar su consabido arte marcial, lo que no colaboró a restablecer mi tranquilidad. Al contrario: por alguna razón, todos aquellos movimientos suyos lograron inquietarme todavía más. Bebí un sorbo de mi té helado, se había quedado aguado. Los nubarrones eran tan oscuros que no hacían presagiar nada bueno.

–¡Postura mabu! –oí que decía Lita–. ¡Mano de zarpa! –dijo también; pero un nuevo trueno, más fuerte que los anteriores, ocultó su voz.

Empecé a caminar de un lado al otro de la habitación, respetando siempre el territorio sagrado de la alfombra.

–¿No convendría hacer algo? –pregunté entonces, cada vez más asustado; pero las mujeres siguieron con su danza y me ignoraron.

Quise reírme, pues me daba cuenta de que mis palabras podían sonar exageradas. No pude. Emití un extraño sonido que difícilmente habría podido interpretarse como una risa. Más aún: aquel sonido que salió de mi boca me asustó todavía más. Miré a las mujeres y, en medio de aquella temible oscuridad, me parecieron de repente jóvenes o adolescentes. Sus cuerpos se confundían con sus propias sombras, que se proyectaban espantosas en techos y paredes.

–No me encuentro bien –quise decirles, todo con tal de que dejaran de una vez sus ejercicios y me prestaran alguna atención.

Pero esa vez ni siquiera me salió la voz.

No me atrevía a subir a mi vivienda, tenía miedo a estar solo. De modo que revisé una vez más todas las ventanas, comprobando que estuvieran bien cerradas; y hasta encendí el televisor, pero no funcionaba. No había de qué extrañarse: las antenas habían tenido que sufrir lo suyo con aquel temporal, tan impetuoso.

Yo estaba paralizado, como hechizado: una lluvia torrencial, que golpeaba los cristales, me había hecho suyo, era una de sus víctimas. Debía darme prisa y moverme –como hacían las mujeres– si no quería que aquella lluvia me llevara definitivamente consigo; debía hacer algo con mi vida, ¡qué sé yo!, cambiar, ser bueno, entregarme a alguna causa... Pensé mil cosas en un segundo, mientras comprendía que era precisamente todo aquello que estaba pensando lo que me incapacitaba para moverme.

Cuando la lluvia cesó algo después, cuando el viento dejó de ser tan amenazante, respiré tranquilo. Me las prometía muy felices.

–No se confíe –me advirtió Lita–. Antes de diez minutos todo habrá recomenzado y será mucho peor.

Así fue, exactamente, a los diez minutos. ¿Cómo habría podido Lita saber algo así? No tengo explicación.

Las mujeres continuaron con su taichí durante casi todo el tiempo que duró la tormenta. Eran incansables. Por mi parte, empecé a sentir escalofríos y tuve que preguntarme si no tendría fiebre. ¿Fiebre? ¡Qué va! Era miedo, puro miedo, sólo miedo. Aquel era un terror mucho mayor que el que había sentido ante otras tormentas: un terror sin posible justificación, aunque no por ello dejé de sentirlo. Era un temor atávico y virgen, como no lo había sentido desde que era niño. Miraba la lluvia y miraba a las mujeres, y no

habría podido decir cuál de las dos cosas me intranquiliza-
ba más. ¡Dejad ya de bailar!, tenía ganas de gritar. ¿No os
dais cuenta de que vamos a morir? Pero no, no dije nada de
todo aquello, aunque estaba seguro de que esa era una lluvia que traería muerte. Sabía que sería así, no albergaba la
menor duda. Lo que sí me atreví a comentar, cuando todo
hubo concluido, fue que aquella lluvia, tan violenta, me había parecido como si fuera un ser vivo y tuviera una intención maligna.

Lita y Candy me miraron con una expresión alucinada.

—Debo de estar desvariando —añadí y, por el momento,
fue ahí donde quedó el asunto.

*

¿Sucedió todo esto tal y como ahora lo cuento? Lo digo
porque todo me sigue pareciendo tan irreal que es casi
como si me lo estuviera inventando. Pero no, sucedió, claro
que sucedió, puesto que dos días después, como ratificando
mi intuición de lo que aquella tormenta presagiaba, Lita
Sanromán falleció. Sí, falleció justo cuarenta y ocho horas
después de que aquella tormenta finalizase y, tuviera o no
relación su muerte con aquel tremendo aguacero, lo cierto
es que Lita se murió aquel jueves, ¡jueves tenía que ser!,
poco después de la que sería su última clase.

Debo contar aquí cómo fue la muerte de Lita Sanromán,
pero antes quiero dejar constancia de cómo, en cuanto dejó
de llover, todo aquel pánico que había padecido poco antes
me pareció una solemne estupidez. No obstante, la sensación de vaticinio de muerte permaneció; todo lo demás se
desvaneció menos eso.

La noche de la tormenta, al amanecer, tuve violentas ar-
cadas y, finalmente, vomité varias veces seguidas. Fue como
si mi cuerpo necesitara echar fuera todo aquel miedo atávico que aún le quedaba dentro. En el espejo del cuarto de

baño, en medio de mis náuseas, vi, por casualidad, mi propio rostro y no me reconocí. Poco después, liberado al fin, me hundí en un sueño largo y reparador.

Cuando Lita me viene a la memoria, pienso tanto en aquella misteriosa tormenta como en lo mucho que disfrutó esta mujer a lo largo de toda su vida, lo que significa que el pensamiento del disfrute va en mi mente unido al del terror por la tormenta. No es agradable, pero luz y oscuridad son para mí las dos caras de una misma moneda. Casi puedo afirmar que para aprender a disfrutar tuve que probar antes el sabor del pánico. Hablo de un pánico que nada tiene que ver con el miedo habitual, que puede sentirse ante cualquier circunstancia. El pánico al que me refiero es algo mucho más primitivo e irracional. Es algo que nos llega como encapsulado, como preparado expresamente para nosotros. Es algo que te ha tocado en suerte y ante lo que sólo te cabe rezar. No comprendo, en cualquier caso, por qué ni Candy ni Lita me prestaron la menor atención durante la tormenta al verme tan aterrorizado: quizá ni siquiera se dieron cuenta de lo mal que lo estaba pasando, o acaso me ignoraron queriendo, pues ambas pensaban que todo lo que sucede, todo sin excepción, es para nuestro bien.

8

–¿Cómo estás? –le pregunté a Lita en cuanto la tuve frente a mí, arropada en su cama con una gran manta de aspecto confortable.

Poco antes me había llamado Candy para rogarme que acudiera de inmediato, pues su buena compañera de piso había empezado a encontrarse mal la noche anterior y, según había dicho el médico, todo presagiaba que el desenlace podría ser inminente.

–¿Cómo estás?

Su aspecto no era bueno: estaba más pálida de lo habitual, ¡ella, que ya era naturalmente de piel clara! Se le dibujaban las venas en las sienes y, por el movimiento de su nariz, se veía que tenía serias dificultades para respirar. Eran las diez menos cuarto de la mañana y estaba lloviendo. La ventana de su dormitorio estaba abierta y entraba algo de fresco. Dos vecinas, a quienes no conocía, no me perdieron de vista ni un momento desde la puerta del dormitorio. Habían acudido para cuidar de su amiga, y me advirtieron que Lita había dejado dicho que deseaba que entrase el aire. También fueron ellas quienes me dijeron que les había pedido por favor, y por tres veces consecutivas, que no la llevaran al hospital.

–Sólo ha solicitado el viático –dijo la más gruesa, que llevaba un delantal impoluto– y, si era posible, su presencia.

Mi presencia. Me sentí honrado de que Lita me hubiera llamado en ese trance, que no me hubiera olvidado. No habían pasado ni tres meses desde que nos habíamos conocido; pero, al parecer, yo era tan importante para ella como ella para mí.

–¿Cómo estás? –le había preguntado yo por segunda vez, tomando sus manos entre las mías como quien caza, al vuelo, una mariposa.

Pensé en el tiempo que a cada uno se nos concede. En el que yo mismo había vivido ya y en el que todavía me quedaba por vivir, mucho o poco. Pensé también que, en adelante, no debía ser demasiado severo ni demasiado ambicioso, pues ambos extremos eran malos. Y luego pensé que debía limar tanto mi ambición como mi severidad, mis dos principales defectos, probablemente.

Lita tardó en responderme. Parecía estar ya en el otro mundo. Pero al fin me informó de cómo se encontraba.

–Disfrutando –me respondió con un hilo de voz.

–¿Lo dice en serio?

Yo ya sabía que no había nadie en el mundo que disfrutara de la vida tanto como aquella anciana y, sobre todo, nadie que confesara tan abiertamente el enorme disfrute que le proporcionaba cualquier actividad, hasta la más prosaica. Porque debo insistir, necesito poner algunos ejemplos. Lita disfrutaba lo indecible del desayuno con pan y mantequilla –es lo primero que se me viene a la cabeza–, tanto que había días en que desayunaba dos veces. Disfrutaba muchísimo, de igual modo, de esos grandes vasos de té helado que bebía a toda hora. Eso no hay ni que decirlo. Disfrutaba hasta extremos casi preocupantes de la eucaristía, eso lo había visto yo con mis propios ojos. La sagrada Comunión era para ella un regalo indescriptible. Disfrutaba como una loca de sus clases de taichí, a las que no faltó ni un solo jueves desde que comenzaron. Pero es que también disfrutaba limpiando la casa, o poniéndose polvos de talco –que le encantaban–, o cortándose las uñas. En realidad, disfrutaba de todo sin excepción y lo confesaba sin pudor.

–¡Cómo disfruto! –decía–. ¡Qué bien me lo estoy pasando!

Podía parecer una broma, pero no lo era. Dentro de lo insólito que resulta conocer a alguien que disfrutase tanto y, sobre todo, que lo admitiera sin recato, toda aquella complacencia me parecía que, al fin y al cabo, podía tener, después de todo, su justificación, puesto que las cosas más pequeñas encierran placeres ocultos que yo mismo, al menos en ocasiones, había podido apreciar. ¡Qué sé yo! Cortarse el pelo. Ver una película. El aire caliente del secador. El zumo de naranja. Una flor amarilla en el tiesto de la ventana. La brisa de un atardecer. El viento colándose por una rendija. Todos hemos experimentado placeres semejantes, pequeños, cotidianos, amables, placeres para los que Lita Sanromán tenía una sensibilidad refinadísima y, sobre todo, una increíble capacidad de reconocimiento y gratitud. Lo que ya me pareció alucinante fue que disfrutase también de su agonía. Eso ya sí que no era normal. Por eso le había preguntado, con verdadero interés:

—¿Lo dice en serio?

Lo decía totalmente en serio —huelga decirlo—, aunque su situación, al menos vista desde fuera, no era, desde luego, como para disfrutar. Su respiración era agitada, ya lo he dicho, y su corazón latía cada vez con mayor dificultad, eso era lo más preocupante. Los médicos habían advertido de que aquello podía ser el final.

—Naturalmente —me respondió Lita—. Estoy haciendo taichí mental y me siento muy a gusto y tranquila. —Y, tras soltarme la mano, cruzó las suyas, con elegancia y suavidad, sobre la sábana.

Miré esas manos. Parecían ya las de una muerta, de pálidas y quietas que estaban. Pensé en dos mariposas blancas, una junto a la otra, consolándose mutuamente, preparándose para morir juntas.

—Me ha gustado mucho conocerte, Lita —sentí la necesidad de decir. ¿Quieres que te dé la mano?

Pero no, no quería que le diera la mano. Deseaba tener las manos libres para poder volar, como entendería poco después.

—¿No te aflige nada, nada en absoluto? —Me costaba creerlo, no estaba dispuesto a aceptarlo—. ¿Ni siquiera tener que dejarnos a todos? —Y apunté hacia atrás, pues en el ínterin habían ido llegando muchos, principalmente sus alumnas y vecinas.

No exagero si digo que éramos en aquel momento al menos una veintena, de modo que andábamos algo escasos de espacio en aquel pisito de la calle Quintana. Tres o cuatro mujeres tomaban café, silenciosas, en la cocina. Había una que era muy guapa. Otras dos, más silenciosamente aún, hacían taichí sobre la alfombra sagrada. Dijeron que era el mejor homenaje, la mejor forma de prepararse para lo que estaba llegando, así, tal cual, con estas palabras.

Lo que estaba llegando. Todos los presentes parecían perfectamente reconciliados con la idea de la muerte menos yo. La respuesta de mi amiga Lita me impactó una vez más.

—Os conviene que yo me vaya —dijo con un hilo de voz, dejando luego los incisivos apoyados sobre el labio inferior—. Deberíais alegraros de verme morir alegre y en paz —nos dijo todavía con su vocecita.

La miré con incredulidad. Con amor. La miré como quien mira a un santo, como quien está ante un milagro.

—Eres increíble —alcancé a decir—. Disfrutando —repetí.

—No lo sabe usted bien —remachó ella, e inclinó su cabeza hacia un lado, dándome la impresión, falsa, de que había expirado.

Candy estaba a un lado de la cama y yo al otro, como si fuera su hijo o su nieto. Antes de decir aquel «no lo sabe usted bien», Lita había levantado ligeramente su brazo derecho para, acto seguido, bajarlo con la misma armonía y lentitud. No tuve duda: era su último taichí. El último vuelo de la mariposa.

*

No pude por menos de entristecerme al darme cuenta de que Lita Sanromán se estaba efectivamente yendo. Pero fue por poco tiempo, y quizá ni siquiera fuera verdadera tristeza lo que sentí, sino la idea de la tristeza que, presumiblemente, tenía que sentir. Porque lo cierto era que escrutando mi corazón comprobé cómo en aquel instante, al igual que todos los presentes, también estaba yo, después de todo, bastante tranquilo y hasta feliz. Sí, todos los que estábamos en aquel momento en el tercero izquierda de Quintana, 22, acompañándola en sus últimos momentos, nos sentíamos, en realidad, muy contentos: no había más que echar una ojeada para comprobarlo. Allí estábamos todos, sin faltar ni uno: las incontables vecinas, también la guapa, las alumnas de los jueves y el único varón, Ricardo, dos o tres monjas que habían aparecido poco antes –quién sabe de dónde, acaso acompañadas por don Jesús Antonio, el párroco–, y, por supuesto, el portero del edificio, con quien Lita mantenía una estrecha amistad. Allí nadie se lamentaba de nada. Todos parecían aceptar sin dificultad el hecho de que le había llegado el momento de partir. Esa era, pues, su hora. Había llegado a la estación término. Le tocaba marcharse, como antes o después nos tocaría al resto. Y ¿qué sentido tenía poner dramatismo donde sólo había habido plenitud?

–Yo también estoy disfrutando –tuve que reconocerle.

En señal de respuesta y aprobación, Lita me dio dos golpecitos en la mano.

–Es usted muy masculino –me dijo entonces, mirándome con sus ojos vidriosos, que me pareció que estaban viendo ya el paraíso.

Que fuera este su último mensaje para mí, el mismo que me había dicho cuando nos conocimos, admito que me sorprendió.

–Usted siempre me ha parecido alguien… –Y dejó la frase colgando, obligándome a imaginar qué sería lo que me diría a continuación.

Lita siempre me desconcertó, como desconciertan siempre todas las personas que están realmente vivas.

Y ya no dijo nada más. Ninguno de los presentes dudó de que había dejado de hablar por la intensidad de su disfrute en aquellos instantes postreros. Se veía que no lo resistía más. Se veía que en su cuerpo ya no cabía más disfrute. Y así fue como expiró, con una sonrisa tan plácida y encantadora que a mí, como a muchos de los que la rodeábamos, nos hizo llorar de felicidad. Aquella era la sonrisa que tienen los humanos cuando son sencillamente humanos.

Murió uniendo los dedos de su mano derecha, imitando con ellos el pico de un pájaro. Sí, así había tenido que ser. Aquel movimiento, el último que haría en su vida, había sido tan sutil, tan imperceptible, que debía tratarse, indudablemente, del estilo Wu, recordé.

Cuando llegue mi hora, también a mí me gustaría –¡y a quién no!– tener un tránsito como el que había tenido aquella mujer, que más que morirse parecía haber entrado en una fiesta.

Tomé la mano inerte de mi amiga Lita y, con el propósito de besarla, la acerqué a mis labios. Tuve la impresión, casi la visión, de que aquel movimiento por el que había alzado su mano era el último vuelo –elegante y discreto– de mi mariposa azul.

9

Si el primer amor es decisivo –hasta el punto de que todos los demás suelen ser a menudo sólo su reflejo–, la muerte de Lita Sanromán, la primera que presencié, fue también decisiva para mí. Lo supe enseguida, mientras estaba sucediendo, y, por ello, me preocupé de recoger el significado oculto de aquel episodio en una imagen y en una palabra. Una imagen: el último vuelo de la mariposa azul. Una palabra: disfrutando, la muerte como disfrute.

Sólo cuando murió me di cuenta de lo flaca que estaba mi amiga. Su cuerpo, flexible tras años de entrenamiento, permaneció, antes de que trajeran el ataúd, sobre su cama. También de muerta sonreía.

–Parece muy contenta –dijo entonces Candy, quien en todo momento parecía leer mi pensamiento.

Todos los que estábamos allí no podíamos por menos de estar de acuerdo. Tan viva parecía Lita de muerta que daba la impresión de que de un momento a otro se iba a incorporar. O que al menos iba a alzar uno de sus brazos, lentamente, en uno de los clásicos movimientos del llamado micro-taichí o estilo Wu. Pero Lita, ¡ay!, no se movió más. ¡Ella, que había vivido para el movimiento!

Todavía con el cadáver presente, sus alumnos hablamos allí mismo de rendirle un homenaje. Candy sirvió té helado en los ya clásicos vasos de grueso cristal tallado y conversamos. Una estatua conmemorativa no habría tenido sentido, pues ni a ella le habría gustado la idea ni a nosotros nos parecía que algo así le hiciese justicia. ¿Una fundación con su nombre entonces? ¿Una colecta en favor del taichí?

–¿Qué mejor homenaje –me atreví a intervenir– que aprender a disfrutar, como ella hizo durante sus últimas cuatro décadas?

La herencia del disfrute parecía ser su mejor legado. Un disfrute que, nunca como entonces, vi tan ligado a la sobriedad casi espartana con que vivían aquellas dos mujeres. Porque ni Lita ni Candy eran pobres, puesto que no les faltaba de nada; pero tampoco podía decirse que fueran ricas, pues tampoco les sobraba nada. Tenían lo justo para vivir, habían llegado a un estado tan envidiable que, con franqueza, lo deseé para mí.

Algo había en la vivienda de Candy y Lita que no hacía advertir, en su justa medida, la modestia en que vivían. Esa modestia, sin embargo (no me atrevo a llamarla pobreza, pues todo estaba teñido con un halo de felicidad que impedía la utilización de esta palabra, asociada normalmente a la desdicha), algo de aquella alegre austeridad –llamémosla así– se hizo patente en cuanto Lita expiró. De pronto fue visible que en aquel hogar había muy pocas cosas, poquísimas: como si al marcharse, Lita hubiera dejado ver lo que su presencia ocultaba. Porque cuando Lita expiró –doy testimonio de ello–, en su dormitorio no había más que un par de mantas, un neceser, una bata, un camisón estampado y un libro de rezos, por cierto bastante usado. Eso era todo.

Bajo la cama vi poco después un par de zapatillas. Más tarde, supe por Candy que, durante los años anteriores, Lita se había ido desprendiendo progresiva y sistemáticamente de todas sus pertenencias. Había ido regalando cada una de sus cosas –objetos, libros, recuerdos de viajes, prendas…– a quienes pensaba que las podían necesitar.

–Regalar sus bienes supuso para ella un verdadero trabajo –me comentó Candy, a quien la muerte de Lita había dejado más sola que a nadie–, pues para ello había tenido que pensar a quién regalarle el objeto en cuestión, envolverlo, para que pareciera un regalo, y, desde luego, concertar una cita con la persona escogida para poder entregárselo. –Hizo una pausa. Se veía que estaba recordando–. Normalmente no se tiene tiempo para todas estas cosas: pero cuando alguien vive casi ochenta y nueve, no se puede argüir esta excusa.

*

Lita Sanromán se pintaba los labios sólo para recibir la sagrada Comunión. Casi nunca se maquillaba o se ponía rímel en los ojos; pero, para recibir la eucaristía, le gustaba ponerse carmín. No hablé con ella a este respecto, pero cuando estuve ante su cadáver comprendí que tal vez fuera oportuno, después de todo, colorear ligeramente sus labios, dado que para ella ya había tenido lugar la comunión definitiva. Candy estuvo de acuerdo cuando se lo propuse y fue ella misma quien lo hizo, pero con tanta delicadeza que lo más probable es que sólo ella y yo reparáramos en aquel pequeño detalle.

Como en su día me sucedió con el cadáver del difunto Matías –al conocer su historia–, pocos minutos después de que hubiese expirado, imaginé también el de Lita Sanromán, igualmente desnudo y tendido sobre una plancha. Me vi entonces a mí mismo como en una película, emocionadísimo, abrazando sus pies y colmándolos de besos, como había hecho ella misma, casi cuarenta años atrás, con los de su amadísimo Matías. Pese a la vivacidad de mi fantasía –que más parecía una aparición que un ensueño–, me conformé con poner mi mano derecha sobre las gruesas medias que cubrían los pies de mi amiga muerta. Luego, como si ese toque hubiera sido mi despedida, volví a mi piso y me senté en una rinconera que tengo en la cocina, donde estuve mirando al vacío durante largo rato, quizá una hora. Poco después fui al salón y me senté en el sofá, donde también estuve un buen rato sin hacer nada de particular. Por fin me levanté y, sin decidirlo, en la oscuridad de aquella habitación, comencé a practicar la tabla número uno de taichí.

Eran las cuatro de la tarde. No era primavera. No estaba en el campo, sino en el cuarto piso de una vivienda del centro de la ciudad. Sin embargo, cuando levanté la mirada, al otro lado de la ventana pude distinguir –os juro que la vi– una mariposa azul. Allí estaba, frágil y majestuosa. ¿Quién sabe de dónde había llegado? Temblando, la mariposa batió sus alas dos veces; luego, cogiendo impulso, emprendió el vuelo y desapareció.

Mirto, mayo de 2021

Iniciación al vacío

I

Las personas resultan especialmente interesantes cuando la vida les abofetea, pues es entonces cuando sacan a relucir lo que menos podría esperarse de ellas y cuando revelan, para sorpresa de todos, hasta dónde pueden llegar. La mayoría agacha la cabeza y se esconde, eso no hay ni que decirlo; otros, bastantes, huyen como conejos, lo que no siempre es reprobable, pues escapar supone salir de un medio hostil en busca de sosiego, condición imprescindible para la felicidad. Lo más habitual, sin embargo, es buscar soluciones prácticas, aunque también hay quien pretende seguir hacia delante como si nada hubiera sucedido. Así que, cuando la vida da un zarpazo, la gente suele ir hacia delante, hacia atrás o hacia abajo. Pues bien, de todos a los que he visto afrontar momentos difíciles, el único que se ha escapado hacia arriba –digámoslo así– ha sido mi amigo José Mercandino, sobre quien voy a referirme en estas páginas.

José Mercandino trabajaba como profesor de lengua y literatura en el Petrarca, el instituto de segunda enseñanza donde también enseño yo. Fue así como le conocí. No llamó mi atención por nada en particular; y presumo que tampoco yo desperté en él interés alguno. Nuestra relación se planteó desde el comienzo como algo puramente formal: éramos colegas, eso era todo. Coincidíamos en la sala de profesores entre una clase y otra, o en los pasillos, siempre atestados de ruidosos adolescentes. Nos saludábamos con educación –quizá con excesiva formalidad–, pero nunca entablamos una conversación.

Mercandino era un tipo más bien introvertido, me atrevería a decir que huraño. Se decía que quería ser novelista y que llevaba años trabajando en un libro. Para su desgracia, un asunto feo le dio notoriedad poco después de que fuera contratado: una alumna le acusó de haber abusado de ella. Primero se le abrió un expediente académico y, al cabo, otro judicial. En el Petrarca nunca había sucedido algo similar. Un conjunto de circunstancias, penosas y complicadas, provocaron que todas las mediaciones a su favor fueran infructuosas: la denuncia se formalizó y, antes de que se pudiera atestiguar la veracidad de los hechos, Mercandino tuvo que abandonar su puesto de trabajo hasta que su caso se sobreseyera y un tribunal dictara sentencia. Ni que decir tiene que la menor –una tal Laura Stembert, de dieciséis años recién cumplidos– obtuvo el apoyo más absoluto del claustro de profesores y de la dirección del Centro. Yo, sin embargo, quizá porque desde el principio creí en su inocencia, me puse de parte de Mercandino. Mi apoyo fue tímido al principio, lo confieso –pues todos los hechos parecían ir en su contra–; pero bastante más decidido después. Resumiendo: todos le acusaron sin pruebas y él cayó, como era de prever, en un lamentable aislamiento.

Fue en aquella época cuando mantuve mis primeras conversaciones con él. Fueron en su domicilio, en la calle del Mirto, del madrileño barrio de Tetuán. Fui a visitarle allí en varias ocasiones, pues no se dignó responder a ninguna de mis llamadas y mensajes. Hasta que un día me abrió la puerta y comenzó la historia que voy a relatar. ¿Por qué fui? ¿Qué buscaba exactamente en él? No lo sé. ¿Fue el mío un gesto de solidaridad, una manifestación de apoyo, un acto altruista? Mercandino y yo no éramos todavía amigos. Ni siquiera puedo decir que me resultara simpático. Más bien me daba la impresión de alguien tan acomplejado como autocomplaciente, uno de esos que miran el mundo desde una atalaya, como es propio de artistas fracasados y resentidos. Pero fui, esos son los hechos; y él me dedicó algunos minutos, si bien pocos, pues se disponía a dejar la ciudad para alejarse —mientras la ley se lo permitiera— de una diabólica espiral que no había hecho más que comenzar.

*

—¿Candanchú? —le pregunté, al saber que era allí donde tenía previsto desplazarse y pasar una buena temporada.

Era un destino como cualquier otro, por supuesto.

—Me gusta la montaña —me contestó él, todavía sin dejarme entrar en su piso—. Ya imaginarás que necesito de algún tiempo...

Por fin abrió la puerta y pude ver cómo vivía aquel hombre.

El casón de Mirto —era así como él mismo lo llamaba— era un *loft* de reciente construcción, tan reciente que en él no había todavía casi nada: un colchón en el suelo, algunas cajas dispersas, una mecedora destartalada...

—Me acabo de construir esta vivienda —se justificó él, pues no tenía ni una miserable silla que ofrecerme—. Siéntate si quieres en esta caja. —Y arrastró una, llena de libros, hasta mis pies.

La luz entraba a raudales por un enorme ventanal. Por mucho que Mercandino hubiera pegado hojas de periódico y cartones en los cristales de las ventanas —tanto para evitar que sus vecinos le vieran como para no ser deslumbrado por el sol, que lucía a aquella hora en todo su esplendor—, la verdad es que aquella casa era una auténtica sauna.

No conversamos más de cinco minutos. Resultaba claro que le estaba importunando y que no veía la hora de que me marchara. Pese a todo, durante todos aquellos meses le llamé cada semana. Si más tarde, cuando regresó a la ciudad, entablé con él algo parecido a una amistad, fue, sin duda, por la sensación de absoluta desolación que me produjo aquel enorme *loft*, tan vacío. Quizá también por la lástima que me suscitaba ver cómo un colega se había convertido, de la noche a la mañana, en algo así como un apestado social.

Hay quienes creen que eso de quedarse sin nada de la noche a la mañana no es algo que a ellos les pueda suceder. No es mi punto de vista. Sé bien lo que es vivir al filo, al borde de un precipicio. Tal vez de ahí mi simpatía por aquel joven colega, que vivía en una casa probablemente demasiado grande para un hombre de su economía.

2

El enorme casón de Mirto —eso lo supe ya en mi segunda visita— le había sido entregado a Mercandino justo cuando se desató el escándalo en el instituto, de modo que el pobre no tuvo tiempo ni, seguramente, ganas de amueblarlo. Siendo cierto que decidió escaparse a Candanchú para aclarar sus ideas y, sobre todo, para huir de las miradas reprobatorias —disimuladas en su mayoría, pero también deliberadas y hasta desafiantes—, no descarto que emprendiera aquel viaje también para huir de su propia casa. Porque Mercandino necesitaba alejarse de aquel enorme vacío físico en que había comenzado a vivir justo cuando para él empezó ese otro vacío, esta vez social, que comportó su expulsión del instituto, la persecución de los medios de comunicación —siempre insaciables— y, por fin, la vejación que padeció en su propio barrio, en el que hasta entonces había vivido anónimamente y con toda tranquilidad.

–La maledicencia es lo peor –me dijo aquella mañana de sábado; llevaba una chaqueta marrón, bastante deshilachada–. De un día para otro la gente te destruye tu buena reputación.

Yo nunca había tenido que pasar por una experiencia similar, de modo que escuché todo lo que tenía que decirme con suma atención. Él, sin embargo, no se explayó tanto, como me habría gustado.

Estábamos sentados frente a frente, cada cual en una caja, y había una maleta abierta y vacía en un rincón, que atestiguaba su inminente partida.

–Sírvete agua si quieres –me ofreció, y me levanté para ponérmela yo mismo.

Al abrir su nevera me impresionó encontrarla llena de libros. Me pareció haberme equivocado –no era para menos–, de manera que cerré aquella nevera y la volví a abrir. No, no me había equivocado: aquello era una nevera y estaba llena de libros.

–¿Y esto? –le dije alzando la voz, pues él estaba abajo, en el salón.

Fuera porque no me había oído o porque no quería responder, o incluso porque no sabía a qué me estaba refiriendo, el caso fue que no me contestó y tuve que hacer mis conjeturas. No era difícil de averiguar: Mercandino aún no tenía estanterías, pero ya sí los armarios de cocina. Así que, donde uno habría esperado encontrar el café o el azúcar, por poner un ejemplo, aparecían sus diccionarios y enciclopedias, o donde tendrían que estar los platos y los vasos, otro ejemplo, encontré la obra completa de un tal Pablo d'Ors, de quien Mercandino, según sabría más adelante, era un avezado lector.

La visión de todos aquellos libros en los armarios de cocina y, sobre todo, en la nevera, me llenó de intranquilidad.

Me parecía que aquello que estaba viendo –no sé bien por qué– era el perfecto símbolo del drama que afligía a mi colega.

Me serví un vaso de agua y me lo bebí. Nunca he olvidado esa nevera con libros. Quizá sea esta la imagen que me ha impulsado a contar la verdadera historia de José Mercandino.

*

Sería injusto decir que Mercandino no recibió ninguna clase de apoyo moral en aquella dura circunstancia, como también lo sería ocultar que lo que más padeció en aquellos días, para su desgracia, fueron la murmuración y los infundios. En efecto, se orquestó una auténtica campaña de difamación en su contra y prácticamente no hubo día, durante aquellas semanas, en que no saliera algo al respecto en algún periódico o medio de comunicación. El ambiente entre los chicos del Petrarca se había enrarecido y todos comprendimos que era urgente que se aclarara lo sucedido.

–Algo habrá hecho –oí que se decía de él en el claustro–. No se toman medidas tan drásticas sino es por una causa grave y justificada.

–Pero ¿podrá volver a la enseñanza? –se preguntaban unos y otros.

Yo mismo tenía mis dudas al respecto.

Mercandino no era alguien que cayera bien; su aspecto, más bien desaliñado y autosuficiente, no le favorecía.

Hubo quien dijo –y lo sé de buena tinta– que todo lo que le estaba sucediendo, aunque no podía demostrarlo, sólo se justificaba porque era un verdadero depravado. Un depredador, dijo ese tipo también. La palabra se me quedó grabada.

–¿Depravado yo? –comentó Mercandino al saber que eso era lo que se rumoreaba de él, y zapateó lleno de rabia–. ¿Depredador?

Antes de entrar en una etapa de abatimiento e impotencia, a mi colega le tocó pasar por todas las formas de la ira y de la humillación. Experimentó lo que significa ser mirado con reprobación, por ejemplo, pero también con repugnancia o, lo que casi era peor, con una incomodísima conmiseración, así la calificó.

Al constatar su fracaso profesional –quizá fuera esto lo más triste–, no eran pocos los que escondían una secreta y maligna alegría.

–¡Así se entera de que quien la hace, la paga! –escuché decir–. ¡Que muerda el polvo!

Me asusté. A decir verdad, no me hice cargo de la maldad de la gente, pero sobre todo de mis alumnos, hasta que no escuché todos aquellos comentarios, tan hirientes, tan infundados.

Lo más curioso de este asunto fue que, sin escucharlos de viva voz, el propio Mercandino se los imaginaba muy bien, como si hubiera estado presente mientras los decían. No descartaba que en todas aquellas figuraciones suyas hubiera mucho de fantasioso, desde luego, más que nada por ese afán que tenemos casi todos de torturarnos. Pero –tuve que preguntarme–, ¿no es cierto que hay algo en el corazón humano, raíz posiblemente de todos nuestros males, que se alegra ante el mal ajeno y que se entristece ante su bien?

También hubo quien culpó de su mala suerte a la mejor amiga de Laura Stembert: una tal Berta Lanús, también menor de edad. Así se enlazaba una murmuración con la otra, conformando entre todas ellas una buena sarta de mentiras, a cual más disparatada. Su inconsistencia y falsedad se revelarían con el tiempo, que fue aclarando las cosas. Pero para que llegara la sensatez tuvieron que pasar bastantes meses, durante los cuales los infundios se multiplicaron, el globo se hinchó y Mercandino, abochornado y con el ánimo por los suelos, decidió partir. No le importaba adónde, me lo dijo él mismo; le bastaba con que fuera lejos.

Una antigua novia le había dejado su casa en las montañas de Candanchú, donde se retiró unos meses, justo dos días después de que yo entrara por primera vez en el casón de Mirto.

Ya en aquella segunda visita, un sábado por la mañana, Mercandino me confesó que pensaba agarrarse a lo único que podía agarrarse alguien como él: a la escritura, pues albergaba aspiraciones literarias desde muy joven. Le miré de arriba abajo. Yo creía en su inocencia, por supuesto; pero admito que, en alguna ocasión, por algún titubeo o comentario ambiguo, llegué a pensar que, después de todo, quizá no tuviera la conciencia del todo tranquila. No había que descartar del todo que algo deshonesto hubiera podido suceder.

–¿De veras que no ha sucedido nada? –me atreví a preguntarle.

No sé de dónde saqué las fuerzas.

Mercandino me miró con ojos tristes. Seguramente estuvo calibrando si podía o no decirme la verdad. Luego bajó la mirada y, en ese gesto, justo en ese, quise comprender que las acusaciones de las que había sido víctima no eran del todo falsas. Esto, sin embargo, no mermó mi consideración por él; casi diría que entendí en aquel segundo, como nunca hasta entonces, que los hechos, sean de la naturaleza que sean, nunca son lo definitivo. Que hay un sustrato del ser humano por debajo de esos hechos, y que ese sustrato es, precisamente, lo que de verdad importa. Inocente o culpable, José Mercandino mereció siempre mi respeto y atención.

En aquella circunstancia me recordó a un personaje de Dostoievski o, incluso, a Dostoievski mismo: sus acusadores le perseguían incansables y él no podía hacer frente a los nuevos gastos de la construcción de su vivienda, que pronto se convirtió en una carga demasiado pesada para su economía. No le daban la cédula de habitabilidad, estaba sin nada y, por ello, en las mejores condiciones para que algo verdaderamente grande sucediera en su vida.

No tiene demasiada importancia de dónde llegue la desdicha; sí, en cambio, qué se hace con ella. Por fortuna para Mercandino, cuando sufrió su embestida, hubo algo –difícil de precisar– que le ayudó. De modo que esa terrible desdicha de la que fue víctima –poco después de cumplir los treinta y cinco–, se convirtió para él, con el tiempo y no sin sufrimiento, en causa de un gran bien. Siempre es así: los mejores logros de la vida nacen de los más ruinosos desastres. Parece increíble que el bien pueda tener su cepa en el mal, pero he de concluir que es así, misteriosamente, cómo funciona el mundo.

<h1 style="text-align:center">3</h1>

Exiliado en una modesta casa con jardín que le dejaron en Candanchú, al pie de las montañas (y «exiliado» fue la palabra que él mismo utilizó), José Mercandino se entregó con admirable tenacidad a la escritura de su novela. Escribía al principio tres horas al día –según me contó–, cinco después, trece más tarde, donde permaneció constante hasta que tuvo lugar el encuentro que lo cambiaría todo. A partir de ahí, su frenético ritmo de trabajo fue descendiendo hasta desaparecer por las razones que explicaré. Pero al comienzo de su exilio –y esto es lo importante–, Mercandino escribía una página tras otra con una entrega desaforada y alarmante.

–La literatura es siempre un milagro cuando se vive como una religión –me confesó cuando empezó a hablarme de todo esto–. La literatura me acompañó durante aquel retiro de cuatro meses –y aquí hizo un silencio para calibrar mi reacción–, casi tanto como los paseos.

–¿Los paseos? –le pregunté.

Quería darle pie para que se explayase.

Mercandino me explicó –ya de vuelta de su exilio, pero antes de que se celebrara el juicio– lo muchísimo que le gustaba caminar por la montaña: caminar y escribir eran sus actividades favoritas.

–Comencé con mis caminatas hace un par de años con gran avidez –se le veía contento de poder hablar de esto–, como para recuperar el tiempo perdido, como revancha por un pasado demasiado sedentario. Cuando mi novia y yo comenzamos a venir a estas montañas –continuó–, caminábamos todos los días una hora o dos y, los fines de semana, de cuatro a ocho, dependiendo del tiempo que hiciera y de la dificultad del sendero que hubiéramos decidido recorrer.

Quise saber qué le impulsaba a caminar tanto.

–Quería que mi cuerpo le recordase a mi alma que siempre debe avanzar –me contestó–. Quería que mi vida fuera como una línea, lo más recta posible, hacia la eternidad.

Dijo aquello sin pensarlo. Le había salido así, como si lo estuviera leyendo en un libro.

–¿Línea? ¿Eternidad? ¡Mira que eres raro! –le dije; también a mí aquello me había salido espontáneo.

–Eso mismo me dijo Luis Alfredo. –Fue entonces la primera vez que oí aquel nombre–. Cuando él supo por qué caminaba tanto, su comentario fue que estaba aún peor de lo que se imaginaba. –Mercandino había cogido carrerilla, tenía ganas de seguir hablando–. Mi momento preferido era cuando dejaba de escribir y me ponía a caminar, al caer la tarde. –Tenía la mirada al frente, como si fuera de ese punto de donde sacara las palabras–. Me agradaba la fatiga con que quedaba al finalizar mi caminata, así como esa sensación, tan necesaria para mí, de dejarlo todo atrás. En mis caminatas caminaba hacia delante y en mis horas de escritura, hacia dentro. Pronto comprendí que ir hacia delante y hacia dentro es la mejor manera para que una vida pueda orientarse hacia arriba.

Se había puesto filosófico. Tampoco era para extrañarse, quería ser escritor. Pero enseguida sospeché que, en aquel exilio tan particular, lo que Mercandino quería realmente era alejarse de sus papeles y de esa obligación que se había autoimpuesto, así como, sobre todo, de la mancha que había emborronado su biografía: ese escándalo sexual del que estaba acusado. Quería alejarse de todo –eso parecía claro–, pero principalmente de sí mismo.

*

No me equivocaba. Supe en aquella misma conversación que Mercandino se había pasado llorando buena parte de las noches de su destierro voluntario en Candanchú. Escribía por las mañanas, paseaba por las tardes –como acababa de relatarme, y eso sería su salvación– y lloraba por las noches, momento en el que se desahogaba como un niño. El recuerdo de lo que le dijo el director de nuestro instituto cuando le informó que quedaba relevado de su cargo hasta que la justicia se pronunciase, renovaba sus lágrimas noche tras noche. Se había abierto la espita, digámoslo así. Algún día se cerraría, pero de momento estaba abierta.

La primera semana lloró desconsolada y arrebatadamente, como quien busca en vano una salida, como quien sabe que ha sido escogido por el destino como víctima. Lloraba no bien se metía en la cama, con sorprendente regularidad, como si se hubiera ajustado a un horario para llorar. Pasada esa primera semana dejó de llorar con tanta desesperación y empezó a hacerlo dulce y apaciblemente, consciente de haber llegado a un punto en que llorar le hacía bien. Debía llorar todo cuanto le fuera posible: vaciarse completamente de su dolor para acceder a lo que viniera después, fuera lo que fuese. Podría haberse dicho que en aquel tiempo lloraba por vicio, por sistema, por hábito: como quien se lava los dientes o se toma una medicina.

Sus días transcurrieron con esta cadencia –escritura, caminatas y llanto– hasta la tarde que, en una de sus salidas, se cruzó con un alegre grupo de senderistas. Todos eran jóvenes y bien parecidos, todos tendrían poco más o menos la misma edad que sus estudiantes. Todos eran como Laura Stembert, o Berta Lanús, o como cualquiera de los muchos chicos y chicas que ahora le acusaban y esperaban impacientes su condena.

4

Aquellos senderistas habían hecho una parada y Mercandino los observó fascinado por el brío que irradiaban, propio de la juventud. Esa fascinación, quién sabe cómo y por qué, se trastocó de pronto en una punzada de dolor. Sí, la juventud de todos aquellos adolescentes, su ruidosa alegría, empezó de pronto a escocerle por dentro. Su aspecto saludable y, sobre todo, su indiferencia ante él –a quien ni siquiera se dignaron mirar–, le hirieron como si se tratara de un insulto o de un ataque personal. Quizá la culpa de todo la habían tenido sus prendas de colores y sus alborotadas risas, que ponían de manifiesto, como en un espejo inverso, la inconmensurable tristeza en que él estaba viviendo. ¡Marchaos de aquí!, quiso decirles en cuanto se cruzaron en el camino. Pero ¡venid!, quiso decirles también, cuando ya les había adelantado. Yo soy como vosotros, llegó a decirles, consciente de que era improbable que pudieran oírle, pues ya estaban bastante lejos.

¿Era eso cierto? ¿No había quedado su juventud ya demasiado lejos, sobre todo tras aquella acusación de abusos?

Es posible que en aquel instante Mercandino tuviera todavía el poder de detener el flujo del veneno que empezaba a inocularse en su alma. Sin embargo, no lo detuvo. Quién sabe por qué, pero no lo detuvo. ¿Quién sabe por qué somos los principales agentes de nuestra propia perdición? A sabiendas de que eso no le hacía ningún bien, se giró para ver de nuevo a ese grupo de senderistas: iban tres delante, dos después, cuatro o cinco algo más atrasados.

Todo lo que le había sucedido en su vida hasta aquel momento entraba dentro de lo posible, o de lo sensato; lo que iba a suceder a continuación, sin embargo, se salía, definitivamente, de lo normal. Sus ojos no dieron crédito cuando vio cómo aquel grupo de jóvenes –unos primero y otros después– despegaron los pies del suelo y, sí, empezaron a volar. ¿A volar? ¿Cómo a volar? Sí, de dichosos que se sentían, aquellos chicos se dieron la mano unos a otros y fueron despegando los pies del suelo, superando milagrosamente la ley de la gravedad. De modo que ya no era un simple grupo de senderistas, sino algo así como una hermosa y grácil cadena humana que, entre risas, surcaba el cielo con total libertad. Disfrutaban de su vuelo –era evidente, sus risas lo atestiguaban–; conformaban hermosas figuras geométricas en un cielo, por lo demás, perfectamente límpido y azul.

Mercandino los miró con estupefacción al principio, con tristeza después, con rencor al final. Rencor, sí, puesto que ellos eran jóvenes y él, en cambio, pese a que sólo tenía treinta y cinco años, había envejecido. Rencor porque a él le pesaba la vida, mientras que ellos podían volar. Tuvo que sentarse. La visión de aquellos jóvenes volando le había dejado totalmente desinflado, como si toda la energía necesaria para vivir se le hubiera escapado en aquellos segundos. ¿Había tenido una alucinación?, se preguntó. Pero ¿cómo podía preguntarse algo semejante cuando aún les estaba viendo, aunque ya muy lejos, lejísimos: un puntito en el horizonte?

Sólo al fin, Mercandino sintió una intensa nostalgia por la juventud perdida. Supo entonces que habían pasado años, quizá siglos, desde que ya no se reía como aquellos jóvenes, tan despreocupados de todo. Su alma se había emponzoñado, quizá por haber llorado tanto, o por haber dado demasiadas vueltas a su desesperación. La juventud, ¿en qué recodo se pierde? ¿En qué momento se abre ese vacío que llaman madurez?

Mercandino necesitaba hundirse todavía un poco más, lo justo para transformar esa invencible nostalgia que experimentaba en cinismo e ironía. Sólo desde ese miserable fondo, donde ni siquiera cabe ya la nostalgia, podría resurgir. Pero ¿podría?

¿Qué esperabas?, se preguntó, o más bien le preguntó alguien que había dentro de él: una voz tan extraña como familiar. ¿Esperabas que el mundo se plegase ante tus deseos?, le preguntó aquella voz. Todavía sentado y exhausto, Mercandino tuvo miedo tanto de la pregunta que acababa de escuchar como de quien se la había formulado, fuera quien fuese: miedo de no poder liberarse jamás ni de esa pregunta ni de esa voz; miedo, en fin, de que cualquier respuesta que pudiera darse pusiera en evidencia su palmaria estupidez. Fue entonces, en aquel segundo, cuando sucedió.

*

–¿Qué? Es hermosa la juventud, ¿no?

Quien había comenzado a hablarle era un joven musculoso de marcado acento latinoamericano. Tendría unos veinticinco años, no más, vestía ropa deportiva y sudaba ostensiblemente. Era evidente que venía de entrenar. Imposible saber de dónde había salido.

Aquel muchacho se llamaba Luis Alfredo, era venezolano e introdujo a Mercandino en algo que él nunca había imaginado que un día llegaría a practicar: la halterofilia. Porque Mercandino no había manifestado por este deporte el menor interés jamás. Fuera como fuese, tras insistirle bastante, Luis Alfredo consiguió que Mercandino le acompañara al día siguiente a su entrenamiento matinal.

–¿Musculación? ¿Pesas? –Mercandino no podía dar crédito a la propuesta que aquel joven le acababa de hacer.

Claro que aquel no era uno de sus mejores momentos y, como es bien sabido, cuando uno está mal hace casi cualquier cosa para estar un poco mejor. Todo con tal de paliar aquella desdicha que parecía adherirse pegajosamente a las paredes de su alma. Así que accedió. La visión de aquellos senderistas volando, tan dichosos y desenfadados, había sido definitiva.

–Las pesas te harán bien –le repitió Luis Alfredo–. Ya verás cómo, con un poco de ejercicio, se dejan atrás todas esas tristezas.

Acostumbrado al escepticismo, Mercandino fue al gimnasio sin fe, todo hay que decirlo. Acudió –cabría decir– sin saber por qué y en contra de su voluntad. Son cosas que pasan: hace uno algo, pero no podría explicar el motivo. Simplemente, va y lo hace. Hay algo más fuerte que las motivaciones o que los argumentos, más fuerte que la lógica: algo, en fin, que nos pone en movimiento y que, sencillamente, nos impulsa a actuar. Eso fue poco más o menos lo que le sucedió a él durante las semanas en que –¿cómo decirlo?– se puso bajo la tutela de aquel desconocido venezolano.

5

Lo primero que hay que decir es que el gimnasio en que debía entrenar a Mercandino no le gustó. No era sólo por el espacio en sí –tan neutro o aséptico como cualquier otro local de este tipo–, sino por la horrible música que allí sonaba en todo momento: baladas románticas interpretadas en su mayoría por cantautores hispanoamericanos. Este asunto de la música fue también muy importante, quizá decisivo, puesto que, si los primeros días aquellas cancioncillas fueron calificadas por Mercandino de intolerables, al cabo llegó a una fase en que consideró que aquella música era simplemente floja o banal, sin consistencia; para llegar al fin al momento en que se atrevió a calificar todas aquellas cancioncillas de buenas y hasta memorables. ¿Buenas?, ¿memorables?

Conviene saber que el gusto musical del propietario de aquel gimnasio se reducía a las canciones de Mon Laferte, Carla Morrison y Natalia Lafourcade, tres famosas cantautoras del momento. Eso era todo. Mercandino fue aprendiendo estos nombres poco a poco, así como las letras de los temas de estas artistas. Pero todo esto sucedió inadvertidamente, con frases y preguntas como estas: ¿de quién es esta canción? ¿Te has fijado en el estribillo? ¡No me puedo quitar esa musiquilla de la cabeza! ¿Y cómo dices que se llamaba esa cantante? ¡Me encantan las composiciones de Lafourcade! ¡Dios mío! ¿Qué le pudo pasar a José Mercandino durante aquellos días en Candanchú para que cambiara tanto? Quizá he ido demasiado deprisa. Debo volver al punto en que lo he dejado.

Durante aquel primer día en el gimnasio, Mercandino se quejó de que el hilo musical le exasperaba y aturdía por su carácter machacón. No es que la música estuviera a un volumen demasiado fuerte, cosa que el propio Luis Alfredo reconocía. Era que, de haberse encontrado en otro momento vital, eso habría sido más que suficiente para que se hubiera ido de allí sin contemplaciones. Pero se quedó. Inexplicablemente permaneció allí. Aguantó la música de Mon Laferte, que fue la que sonó sin interrupción durante su primera mañana de entrenamiento.

*

Obediente como no lo había sido jamás, Mercandino fue a los vestuarios acompañado por Luis Alfredo y allí, junto a las taquillas, se cambió de ropa. No se puso el chándal con que acostumbraba a dar sus paseos vespertinos por la montaña, sino una camiseta ajustada y un pantaloncito que el propio Luis Alfredo le prestó. Cuando se vio ante el espejo de esa guisa, no se gustó: las piernas flacas, la barriga hinchada, las ojeras de no haber pegado ojo durante semanas... ¿Sería capaz de levantar algún peso en aquella condición física, tan lamentable? No, era evidente que no; y prueba de que sus temores no eran infundados fue que, nada más verle, Luis Alfredo le invitó a que se limitara a levantar los brazos, sin cargar todavía ninguna pesa.

—¿Sin pesas? —preguntó Mercandino, evidentemente humillado.

Le alucinaba haberse encontrado con alguien que tenía todavía menos fe en su persona que él mismo.

—Sin nada —le ratificó su improvisado entrenador.

La verdad, daba pena ver cómo Mercandino levantaba sus bracitos. Cualquiera habría dicho que aquellas tristes extremidades nunca habrían podido levantar nada, ni lo más liviano. Meneando la cabeza, Luis Alfredo tuvo que reconocerlo.

—Tendremos que empezar desde el principio. —Y le invitó a, antes de nada, limitarse a caminar alrededor del gimnasio para, por fin, dar algunas vueltas corriendo.

—¿Sólo correr? —Mercandino no podía dar crédito.

Algunos de los usuarios repararon en él en cuanto empezó a dar vueltas alrededor del local, levantando los puños sin necesidad. Pero fue por poco tiempo; pronto le ignoraron y siguieron ajustando sus sofisticadas máquinas o poniendo pesas de mayor calibre en sus barras, que luego levantaban con visible esfuerzo. Todos sin excepción eran muchachos admirables, con músculos trabajadísimos durante meses, quizá años. Todos ellos sudaban ostensiblemente y sonreían (¿quién sabe por qué motivo?); todos lucían mandíbulas poderosas –eso no fallaba– e iban muy bien afeitados y con el pelo a cepillo o muy corto.

A la tercera vuelta corriendo, Mercandino ya se había cansado. Era de prever, no tenía fondo. Sus paseos por la montaña no habían sido un verdadero entrenamiento. Luis Alfredo, sin embargo, no cedió cuando Mercandino le pidió el primer descanso.

–¿Ya? –al propio Luis Alfredo le sorprendió su escasa resistencia–. ¡Estás demasiado débil! –volvió a sentenciar, mientras Mercandino se quedaba admirado del primor de sus musculosos brazos, mucho más desarrollados de lo que, con la ropa puesta, cabía presagiar.

–¡Qué fuerte estás! –le diría acto seguido, sinceramente impresionado.

A eso Luis Alfredo no contestó, pero resultaba evidente lo mucho que le había agradado esta apreciación. Alzando la voz, prosiguió azuzándole para que corriera al menos un par de vueltas más. Una más. Otra todavía. Cuando le permitió que se tomara una pausa, Mercandino se desplomó sobre una colchoneta, jadeando. Daba pena verle en aquel estado. Luis Alfredo, por su parte, fresco como una rosa, se preparó para levantar una barra con varios discos en cada extremo.

–¡Bebe! –le ordenó entonces–. Aquí tienes que hidratarte continuamente –le reconvino, y le lanzó una bonita cantimplora de diseño para que la cogiera al vuelo.

Mercandino obedeció y bebió. ¿Qué podía hacer, al fin y al cabo? Mercandino le obedeció siempre durante aquellas semanas de –¿cómo llamarlas?– entrenamiento intensivo. Ni entonces ni después comprendería bien el porqué de aquella obediencia suya. Se limitaba a ejecutar lo que Luis Alfredo le ordenaba, y siempre del mejor modo posible: correr si correr, saltar si saltar, bajar y subir los brazos a gran velocidad, dando una palmada arriba, lo que fuera.

También hizo flexiones –muchas–, abdominales –lo daba todo–, planchas –llegó a resistir bastante tiempo–, ya digo, lo que fuera… Cumplía a rajatabla lo que Luis Alfredo le ordenase, sin por ello llegar a disfrutarlo en ningún momento. Disfrutar no, eso no. Lo suyo no era la gimnasia, sino la literatura. Luis Alfredo, por su parte, le había asegurado, también desde el primer día, que literatura y halterofilia no eran incompatibles. Aunque tuviera sus resistencias, la gimnasia le acabaría ayudando como no podía ni sospechar.

–No hay nada que no se cure con un poco de ejercicio físico –le había asegurado, siempre con Mon Laferte como música de fondo–. Con los músculos tonificados es imposible sentirse deprimido.

¿Sería eso cierto?, se preguntó Mercandino. ¿Sería aquello de *mens sana in corpore sano* una profunda verdad o más bien una estupidez y un lugar común?

–Tú sigue levantando cada día unos cuantos kilos y ya verás cómo se soluciona todo –le insistió Luis Alfredo–. Esta es una verdad tan simple que nadie se la cree. –Y miró a su interlocutor como podría haberlo hecho un gran filósofo.

El conocimiento que aquel joven tenía del cuerpo humano –de sus huesos, músculos, tendones…– era sorprendente; hablaba con total naturalidad del epicóndilo y del infraespinoso, por ejemplo, o del trapecio, la fascia lata, los rotadores y, en fin, tantos otros términos, más o menos específicos, que, de no haberlos escuchado de sus labios, Mercandino los desconocería todavía hoy. Él no encontraba ninguna poesía en la halterofilia, y encontrar poesía en lo que debía hacer, aunque fuera en lo más prosaico, era para él la clave de su supervivencia. ¿Se convertiría para él aquel gimnasio, alguna vez –aunque fuera pasado mucho tiempo–, en un escenario poético? Nadie habría apostado por algo así, pero la necesidad de poesía es infinita en algunos hombres, así como su capacidad para descubrirla y ponerla en valor. Mercandino –confío haberlo dejado claro– era uno de esos hombres. Las jornadas que compartiría con Luis Alfredo se lo iban a demostrar. De hecho, desde que empezó a ir al gimnasio, apenas pudo escribir su libro, al que tantas horas había dedicado antes de que aquel venezolano se le apareciera como caído del cielo.

6

Tras dos semanas de entrenamiento diario, Luis Alfredo puso las primeras pesas en manos de Mercandino. Había llegado el momento, ¡por fin! Luis Alfredo había estado preparando rigurosa y pacientemente a su alumno para aquel instante. La verdad era que todos en aquel gimnasio levantaban pesas de, como mínimo, veinte kilos; pero también de treinta, cuarenta, y hasta de más peso. Por humillante que le pudiera resultar, Luis Alfredo le dijo a su pupilo que debía comenzar levantando dos kilos, uno por mano.

–¿Sólo dos? –le preguntó Mercandino–. Puedo con más –le aseguró, y expulsó el aire, sorprendido de no haberlo expulsado antes.

El joven y humillado profesor de literatura se sintió herido en su amor propio cuando supo que eso era lo que su entrenador le confiaba. Miró a su alrededor, no pudo evitarlo: temía que alguno se riera de él, si es que le veía levantar tan sólo dos kilitos, uno por brazo.

–Conviene empezar escalonadamente –insistió Luis Alfredo–. Si ahora te pongo cuatro –y le miró con una, para Mercandino, molestísima indulgencia–, mañana no podrás levantarte de la cama. Hazme caso. Empieza con esto. –Y le extendió las pesas.

Mercandino las levantó. Eran una ridiculez. No pesaban nada.

–Levántalas cincuenta veces y… ya verás lo que sucede.
–Y Luis Alfredo chocó una palma contra la otra.

Sabía lo que se hacía. Tanto que se habría dicho que en su vida no había hecho otra cosa que entrenar a escritores deprimidos. Porque a las cuarenta veces de levantar aquellas pesitas –quizá menos–, Mercandino ya no podía con su alma. Su rostro había perdido la alegría inicial, reflejando concentración primero, rabia después y humillación al final. Comenzó a temblar. Estaba a punto de derrumbarse y resoplaba como un jabato.

–Te dije que fueras más despacio –le recriminó Luis Alfredo, mientras él se desplomó de nuevo sobre una colchoneta, donde estuvo resoplando tan aparatosamente que algunos de los presentes se acercaron para preguntarle si se encontraba bien y si podían ayudarle.

Eran bondadosos aquellos chavales, Mercandino tuvo que reconocerlo mientras les veía desde el suelo, jadeando y bebiendo de su cantimplora de diseño a cada rato, para aliviar su sed abrasadora.

*

Mercandino fue sorprendido por su propia imagen aquella misma tarde en un gran espejo que había en los vestuarios. Por primera vez –y sólo habían pasado dos semanas desde que acudía al gimnasio con regularidad–, no sintió vergüenza ante su aspecto. Sus brazos seguían igual de enclenques, por supuesto, pero al menos no estaban ya tan penosamente flácidos. Había en ellos cierto nervio y, por ello, experimentó un desconocido orgullo que el intelectual que todavía vivía en él calificó de estúpido. Estúpido o no, lo cierto es que ese sentimiento le trajo cierta satisfacción.

No era que ese gimnasio hubiera empezado a gustarle, ni mucho menos; pero llevaba ya unos cuantos días

—debía reconocerlo— en que las baladas románticas que sonaban a cada rato ya no le molestaban, en particular las de Carla Morrison (*Maleza*, por ejemplo, pero también *Bailar bien, bailar mal*, interpretada junto a Gepe, y, desde luego, *Te regalo*, que era su preferida). De hecho, se había preocupado por memorizar el nombre de la cantante y pronto se encontraría a sí mismo tarareando sus baladas, lo que Luis Alfredo, al reparar en ello, consideró un notable avance.

—¡Es que son muy pegadizas! —se justificó Mercandino.

—Caminar está muy bien —dijo su entrenador aquel mismo día, cuando salieron a dar un paseo por las montañas, poco más o menos por el mismo sitio donde le había salido al paso cuando se conocieron—. Es probable que caminar te ayude a salir del bache en el que te encuentras (Mercandino le había contado mucho de sí mismo, pero aún no se había atrevido a confesar lo de los abusos). Yo, sin embargo —Luis Alfredo se había puesto serio—, conozco una manera mejor.

Huelga decir que se refería a la halterofilia.

Mercandino le contó que durante sus largos paseos vespertinos solía recordar lo que había garabateado en sus manuscritos durante la mañana, y que ese recuerdo solía alegrarle, pues le parecía que lo que había escrito era muy bueno, es decir, muy intenso y auténtico; también le confesó que era justamente durante aquellos paseos cuando se le ocurrían las mejores ideas, que luego, al llegar a casa, se precipitaba a escribir, antes incluso de darse una ducha, no se le fueran a olvidar. Así que caminar le descansaba de escribir y le daba fuerza para escribir más.

Luis Alfredo resopló.

—¡Tú no caminas por gusto! —le recriminó—. ¡Tú no te dejas sorprender! —Y le miró casi con aprensión—. Incluso cuando estás rodeado de maravillas… ¡sigues pensando en tus cosas! ¡Eres un huevón! —le insultó—. Era la primera vez

que le insultaba, y lo hizo con el típico acento latinoamericano, de modo que sonó algo así como «wueón».

Para contrarrestar la visión tan pobre que Mercandino
tenía de la naturaleza, Luis Alfredo le confesó que él, en la
montaña, se sentía en comunión con Dios.

–¿Tú nunca piensas en Dios? –quiso saber entonces el
venezolano; pero no esperó su respuesta–. ¡Yo tampoco!
–Y se rio–. ¡Yo le veo! –exclamó–. ¡Le siento! –se corrigió,
y volvió a reír como un poseso.

Había ocasiones como aquella en que Luis Alfredo se
sentía tan dichoso que apenas sabía qué hacer con su cuerpo. Habría necesitado levantar algunas pesas o –¿por qué
no?– hacer el amor con alguna de las muchas chicas que le
gustaban. La halterofilia o el amor –una de dos–, pero algo
debía hacer, y con urgencia, para rebajar su nivel de excitación. La conversación le había conducido a un punto de
felicidad casi insoportable.

El cuerpo (Luis Alfredo) y la mente (Mercandino) se habían ido a juntar, quién sabe por qué, en aquel escenario
montañoso. ¿Podría de aquella extraña amistad nacer el
espíritu?

7

Qué hacía Luis Alfredo en Candanchú fue uno de esos mis-
terios que Mercandino nunca pudo descifrar. Aquel hombre no tenía planes de futuro y, cuando Mercandino le preguntaba a este respecto, él solía responder con un huidizo
«eso ya se verá». Nunca había conocido Mercandino a nadie tan despreocupado por el día de mañana como aquel
venezolano. Pero era así como estaban las cosas: Luis
Alfredo no era capaz de pensar más allá de las próximas
cuatro o cinco horas. Para él, todo el futuro se circunscribía
a ese arco de tiempo.

—Vine a Candanchú a buscarme la vida —respondía cuando Mercandino le insistía, como aquel atardecer en la montaña.

A juzgar por lo mucho que repetía lo de «buscarse la vida», aquella era una expresión en la que se encontraba a sus anchas.

—¿A Candanchú? —A Mercandino le parecía raro.

Y él:

—A alguna parte hay que ir. —Eso parecía bastarle.

Con el tiempo, sin embargo, salió a la luz lo que parecía ser la verdadera razón: necesitaba conocer a nuevas chicas.

—Las venezolanas no están mal —admitió Luis Alfredo poco después—, pero ¡las españolas! —Y entrechocó una mano contra la otra, haciendo patente su entusiasmo.

Eso de entrechocar las manos lo hacía Luis Alfredo sólo cuando no cabía de contento y no sabía ya qué hacer con su cuerpo.

—¿Tienes novia? —preguntó entonces el venezolano—. ¡Ya veo que no! —se respondió él mismo al ver la cara de su interlocutor—. Yo he tenido muchas —reconoció, agitando patentemente las manos para indicar que sería inútil contarlas—. ¡Las españolas se me dan de miedo! —admitió, y volvió a batir palmas tras emitir algo parecido a una risotada.

Pero ¿y a él?, pensó Mercandino. ¿Qué le pasaba a él con las chicas? ¿Debía reconocer ante su nuevo amigo que se encontraba en aquellas montañas precisamente por una cuestión de faldas? ¿Debía confesarle que vivía en una situación de libertad cautelar y que, si no mejoraban mucho las cosas, pronto acabaría con sus huesos en un penal? No, no se lo dijo. Nunca se lo dijo. Quiso habérselo dicho en aquel momento y, de haberlo hecho, es probable que sus lazos de amistad se hubieran estrechado. Pero no encontró el valor. O le pareció que, en el fondo, Luis Alfredo no querría escuchar algo tan íntimo y confidencial. Porque aquel venezolano era, después de todo, un tipo eminentemente práctico: lo que se conoce como un hombre de acción, alguien dedicado al deporte y a las chicas –por ese orden–, acaso su polo opuesto. Dicen que abusé de una menor, habría tenido que admitir. Pero Mercandino no se reconocía en una frase como esa.

Luis Alfredo le comentó que su plan era vivir una temporada en distintos países. También le dijo que ya habría tiempo para asentarse, que el mundo era muy grande y que su idea era vivir sin planes.

Llegara o no a cumplir sus sueños, lo cierto es que, en compañía de Luis Alfredo, Mercandino fue sintiéndose cada día un poco más animado. Aunque en un principio parecía que entre ambos no podía existir la menor afinidad, lo cierto es que, a las tres semanas de su primer encuentro, se habían convertido en inseparables.

–Me encanta cuando te ríes –le había llegado a decir el venezolano–. Eres una persona completamente diferente cuando te ríes –le aseguró de igual modo–. Creo que tu verdadera identidad emerge cuando te ríes como acabas de hacerlo hace un rato.

*

Iban por la calle Anayet, paralela a Crestas, con las bolsas de deporte a sus espaldas, cuando se cruzaron con un grupo de unas seis o siete jovencitas, todas ellas bastante atractivas. Eran chicas de unos quince o dieciséis años que muy bien podrían haber sido alumnas del Petrarca. Las adolescentes se les quedaron mirando, aunque a quien en realidad miraban era a Luis Alfredo. Había algo tan magnético en el físico de aquel venezolano que a las chicas les hacía perder la voluntad. No se trataba sólo de sus músculos, eso lo doy por descontado; era –¡cómo decirlo!– la fuerza de su presencia, que irradiaba a leguas un aura descaradamente varonil. Digo varonil, que es como Mercandino se refirió a ella, pero para corregirse de inmediato y calificarla de pura y salvaje. Sí, por crudo que resulte, Luis Alfredo era una de esas personas por las que algunas chicas sienten debilidad porque intuyen que les hará sufrir. Es lamentable que haya quien busque relaciones tóxicas, o al menos peligrosas, pero eso no quita para que de hecho sea así. Ninguna chica se le resistía a Luis Alfredo y él —esa es la verdad— no hacía discriminación: bastaba que un ser humano tuviera faldas para que él le mostrara su interés por un encuentro, aunque fuera breve, aunque fuera rápido.

—No puedo estar sin pareja —le confesó a Mercandino en cuanto dejaron atrás a ese grupo de adolescentes—. Cada cual tenemos nuestros límites. ¿Cuál es el tuyo? —quiso saber.

—¿Qué? —respondió Mercandino, a quien también le habían gustado todas aquellas chicas, tan desenfadadas y jovencísimas.

—Tu límite.

—Escribir novelas —respondió él.

Aquello había sido un acto de sinceridad.

—¿Y para qué quieres escribir una novela, si es que puede saberse? —le preguntó entonces Luis Alfredo, seriamente interesado.

Y Mercandino:

—Para demostrar que he vivido y que he sufrido.

No se lo pensó, fue una respuesta que le vino de natural.

Luis Alfredo alucinó. Aquello de escribir novelas para demostrar el sufrimiento de la vida le pareció infinitamente más estrambótico que su afición a las mujeres.

—¿Y para qué quieres demostrar que has vivido y que has sufrido? —siguió preguntándole.

Pero a eso Mercandino no supo contestar. Porque, al fin y al cabo, ¿para qué demonios querría él algo así? Es probable que se escriba para decir a los demás que existimos, sin una ulterior razón. Quizá no sea entonces tan evidente que existamos. Quizá la literatura sea un simple subrayado de la existencia. ¡Quién sabe!

–*Cuando dejes de escuchar los tambores de la sociedad, escucharás los violines del alma* –le dijo Luis Alfredo en aquel momento, quién sabe de dónde habría sacado esa frase.

Pero si un político es quien se deja hechizar por los tambores y un místico aquel que se entrega a los violines –fue eso lo que Mercandino argumentó–, un artista, un verdadero artista es aquel que pretende escuchar los violines para que luego resuenen los tambores. Los violines se le resisten, claro, dado que su motivación no es la más pura; pero todo tambor espera siempre que haya alguien que lo haga sonar, y nunca hay que minusvalorar la obstinación de los artistas.

¡Los artistas! ¡Cómo pueden ser tan grandes y tan mezquinos al mismo tiempo! Fuera como fuese, Luis Alfredo vivía para hacer el amor y Mercandino, en cambio, para contarlo, esos parecían ser los hechos.

No exagero si digo que Luis Alfredo se presentaba cada semana con una chica nueva. A veces se presentaba hasta con dos a la vez, una para las tardes, antes o después de su hora de gimnasio, y otra para las noches, que para él eran muy largas si no tenía compañía. Pues bien, a ninguna de todas aquellas chicas, le importaba lo más mínimo, curiosamente, que Luis Alfredo hablara siempre muy alto, casi gritando. De hecho, la gente se daba la vuelta en la calle para mirarlo. Siempre hablaba a voz en grito o canturreaba alguna de las baladas románticas que escuchaba en el gimnasio. Cantaba para dejar salir lo que tenía en el corazón, pues afirmaba que todo lo que no sale, se pudre. Cantar y hacer halterofilia (pero sobre todo hacer halterofilia) eran, decididamente, sus principales respuestas a la vida.

–Tú cantas siempre, ¿no? –le preguntó Mercandino aquella misma noche, poco antes de separarse.

—No puedo evitarlo –le contestó él–. La vida es demasiado bella.

—Eres la persona más feliz de cuantas conozco –le dijo Mercandino entonces, mirándole a los ojos, a lo que él respondió que al día siguiente le invitaba a su casa a desayunar.

8

Luis Alfredo vivía en un minúsculo cuartito que había alquilado en las afueras de Candanchú. Preservaba sus dominios de miradas extrañas, como si allí conservara quién sabe qué secretos escondidos. A las chicas nunca se las llevaba a ese cuartito, que captó la atención de Mercandino sólo por los dos pósters que tenía clavados con chinchetas en la pared, uno junto al otro. El de la derecha, la imagen de uno de esos horribles fortachones que tienen deformado el cuerpo a base de tanta musculación; el de la izquierda, en cambio, una imagen, bastante edulcorada, de Jesucristo, a quien su entrenador rezaba de rodillas justo antes de despuntar el día. Le encantaba madrugar para hacer su primera serie de abdominales y flexiones, a la que a lo largo de la jornada seguirían otras muchas.

—Son dos modelos de identificación muy distintos –se atrevió a comentar Mercandino mirando aquellos pósters, a lo que Luis Alfredo respondió con una de sus características risas, tan estruendosas.

Había empezado a untarse una rebanada de pan con mantequilla, pues se habían sentado a desayunar.

Saber que Luis Alfredo era cristiano practicante le dio a Mercandino una nueva clave de comprensión de su personalidad.

—Eres tan bueno conmigo porque tienes fe religiosa, ¿no es cierto? –se atrevió a preguntarle.

Luis Alfredo le miró de hito en hito.

–Te has sentido en la obligación de hacerte cargo de mí –se justificó Mercandino– porque tu religión te impulsa a ser caritativo y...

Luis Alfredo dio un sorbo de su tazón y se limpió con su servilleta.

–Veo –le dijo entonces– que además de un escritor en crisis eres, para colmo, bastante «wueón». –Y volvió a pronunciar esa palabra a lo latinoamericano–. Eres tú quien me haces un favor a mí acompañándome al gimnasio –le dijo también, mientras devoraba sus tostadas con asombroso apetito.

Mercandino le miró con verdadero afecto. Se sentía como un huevón, desde luego, pero también con la certeza de haber encontrado un amigo. Estuvieron hablando ante la mesa, con el desayuno sin recoger. Luis Alfredo se esforzó por hacerle entender que no había comenzado a quedar con él porque fuera devoto, sino por algo mucho más elemental: le gustaba su compañía, le caía bien.

–¡No! –exclamó Mercandino. Le costaba creerlo. Porque, ¿qué beneficio podría sacar de su compañía alguien como Luis Alfredo, que se llevaba a las chicas de calle y que miraba el futuro con esperanza?

–Sí –explicó él, palmeándole la espalda–. ¡Me haces mucha gracia!

Aquello descolocó a Mercandino. ¿Gracia? ¿Gracia alguien como él: un espécimen escuchimizado y enfermizo, apocado, timorato, desanimado, encogido...? ¿Podría ser cierto que hubiera alguien en el mundo que tuviera interés en un tipo tan apagado como él?

–Para mí tú eres la bomba –continúo Luis Alfredo, echándose para atrás en su silla y cruzando los dedos tras la nuca–. Te falta un hervor, por supuesto; pero estás mucho más cerca de lo que crees de hacer... –y se lo pensó– cosas grandes.

¿Cosas grandes? ¿A qué se referiría?

–Siempre estás tirando de ti hacia abajo, eso puede verlo cualquiera –Luis Alfredo se había crecido, estaba en su salsa–, pero tienes un corazón noble y un alma buena.

Lo del corazón noble y el alma buena a Mercandino le conmovió, o al menos así me lo hizo saber al recordar aquella conversación. Ahora bien, lo que él habría querido verdaderamente saber era a qué se referiría Luis Alfredo con aquello de «cosas grandes». ¿Estaría pensando en algo relacionado con la literatura? ¿Le esperaría acaso, como había soñado desde muy joven, un destino de gloria?

*

El cuartito era minúsculo, ya lo he dicho: dormitorio, cocina y sala de estar en el mismo espacio. Sólo el cuarto de baño estaba separado. De modo que, te pusieras como te pusieras y miraras donde miraras, todo estaba presidido por aquellos dos pósters de gusto bastante dudoso: Jesús de Nazaret, clavado en la cruz, y un culturista de campeonato, luciendo sus esplendorosos bíceps. A Mercandino le costó decidir cuál de estas dos imágenes le horrorizaba más. Quizá lo que en realidad le espantaba era que estuvieran juntas, si bien era eso, justo eso, lo que hacía que no pudiera quitarles la vista de encima. No lo aguantó más; y lo dijo como se le vino a la cabeza.

–Tú eres la suma de esos dos. –Y apuntó a los pósters.

Luis Alfredo se le quedó mirando.

–Quiero decir –Mercandino intentaba explicarse– que te entiendo mucho mejor viendo estas imágenes.

Para Luis Alfredo, ambos modelos eran compatibles: él no veía contradicción en ninguna parte, como el resto de los humanos. Él acogía las cosas como venían, procurando sacar de todo siempre lo mejor. Así que salvó aquella situación riéndose sin motivo, lo que era muy habitual en él.

Mercandino decía algo y, aunque no fuera especialmente gracioso, él se reía. O decía algo él mismo y se reía de igual modo, aunque no tuviera ninguna gracia. O, incluso –que era lo más frecuente–, reía sin que nadie hubiera dicho nada, como si la risa fuera lo que mejor permitiese la transición de una cosa a la otra.

Mercandino no lo resistió.

–¿Puedes decirme por qué te ríes?

Ni que decir tiene que a eso Luis Alfredo contestó con otra risa.

–No, ¡en serio! –insistió Mercandino–. Siento curiosidad.

–Me parece estúpido buscar razones a la risa en lugar de disfrutarla –le contestó Luis Alfredo; y aquella frase le hizo tanta gracia que una vez más soltó una sonora carcajada.

Mercandino y Luis Alfredo: no podían haberse juntado personalidades más distintas. Quizá justo por ello se habían juntado, porque eran muy distintas y se compensaban.

–Me gusta tu compañía –le había dicho Luis Alfredo–. Me haces sentir bien. No sabría decir por qué –confesó, contagiado por la manía de Mercandino de buscarle a todo una razón.

9

La amistad entre José Mercandino y Luis Alfredo terminó precisamente el día en que este declaró lo mucho que le gustaba estar en su compañía. Poco después, urgido por la Justicia, Mercandino tuvo que regresar de inmediato a la capital. No regresó porque estuviera a disgusto en los Pirineos, sino porque el artículo 191.1 del código penal le obligaba a volver para someterse a un juicio en el que le podían caer dos o tres años de reclusión –eso en el peor de los casos– o una sustanciosa multa –en el mejor. Como a Mercandino se le había prohibido aproximarse a la adolescente hasta nueva orden, y como la futura inhabilitación para el ejercicio de su profesión docente era casi un hecho, mi colega debía pensar –lo quisiera o no– en un futuro laboral distinto, alejado de los jóvenes. Por mucho que hubiera empezado a cogerle gusto a la vida en Candanchú y al entrenamiento con pesas, su particular exilio no podía prolongarse. Para él se abría, definitivamente, una nueva etapa. ¿Se había curado de su depresión? ¿Había digerido el suceso que había partido su vida en dos? ¿Le habían enseñado las montañas a ser él mismo una montaña, imperturbable ante los inevitables vaivenes de la vida? Resulta difícil dar a estas preguntas una respuesta definitiva. Se encontraba mejor, eso nadie habría podido negarlo; pero su recuperación no había hecho más que comenzar. Fue esa la época en que realmente le conocí, pues fui a verle a su casón de Mirto muy a menudo durante aquel verano, recién llegado de los Pirineos, mientras esperaba un juicio del que, muchísimo después, saldría absuelto.

Mercandino estaba entonces en construcción tanto por dentro como por fuera, no había más que ver cómo vivía, en medio de cajas. Él se daba cuenta de esta correspondencia entre cómo estaba su vivienda y cómo su interior, quizá por eso no se animaba a deshacer aquellas cajas. Como todavía no estaba preparado por dentro, no quería adelantarse en lo de fuera. Todavía era muy infeliz, aunque el recuerdo de Luis Alfredo, de quién fue en aquellos meses de verano cuando me habló, le encendía el rostro y le ayudaba a no sucumbir.

–Le echo de menos –me confesó la primera vez que fui a verle tras su vuelta–. Tengo que buscarme un gimnasio en el barrio.

–¿Vas a seguir con la halterofilia? –quise saber.

–Luis Alfredo dice que es muy difícil deprimirse si uno tiene los músculos tonificados.

Luis Alfredo dice... ¡Cuántas frases no empezaría Mercandino con estas tres palabras! Luis Alfredo dice esto, Luis Alfredo dice lo otro... ¡Ni que fuera un gran maestro!

Claro que Mercandino no llegó a apuntarse a ningún gimnasio. Tampoco volvió a practicar la halterofilia –que yo sepa–, como había proyectado. De aquella temporada en los Pirineos, todo lo que parecía haberle quedado eran las baladas de Mon Laferte, Carla Morrison y Natalia Lafourcade, su preferida. Ya desde aquel primer día que le visité quiso que escucháramos juntos algunos de sus temas. De hecho, aquella tarde la pasamos escuchando a Mon Laferte sistemáticamente: un disco tras otro, canción por canción. Como si tuviéramos que rendir cuenta de su obra musical en un examen. Y lo mismo hicimos al día siguiente con Carla Morrison, en particular con su «Amor supremo»; y, desde luego, con la música de Natalia Lafourcade, de quien llegué a pensar que se había enamorado. Estoy hablando de enamorarse en su acepción más concreta y literal, puesto que, al hablarme de ella, Mercandino me ofreció algunos datos biográficos de la cantante muy, muy personales, lo que demostraba que su interés por ella no era meramente artístico o profesional.

–Natalia –me llegó a confesar, hablando de ella con suma familiaridad– me está ayudando a superar la incertidumbre ante el juicio al que debo someterme.

No glosé aquel comentario. Pero decidí que, en cuanto llegara a casa, escucharía a esa cantante para averiguar cuál era su magnetismo. Debo admitir que entendí muy bien que Mercandino hubiera sucumbido a los encantos de esas composiciones musicales, tan llenas de sentimiento y tan arrebatadoramente interpretadas. A mi colega le gustó mucho saber que también yo la escuchaba y, quizá por eso, o porque vivía solo como un perro, tomó la costumbre de invitarme a cenar. Solía cocinar él mismo y utilizábamos un par de cajas como sillas y otra, algo más grande, como mesa. Solíamos conversar con Natalia Lafourcade como música de fondo.

*

Una noche me dijo que confiaba en que el libro que estaba a punto de terminar –su tan acariciada novela– le diera en un futuro próximo algún dinero. Me dijo que con ese dinero confiaba en poder ir haciendo de aquel infierno de Mirto –así lo llamaba él, infierno– algo similar a un hogar. Me dijo que había sacado sus libros de la nevera, donde yo los había visto meses atrás. Pero ni el dinero de ese libro llegó ni el polvo de la obra que había hecho en su vivienda terminaba por desaparecer, por mucho que barriera y fregara su piso una y otra vez. Ya desde la primera noche en su compañía vi, en efecto, que todo en su casa estaba cubierto de una especie de polvo blanco que hacía pensar en nieve.

–Esta nieve me tiene desesperado –me admitió.

–Pero ¡no te desanimes por esa nimiedad! –le dije, asombrado de lo mucho que le afectaba semejante tontería–. Yo te ayudo a barrer y a fregar cuando quieras y ya verás cómo todo quedará enseguida como nuevo.

–Es inútil –me dijo él, dejándose caer en un colchón que tenía en el suelo, también cubierto por ese polvo omnipresente.

Me sorprendió la familiaridad con que de pronto había empezado a tratarme, pero me alegró.

–¡Pronto volverá a nevar y será inútil nuestro esfuerzo! –sentenció.

Sentí compasión por aquel hombre, perseguido por la justicia y afligido por aquella tontería de la nieve. ¿Tontería? No. Me equivocaba. Aquel finísimo polvo blanquecino no era ni mucho menos, como yo había supuesto, una tontería. Él tenía razón: por mucho que barrimos y fregamos el salón de su casa (y yo le ayudé en muchas ocasiones), aquel polvo invencible volvía a caer quién sabe de dónde, cubriéndolo todo una y otra vez de blanco. Era como una maldición. A mediodía lucía en aquella casa un sol enloquecedor, y ello a pesar de los papeles de periódico que cubrían los cristales; dentro, sin embargo, fuera la hora que fuese, nevaba lenta e inexorablemente. Quizá fuera esta la razón por la que fui tan a menudo al casón de Mirto durante aquel verano. Estaba intrigadísimo por ese polvo de nieve que caía en el salón de aquella casa. También –debo confesarlo– por la historia de Mercandino con Luis Alfredo y, sobre todo, por Morrison, Laferte y Lafourcade, a cuyas canciones yo mismo comencé a aficionarme.

10

Ignoro qué es lo que tienen los nombres de estas tres artistas, pero desde que los escuché por primera vez no logré quitármelos de la cabeza: no ya sus canciones –algunas de las cuales eran realmente bonitas–, sino sus meros nombres y apellidos, tan sonoros, tan memorables. Expliqué todo esto a mi amigo en mi siguiente visita.

–¿De veras? –quiso saber él, cuando supo cómo también yo había caído víctima de los hechizos de estas mujeres.

Aquella tarde el sol entraba por las ventanas con más fuerza de la habitual, haciendo visibles las partículas del polvo blanco, suspendidas en el aire. Aunque lo barrimos y fregamos todo juntos una vez más (él lo había hecho también esa misma mañana), pronto estuvimos de nuevo cubiertos por aquel polvo inexplicable. Tuvimos que enjuagar nuestros vasos –en los que nos habíamos servido unas cervezas–; tuvimos que ducharnos, pues también en la ropa había restos de aquel polvillo; tuvimos que aceptar que, mientras fuera lucía el sol, en aquel inmenso casón nunca dejaría de nevar.

Hoy, tres años después de estos sucesos que ahora relato, sé lo que nos sucedió: nos habíamos enamorado de aquel vacío, de aquel caserón, de aquellas paredes que no contenían otra cosa que cajas con libros. Aquel era un vacío infernal, eso lo sabíamos los dos; pero estábamos fascinados por aquellos techos altos, tan imposibles; y por aquellas cajas de cartón, perfecto símbolo de la transitoriedad de la condición humana. Estábamos enamorados de Morrison y de Lafourcade, sobre todo él; de Laferte, tan romántica, y, desde luego, enamorados de aquella nieve absurda que nos seguía cayendo, sutilmente, a toda hora.

–Me gusta mucho que vengas a verme cada día –me dijo Mercandino aquel atardecer; consideré aquello casi como una declaración de amor–. Sin ti me habría perdido en este agujero de nieve y de calor.

Mercandino había querido un hogar y, sin embargo –¿quién sabe por qué?–, se había hecho construir algo parecido a una nave industrial. Él quería una casa en la que poder acoger a sus amigos y colegas escritores y, por contrapartida, le habían entregado un inmenso agujero en el que se agigantaba su soledad: una suerte de buque en ruinas, que era a lo que recordaba aquel *loft*.

¿Por qué cuando vemos un vacío nos preocupamos enseguida de cómo llenarlo? Esta pregunta quedó en suspenso.

–Quizá me exilie definitivamente en los Pirineos –me dijo una de aquellas tardes–. Pero no para huir de la maledicencia y de las miradas reprobatorias (que no habían cedido, pese a su prolongada ausencia), sino del vacío de esta vivienda.

Se hizo un largo silencio después de que dijera esta frase. Eran las cuatro de la tarde, aproximadamente. Nos habíamos servido un café con hielo y ambos estábamos vestidos con tan sólo un pantalón corto, puesto que hacía demasiado calor como para ponerse la camiseta o incluso las

sandalias. Durante aquel largo silencio tuve que preguntarme por qué nos quedábamos tanto rato en aquella casa con
el calor que hacía. ¿Qué era lo que estábamos haciendo
allí? Sudábamos y bebíamos sorbitos de nuestro café, tira-
dos en unas colchonetas. Eso era todo. Mirábamos el techo
de aquel buque en ruinas, fuera en silencio o –como en
aquel instante– escuchando la música de Morrison, Laferte
y Lafourcade, que era lo más habitual.

Mercandino las escuchaba todo el rato para atenuar la
venenosa nostalgia que sentía por Luis Alfredo, cada vez
más insoportable (¿o era para acrecentarla?). Yo, en cambio, me sumergía en la música para no oír lo que llamamos
«sonidos inquietantes», en los que aquella vivienda de reciente construcción era pródiga. ¿Sonidos inquietantes? Sí,
sí: pasos, golpecitos, campanillas, sí, también campanillas,
por extraño que parezca…, todo tipo de sonidos misteriosos que el arquitecto había justificado asegurando que los
edificios necesitan de cierto tiempo para asentarse. Aquellos
misteriosos sonidos se oían en los rodapiés, en las estanterías… Se oían en la chimenea, en el reloj de cuco, en los
cuadros, apoyados en la pared, todavía sin colgar. En más
de una ocasión, recorrimos toda la vivienda y los escucha-
mos –nítidos y amenazantes– en el interior de los armarios,
en el cabecero de la cama, en la encimera de la cocina, en
las contraventanas…

Las personas dedican, por lo general, mucho tiempo a
sus casas. Mercandino no fue en eso una excepción. Más
bien diría que fue un modelo ejemplar. Empezaba a comprender que estaba dedicando tanto tiempo a su casa para
encontrarse consigo mismo. Pretendía –quizá fuera muy
ingenuo– que su casa fuera como un espejo de su persona.
Quería que ese espacio exterior que es una casa correspon-
diese con ese espacio interior que es un alma. Por mi parte,
asistí a este proceso durante largas semanas. No sé, con
franqueza, si lo consiguió. No lo creo. Su vivienda era

demasiado grande para él y, por ello, muy difícil de someter o dominar. Era un casón tan enorme que parecía tener su propia voluntad. Yo siempre he pensado que Mercandino habría sido mucho más feliz en una casa más pequeña, más normal: que se equivocó al hacérsela construir tan grande y que le pudo la ambición y la vanidad.

*

Llegó septiembre y el juicio seguía sin celebrarse. Luego octubre y el juicio se retrasó más de lo que cualquiera habría calculado. Dejé de visitar a Mercandino. La llegada del otoño y mi distanciamiento de él fue todo uno. Lo único que continuó, según pude saber, fueron los sonidos inquietantes: crujidos, pasos, respiraciones...

–También oigo golpes, como si hubiera caído algún objeto contundente –me contó Mercandino una noche por teléfono–; no me creerás, pero también escucho corrimiento de muebles.

–Mmm... –alcancé a decir, como animándole a que continuara.

–Pasos de alguien subiendo o bajando la escalera.

–Mmm –volví a decir.

–Alguien deslizándose cautelosamente –continuó.

–Ya sabes lo que dijo el arquitecto –le recordé–. Que hasta que se asientan del todo, los edificios de nueva construcción hacen ruidos que pueden hacer pensar que están habitados por duendes.

Así que los duendes de ese casón en ruinas fueron durante algunos meses para Mercandino sus únicos inquilinos. Los duendes y el fantasma de Luis Alfredo, desde luego, cada vez más presente.

–Todos estos sonidos –me preguntó un día Mercandino–, ¿no serán, al fin y al cabo –e hizo una pausa–, llamadas de... Luis Alfredo?

–¿Qué quieres decir? –le pregunté.

Tuve la impresión de que había empezado a desvariar.

–Sí, sí, Luis Alfredo –contestó él–. ¿No me estará llamando Luis Alfredo para que vuelva en su busca?

11

Mercandino tuvo que salir a buscarse la vida, dado que a su puesto de trabajo no podía volver. No es que no supiera qué hacer con su tiempo –pues seguía corrigiendo su novela una y otra vez–, sino que necesitaba dinero para saldar sus deudas. No le resultó sencillo, pese a que todos sus familiares y conocidos le aseguraban que pronto encontraría una ocupación remunerada, pues estaba muy cualificado con largos años de estudio y varios títulos universitarios. Su cualificación, sin embargo, como sucede con incontables parados, le sirvió de muy poco durante aquellos largos y penosísimos meses.

–Está usted demasiado cualificado –le dijeron unos y otros, allí donde le recibieron–. Este trabajo se le quedará enseguida muy pequeño.

Mercandino acudió como primera medida al suplemento cultural en donde había publicado un artículo quincenal durante los últimos años. Fue en vano. Quizá porque no se presentó fuerte y seguro ante la Dirección, pidiendo cifras elevadísimas por sus servicios (que es como hay que ir a cualquier lugar del que uno pretenda obtener algo), sino con modales humildes, casi desesperados. Todo lo pidió por favor, que es la manera –resulta evidente– de no obtener gran cosa. Les llegó a decir que les suplicaba que no le dejaran tirado. Por si todo esto fuera poco, les aseguró que no les decepcionaría, pero que necesitaba algún dinero, aunque fuera un poco. También eso les dijo. Lamentable. Descorazonador. En la Redacción de aquel suplemento cultural no quisieron ayudarle porque... ¿quién habría querido contratar a alguien que se expresaba en un tono tan quejumbroso? Las cosas fueron aún peor: como si fuera víctima de un maléfico conjuro, el responsable de aquellas páginas de cultura le llamó pocos días después para decirle que lo lamentaban mucho, pero que sus dos reseñas literarias mensuales –que era la periodicidad pactada– debían pasar a ser una. ¿Sólo una? El tono quejumbroso delató a Mercandino por segunda vez. Ya no puede sorprender que –y esta vez sin avisarle– también esa triste colaboración mensual se le arrebatara y, con ella, la exigua cantidad que le pagaban por escribirla. No querían un fracasado entre ellos. Dieron aquella colaboración suya, como era de esperar, a quien ya tenía otras. Porque a quien tiene se le dará, y a quien no tiene se le quitará hasta lo que tiene. Una amarga profecía que Mercandino tuvo que experimentar.

¿Dónde puede encontrar trabajo un escritor o, peor aún, un novelista en ciernes? Se trata de una pregunta que –no hace falta ser muy listo– no tiene contestación posible. Si a esa pregunta se añade que ese parado y escritor en ciernes está, para colmo, perseguido por la justicia, entonces la respuesta no puede ser ya sólo el silencio –respetuoso, compungido, humillante...–, sino una carcajada abierta. Mercandino, sin embargo, necesitaba el dinero (dinero para comer, desde luego, pero también para empezar a amueblar su casón, cuyo vacío, por fascinante que pudiera resultar, le continuaba deprimiendo). De modo que llamó a las puertas de instituciones de la más diversa índole: el centro cultural de su barrio, por ejemplo, las agencias literarias, las bibliotecas públicas... Nada. Nada en absoluto. Ni una remota posibilidad de un modesto dinerillo. A Mercandino le hicieron falta bastantes negativas para empezar a entender algo que, por elemental que fuera, hasta entonces no había podido entender: que no es fácil salir adelante. Que para la sociedad, cuando realmente lo necesitas, no eres nadie, nadie en absoluto. Alguna vez es bueno sentirse así, aunque sólo sea para saber cómo se sienten quienes por sistema son tratados como si no existieran.

Al vacío de su casa y al vacío social había que añadir ahora el vacío laboral. ¿Por qué le costó tanto a Mercandino habituarse a estos vacíos? No es fácil ser nadie: uno tarda mucho en adaptarse.

Mercandino reaccionó como pudo, como supo, agarrándose con más fuerza aún a la escritura, su vocación, y, sobre todo, agarrándose a sus tres musas (Carla, Natalia y Mon, que también fueron las mías en aquella época) y a la amistad conmigo. El recuerdo de Luis Alfredo, de quien me hablaba en cada uno de nuestros encuentros, le atormentaba. Tanto me habló de él que en cierta ocasión me atreví a sugerirle que le localizara y fuera a verlo. O que le invitara a pasar una temporada en Madrid, puesto que también a mí me habría gustado un cara a cara con aquel hombre, aunque sólo fuera para no seguir alimentando su leyenda. De algún modo ya intuía, aunque fuera remotamente, que, en aquel joven venezolano estaba la clave para entender la historia de mi amigo.

*

Justo cuando Mercandino empezó sus pesquisas para localizar a Luis Alfredo, le convocaron a una entrevista laboral de la que salió milagrosamente airoso. Fue providencial que aquella puerta se le abriera justo en aquel momento, puesto que ya había empezado a pensar que algo había en él incompatible con un empleo normal, como el que tiene todo el mundo. La empresa en cuestión se llamaba PPR: un grupo dedicado a la edición y venta de libros de texto.

En aquella primera entrevista, los directivos de PPR quisieron saber cómo creía Mercandino que debían ser los libros de literatura para niños, área para la que, dado su historial, estaban pensando contratarle. Deseoso de dar una buena impresión, mi colega disparó su imaginación y elaboró ahí mismo, en el acto, un proyecto educativo lleno de fantasía. Cualquiera habría aplaudido aquel despliegue espontáneo de creatividad. Los funcionarios que en breve iban a convertirse en sus superiores no tendrían más remedio que reconocer su talento, casi su genialidad. Pero no fue así. Don Fidel, que llegaría a ser su jefe más directo, así como don Camino, el mandamás de aquel poderoso grupo editorial, le escucharon durante los primeros minutos con fingido interés. Tan bien fingieron ese interés por lo que les estaba contando que, por un momento, Mercandino llegó a creer que, efectivamente, los había llevado a su terreno. Es lo que les pasa a los artistas, persuadidos en su mayoría de que todos deberían rendirse ante su don. Por ello, Mercandino quedó estupefacto con lo que escucharía en cuanto terminó su brillante exposición.

—Don José (siempre le llamaron con ese don delante, algo a lo que Mercandino nunca llegaría a acostumbrarse), le rogamos que escuche bien lo que ahora vamos a decirle. Don José —repitió don Fidel—, olvídese de todo lo que nos acaba de contar. Le hemos permitido que exprese sus ideas sobre un hipotético proyecto de educación en el área de literatura —dijo mientras se frotaba su calva— para que vomite de una vez toda esa morralla y sepa, desde el principio, que en esta casa no queremos ninguno de todos esos planteamientos.

Mercandino se revolvió en su asiento. La reacción de sus superiores, según empezó a sospechar, no había terminado; quedaba el colofón final, digámoslo así, la puntilla.

—Nosotros, don José —dijo todavía don Fidel, sin dejar su calva en paz—, nosotros... —repitió con relamida indulgencia— llevamos en esto de los libros desde mucho antes de que usted —y miró a don Camino, como buscando su aprobación– ... desde mucho antes de que usted... ¡hubiera aprendido a leer! –Y se rio.

Fue una risa seca, sin ganas; pero don Camino la aprobó, como podía deducirse de la sonrisa que dejó ver tras sus grandes gafas.

–Todo lo que usted nos ha expuesto aquí, y de lo que, es lo más probable, se sienta tan orgulloso ... –don Fidel puso con firmeza su dedo índice sobre la mesa– ¡nos lo sabemos de memoria! –Y otra vez su risa seca, sin ganas–. Si PPR le contrata –le admitió–, no es para que le den un premio o para pasar a la historia, ¿puede entender esto?

Mercandino miraba a su superior con ojos como platos. ¿Por qué le trataban de ese modo? No podía negárseles su sinceridad, eso no; aún estaba a tiempo de arrepentirse, dar un paso atrás y volverse por donde había venido. Pero no. Llevaba mucho tiempo buscando trabajo; se le estaba ofreciendo una oportunidad y le urgía el dinero.

–Fíjese bien lo que voy a decirle –don Fidel no había terminado, y su dedo índice seguía clavado sobre la mesa–. Aquí –y ese mismo dedo dio tres toques, contundentes, sobre aquella mesa–... aquí estamos para hacer libros de texto, no libros literarios. –Y volvió a reírse, pero esta vez no con su característica risa seca, de viejo, sino con una más floja y abierta–. Aquí estamos para hacer negocio con los libros que se usan en los colegios, ese es el punto, ¿me sigue hasta ahora?

A Mercandino le cambió la cara. ¿Serviría un hombre como él para los negocios? Y, más radicalmente aún: ¿es correcto hacer dinero con los libros de texto, con la literatura, con la educación...?

Todas estas preguntas –que no pudo evitar– debilitaron a Mercandino; hasta tal punto que le vino a la cabeza en aquel momento tan inoportuno el recuerdo de Luis Alfredo, en particular los dos pósters que colgaban de la pared de su habitación alquilada. Recordó también en aquel instante, quién sabe por qué, las pesas de un kilo que puso en sus manos cuando por fin le vio preparado para comenzar con la halterofilia. Y sintió el rabioso deseo de escuchar de inmediato las canciones de Laferte, Morrison y Lafourcade, o al menos las de Lafourcade. Don Fidel, mientras tanto, continuó hablando; pero Mercandino, volcado a su interior, se encontró de repente en el casón de Mirto, cubierto de polvo de nieve. ¿Cómo habría llegado hasta ahí? ¡Pobre Mercandino! Candanchú le había trastornado. Su cuerpo estaba ya en Madrid, por supuesto; pero su alma –¡ay!, tenía que haberlo imaginado– seguía lejos, en las montañas. Debió haberlo comprendido en aquel preciso momento, pero no, no lo entendió. De modo que poco después, mientras él iba y venía de sus montañas hasta la sede de PPR, se encontró firmando un contrato que le comprometía como trabajador editorial. Fue un periodo duro. Sólo duró tres meses: los suficientes para que el sentimiento de vacío que había empezado a explorar le ahogase hasta un extremo insostenible.

Pero ¿no tenía que estar contento por trabajar, por ganar dinero –¡y encima en un contexto literario!–, por haber enderezado su vida y vuelto, al menos hasta donde era posible, a la normalidad? No, nada de eso. Su sentimiento de vacío se ensanchó y, como si fuera un agujero negro, fue succionado por él a una velocidad cada vez mayor.

12

En su primer día en la oficina, don Fidel dejó en el escritorio de Mercandino un sinfín de libros de texto con el propósito de que el nuevo empleado los estudiara a fondo. Le explicó lo que pretendía de él con todo detalle, como si fuera un muchacho. Como si no comprendiera el castellano. Resultaba ofensivo que se lo dijera todo una y otra vez, y tan despacio, separando una palabra de la otra y con el dedo en alto. Para asegurarse de que le había quedado claro, don Fidel le pasó el encargo por escrito poco después. Esta insistencia, como no podía ser de otra forma, llamó mucho la atención del nuevo contratado. ¿Dudarían de su capacidad de comprensión?

El trabajo consistía en detectar los recursos didácticos que diferenciaban unos libros de texto de otros. No parecía una misión difícil. Los directivos pretendían que reconociera las claves pedagógicas y filosóficas que estaban detrás de cada uno de esos manuales. Era un examen en toda regla, Mercandino se dio cuenta desde el primer instante. En aquel ejercicio no había trampa ni cartón, y mi colega, que se aplicó cuanto pudo, salió airoso de él. Pasó entonces a lo que en PPR se llamaba la tercera fase.

—Ya está usted en la tercera fase de nuestro plan de formación para los nuevos contratados —le dijo don Fidel, y le palmeó en el hombro en un vano intento de crear con él una imposible complicidad.

Se suponía que Mercandino debía sentirse muy orgulloso; pero, la verdad, no lo estaba. Lo de las claves pedagógicas y filosóficas que estaban detrás de los libros de texto que le habían hecho comparar le había parecido un juego de niños. Todo aquel sistema laboral se le antojaba innecesariamente solemne y, sobre todo, muy infantil. Pero no debía pensar, ¿es que ya se había olvidado de esta consigna, tan elemental? ¿Por qué hay ejemplares de la raza humana a los que les resulta tan difícil, sencillamente, no pensar?

*

La tercera fase del plan de formación de PPR comportaba que el empleado podría disponer de una mesa propia y un ordenador personal. Claro que esa mesa y ese ordenador estaban en una nave junto a otros trescientos empleados, cada cual ante su propia mesa y su propio equipo electrónico. Cualquier empleado se habría puesto muy contento ante este signo tan evidente de promoción laboral. Mercandino, no. Al ver aquella inmensa nave le preocupó tener que trabajar junto a esa muchedumbre. Imaginó bien lo que le iba a suceder y no se equivocó. Desde que tomó asiento ante aquella mesa y encendió su ordenador, se sintió vigilado. Era una sensación incómoda, una sensación que no experimentaba desde sus años escolares y que ahora, como si hubiera permanecido viva y fresca en algún lugar de su interior, salía de nuevo a flote para enturbiar su ánimo. Porque no era sólo que don Fidel controlase los movimientos de los empleados desde una pecera donde tenía su propia mesa y ordenador; tampoco se trataba de que don Camino les vigilara a todos desde su propia pecera, a una altura bastante más considerable que la de don Fidel. Era que los propios empleados, los compañeros de Mercandino, sabían en todo momento si él, así como cualquier otro, estaba trabajando de verdad o más bien –irresistible tentación– entreteniéndose en algo ajeno al trabajo encomendado. Sin poder evitarlo, desde el minuto uno Mercandino se volvía ocasionalmente para comprobar si alguien reparaba en él.

Cualquiera habría dicho que en una nave de trescientos esclavos remando, cada cual debía estar a lo suyo. Pues no. Santos Dávila, por ejemplo, un tipo al que contrataron junto a él, siempre le estaba mirando cuando alzaba la vista. Al sentirse descubierto, Dávila alzaba levemente la mano, a modo de saludo. Fue así como Mercandino supo que tanto Dávila como cualquiera de los demás, en apariencia concentrados, no le quitaban el ojo. Que a PPR no había ido para hacer, como era habitual en él, lo que le diera la real gana.

–¿Tú crees que siempre he hecho lo que me ha dado la gana? –me preguntó Mercandino entonces, a esta altura del relato.

Por lo que le conocía, esa era mi impresión.

–Un artista no puede ir por la vida sin hacer lo que le da la gana –comenté–. No sería un artista si no se comportara así. Artista y funcionario –glosé– son oficios incompatibles.

Mercandino estuvo de acuerdo conmigo.

La tercera fase del programa de capacitación de PPR consistía en familiarizarse con un programa informático, al parecer imprescindible para la edición de textos. PPR exigía de todos sus empleados que supieran manejar cada una de las utilidades de aquel programa. Familiarizado con sus funciones, podían hacerse esquemas, tablas, dibujos con flechas, recuadros y, en fin, un millón de filigranas más que los directivos consideraban básicas en el trabajo de editor. Mercandino –todo hay que decirlo– cumplió religiosamente lo que se le encomendó. Entró en las mil y una utilidades de aquel estúpido programa y las practicó hasta la saciedad. Hasta que no tuvo con ninguna de ellas la menor duda. ¿Hasta la saciedad? ¿Sin la menor duda? Quizá me esté quedando corto.

Demostrada su pericia en este nuevo examen, a Mercandino se le entregó la plantilla completa de un libro de texto. Las consignas que don Fidel le había dado eran muy claras: prescindiendo de los contenidos, debía diseñar un hipotético libro con los recuadros, esquemitas, tablas y otras lindezas del diseño que solían tener los libros de aquel sello editorial. En aquellos días, Mercandino todavía aspiraba a dar a sus jefes una buena impresión de su persona. Tardó en rendirse a la evidencia. Tardó en aceptar que no se le había contratado por sus habilidades para la escritura o por sus conocimientos de historia de la literatura universal. Esa fue su perdición, pues a don Fidel y a don Camino lo único que les interesaba eran los redondeles, las tablas y los esquemitas, a los que Mercandino se dedicó con la mejor de sus voluntades –eso es innegable–, pero sin ningún éxito, reconozcámoslo. ¿Sin éxito? ¿Cómo es posible?

13

–Y esto… –le preguntó don Fidel, al ver lo que Mercandino le presentaba, el labio inferior le temblaba–, ¿esto lo das por terminado? –Su cara cambiaba por segundos de color–. Pero ¿no ves que es… –y se pensó cómo calificarlo– un auténtico desastre? –Y estrelló los papeles contra el pecho del pobre Mercandino, desconcertado.

A él, la verdad, su trabajo no le parecía un desastre. Tras casi una semana diseñando recuadros y circulitos, consideraba que lo que había conseguido presentar era –si no un primor– al menos digno de cierto reconocimiento. Pero no. A juicio de don Fidel no lo era en absoluto. El directivo se enfadó muchísimo al comprobar que los circulitos que debían rodear los números de cada ejercicio o actividad eran de tamaños distintos, no iguales entre sí.

–¿Cree usted –le preguntó don Fidel– que cada editor puede poner estos circulitos… –y los apuntó, colocando el dedo índice sobre ellos– del tamaño que le venga en gana?

–¡Desde luego que no! –se justificó mi colega–, pero… Más o menos…

No debió decir aquello. Lo del más o menos con que respondió fue definitivo. Don Fidel no podía creer lo que había escuchado. Regla en mano, aquel hombre se tomó la molestia de medir varios de aquellos circulitos, lo que le llevó su tiempo, desde luego. Al final demostró que tenía razón: algunos de aquellos circulitos eran, en efecto, más grandes que otros, con lo que el trabajo encomendado no estaba bien hecho. No estaba para ir a la imprenta.

Mercandino reconoció su milimétrico fallo con humildad. Eso lo hizo bien. Pero, en cambio, se equivocó al, de paso, pedirle que, en adelante, se abstuviera de estallar los papeles contra su pecho, por mal que estuviese realizada su tarea.

—Pero ¿tú quién te has creído que eres? —le preguntó su superior.

Y él:

—Una persona. Simplemente.

Don Fidel no entró en el debate. Se limitó a tener a su empleado otra semana haciendo circulitos, sin tan siquiera dignarse a revisar si los estaba haciendo bien. De verdad. Una semana. Entera.

En una semana de cinco días laborables, a razón de ocho horas diarias, pueden diseñarse muchos circulitos, eso no hay ni que decirlo. Como tampoco hay que insistir en que para la mayor parte de los humanos resultaría exasperante semejante actividad, pero en particular para alguien que se cree un artista. Fuera como fuese, al final, a Mercandino le salían todos los circulitos casi del mismo diámetro. ¿Cómo casi? ¿No todos? No, todos no, debía reconocer que no todos eran idénticos y, como no podía ser de otra manera, don Fidel se lo reprochó. Fue un momento definitivo en su relación. Al jefe no le cabía en la cabeza cómo podía haber alguien en el mundo tan incapaz, existiendo en ese programa, como en muchos otros del mismo género, una utilidad llamada «cortar y pegar», que permite —hecho un determinado diseño— reproducirlo cuantas veces se precise. Claro que eso también lo sabía Mercandino de sobra —no era tan estúpido—; hacía uso de esa utilidad cuando podía; pero, al tener que cambiar de plantilla, puesto que en aquel libro había varias, esa función, utilizada en la plantilla anterior, ¡no podía conservarse tal cual en la nueva! Era ahí donde fallaba el sistema.

—¡Cómo puede ser usted tan negado! —le increpó don Fidel en esta segunda revisión del trabajo—. ¡Es usted un burro!

Le había llamado «burro» y aquello era, se mirase como se mirase, un insulto. ¿Debía Mercandino hacérselo notar o más bien seguir simulando que no lo había escuchado? Por el momento, continuó poniendo cara de tonto, le pareció lo más prudente. Pero su alma no estaba tranquila, no podía estarlo.

Mientras tanto, don Camino, desde la pecera del plano superior, lo controlaba todo y meneaba la cabeza.

*

Lo peor no era para Mercandino el contraste entre los meses que había pasado en los Pirineos –caminando, escribiendo y practicando halterofilia– y su actual vida funcionarial, encerrado en una nave, junto a otros trescientos esclavos. Lo peor tampoco era la sensación de estar perdiendo la vida y el agotamiento con que se quedaba tras cientos de circulitos diseñados, más o menos del mismo tamaño, pero nunca del todo exactos. Lo peor era –esta vez sí– la convicción de que en cada circulito que dibujaba, más se encerraba, más se asfixiaba. Estaba convencido de estar dibujando un vacío para enclaustrarse en él. Tenía la certeza de estar construyendo su jaula. La nostalgia del gimnasio de los Pirineos se apoderó entonces rabiosamente de él. Carla Morrison, Natalia Lafourcade y Mon Laferte no le ayudaron en absoluto en aquellos días, tan kafkianos. Al contrario, agudizaron aquella venenosa sensación que le subía hasta la garganta.

Como buena parte de los empleados de cualquier empresa del mundo, Mercandino llegaba a su casa tras la jornada laboral, cenaba cualquier cosa y se tumbaba en el sofá, para aturdirse un rato viendo el televisor. Ni él mismo daba crédito: se acostaba como los pajaritos, pues a la mañana siguiente debía levantarse muy temprano y volver a lo mismo: los esquemas, las tablas y, evidentemente, los circulitos. Al día siguiente –huelga decirlo–, otro tanto de lo mismo: madrugón, circulitos, tortilla francesa frente al televisor y vuelta a la cama. Y así un día tras otro hasta que se dio cuenta que de la halterofilia podía prescindir, por supuesto; que podía prescindir incluso de Morrison, Laferte y Lafourcade –aunque le habría costado–; que podría prescindir de igual modo de amueblar su enorme vivienda –donde, ¡ay!, nunca había dejado de nevar–; pero que a lo que en modo alguno estaba dispuesto a renunciar era a la rarísima amistad que había entablado con Luis Alfredo, a quien echaba de menos a rabiar. Podía vivir sin escritura, sin dinero, sin el casón de Mirto, pero no sin aquel hombre por quien sentía una atracción tan incomprensible como visceral. Todo se precipitó a partir de entonces. Pero vayamos por partes. Las cosas sucedieron del siguiente modo.

Por una parte, a Mercandino se le había prohibido que hiciera otra cosa que dibujar circulitos. Nada: ni profundizar en las líneas pedagógicas o filosóficas de los libros de texto ni adentrarse con más detalle en otras utilidades de aquel programa. Prohibido. A eso había que sumar la clara sensación que padecía de cómo aquellos circulitos que dibujaba eran como esas bolas de hierro con que antaño se encadenaba a los presos y que él, fatalmente, se ataba a sí mismo a cada pierna.

–¡Las hará perfectas, ya lo verá! –había dicho don Fidel.

Una arruga –signo elocuente de su obcecación– partía su frente en dos. Fue la visión de aquella arruga, inolvidable, la que hizo comprender a mi colega que, para su desgracia, o para su futura dicha, ¡quién podía saberlo!, le habían dado por imposible. Miró a don Fidel con tristeza.

¡Pobre Mercandino! Pasó un mes sin hacer nada en absoluto. No le daban trabajo, nada, ningún tipo de actividad. ¿Qué podía hacer en aquella circunstancia? Navegaba por internet, por supuesto; y contestaba sus correos personales. Leía larguísimos artículos que se bajaba de la red, aunque el tema le interesara sólo remotamente. Ahora bien, llega un momento en la vida en que hasta el hombre más curioso del mundo se cansa de navegar y de leer por internet;

llega el momento en que hasta la persona más sociable no sabe ya a qué otro amigo podría escribir; llega el momento, en fin, en que hace su aparición una de las sombras más oscuras: el aburrimiento.

Salvo alejarse de su escritorio, Mercandino podía hacer lo que le viniera en gana: a ninguno de sus superiores les preocupaba ya si trabajaba o no, sólo le exigían que estuviera sentado en el puesto que le habían asignado en la gran pecera. Mercandino, sin poder evitarlo, se daba de vez en cuando la vuelta en busca de la mirada cómplice de su compañero de fatigas, Santos Dávila. Pero Dávila, con lo tonto que parecía al principio, había comprendido las reglas del juego mucho antes y mejor que él, y ya no le miraba. Y mucho menos le saludaba tímidamente con la mano, como hacía antes, cuando le sorprendía y sus miradas se cruzaban.

Aquello era una prueba de resistencia, estaba claro: un pulso. Se trataba de comprobar quién aguantaba más: si don Fidel sin darle trabajo o si él sin trabajar.

14

En esta situación tan dura (porque si trabajar es duro, no hacerlo estando en el puesto de trabajo resulta más duro todavía), Mercandino encontró consuelo en algunos retratos fotográficos que conservaba de su amigo Luis Alfredo. Colocó uno de aquellos retratos –un primer plano de su amigo– en la parte inferior de su ordenador, de modo que siempre pudiera tenerlo a la vista. Fue una decisión determinante. Su moral se iba agostando y el espíritu se le achicaba día a día, como si fuera una uva pasa. La imagen fotografiada de Luis Alfredo le ayudó a resistir. En su compañía, en su presencia, las infinitas horas de la jornada laboral se le hacían más llevaderas.

Como no podía levantarse de su silla y como estaba cansado de no hacer nada, Mercandino se dedicó a mirar obstinadamente aquella foto, desde donde Luis Alfredo le sonreía e infundía ánimos. ¿Cuántas horas en total pasaría así, mirando aquel rostro, tan sonriente? En ningún caso fueron menos de un centenar, hicimos el cálculo. Cien horas mirando algo –lo que sea– cambian la vida de cualquiera, en eso podemos estar de acuerdo. Pues eso fue lo que sucedió. La imagen de Luis Alfredo fue para Mercandino algo así como un puente: el que le ayudó a cruzar desde PPR hasta la libertad. ¿La libertad? Sí, la libertad, puesto que, gracias a ese puente invisible, mi colega salió de aquellos circulitos infernales y voló muy lejos de aquella prisión. Por eso, dentro de lo penoso, aquellos fueron para él días gloriosos.

Muy bien podría haber pasado así unos meses –estoy seguro–, pero a Mercandino le bastaron tres semanas. Porque tres semanas a razón de ocho horas diarias de contemplación dan un monto de horas muy elevado, de modo que no puede extrañar que, llegado cierto punto, Mercandino se preguntara, aunque no sin cierto malestar, si es que no se habría enamorado de su entrenador. ¿Enamorado? ¿Él? ¡No! ¡No podía ser! Nunca en treinta años había dado muestras de que le gustasen los hombres y, sin embargo, aquello que sentía por Luis Alfredo no era un sentimiento del todo ajeno a lo que se conoce por enamoramiento. Claro que no era enamoramiento en sentido estricto. Era… una fascinación, un embrujo, algo así como un rapto: un deseo inconfeso, un anhelo incomparable, una pasión... Como buen amigo suyo, yo asistí a todo este proceso.

Al final siempre nos acabamos pareciendo a lo que miramos. ¿Qué quiero decir? Pues que una mañana, ante el espejo de su casa, a Mercandino le pareció, según me explicaría después, que al otro lado del espejo le estaba mirando… ¡el mismísimo Luis Alfredo!

–¡Luis Alfredo! –le reconoció, le llamó.

Fueron sólo unos pocos segundos, pero su sensación fue inequívoca: el venezolano le había mirado desde el otro lado del espejo. Fue un segundo de euforia. Fue como comprender en un instante lo que es la vida, lo que todavía podría ser para él.

Nada de todo esto debe resultar tan sorprendente, pues si se comparan con atención los retratos fotográficos de los hombres ejemplares –y estoy pensando en las grandes personalidades de la ciencia y de las letras, pero también en artistas y hombres de Estado–, se reparará, antes o después, que, en medio de las naturales diferencias entre unos y otros, hay también algo que los acomuna a todos, y ello hasta el punto de poder decir que se parecen entre sí.

Tan intensa fue la revelación que Mercandino pasó varios días poniéndose ante el espejo a cada rato, por si su buen amigo volvía a sorprenderle desde allí. Por supuesto que era él mismo quien estaba ante ese espejo, pero sus facciones, sin embargo, habían cambiado: su mandíbula se había hecho más angulosa y cuadrada, su mirada más limpia y candorosa, su sonrisa más abierta y desenfadada. Su rostro –yo mismo tuve que reconocerlo– recordaba de algún modo al que Luis Alfredo lucía en sus fotografías. La nostalgia del amigo perdido le había cambiado la cara.

Cambiar una forma de mirar o el rictus de una boca no es nada habitual. Deben pasar en la vida de un hombre cosas muy graves para que en una frente se dibuje o se borre una arruga. En el caso de Luis Alfredo, su rostro proclamaba, acaso como el de cualquier hombre bueno, que Dios existe, que existe la libertad y que –pase lo que pase– hay esperanza. Pero ¿la había? ¿Había para Mercandino un futuro más allá de PPR? ¿Podía algún día salir de aquellos circulitos en los que él mismo, incauto, se había ido encerrando?

Ese día llegó. Llegó el día en que Mercandino comprendió que, por muy consoladora que fuera la fotografía de Luis Alfredo, no podía pasarse la vida entera sentado ante un ordenador. Fue el día en que comprendió que eso no era vida y que aquella sería su última jornada de trabajo como editor. Llamó por teléfono a las oficinas. Alegó que estaba enfermo. Volvió a llamar al día siguiente y dijo que seguía con fiebre. Dos días después confesó sin ambages que ya no volvería más. Fue el propio Luis Alfredo quien, desde su fotografía, le redimió silenciosa y amorosamente de su esclavitud.

*

–¿Notas algo raro? –me preguntó Mercandino, enseñándome algunas de las fotos que se había tomado junto a su entrenador.

Las estuve mirando despacio.

–No. ¿Por qué? –le respondí, pues nada me parecía llamativo.

–¡Míralas bien! –me increpó.

No habría reparado en lo que estaba sucediendo si él mismo no me lo hubiera indicado. Pero una vez que me lo dijo, la verdad es que no pude por menos de darle la razón. Así era: la figura fotografiada de Luis Alfredo… se había aclarado, por así decirlo, se había difuminado. Lo que era más revelador, o más angustioso, fue que conforme pasaron los días, aquella imagen de Luis Alfredo, como las del resto de las fotos en que aparecía… ¡fue diluyéndose y aclarándose más y más, como si se tratase de un fantasma! ¿Sería posible que en las fotos que se habían tomado juntos, o en las que aparecía Luis Alfredo solo, su imagen, sólo su imagen, comenzara a difuminarse?

–Llegará el día en que Luis Alfredo desaparecerá de mis fotografías –me dijo en aquellos días un Mercandino preocupantemente desmejorado–. Quiero encontrarle antes de que desaparezca del todo.

Alcé las cejas. Meneé la cabeza.

–Temo que, si de veras llega a desaparecer de mis fotos, nunca, nunca –repitió– pueda dar de nuevo con él.

Tragué saliva. Un escalofrío me recorrió la espalda. ¿Podría ser cierto lo que acababa de afirmar? ¿No era un disparate, un desvarío? ¿Podía Luis Alfredo ser... verdaderamente... un fantasma?

Nunca he sido aficionado a lo paranormal, tampoco Mercandino. Nunca me habría hecho semejantes preguntas de no ser irrefutables los hechos que las suscitaban. No quise ir más allá, al menos por el momento. Preferí ser cauto, pero comprendía bien que, en toda aquella historia, de un modo u otro, debíamos ir hasta el final.

A la mañana siguiente, apenas sin planearlo, cogimos el coche y nos pusimos rumbo a Candanchú. No había dejado a Mercandino solo en ningún momento y no iba a dejarle solo ahora. Porque si mi interés por Luis Alfredo había sido grande desde que supe cómo había ayudado a mi colega en sus horas más bajas –con qué paciencia, con cuánto amor–, al comprobar que su imagen fotografiada se iba desvaneciendo (una semana después de que hubiera comenzado el fenómeno nadie habría podido negarlo), mi entrega a esta causa fue incondicional. Mercandino y yo habíamos puesto las fotografías de Luis Alfredo a buen recaudo y algunas de ellas, aquellas en las que el fenómeno era más evidente, las llevamos con nosotros, más que nada para comprobar si su desaparición avanzaba al mismo ritmo o más bien se detenía. Ni Mercandino ni yo le quitábamos el ojo a esas fotografías. Llegué incluso a aprenderme las facciones de aquel hombre de memoria: nariz achatada, boca abierta, probablemente en alguna de sus inconfundibles y frecuentes risas, mandíbula poderosa, poblado bigote, cabello muy corto y rizado, como el de los negros...

Habría reconocido a Luis Alfredo entre miles. Podría haber sido tomado por uno de esos modelos que aparecen en las revistas anunciando un calzoncillo o una colonia. No era como para extrañarse que muchas mujeres cayeran rendidas ante él.

y 15

Lo que Luis Alfredo pudo encontrar en Mercandino siguió siendo para mí –pese a lo mucho que hablamos de él– un gran misterio, puesto que mi colega era todo menos un tipo divertido o entretenido. Más aún: su estado anímico –y eso desde que le conocí– era normalmente tan bajo que nadie en su sano juicio habría querido estar a su lado. Al venezolano no le ayudaba a ligar, que era su ocupación favorita; le quitaba tiempo para sus propias tablas en el gimnasio y, por si esto fuera poco, en aquellos días Mercandino tenía aún menos dinero que el propio Luis Alfredo, de modo que era casi siempre él quien le invitaba, si es que iban a un bar a tomar algo. Sólo hay una razón que justificaba su afectuosa actitud con él (como también sólo hay una por la que yo mismo caí en las redes de su amistad): le tomó cariño y decidió echarle una mano. Le cayó en gracia, eso es todo.

–Me ayudó muchísimo –me dijo Mercandino ya en el coche, rumbo a Candanchú–. Tanto que… –y por fin me dijo lo que llevaba varios días queriéndome decir– que he llegado a pensar… –le costaba decírmelo– si Luis Alfredo no será uno de esos ángeles custodios que Dios envía a sus hijos cuando están más desesperados.

Sonreí y meneé la cabeza. Creí haber entendido a lo que se estaba refiriendo; pero no, no lo había entendido en absoluto.

–No estoy hablando en sentido metafórico –me advirtió mi colega–. Lo que estoy intentando decirte es que estoy considerando que Luis Alfredo podría ser... un ángel de verdad. ¡Un ángel! ¿Me entiendes?

–¿Cómo? –quise saber–. ¿Uno de esos que tienen alas y viven en el cielo? ¿Uno de esos que vienen a la Tierra para cumplir alguna misión?

–Exacto –me respondió Mercandino–. Uno de esos. –Y me miró de reojo, sin perder de vista la carretera.

Sonreí con escepticismo. Con indulgencia. Todos sonreímos cuando nos hablan de ángeles. Pero no le creí, ¿cómo habría podido? ¿Quién en sus cabales habría creído en algo semejante? En cuanto supe que Mercandino se había pasado las últimas semanas intentando sin éxito localizar a Luis Alfredo, la sonrisa se me congeló en los labios. Por eso había decidido volver a Candanchú, para emprender él mismo, de primera mano, una investigación. La historia empezaba a tomar unos derroteros inimaginables.

–Le he escrito repetidas veces y nunca me ha respondido –continuó Mercandino– y... mira otra vez sus fotos. –Y me las extendió–. ¡Míralas de nuevo, por favor! –me insistió–. ¿Cómo explicas que su imagen siga evaporándose? Ha estado en este mundo, amigo mío –creo que fue la primera vez que me llamó amigo–, pero no creo que siga en él.

Había empezado a desvariar.

–¿No teníais amigos comunes? –quise saber–. ¿Y todas esas chicas que se llevaba a la cama..., ¿vas a decirme ahora que también eran seres angélicos? –bromeé.

Acto seguido me relató con pelos y señales la conversación telefónica que había mantenido con el encargado del gimnasio, que se acordaba de él, pero no de Luis Alfredo.

–¿Un venezolano? –preguntó aquel encargado–. ¿Qué venezolano?

–Pues ¡qué venezolano va a ser! –le increpó Mercandino, desde el otro lado de la línea; le resultaba rarísimo que no se acordara de Luis Alfredo, pues siempre habían acudido juntos al gimnasio–. Pero ¡¿no lo recuerda, no lo recuerda?!

No, aquel hombre no lo recordaba; y eso que Luis Alfredo no era de esos que pasa desapercibido.

–Aquí no ha estado nunca ningún venezolano, eso se lo puedo asegurar –dijo el empleado «desmemoriado», que empezaba a impacientarse al otro lado de la línea. Se ve que la insistencia de Mercandino no le hacía ninguna gracia–. A no ser que se haya inscrito en el gimnasio con un alias, que todo puede ser –sugirió–. ¡No sería la primera vez! –Pero no supo darle razón de su paradero.

¿Un alias? ¿Para qué querría un alias un hombre como Luis Alfredo? Mercandino y yo confiábamos en que todo aquel misterio se desvelase *in situ;* iríamos juntos al gimnasio; iríamos juntos a la habitacioncita alquilada; seguiríamos el rastro de aquel ser tan escurridizo. Al fin y al cabo, ¡no había podido tragárselo la tierra!

Debo advertir que la decisión de viajar a Candanchú para seguir el rastro de su amigo no la tomó Mercandino hasta después de llamar al consulado y a la embajada de Venezuela en España. Tenía su nombre completo (Frómeta, Luis Alfredo Frómeta); tenía su dirección postal (calle Antonio Toledano, 23), tenía las fechas exactas en que había estado con él en aquella localidad, aunque, para su desgracia, no el carnet del gimnasio. Alguien tenía que darle razón de su paradero. ¡No se había podido volatilizar! A no ser que...

–¿Y qué fue lo que te dijeron en la embajada? –quise saber.

–Pues que no tenían constancia de que ningún ciudadano venezolano con ese nombre hubiera residido en España durante aquellos meses.

–¡No!

–¡En serio! –Estábamos llegando, en breve se desvelaría el entuerto, o en eso confiábamos–. ¡Ninguno! Dijeron que Frómeta es un apellido muy conocido y estimado en Venezuela, pero que Luis Alfredo Frómeta no existía y que, en cualquier caso, de existir, lo que podían asegurar es que nadie con ese nombre había estado en nuestro país.

No quisimos esperar ni un segundo. No bien entramos en el pueblo, nos dirigimos de inmediato al gimnasio. El local era aún más horroroso de lo que había imaginado a partir de la descripción de mi colega: frío, hortera, desangelado... Desangelado es quedarse corto.

—Es por un asunto familiar grave —mintió Mercandino en cuanto estuvimos ante el encargado, para dar a su urgencia alguna credibilidad.

Había cambiado la versión de los hechos. Se inventó una milonga, pensando que eso le daría mejor resultado.

—Su hermana pequeña ha tenido un accidente y...

Pero al encargado no le interesaban los detalles.

—Si fue socio del gimnasio... —le interrumpió mientras abría un archivo— debe estar en los listados. —Mercandino y yo, al oír aquello, nos aproximamos a la pantalla del ordenador.

Todas las fichas de los socios de aquel gimnasio estaban ordenadas alfabéticamente y por años, de modo que el encargado no tardó en dar con los datos de Mercandino; los de Luis Alfredo, sin embargo, por mucho que repasó aquel listado una y otra vez, allí no estaban.

—No está —dijo al fin aquel hombre, concluyente.

—Estuvo —le rebatió Mercandino, ya casi del todo convencido de haber sido agraciado con una visita angélica—. ¡Me lo va a decir a mí, que estuve aquí con él muchísimas veces!

El encargado alzó las cejas. Era evidente que no quería discutir.

*

Dos días después estábamos de nuevo en el casón de Mirto, aunque ya no reinaba ese calor sofocante que padecimos allí durante los largos meses del verano. Los cristales de las ventanas continuaban cubiertos con papel de periódico, pues mi colega seguía sin dinero para estores o persianas. Sin embargo, ya había deshecho algunas de sus cajas y en la nevera ya no había ningún libro. Tampoco había rastro de aquel polvillo blanco que tanto nos recordaba a la nieve, en eso el *loft* había cambiado. Como también habían cambiado, y mucho, las facciones de Mercandino, fuera por todo lo vivido o por Luis Alfredo mismo, de cuyo carácter angélico ya no dudaba.

Sonaba una canción de Lafourcade cuando se lo pregunté:

—¿Tú crees entonces que existen los ángeles? ¿Crees de verdad que Luis Alfredo era un ángel? —Y me quedé mirándole.

Mercandino tardó en responderme. Había ido al fregadero y estaba dejando correr el agua, para que estuviera fresca. Tuve que esperar a que llenara el vaso y a que se diera la vuelta.

—Sí —me contestó con una extraña sonrisa—. La halterofilia, las canciones latinoamericanas, la pasión por las mujeres… todas estas cosas, tan inolvidables, me hacen pensar que una broma de este género sólo puede tener a Dios por autor.

—¿Lo dices… en serio? —Pero esta segunda pregunta era claramente retórica, pues yo mismo empecé a pensar, en aquel mismo instante, en la viabilidad de aquella hipótesis tan descabellada.

—Es muy posible, mi querido amigo —me contestó Mercandino; y se instauró entre nosotros entonces un silencio en el que me pareció reconocer la discreta presencia de un ángel.

Los Negrales, diciembre de 2021

Biografía de la sombra

I

El padre de Lois Carballedo, uno de mis alumnos, vino a verme pocos días después de que a su hijo le concedieran una prestigiosa beca para jóvenes talentos musicales. Que Lois Carballedo hubiera sido elegido para representar a su país en el conservatorio de Heidelberg, el mejor de toda Europa, era algo con lo que todos contábamos. Lois, un chico tímido de aspecto inofensivo, llevaba años hablando de la Fundación Kreisler, donde habían estudiado virtuosos como Sarah Chang, Anne-Sophie Mutter o Vadim Repin, entre otros tantos jóvenes de reconocido genio. Quienes le habíamos escuchado tocar el violín, por otra parte –en particular a Krespel y a Lolli, sus favoritos–, sabíamos que, antes o después, sucedería una cosa así. El arco gimoteaba en sus manos, ¡qué digo!, maullaba, y él, cautivo por la melodía, miraba hacia el cielo, como en un arrobamiento. Era un auténtico superdotado, así que, tras una década de abnegaciones sin nombre, no había por qué extrañarse de que por fin hubiese llegado para él la hora de emprender el camino del éxito.

El camino del éxito es largo y sinuoso, eso es algo sabido. En Lois Carballedo tuve la ocasión de verificarlo.

Su padre, un hombre calvo y de modales refinados, había diseñado la carrera de su hijo prácticamente desde su nacimiento, dieciséis años atrás. Tenía que estar contento, lo había conseguido; o al menos había empezado a conseguirlo. ¿Qué fue entonces lo que sucedió? ¿Por qué se reflejaba en el rostro de aquel hombre, cuando vino a verme, la inconfundible sombra de la preocupación? Se restregó repetidas veces los ojos antes de empezar a hablar. Estaba frente a mí, en mi despacho, muy hundido en la butaca en la que poco antes le había invitado a sentarse. Me lo dijo de buenas a primeras, sin ninguna clase de introducción.

—Lois se ha puesto enfermo.

Siempre es así: siempre hay algo que se tuerce cuando todo parece ir de maravilla.

—¿Momentos de ausencia? —pregunté al saber que ese era el nombre con el que los especialistas designaban su dolencia.

El hombre que tenía ante mí volvió a restregarse los ojos. Probablemente llevaba días sin dormir.

—Sí, ausencias —repitió él—. Llega un punto en que, sin previo aviso, se queda como alelado, sin mover un músculo. Como si le hubiera dado un aire y estuviera en otro mundo.

Impresionaba ver a Lois Carballedo así, yo mismo fui testigo en alguna ocasión de esos trances y —lo confieso— me quedé sin saber qué hacer. Porque nada parecía motivar aquellas misteriosas ausencias: el chico se paralizaba, eso era todo. Su rostro, de rasgos imprecisos e infantiles, se apagaba de repente. Sus ojos, de un brillante castaño oscuro, podía tenerlos abiertos o cerrados —eso era indiferente—; pero la boca, ¡ah, la boca se le quedaba entreabierta en una mueca inenarrable y espantosa! Los brazos desplomados sobre el regazo. La cabeza, caída, por lo general hacia la izquierda, y el mentón reposando suavemente en el pecho.

—¡Lois! ¡Lois! —le llamabas, y no respondía; le zarandeabas y no reaccionaba.

Simplemente se había ido a otro mundo, aunque, pasado cierto tiempo, siempre volvía en sí como si no hubiera

pasado nada. ¡Como si se hubiera tratado de una pequeña siesta! Debo decir aquí que no eran simples vacíos de
memoria. Eran vacíos absolutos –fue así como los llamaron–: algo así como huidas a quién sabe dónde y quién
sabe por qué.

–¿Usted cree que podrá viajar a Heidelberg en estas condiciones?

Así que esa era la cuestión. Eso era lo que aquel hombre
calvo y de refinados modales había venido a preguntarme
por ser yo el profesor favorito de su hijo. No me dio tiempo
a reaccionar.

–¿Es sensato renunciar a una beca tan importante sólo
porque mi hijo se ausenta de cuando en cuando? Mire lo
que voy a mostrarle. –Y me enseñó un vídeo que le había
grabado a mi alumno en medio de uno de aquellos preocupantes trances.

Durante el visionado, los dos estuvimos en silencio.
Cuando terminamos de verlo, tuve la impresión de que yo
estaba mucho más preocupado que él. Y mucho más lo estaría después, desde luego, cuando presencié en vivo uno de
aquellos momentos de ausencia, lo que sucedió durante
una de mis clases, en el instituto. Todos los que estábamos
ahí, al verle caer en ese mutismo y en esa quietud, quedamos impactados.

–Lois, en mi opinión, no debe viajar a Heidelberg.
–Huelga decir que no dudé en mi dictamen.

Lo más prudente era postergar aquel viaje. Al menos
hasta que hubiera un diagnóstico en firme.

–No lo habrá –me respondió aquel hombre.

Acertó: nunca se determinaron con claridad las cau-
sas de ese trastorno, aunque yo, naturalmente, tengo mis
teorías.

El caso es que lo que iba a ser la ruina del chico –aquellas ausencias– fue al final su salvación, como explicaré en
las páginas que siguen. Sin embargo, para llegar a ese

punto, el chico tuvo que recorrer todavía un camino muy largo y doloroso. Ese camino es sobre lo que ahora deseo escribir.

Por expreso deseo de sus padres, mantuve con el chico algunas entrevistas, primero presenciales y luego por video-conferencia, pues al final viajó a Heidelberg contra mi opinión. Nuestros encuentros fueron al principio semanales, pero pronto llegaron a ser diarios –cuando su situación se agravó. Por alguna razón, me impliqué tanto en su historia que llegué a pensar que la seguía tan de cerca como habría seguido, por dar un ejemplo, la de un hermano o la de un hijo. Entré en su vida cuanto pude, o cuanto el propio Lois me dejó. Asistí a su caída en picado, sufriéndola día a día con él, así como a su milagrosa recuperación, en la que creo que tuve mi parte. Desde el principio le advertí del precio que iba a pagar por aquel viaje iniciático conducido por su pasión por el violín. Pero ni yo mismo imaginé el sinfín de emociones que se despertarían en él. ¡Ah, Lois Carballedo! ¡Cómo pude llegar a sentir tanto afecto por uno de mis estudiantes!

*

Lois era alto y guapo, tenía talento y, lo más importante, desprendía un halo de misterio que resultaba irresistible. Cualquiera habría dicho que un chico como él, tan bien parecido, tan prometedor, tenía que ser un verdadero conquistador. Pues no, nada de eso: fuera por su timidez, o por su idealismo, o quizá porque los genios son necesariamente incomprendidos y arrastran un destino incierto, la verdad es que Lois Carballedo, con dieciséis años cumplidos, era todavía virgen. Soy profesor de instituto desde hace casi una década y veo a diario la insoportable intensidad que tienen los deseos sexuales en la mayoría de los muchachos. A partir de los trece o catorce años, la virginidad suele ser para casi todos ellos siempre algo doloroso y humillante. Lois Carballedo no era una excepción, y vivía aquel estigma –fue así como él mismo lo calificó– como algo a lo que había que poner remedio más pronto que tarde. ¿Qué era lo que a él le fallaba con las chicas? Tuve que preguntármelo. Quizá fuera que el violín no le daba tregua. O que daba demasiada importancia al amor, como todos los románticos. O simplemente que no había encontrado aún a la mujer que le abriera la puerta de todas las demás, pues esa suele ser la función que cumple la primera en la historia sexual de cualquier varón. Fuera como fuese, Lois Carballedo se fue a Alemania sin haberse acostado todavía con nadie. De hecho, reconoció que poner fin a esta carencia fue uno de los más importantes propósitos de aquel viaje.

–¡Todavía soy virgen! –me dijo cuando hablamos del asunto.

Era nuestra primera videoconferencia, a la que seguirían otras muchas. Dijo aquello como si estuviera confesando un crimen. Como si tuviera que admitir una enfermedad vergonzosa e incurable.

–He salido con muchas chicas –continúo–; pero sea por A o por B –y tuve muchas ganas de preguntarle cuál era en concreto esa A y esa B–, nunca consigo llevármelas a la cama. Todos creen, no sé por qué, que tengo una vida sexual muy intensa. No se lo desmiento. Prefiero con mucho que piensen que soy un crápula a un pobre desesperado.

No era la primera vez que mi tarea como profesor comportaba también la de consultor sentimental. Pero yo derivé el asunto a lo de sus momentos de ausencia, que era para lo que su padre me había pedido que interviniera.

2

El castillo de Stetten, residencia del famoso maestro de música Engelmar Neuman, así como sede de la Fundación Fritz Kreisler –construida exprofeso para la formación de jóvenes promesas musicales–, perteneció en el siglo XVII al barón Andreas von Kleist, experto en botánica y antepasado del más famoso de los Von Kleist, el aclamado autor de *Michael Kohlhaas*, un relato inolvidable. Los Von Kleist vivieron en aquel castillo desde 1716, pero la edificación se remonta a dos siglos antes, cuando la aristocrática familia adquirió el terreno. En 1948, cuando el llamado Meister Neuman pudo hacerse con el inmueble y remodelarlo, el castillo ofrecía ya todas las comodidades a las que la vida moderna nos tiene acostumbrados.

–El sistema de calefacción, por ejemplo –me explicó Lois en nuestra primera videoconferencia–, no es con los clásicos radiadores de tubos, sino con un sistema de placas radiantes bajo el pavimento, de donde emana un calorcillo que me permite ir descalzo por toda la casa.

Me contó que también el sistema eléctrico y el de gas habían sido renovados, así como las ventanas y contraventanas de la fachada norte, cuyo perfecto cierre permitía que el calor se conservara en el interior.

–Aunque los Von Kleist fueran de tradición luterana –me explicó, y no habían pasado ni tres días de su llegada–, y aunque el castillo hubiera tenido en sus tiempos una decoración más bien sobria y hasta calvinista, Meister Neuman ha convertido este castillo en algo parecido a un hogar.

Parecía contento. Todo era para él una novedad.

Lois Carballedo llegó a la residencia Kreisler, en el condado de Stetten y en la provincia de Heidelberg, el 5 de septiembre de 2014, sin poder sospechar –como es de suponer– todo con lo que allí habría de encontrarse. Si se conociera de antemano el alto precio que normalmente hay que pagar por aquello que se decide acometer, lo más probable es que casi nadie emprendería nunca nada en absoluto. Claro que nada hacía presagiar que lo que a Lois le estaba esperando en aquel castillo iba a resultarle tan –¿cómo decirlo?– desestabilizador, más aún que sus llamados momentos de ausencia, a los que de algún modo había pretendido dar esquinazo marchándose.

Pero, así como los momentos de plenitud suelen ir precedidos de otros más oscuros de declive, o hasta de perdición, también el declive, por extraño que parezca, suele anunciarse por medio de una luminosa etapa de plenitud.

*

Durante nuestras primeras conversaciones, Lois me habló largo y tendido de los pintorescos personajes que conformaban la comunidad estable del castillo, quiero decir haciendo excepción de los estudiantes invitados, que cambiaban cada año. Calificarlos de personajes y de pintorescos terminaría por resultar, como se verá a su debido tiempo, algo demasiado benévolo.

En primer lugar estaba, desde luego, Meister Neuman, el maestro, propietario y responsable de la Fundación, famoso por la precisión de su arco y la pureza de sus interpretaciones musicales. Junto a él, como su sombra, o mejor aún, como su escudero, Jakob, el cocinero, a quien por su pasado en la Orden de los camaldulenses –aunque nunca llegara a profesar en ella–, todos le llamaban Bruder, hermano; por último, en fin, un vagabundo húngaro de quien nadie sabía muy bien cómo había ido a parar hasta ahí, pero del que se sospechaba un pasado oscuro: János.

De entrada, fue el jardinero János quien más impresionaría al muchacho, quizá porque nunca había conocido a un hombre en un estado de evolución tan bajo o, más sencillamente, porque Meister Neuman no estaba presente el día en que llegó. Fue Bruder Jakob, en cualquier caso, con quien Lois más intimó y por quien llegaría a saber que la encomienda inicial de aquel empleado húngaro, acogido por caridad, era arreglar todo lo que se estropeara en el castillo. Era una mansión demasiado grande para tan pocos inquilinos y siempre había desperfectos que restaurar. Sin embargo, viendo Neuman que János, a quien había empezado a llamar hombre de mantenimiento, sólo conseguía estropearlo todo aún más, decidió que aquel pobre diablo no debía entrar en el castillo más que para comer y pernoctar, debiendo permanecer el resto de la jornada –siempre que no lloviese o nevase– en alguno de los pequeños cenadores que abundaban en el amplio jardín, que le encomendó más que nada para no decirle que no hiciera nada. János, sin embargo, tampoco era un buen jardinero.

–En realidad, no es bueno para nada –le dijo Jakob ya el primer día, cuando se topó con él en la bodega.

Lois estaba dando un paseo de reconocimiento, y sus pasos le habían encaminado a la bodega. Sus encuentros con Jakob se sucederían en adelante casi siempre de forma abrupta, puesto que el Bruder salía a menudo por donde menos se lo esperaba: de la leñera o del desván, al que había que bajar por unas escaleras empinadísimas, o de la sala de conciertos, o del llamado cuarto de las bicicletas, que era donde se guardaban las herramientas y donde no pocas veces se escondía el jardinero János a dormir sus borracheras.

–Es un hombre muy primitivo que apenas es capaz de decir dos frases seguidas. –Fue así como Jakob definió al pobre de János; y quizá tuviera razón.

De hecho, al distinguirlo bajo una pérgola, Lois le había saludado con educación, obteniendo de él sólo algo parecido a un gruñido animal.

János hablaba un alemán que Lois nunca llegó a entender: escupía una especie de dialecto y lo hacía en un timbre de voz que oscilaba entre lo más grave y lo más agudo. Y eso por no hablar de su labio leporino, que daba a su rostro un aspecto animalesco. De él sólo se sabía que había terminado en Alemania huido de la justicia, y que ahí, escondido en los jardines de aquel castillo, transcurrían sus días sin un sentido particular.

Lo más llamativo de Bruder Jakob, que ahora le hablaba de todo esto y a quien había sorprendido reponiendo las existencias de la bodega, era la chepa que le salía de uno de sus hombros y que hacía pensar, inevitablemente, en el famoso jorobado de Notre-Dame. Lois, que se sabía la canción que Jakob estaba tarareando cuando lo encontró, cantó algunos compases con él antes aun de presentarse.

—¡Se la sabe! —exclamó el hermano, apuntándole con el dedo, a lo que Lois respondió que la había aprendido de niño en el colegio alemán de su ciudad, una institución de la que sus padres tuvieron que sacarle en cuanto tuvieron noticia de que allí estaba siendo víctima de vejaciones de carácter racista.

Cuando hablamos de sus vejaciones, Lois me juró que no exageraba: de los cuarenta chicos que entonces había por aula, sólo dos no eran alemanes, y ambos eran torturados por sistema con la misma crueldad, o muy parecida, que pudo padecer el famoso estudiante Törless, según relata Robert Musil en su célebre novela.

El caso es que empezaron a conversar. Primero de János, puesto que Lois ya se había cruzado con él; pero luego de Meister Neuman, responsable directo de su beca. Meister Neuman: dos palabras que evocan en Lois a un hombre alto como una torre y con una gran bolsa a sus espaldas. Al término de estas páginas se entenderá por qué.

Con un extraño movimiento de joroba, Bruder Jakob le hizo saber que Neuman, que había tenido que ausentarse aquella tarde para tomar parte en uno de los múltiples actos celebrados en su honor, descorcharía y vaciaría aquella misma noche al menos dos de aquellas botellas que él estaba reponiendo en ese momento.

–Se las beberá en la sala de la comunidad o, lo que es aún más frecuente, en la intimidad de sus habitaciones.

Que su maestro se diera a la bebida y, más aún, que lo hiciera a escondidas, dejó a Lois muy desconcertado, tanto que no creyó semejante información. Pero más aún que la idea de tener un maestro alcoholizado, lo que le desconcertó fue el tono de aflicción con que Jakob se había referido a ello. Porque no se lo había dicho por maledicencia o para ponerle en contra de su maestro, sino por pura pesadumbre. Sí, ¡cuánto sufría aquel buen hombre con el alcoholismo de su patrón!

–Me quedé sin saber qué pensar. –Nuestra videoconferencia terminó aquel día así, de un modo un tanto abrupto.

¿Es malo quedarse sin saber qué pensar? ¿No sería justamente quedarse así, en blanco, lo que propiciaba que el chico cayera en sus preocupantes momentos de ausencia?

–Quizá padezca de estas ausencias –me había dicho en la conversación– porque soy un elegido…

–¡Has leído demasiadas novelas románticas! –le interrumpí, ignorando que este reproche le impulsaría a leerlas con mayor fruición–. Claro que eres grande, Lois, pero olvídate lo antes que puedas de elecciones divinas. Todo eso no te ayudará.

3

Meister Neuman tenía la costumbre de examinar todos y cada uno de los alimentos poco antes de cada colación, que era el término con que allí se referían a las comidas. Aquella operación no le llevaba, por lo general, menos de cinco o diez minutos, y fue en esa circunstancia en la que Lois le conoció. Claro que ya se había encontrado con él virtualmente en un par de ocasiones, pues el último requisito para la concesión de la beca Kreisler era un cara a cara con el maestro. Pero aquella fue la primera vez que se vieron en persona. Era domingo, y los domingos era obligatorio comer todos juntos. Aunque en la normativa de la residencia no se especificara, se ganaban puntos si, previamente al almuerzo, se asistía a la ejecución de una pieza, que solía tocar Meister Neuman, solo o acompañado en los periodos lectivos, en la sala de cámara. Por desconocer estos usos, Lois no había acudido al concierto de aquel domingo (Viotti, sobre todo, pero también Giornovichi y Rhode), pero asistió a otra suerte de inolvidable ritual: su maestro poniendo orden en el imponente cesto de frutas que presidía la mesa. En eso, además de en su primorosa forma de tocar el violín –con el que parecía fundirse–, había que admitir que aquel hombre era un verdadero artista.

Meister Neuman trató cada pieza de fruta, aún la más pequeña, con un mimo casi religioso. Les sacó brillo. Las acarició como si tuvieran un valor infinito. Las lavó en la pila con tanta delicadeza que casi podía uno pensar que aquellas frutas estaban vivas y que Neuman temía dañarlas. Lois observó, primero con fascinación y poco después con reparo, cómo las fue colocando de nuevo en la cesta: abajo las naranjas, luego los plátanos y las manzanas, algo más arriba las peras, las uvas, las ciruelas... Concluida su manipulación, el resultado era –había que reconocerlo– un bonito bodegón que daba ganas de fotografiar.

Llegó luego la hora de los huevos duros, que Neuman tomó entre sus dedos de una bandeja plateada. Neuman los observó como si fueran bolas de cristal, para examinarlos a contraluz. Todo lo comestible, pero los huevos duros en particular, eran para él algo extremadamente interesante. Si aquel día había sopa o potaje para comer –eso lo comprobaría Lois más adelante–, Neuman, insolente, acercaba sus narices a la olla hasta casi meterlas dentro. Jakob, János,

Lois y quienes allí estuvieran debían esperar con paciencia a que él diera su aprobación, cosa que no siempre sucedía.

La comunidad del castillo se sentó a la mesa y se puso a comer en silencio. No es que lo de estar en silencio fuera una regla, sólo una costumbre. Pero, mientras se servían el potaje, Lois no pudo evitar que todos los comensales –incluido él mismo– le recordaran a esos seres pintorescos y degradados a quienes caricaturizó magistralmente Grosz, estilizó Schiele o inmortalizó Kokoschka, sin duda el más grande de todos ellos.

La cosa había empezado mal, y no sólo por aquella meticulosa exploración de los huevos duros por parte de Neuman, sino porque, antes de comenzar, había estado limpiando concienzudamente, con su servilleta, los cubiertos, que maldita falta hacía que se limpiaran. Era evidente que Bruder Jakob y János estaban más que acostumbrados a esta manía, pero a Lois no dejó de maravillarle, por lo que la observó con una explosiva mezcla entre repugnancia y admiración.

El espectáculo no terminó ahí. A la hora del postre, Neuman peló su pieza de fruta casi como si pudiera quejarse si el cuchillo se hundía más de lo debido. Ya entonces comenzó Lois a sospechar que su maestro era, ciertamente, alguien muy especial: delicadísimo con las cosas y, por contrapartida, más bien agrio y seco con las personas. Con él, por ejemplo, a la hora de saludarlo, se había comportado con una hiriente frialdad. Lois no se lo esperaba. Tan afectado estaba por esta indiferencia que, por un movimiento de su mandíbula –mientras me lo contaba–, temí que sucumbiera a uno de sus temidos trances. Pero fue una falsa alarma. El chico continuó contándome sus primeras impresiones de su nueva vida en el castillo.

*

Meister Neuman, de rasgos afilados y mirada severa, vestía siempre el mismo traje de pana gris, algo anticuado y de corte militar. Lois nunca le vio con otra ropa, aun en los meses más calurosos. Su nariz era aguileña y se peinaba hacia atrás. Era un tipo de pocas palabras, de poquísimas; no hablaba con nadie de no ser imprescindible. Fuera porque solía llevar un corsé, para aliviar sus dolores lumbares, o por su carácter rígido e intolerante, iba siempre tan recto que, a quien no le conociera, podía dar la impresión de haberse tragado una escoba.

Este aspecto asocial se acentuaba cuando, tras el desayuno, revisaba el castillo de arriba abajo, dependencia por dependencia, así como la residencia de jóvenes promesas, siempre en busca de algo que quedara por limpiar o, más sencillamente, que estuviera fuera de sitio. Perseguía cualquier tipo de desperfecto o de suciedad, que imaginaba oculta por todos lados. Aunque Jakob tuviera siempre a mano su inseparable plumero –que colgaba de su cinturón a modo de espada–, no por ello dejaba su amo de descubrir alguna mancha «intolerable», uno de sus calificativos favoritos, o un pequeño pero intolerable desperfecto que, pese a habérselo hecho notar la semana anterior, seguía sin arreglar.

–El Bruder no se toma a mal estas exageradas observaciones –me explicó Lois–. Las encaja como si entrase dentro de la lógica de este mundo que a él sólo le cabe obedecer y callar.

Limpiar, lavar, planchar, cocinar y todos los quehaceres domésticos, era Jakob y sólo él quien los desempeñaba. Lo único a lo que aquel jorobado se atrevía, a modo de cómica insubordinación, era a sacar su plumero del cinto y a empuñarlo como si fuera un rifle para alejarse, acto seguido, con aire marcial por el pasillo.

Ese carácter tan severo y asocial del Meister se acentuaba cuando las actividades de sus estudiantes, o incluso las domésticas, comenzaban con cierto retraso sobre el horario estipulado. A decir verdad, bastaban pocos segundos de demora para que se irritase. Así que, junto a su altivez y manía por la limpieza, lo más notorio en él eran sus prisas. En efecto, Meister Neuman hacía todo tan deprisa que parecía como si alguien le estuviera azuzando por detrás.

Esto de las prisas pudo verificarlo Lois ya en su segundo día en el castillo. Antes del concierto programado para esa tarde, Neuman se puso sus mejores galas con horas de antelación. Resultaba evidente que ya estaba pensando en el momento en que estaría en el escenario, interpretando uno de los caprichos de Kreutzer, que era la pieza programada. Cuando al fin Neuman salió al escenario, a juzgar por su actitud resultaba evidente que ya estaba pensando en el momento en que el concierto hubiese terminado y él estuviera de nuevo en el vestidor. Mientras me lo contaba, vi claramente lo mucho que a Lois le decepcionaba todo esto. Comprendía que las prisas de su maestro estaban escondiendo algún miedo.

–Pero ¿de qué, en concreto, tendrá miedo? –me preguntó.

–De la vida, por supuesto –le respondí yo.

–Pero ¿de qué, más específicamente?

Así que la primera impresión que tuvo Lois del hombre gracias al cual había obtenido su prestigiosa beca no fue buena. Debo decir desde ahora que poco después aún sería peor.

Descrito así, como un simple maniático de la puntualidad o como un neurótico de la limpieza y del orden, podría llegar a despertar cierta simpatía o, al menos, un resquicio de conmiseración. Pero una cosa es leer sobre las excentricidades y manías que afligen a algunos seres humanos y otra, desde luego, tener que soportarlas. Tanto por la recepción que le había brindado al conocerlo en persona como por el primer concierto que le escuchó en vivo, Lois quedó muy, muy decepcionado. Su maestro no era en absoluto el tipo de persona que había imaginado. Más aún: aquella autoridad internacional del violín era la perfecta antítesis de aquello en el que él mismo se quería convertir.

Aquella noche, Lois se sentó en su cama y pensó en Dostoievski; y por primera vez –más tarde le sucedería a menudo–, miró su cama como un lugar de tortura. Segundos después se arrojó a ella como se habría arrojado a los brazos de una mujer, en busca de calor y de ternura.

4

Al día siguiente, Lois dejó a un lado sus hojas de papel pautado –en las que se había puesto a trabajar–, se puso su chamarra preferida y salió a dar un paseo. Bajó a Wieperdorf, una población a unos tres kilómetros del castillo. Soplaba el viento, pero el sol luchaba por abrirse paso y, tras cuarenta y ocho horas sin salir, se moría de ganas por estirar las piernas y respirar aire puro. Al principio caminó a buen ritmo, casi como huyendo del castillo; y, aunque su ánimo era muy bueno, a medida que avanzaba se iba ensombreciendo. Por muy bonito que fuera el paisaje del condado de Stetten y muy confortable la residencia en que se alojaba, el cielo estaba nublado y la luz de aquella mañana era mortecina.

–¿De qué sirve tanta belleza si no hay un sol que la alumbre? –me preguntó Lois, quien empezaba a comprender que la belleza sin iluminar es más dolorosa e hiriente que la fealdad.

–Uno se vuelve más hacia el propio interior cuando no hay sol –le dije yo, por encontrarle algo positivo al asunto.

Ya desde los primeros días, la belleza del paisaje fue para Lois como un insulto, o esa fue al menos la conclusión que sacó de su primera caminata hasta Wieperdorf.

–Todos los paisajes son aquí tan bonitos que parecen fotografías –me dijo–. Son bellos, pero tristes –afirmó–, y luego me preguntó si, en mi opinión, no había algún vínculo entre belleza y tristeza.

Su afirmación no podía ser más romántica. Los románticos que ya estaba leyendo habían empezado a apoderarse de su alma.

*

La primera persona con quien se topó en Wieperdorf, al poco de entrar, fue con Pater Max, el párroco de St. Niklaus. Era un hombre de pelo blanco y abundante, peinado a raya. Fuera por la salud desbordante que irradiaba o por la ropa limpia, cómoda y fresca que solía llevar, nadie en el mundo habría podido negar que aquel –Pater Max– era un nombre que le cuadraba a la perfección.

En cuanto vio a Lois en los alrededores de su parroquia, aún sin conocerle, salió corriendo hacia él, como si fuera un viejo amigo. Lois quedó muy desconcertado cuando aquel tipo le dio un largo abrazo, algo que haría muy a menudo de ahí en adelante. ¡Ah, los abrazos de Pater Max! ¡Qué tipo tan cordial! Lois desaparecía literalmente entre sus brazos.

Bastó que le contara a grandes rasgos quién era y lo que hacía por ahí, para que Max se pusiera a chapurrear las cuatro o cinco palabras que sabía en español y lanzara una de sus características risotadas. Los labios de Max eran sensuales, sus orejas –y quizá fuera esto lo más llamativo– eran demasiado grandes para una cara más bien pequeña y achatada.

Lo primero que hay que decir de Pater Max, a quien a partir de aquella tarde Lois visitaría con regularidad, era que bebía muchísimo, sin comparación con Meister Neuman o con el jardinero János, quienes tampoco se

136

quedaban atrás. El concepto de beber adquiría en aquel sacerdote alemán, bullanguero y vociferante, una dimensión radicalmente distinta. La diferencia entre cualquier bebedor más o menos compulsivo (y ya eran tres los que Lois había conocido en aquel lugar) y Pater Max –cuyo rostro rollizo y enrojecido revelaba su afición al alcohol y a las carnes sanguinolentas– era que... ¡nunca se emborrachaba! Pero ¡nunca, nunca! El mismo día en que se conocieron, Pater Max vació ante el chico, y en menos de una hora, ¡media botella de aguardiente! Con todo, esto no fue lo más llamativo, sino que acto seguido, todavía con los labios húmedos, aquel hombre fue a la sacristía –donde se había empeñado que Lois le acompañara–, se revistió con las vestiduras litúrgicas y salió al templo dispuesto a celebrar la misa. ¡Y en ningún momento le tembló el pulso!

*

–¿Cómo estás de tu enfermedad? –le preguntaba yo cada vez que nos conectábamos por videoconferencia, fuera con esta pregunta a bocajarro o de forma más indirecta.

Porque en la pantalla, a Lois se le veía siempre muy pálido, quizá sólo porque era de piel muy blanca. Pero yo le veía cada vez más flaco y desmejorado, y eso –es natural– me inquietaba. Veía cómo encendía y apagaba cigarrillos a cada rato, o cómo abría y cerraba sus partituras cuando maldita la falta que le hacía abrirlas o cerrarlas en aquel momento.

–Estoy bien, tío –solía responderme él, normalmente envuelto en una sudadera roja, que se ponía para estar por casa.

–¿Bien? Pero ¿bien de verdad?

Durante sus primeros días en Alemania no hubo ni una conversación en que no me dijera que se encontraba bien. Pero lo que se dice bien, ciertamente, no estaba. Y no sólo porque le había decepcionado el maestro, sino... La cosa fue de mal en peor, eso no hay ni que decirlo. Pero por otros motivos que ahora es prematuro relatar. El caso es que durante la primera semana él ventilaba conmigo el asunto de sus ausencias en pocos minutos, como si ya apenas las padeciera. Quería pasar cuanto antes a las dos únicas cosas que le interesaban de verdad: las chicas y su prestigiosa beca, de la que sólo disfrutaban seis jóvenes violinistas por año.

—Háblame de lo que te dé la gana —le replicaba yo, pues todavía no podía saber la profunda huella que le había dejado el llamado Pater Max, sobre quien seguiría explayándose en nuestros siguientes encuentros—. Pero que sepas que estoy aquí por tu padre. Él me ha pedido que te siga de cerca.

Esto de que no hablaba con él por iniciativa propia, sino como enviado de su familia, se lo hice saber desde el principio. Las cartas tenían que estar siempre boca arriba. Era necesario que comprendiera que mi interés por él no obedecía a la mera cortesía de un profesor más o menos amable.

—¡Ya, tío, me lo imagino! —Casi no había frase en la que no introdujese algún «tío»—, y te lo agradezco. —Y se llevó la mano al pecho, para reforzar sus palabras.

Acto seguido, sin que en modo alguno lo hubiera esperado, me confesó lo que sentía por mí.

—Para mí eres un tío de puta madre.

«Un tío de puta madre.» Cuando escuché aquello no me di cuenta de que esa frase era una auténtica declaración de amor.

5

—Al día siguiente le vi beberse ocho jarras de cerveza y mantener la misma actitud serena y jovial de la que hizo gala mientras se bebía la primera –me aseguró Lois, quien aquel día comenzó a hablarme de aquel párroco que le tenía subyugado.

–La mayoría de mis feligreses –le había confesado Pater Max– viven encerrados en sus casas, cada cual cociéndose en su propia salsa. –Y le miró como buscando en él cierta complicidad–. Si viene por aquí de vez en cuando, fíjese bien –le recomendó–. Ya verá que no se cruza con un rostro, ni uno solo que no trasluzca rabia, envidia o resentimiento.

Aquella misma tarde en St. Niklaus, Lois verificó esta afirmación por sí mismo. Nunca, hasta conocer a las gentes de Wieperdorf, había visto rostros tan feos y deformes como los de los vecinos de esa población, donde parecían haberse reunido personas con bocas extremadamente grandes –eso era quizá lo más llamativo–, pero muchos también con cabellos grasientos y lunares con pelos, como los de las viejas brujas de los cuentos infantiles. Era horroroso, Pater Max tenía razón: allá donde pusiera la vista, Lois descubrió miradas maliciosas y lascivas, por ejemplo; pero también risas espantosas, provenientes de alguna casa o de la taberna. Así que Wieperdorf, que el primer día le había parecido una aldea más bien aburrida y convencional, empezó a ser para Lois el perfecto símbolo del horror. ¿El horror? Del horror, Lois Carballedo aún no sabía nada. Los extraños sucesos que viviría días después en el camino a Wieperdorf, que siempre solía hacer a pie y a solas, sólo podían tener, después de todo, una explicación de carácter sobrenatural. ¿Sobrenatural? Hay que ir por partes.

Lo primero que hay que saber es que la residencia Kreisler era respetada por los habitantes de Wieperdorf, como no podía ser de otra forma, como un gran centro cultural. Que Meister Neuman fuera oriundo de ahí y, sobre todo, que hubiera decidido reformar el castillo y establecer allí su residencia, no podía ser para ellos más que un motivo de orgullo. Toda aquella cultura musical tan exquisita, sin embargo, no parecía ayudar en absoluto a que el ambiente de la aldea fuera más agradable y cordial. Todo lo contrario: cuanto más crecía el prestigio internacional de Stetten y de su galardonado propietario, más crecía también la indiferencia de unos para con otros y el malestar general. Era como si la música contribuyera a la degeneración moral de aquellas gentes. Como si la cultura en Wieperdorf se hubiera asociado con la maldad.

Bien podría ser esta la causa por la que Pater Max desplegaba una intensa actividad pastoral y social. Bastaba que alguno de ellos le dijera que necesitaba algo, fuera lo que fuese, o incluso que no se lo dijera, pero que él viniera a saberlo, para que Pater Max –quién sabe cómo– lo consiguiera de la noche a la mañana y se lo proporcionase.

–Un certificado del ayuntamiento, por ejemplo –me contó Lois, cada día más impactado con la figura de Pater Max–, o unos zapatos nuevos para una familia pobre; también un recambio de filtro de una aspiradora, un vodka que ya no se fabricaba, una cédula de habitabilidad o, qué sé yo, todo, todo, todo sin excepción, hasta lo más inverosímil, hasta lo más caro. Sencillamente, nada había que se le resistiese a ese hombre.

Sin querer, levanté mis cejas, acaso manifestando cierta incredulidad. Pero el chico se reafirmó.

–Le basta con unas cuantas llamadas telefónicas –me dijo, insistiendo en que, cuando alguien tenía algún problema, fuera el que fuese, todos le decían siempre:

–Habla con Pater Max, él lo solucionará. –Y sí, como si fuera una especie de padrino o benefactor, él lo solucionaba.

Daba igual que fueran problemas económicos que administrativos, profesionales que técnicos y, desde luego, morales y espirituales… Aquel hombre estaba en todos los frentes posibles, en todos los frentes imaginables. Era, definitivamente, un milagro.

De todas aquellas proezas, la que más llamó la atención de Lois era que Pater Max hubiera convertido los despachos de St. Niklaus en una cafetería en la que cada mañana dispensaba opíparos desayunos a quien se acercara por ahí. Por si esto fuera poco, en la así llamada Arena –que no era otra cosa que el atrio de la iglesia–, aquel sacerdote dispensaba a su feligresía, tras la misa vespertina, vinos, cervezas y aguardiente, y ello siempre hasta altas horas de la madrugada, siendo siempre él en persona quien cerraba aquel concurrido bar parroquial con los primeros rayos del alba. Para que me hiciera una idea, Lois me contó que le vio mezclar a Pater Max, y en la misma velada, vino blanco, cerveza y schnapps, aunque ni una mezcla así, tan explosiva, pudo hacerle algún efecto. Nada de eso. Era imbatible, invulnerable, un campeón del alcohol. Si Lois regresó a su parroquia tres días seguidos fue, seguramente, por la calurosa acogida con que siempre fue recibido. O por el contraste entre la frialdad de su maestro y la calidez de aquel clérigo bebedor. Pero no. No regresó a St. Niklaus sólo por eso. Regresó por la pradera del amor.

–¿La pradera del amor? –quise saber, escamado por estas palabras que, como si fueran flechas, habían hecho diana en mi corazón.

*

Tras mostrarle las instalaciones parroquiales, de las que se sentía casi infantilmente orgulloso, Pater Max condujo a Lois, sin dejar de hablar ni un segundo, a la parte trasera de su vivienda, con el propósito de que echase un vistazo al jardín. Durante el recorrido por todas aquellas instalaciones, y viendo lo modernas y confortables que eran, Lois se hizo a la idea de que Pater Max debía de ser un hombre de mucho dinero. No lo pensó sólo por la calidad de los materiales con que todo había sido construido, quizá incluso mejores que los de la residencia Kreisler; tampoco porque en el bar parroquial no faltara ni una de las bebidas que podrían encontrarse en cualquier local de alterne, sino porque en aquella vivienda, que también se la enseñó, aquel hombre almacenaba todo tipo de objetos, libros y cachivaches. Tenía una despensa repleta de todos los alimentos imaginables. A lo largo de las semanas que siguieron, Lois vio cómo Pater Max repartía con suma generosidad buena parte de todos esos alimentos entre sus fieles, asistieran o no a sus liturgias. Porque aquel sacerdote no hacía acepción de personas, y mucho menos por eso.

Pater Max abrió por fin una portezuela. Nada hacía presagiar que el jardín de aquella casa fuera como de hecho era. Porque, ¿cómo explicar la belleza y majestuosidad de aquel jardín, su amplitud, su esplendor? ¿Cómo explicar, aunque sea somera o remotamente, lo que Lois sintió cuando lo tuvo ante sus ojos? Se sobrecogió, se estremeció.

–Tuve ganas de llorar –me dijo–. Era un jardín enorme, enorme –repitió–, no se distinguían sus confines. Era bellísimo, bellísimo –volvió a repetir–, como un paraíso. Era un sueño lleno de árboles y plantas que yo no conocía en absoluto: arbustos con hojas de las formas más variadas y flores olorosas y multicolores, alrededor de las cuales revoloteaban mariposas de gran tamaño. ¡Mariposas! –repitió.

Por un momento pensé que había empezado a delirar.

–La pradera del amor –le dijo entonces Pater Max, como si más que indicarle un lugar, le estuviera presentando a una persona–. Puede usted venir aquí siempre que le dé la gana.

Lois dio dos o tres pasos, sólo dos o tres; estaba demasiado impresionado como para seguir avanzando. Deseaba caminar por aquella inmensa pradera, cuidadísima, resplandeciente, acogedora. Deseaba explorarla y familiarizarse con todos sus recovecos. Deseaba quedarse en aquel Edén brillante para siempre, tan irreal le pareció y, sin embargo, tan concreto y tangible. Toda aquella belleza le paralizó e hizo enmudecer. También Pater Max enmudeció en aquel instante, aunque él, obviamente, estaba familiarizado con todo aquello. De modo que ambos quedaron unos segundos en silencio, con los brazos en jarras, inmóviles. Aquellos minutos –dos, tres, acaso diez– fueron para Lois, según me confesaría, de verdadera contemplación.

–Todos mis pensamientos se disiparon en un segundo y, de pronto, estaba en paz, sin necesitar de nada en absoluto. Era feliz, completamente feliz, ¿te haces a la idea? No puedo describir de otra manera la sensación que me embargó.

–Traigo aquí a mis amigos –dijo inesperadamente Pater Max.

–Nos acabamos de conocer.

–Sí, pero usted es mi hermano. Lo supe desde el momento en que le vi. Yo soy perro viejo y en eso no puedo engañarme. Usted es mi hermano y por eso le he traído hasta aquí –insistió– y ahora –y apuntó con su dedo índice al horizonte– hínchese los pulmones y descubra lo que es respirar. –Y tomó una gran bocanada de aire–. ¿Ha visto alguna vez algo igual? ¿Ha sentido alguna vez algo así?

Pater Max respiraba sonoramente. Como si se estuviera tragando el aire, que hinchaba las aletas de su nariz.

–Nunca –admitió Lois, y dudó de que hubiera algún lugar en el mundo que gozara de un jardín similar, tan oloroso, tan enorme.

–Todo el mundo me pide cosas –continuó Max– y yo, naturalmente, se las concedo. Soy el párroco, ¿qué quiere? Debo cumplir. Estoy aquí para ayudar a los demás, ¿no cree? Si no ayudo a los demás, ¿qué sentido tendría ser el párroco?

Hablaba como si su argumentación fuera irrefutable, aunque de buena gana habría planteado Lois algunas objeciones. Porque, ¿qué relación había, después de todo, entre su encomienda pastoral y conseguir la cédula de habitabilidad de una vivienda, por ejemplo, o una pieza difícil de encontrar para una cortadora de césped?

–Las necesidades de mi feligresía, sus deseos –prosiguió Pater Max, que no había dejado de aspirar el aire con gran fuerza– son órdenes para mí. Es lo que tiene ser presbítero, que debes vivir para entregarte completamente.

No exageraba, puesto que Max, según comprobaría el chico los días siguientes, se pasaba el día haciendo favores a unos y a otros, así como organizando los pormenores de interminables fiestas, famosas en todo el condado. Ser sacerdote significaba para él ayudar a sus vecinos en lo que le solicitaran y, si les afligía alguna adversidad, facilitar que pudieran ahogar sus penas en el alcohol.

–Un día, sin embargo –Max no había terminado–, me pregunté qué era lo que pediría para mí.

–¿Y qué fue? –Lois sentía verdadera curiosidad.

–La pradera del amor –respondió Max–. Para mí mismo me pedí la pradera del amor y, ya ve usted, ¡se me concedió!

–Se la concedió –repitió Lois, incapaz de entender aún cómo había podido aquel hombre realizar aquel increíble sueño del que ahora estaban ambos disfrutando tan plácidamente.

–Tardé algunos años, por supuesto –continuó Max–, pero un día, lo recuerdo muy bien, abrí la puerta trasera de mi vivienda y…, sí –y se rio–, allí estaba –y volvió a reírse–, allí estaba tal y como usted ahora la ve. ¡Mi pradera, mi pradera! –Y volvió a apuntarla, como para que Lois no le quitara la vista de encima–. Pero ¡no se vaya a creer que traigo aquí a cualquiera! Sólo a mis amigos, sólo a mis almas gemelas, sólo a personas de quienes sé que también sueñan con una pradera como la mía.

Lois se frotó los ojos. ¿Quién cuidaría de todo aquello?, eso fue lo primero que quiso saber al recuperarse de la primera impresión. ¿Cómo conseguiría Pater Max –aunque él lo conseguía todo– que, sobre aquel lugar, como si fuera el trópico, resplandeciera el sol? Por un momento consideró la posibilidad de encontrarse dentro de un sueño.

–Esto es un sueño –dijo, más bien por verificar que no lo era.

–Puede verlo así si lo desea –le respondió el sacerdote, tras lo cual le guiñó un ojo en signo de complicidad–. Pero aquí se está muy bien, ¿no es así? Yo vengo aquí para rezar –dijo también.

–Sí, muy bien –respondió Lois, sin dejar de mirar la pradera.

Sucedió entonces algo casi tan maravilloso como la pradera misma. Sin previo aviso, Pater Max le puso su mano sobre el hombro. Ambos permanecieron en silencio así durante un rato muy largo.

–¡Dios mío! –me dijo Lois, y sus ojos le brillaban mientras me lo contaba–. ¿Podré describir algún día lo que el brazo de aquel tipo sobre mi hombro me despertó?

–¿Qué? –quise saber, el chico me tenía en ascuas.

–De pronto yo era querido, ¿me entiendes?; comprendido, acogido, aceptado… De pronto todo lo que estaba viviendo tenía sentido y estaba bien.

–Puedes quedarte en este lugar cuanto quieras, cuanto necesites –le reiteró Pater Max, como leyendo su pensamiento; y le palmeó la espalda, rompiendo así aquel momento, seguramente de oración, al que ambos habían sucumbido.

6

¿Era Wieperdorf el paraíso que necesitaba el alma afligida de Lois Carballedo tras sus tribulaciones en el castillo? La cordialidad de Pater Max y, sobre todo, la paz que se respiraba en la pradera del amor, hacían presagiarlo. Pero entonces, ¿por qué le invadía al chico esa inquietud, esa sombra, en el km 1,7, casi en la mitad exacta, según había comprobado, entre el castillo y la aldea? La simple palabra Wieperdorf evocaba en él incontables emociones, y el castillo de Stetten –ya entonces podía reconocerlo– le atraía y repelía a partes iguales. Estaba tan fascinado como horrorizado por aquel lugar, ante el que experimentaba tanta atracción como rechazo. Para él era un lugar oscuro y luminoso al mismo tiempo, antiguo y moderno, lujoso, pérfido, mortecino, ambiguo... Quizá sólo haya una palabra que lo pueda definir: era un lugar indudablemente alemán. Porque hasta que no estuvo en Stetten, Lois no había tenido sensaciones tan ambivalentes y contradictorias. La residencia en que se alojaba, por ejemplo. Por una parte, le encantaba; por la otra, comprendía que, si no se marchaba de allí de inmediato, pronto sucumbiría a su hechizo y se convertiría, irremediablemente, en uno de los moradores del castillo. Entonces, ¿en qué quedamos? ¿Era Wieperdorf la antítesis de Stetten o más bien su prolongación? El mal se disfraza de bien, eso lo saben todos, en particular los románticos alemanes. Pero eso era algo que Lois, por ser tan joven, no había podido aprender aún. Su alma romántica estaba todavía en la adolescencia, como demostraba el sentimiento de piedad que le despertaban János y Bruder Jakob, con quien solía conversar cada mañana, en los intervalos de sus horas de estudio.

Por muy buena persona que fuera, en una conversación con el hermano Jakob no se llegaba muy lejos. Casi todos los días le hablaba de las hermanas Zorn y de Frau Wagner, fervientes seguidoras de Meister Neuman y vecinas de Wieperdorf. Las tres llamaban al castillo a las horas más intempestivas para informarse de las próximas galas y conciertos. Pero el tema favorito de Jakob era sin duda sus años de formación en Darmstadt, en el noviciado de los camaldulenses, donde confesaba haber sido muy feliz.

Aquel día, todavía durante el primer mes de su estadía, Jakob le pidió a Lois que le pusiera una inyección de insulina, pues tenía muy bajos sus niveles de azúcar. El chico se resistió, alegando que nunca había pinchado a nadie; pero terminó por acceder y, de ahí en adelante, tuvo que encargarse de esta encomienda, que durante años había realizado el propio Meister Neuman. Jakob se tumbó en el banco de la despensa y levantó la pierna, dispuesto a recibir el pinchazo. Luego fingió que Lois le había hecho mucho daño, lo que no impidió que acto seguido se pusiera a canturrear una de las más populares cancioncillas de su ya lejana juventud.

—*Meister Jakob, Meister Jakob, schläfst du noch, schläfst du noch?*

Lois se la sabía y no pudo por menos que completarla.

—*Hörst du nicht die Glocken? Hörst du nicht die Glocken? Din, dan, dun.* —Y así estuvieron los dos, cantando un buen rato.

Cualquiera que los hubiera visto habría dicho que eran felices y amigos. Luego fueron a comer y de la música pasaron al silencio. No era para menos: Meister Neuman, con su habitual cara de reproche, ya les estaba esperando.

*

Los primeros minutos de aquella colación transcurrieron en silencio, como casi siempre; pero el maestro acabó tomando la palabra para poner en primer plano algunos pormenores intrascendentes que él, sin embargo, estimaba capitales. Habló de la esquina de una mesa que había quedado mellada, eso fue lo primero; también de una planta que János había olvidado de regar, eso fue lo segundo. Habló de la pintura descascarillada de una silla y de una varilla de la panera que se había salido. Parecía haber terminado, pero no. Habló también de un cabecero de cama que andaba algo suelto, de un jarrón sin limpiar, de un calefactor que no calentaba como era debido, de un cuchillo que convenía llevar al afilador... ¡Aquello no tenía fin! Pero es que, durante sus concienzudas inspecciones matutinas, lo habitual era que Neuman encontrase siempre algunos desperfectos por aquí y por allá: una basura que no había sido convenientemente separada para su posterior reciclaje (sí, también la basura era revisada); un cartón de leche que había sido tirado cuando aún quedaban en él algunas gotas... ¡Es un neurótico, Dios mío, un neurótico!, pensó Lois cuando le oyó hablar de todo eso.

–Se me revolvía el estómago –me confesó–. Oírle enumerar todas esas menudencias... ¡me ponía enfermo!

Esto de ponerse enfermo no debe entenderse en sentido metafórico. Cuando Meister Neuman habló de las hojas secas del jardín que habían quedado sin recoger o de los cajones del aparador, que no se deslizaban por sus carriles sin chirriar, Lois –no pudo evitarlo– se puso a sudar ostensiblemente. No entró, por fortuna, en uno de sus momentos de ausencia, limitándose a llevarse la mano a la frente para verificar que no tenía fiebre. Le costaba aceptar que las comidas, cuando no en silencio, fueran para que aquel hombre, tan maravilloso en su vida pública como insoportable en la privada, una enumeración de los múltiples desperfectos que Bruder Jakob tendría que enmendar. Hasta conocer a Meister Neuman, Lois nunca se había topado con alguien tan preocupado por las cosas y tan poco interesado en las personas. Porque las cosas, en su mutismo, son fiables y permiten cualquier tipo de manipulación sin rechistar; las personas, por contrapartida, son casi siempre ingobernables, por lo que Neuman se sentía impotente ante ellas.

–¿Impotente? –me preguntó Lois.

Claro que en aquella comida no todo se redujo a esa disertación sobre lo banal, pues también se conversó, por ejemplo, sobre el resto de los estudiantes becados, que teóricamente estaban por llegar: una noruega llamada Helen Norman, famosísima en su país; un japonés llamado Ishiguro, como el premiado novelista; un boliviano conocido por Gustavo Cruz, el más joven de todos, y, en fin, Kirstin Nolde, una danesa pelirroja. Kirstin Nolde: fue así como Lois conoció su nombre.

La había visto llegar aquella misma mañana en un coche. Un joven le ayudó a descargar dos maletas, una mochila de colores y el negro estuche de su violín. Luego se marchó. Lois lo vio todo perfectamente desde la ventana de su habitación. Pero apenas pudo distinguir su cara. Sólo apreció su cabello, rojizo, precioso, y su vestido, elegante y vaporoso, quizá demasiado ligero para esa estación. También apreció sus movimientos: suaves, felinos, deliciosos... Todo eso no duró más de un minuto, pero fue suficiente para que aquella muchacha le tocara el corazón.

–Kirstin Nolde –repitió Lois en voz alta, no pudo evitarlo: en aquellas dos palabras le había parecido encontrar la razón última de su viaje a Alemania.

–En primer lugar, Kirstin Nolde es la mejor de mis estudiantes –sentenció el maestro, pero a eso no le siguió luego ningún «en segundo lugar», quizá porque, como habían acabado de comer, le entraron prisas por recogerlo todo.

Meister Neuman se pasaba el día recogiendo lo que hubiera que recoger y preparando lo siguiente, fuera lo que fuese. No podía disfrutar de nada, puesto que su principal afán era que todo terminase lo antes posible. Para él todo iba encaminado, de un modo u otro, a su fin. Lo extraordinario del asunto era que la violencia y rapidez con que realizaba todo, desde llevarse la cuchara a la boca hasta abrir el estuche de su violín, le afectaba a Lois tanto como si esa rapidez y esa violencia fueran las que él mismo tuviese que imprimir a sus propias actividades. Así que, tanto menos quería parecerse a su maestro, tanto más observaba en él mismo sus comportamientos, lo que le sacaba de quicio.

7

Tal fue la afición que Lois empezó a sentir por la literatura romántica que pasó buena parte de las tardes de aquel primer semestre tumbado en la cama, leyendo a Novalis y a E. T. A. Hoffmann, así como a Ludwig Tieck y a Adalbert von Chamisso, por cuyos libros, pero también por las personalidades de sus autores, llegó a obsesionarse. El violín le había llevado a este tipo de literatura y este tipo de literatura le había llevado al violín. Yo eso lo sabía desde antes que partiera para Heidelberg. Habíamos hablado de ello, sobre todo de Von Kleist, su preferido. Todos los románticos alemanes, pero en especial Von Chamisso y Von Kleist, tenían algo que, según él, no le daba ninguna otra literatura del mundo.

Con franqueza, me impresionaba mucho oírle hablar de todo esto, y no sólo porque se me hiciera evidente que aquel jovencito, a quien duplicaba la edad, supiera mucho más de literatura que yo mismo, sino porque me hacía darme cuenta de que yo nunca había sentido una pasión tan grande por ningún artista, acaso ninguna pasión tan grande como aquellas de las que él me hablaba en cada videoconferencia: el romanticismo literario y musical; el violín y su arco —que parecía respirar en sus manos—; el reputado Meister Neuman, que tanto le había decepcionado; la fogosa personalidad de Pater Max, una especie de Papá Noel alcoholizado; su misteriosa pradera del amor, de la que nunca pude saber hasta qué punto era realidad o ficción, y, en fin, desde hacía pocos días, Kirstin Nolde, una danesa de pelo trenzado y ojos sonrientes a la que había visto apenas unos segundos, pero una visión que le había bastado para insuflar nuevos ánimos en su estudio. La consagración al violín por parte de Lois era algo muy notable, porque, pese a su intensa emocionalidad, nada parecía desbancar su determinación de convertirse en un gran violinista, uno de los mejores, el mejor, si podía ser. En aquellos días todavía aspiraba a esta excelencia y esa era su ambición. Pero ¿de veras que nada desbancaba esa aspiración? Para su desgracia y para desgracia de todos, sí: hubo algo que la desbancó; y no hace falta mucha fantasía para imaginar lo que fue.

*

Tampoco hace falta mucha fantasía para imaginar que aquellas veladas bañadas en alcohol en la Arena de St. Niklaus terminaran en frenéticos bailes, amenizados con música zíngara, a la que Pater Max era muy aficionado. Pese a lo voluminoso que era, él en persona desplazaba los bancos de su iglesia para convertirla... ¡en una improvisada pista de baile! ¡Sí, en aquella parroquia del condado de Stetten se bailaba al menos una vez por semana, y Pater Max era, por cierto, el primero en saltar a la pista! Lois asistió una tarde a una de aquellas fiestas y vio cómo se emparejaron los presentes y cómo comenzaron a moverse cogidos del brazo, girando unos alrededor de los otros.

Muchos de los vecinos de Wieperdorf, aunque tan feos y huraños como siempre, se habían ataviado para la ocasión: los hombres con chaquetas marinas de botones plateados y las mujeres, que rejuvenecían a ojos vista, con alegres vestidos estampados y con flores silvestres enredadas en el cabello. Todos sin excepción bailaban, también los adolescentes y los niños, aunque ellos de forma mucho más desgarbada. Había un tipo de carrillos hinchados y piernas muy largas que llamaba la atención tanto por la torpeza con que se desplazaba como por su constante solicitud. Era Haak, el asistente de Pater Max, su mano derecha, un individuo que había publicado un libro, una especie de novela. Sudoroso y entregado a sus funciones, casi daba pena verle correteando de un extremo al otro de la pista, dando palmadas para animar a la gente, cambiando las sillas de sitio, o llevándose las bandejas con los vasos vacíos, en conversaciones entrecortadas con unos y otros. La música estaba a un volumen tan alto que apenas podía escucharse nada. Pero cesó de repente, y todo se congeló en un segundo. Las copas volvieron a rellenarse y muchos sacaron sus pañuelos para enjugarse la frente y el cogote. Todos se detuvieron en aquellos segundos menos Haak, el asistente, cuyos botines de charol, relucientes y puntiagudos, destacaban sobre la pista, moviéndose como si fueran animales asustadizos.

Pater Max se hincó de rodillas ante una señora de buen ver y, con una aparatosa reverencia, le solicitó el siguiente baile; ella, que engullía un pedazo de tarta con evidente placer, movió la cabeza negativamente y se excusó, o eso parecía deducirse desde donde Lois los observaba. Los convidados, sin embargo, no miraban a su párroco, sino a él, al joven extranjero. Él era, al fin y al cabo, la novedad; y todos, curiosos e inquisitivos, querían saber de dónde venía y qué hacía entre ellos. Los que le iban conociendo ya le pedían que trajera un día su violín y lo tocara para ellos.

Fue en aquel preciso instante, cuando Lois se percató de ser el centro de la atención, cuando su mirada se cruzó con la de una muchacha pelirroja de nariz achatada y rostro pecoso. ¡Era Kirstin, estaba allí! Llevaba un vestido de color violeta y destacaba entre los demás por su aspecto frágil y desvalido. Porque, mientras todos comían, bebían y charlaban en voz alta y chillona, ella aparecía como envuelta en un aura de indefensión y soledad. ¿Kirstin Nolde en St. Niklaus? ¿Era ella verdaderamente? ¿Cómo podía estar tan seguro si en la residencia la había visto sólo unos segundos y desde la ventana de su habitación? La música había vuelto a tronar, el baile se había reanudado y, fuera porque Haak, siempre con sus botines puntiagudos, hubiera vuelto a cobrar en la pista su protagonismo o porque la visión de Kirstin había sido sólo un espejismo, lo cierto es que a su compañera de residencia, por mucho que la buscó, Lois no la volvió a ver en aquella velada. No le ayudó que todos en aquel momento se agarraran de los hombros o de las caderas, en una larga fila, a modo de trenecito, en el que pronto se involucró la pista entera, enfebrecida por la melodía. En medio de aquel alocado torbellino, escuchando risas jadeantes e interrumpidas, Lois tuvo que rendirse: había perdido a Kirstin. De ella le quedaba sólo el recuerdo de su vestido violeta y esa aura en que envolvía su soledad e indefensión. Él, en cambio, sintió de pronto en su pecho una nostalgia tan intensa que instintivamente se ocultó el rostro, de modo que nadie pudiera notar su estremecimiento. Experimentaba un sentimiento de cálido y doloroso amor que le robaba la paz, pero al que no podía evitar entregarse de forma totalmente incauta.

–¡Ah, las mujeres! –exclamé yo, ¡qué vergüenza, Dios mío, ni que fuera un consumado experto!–. Las mujeres son un auténtico misterio –dije de igual modo, y me quedé tan ancho, como si hubiese resuelto el enigma del universo.

En cuanto le escucharon tocar el violín, algunos días después, todos en St. Niklaus le aplaudieron con entusiasmo. Les resultaba increíble que un instrumento tan pequeño, con tan sólo cuatro pobres cuerdas, pudiera suscitar, en manos de Lois Carballedo, emociones tan intensas y variadas. Y se pusieron a bailar, por supuesto. Tras dar mil y una vueltas sobre sí mismo, enganchándose alternadamente a los brazos de los presentes, Pater Max se desplomó en uno de los confortables sillones de la sacristía. En aquel momento podría habérsele tomado por el jefe de una estación ferroviaria, por un fracasado marchante de cuadros o por un obrero de la construcción. Todo, menos por un párroco.

Escuché esta historia de las fiestas de St. Niklaus con cierta indulgencia, como si el chico estuviera cargando las tintas. Sospechaba que todos aquellos bailes parroquiales eran el contrapunto que necesitaba alguien como Lois Carballedo no sólo para equilibrar su vida encerrada, consagrada al estudio sistemático, sino su enfermiza afición al romanticismo, literario y musical. Así hasta que de pronto me dijo:

—He empezado a beber.

—¿Cómo a beber? —le pregunté yo, lo recuerdo porque la frase me impresionó.

—El infierno es una elección —me dijo también; y me dejó mudo.

Lo de la bebida empezó la velada en que tocó el violín para la feligresía de St. Niklaus por primera vez. Lois bebió bastante sin darse cuenta, y a la mañana siguiente le sorprendió amanecer en casa de Pater Max con la boca seca y pegajosa. Corrió al cuarto de baño, tosiendo como un desesperado. Era como si quisiera echarlo todo por la boca, también la vida. Eso mismo le sucedería en adelante muchas mañanas. Pero ¿qué le había sucedido? ¿Por qué había bebido tanto? ¿Fue verdaderamente sin darse cuenta? No. Fue por una conversación que mantuvo con Pater Max, que le trastornó. Fue que bebió como si quisiera vengarse en sí mismo de quién sabe qué frustraciones y desgracias. Bebió sobre todo un schnapps dulzón, un sabor que más tarde se le hizo muy familiar; pero también vino, cerveza y otras bebidas espirituosas. Era infeliz, por supuesto, estaba demasiado decepcionado con Meister Neuman y, sobre todo, se sentía solo. Esa habría podido ser su justificación. Como también habría podido justificarse arguyendo que echaba de menos a Kirstin Nolde, a quien sólo había visto una vez, pero a quien dedicaba, en lo secreto de su corazón, sus ejercicios musicales diarios.

—Pero ¡si sólo la has visto unos segundos! —tuve que intervenir, puesto que hablaba de la tal Kirstin como si hubieran sido novios y ella le hubiera dejado por otro.

Él abrió las palmas de sus manos. Con ese gesto me indicaba que tuviera paciencia, pues iba a explicármelo todo.

8

—La gente ya se había ido marchando y Pater Max, repanchingado en un sillón, me invitó a sentarme a su lado. Me rellenó la copa. Ya había bebido bastante, pero nada en comparación con lo que luego bebí.

—¿Qué pasó? —Trataba de mantener la calma, pero intuía que lo que iba a contarme era importante para él.

—Max comenzó a reírse estentóreamente, y yo, sin tener muy claro por qué motivo, me reí también.

—Reísteis.

—Sí, reímos ambos como si lo que nos estuviera sucediendo fuera divertidísimo, reímos hasta quedar ahítos.

—¡La vida es maravillosa, amigo mío! —me dijo entonces Pater Max, fue así como empezó aquella conversación—. *Leben ist wunderbar, mein Freund* —así lo dijo, naturalmente en alemán.

—*Wunderbar?* —Lois no estaba tan seguro de que la vida fuera tan *wunderbar* como le aseguraba aquel alegre presbítero—. *Warum?* —le preguntó, y se lo preguntó con toda sinceridad.

Pater Max dio un manotazo al aire, un gesto con el que quiso darle a entender que se olvidara de todo aquello.

—¡Beba, beba! —exclamó, y luego, lo que a Lois resultó tan decisivo como enigmático—: *Man muss trinken!* —¡Hay que beber!, como si se tratara de una obligación.

Pater Max, que había estado ingiriendo descomunales jarras de cerveza, se entregaba ahora al schnapps, que se echaba al coleto en unos vasitos con los que, tras vaciarlos, golpeaba ruidosamente la mesa. Por alguna razón, eso de los golpecitos en la mesa, tras echarse el licor al gaznate, lo encontraba Lois muy divertido. Tanto que también él comenzó a golpear la mesa con el vaso cada vez que se bebía un trago. Casi se habría dicho que sólo bebía para poder luego darse el gusto de golpear la mesa con el vaso.

–*Man muss trinken!* –repitió Lois, y se rio como poco antes lo había hecho el propio Max, preso de una extrañísima convulsión, como si el diablo se riera en sus entrañas.

Acto seguido, sin embargo, sin venir a cuento, Lois se puso a llorar larga y suavemente. Algo le había abierto la espita del llanto, quién sabe qué: el alcohol mismo, aquellas risas, aquella enigmática frase... Fuera como fuese, pensó una vez más en lo decepcionado que se sentía por Meister Neuman, por quien había dejado su familia y su tierra; y eso le llenó de una honda y desconocida tristeza. Le vio sacando brillo a las frutas. Le vio inspeccionando los huevos duros al trasluz. Le vio erguido como si se hubiera tragado una escoba. Le vio en la única lección que le había dado que había puesto sus pies en la residencia Kreisler, corrigiéndole con severidad la posición del arco. Le vio diciendo: Kirstin Nolde es la mejor. Y así hasta que el mundo dejó de parecerle a Lois un lugar habitable y seguro; y las personas, todas sin excepción, indignas de su amor. Pensó entonces en Pater Max, a quien tenía ahí delante y que le miraba con ojos vidriosos; pensó en la pradera del amor, a pocos metros de donde se encontraban, tan cerca y tan lejos; pensó en su violín, como si se tratara de un instrumento diabólico; y pensó en que aquella misma noche regresaría a Wieperdorf. Fue este pensamiento, más que nada, lo que le hizo llorar con un mayor desconsuelo. No sabía qué le acongojaba más, si la parroquia de St. Niklaus, donde los feligreses, alentados por su pastor, bebían hasta aturdirse y desvanecerse, o el castillo de Stetten –el otro polo de su vida–, donde se pasaba la mayor parte del día ensayando en su habitación y donde el silencio y la soledad, el orden y la pulcritud, le pesaban como la muerte.

Lo entendió todo en aquel segundo: debía romper aquella funesta polaridad, aquel ir y venir entre el castillo y la parroquia, aquellos extremos, representados simbólicamente por Meister Neuman y Pater Max, sus maestros: hermético el primero, expansivo el segundo. Necesitaba encontrar entre aquellos dos hombres, tan opuestos como el frío y el calor, un tercero que le arrancase de aquella macabra sucesión: Wieperdorf, Stetten, Stetten, Wieperdorf. ¿Estaría a tiempo de encontrar una vía de salida a ese laberinto?

Adivinando sus pensamientos, Max volvió a rellenarle la copa.

–Tienes suerte de poder llorar –le dijo–. Es mejor sentir dolor que haber llegado a un punto en el que ya no sientes nada.

Lois no estaba seguro de haberle entendido.

–¿Qué más quieres? –le dijo él, al ver que no contestaba–. Al menos tenemos esto. –Y señaló la botella de la que estaba bebiendo directamente a morro.

–¿Y la pradera del amor? –le preguntó entonces Lois–. ¿Y la música? –le preguntó poco después–. ¿Y el romanticismo? –Pero pensó primero en la pradera y sólo después en la música y en el romanticismo.

–La pradera del amor es sólo una ilusión –le respondió Max–. ¡Sólo una ilusión! –repitió, y esbozó una mueca horrible.

Lois no lo comprendía. Él había visto esa pradera. La había visto al menos dos veces: el día en que se la mostró y el siguiente. Nadie podía decirle que no existía. No era posible que fuera un espejismo o una invención.

Max seguía con la boca entreabierta, en una mueca horrible. ¿Quién era él, después de todo? ¿Qué clase de sacerdote era alguien que le había conducido al lugar más hermoso del mundo para luego, sin motivo, arrebatárselo? Tal vez Max había dejado ya de creer en Dios y en la vida del alma, pero creía todavía en la de los sentidos, puesto que era bueno con todos. Pero ¿cómo encajar aquella mueca blanda y enajenada, que seguía sin borrarse de sus labios, con aquellos gestos altruistas y con aquella vida entregada?

—Llora, llora todo lo que necesites —le dijo Pater Max—. Yo ya no puedo.

—¿Por qué? —le preguntó Lois con una vocecita en la que le costó reconocer la suya.

—Ya no tengo sentimientos —le respondió él—. Se me han acabado. Los agoté todos en mi juventud. —Y se rio—. Ahora sólo puedo beber, sólo beber, *man muss trinken!* —Y dio un largo trago a la botella que tenía entre las manos, hasta vaciarla.

Lois siguió llorando durante largo rato, aunque sin saber muy bien por qué. Quizá porque no entendía lo que Pater Max le acababa de contar. O porque, según él, la pradera del amor no pasaba de ser una fantasía.

—En todo Wieperdorf sólo hay tres hombres buenos —le dijo Pater Max, incorporándose—. Sólo tres —repitió entre toses y risas, como si aquello le resultara particularmente jocoso.

Poco después puso su mano grande sobre la cabeza del muchacho y le revolvió el cabello en señal de afecto. Justo antes de retirarse a su despacho, donde permanecería escribiendo en su ordenador hasta el amanecer (¡quién sabe lo que escribiría!), le acercó una mantita para que se arropase.

*

Me costó creer lo que Lois me diría sólo tres días después: que había tomado la costumbre de visitar St. Niklaus cada atardecer, apostarse tras la barra de la Arena –un espacio circular lleno de mesas– y, para sentirse útil, servir a todo el que quisiera copas de vino, jarras de cerveza o copitas de schnapps. En realidad, cualquier tipo de alcohol, pues aquel párroco no reparaba en gastos, ni en eso ni en nada. En pocas palabras, ¡se había convertido en el barman parroquial! También en el hombre orquesta, pues cuando la gente se lo había bebido todo, Lois les tocaba una canción tras otra hasta que caían rendidos. Como los tipos de alcohol de los que St. Niklaus disponía eran prácticamente inagotables, las combinaciones posibles eran infinitas. Lois experimentaba el vodka con tequila, por ejemplo –que es una mezcla horrible–, o un buen coñac con el familiar schnapps, del que pronto se hizo con algunas botellas que se llevó a la residencia y que escondió en su habitación. Así que, en aquellas fiestas, Lois nunca bebió menos de cuatro o cinco rondas de aquel aguardiente dulzón.

–¿Cómo rondas? –Yo no podía dar crédito.

–También siete, ocho, nueve… –me respondió.

La bebida le caldeaba el estómago y, si insistía, lograba caldearle también el alma. No es fácil tener el alma caliente y Lois se esforzaba por conseguirlo. Lo que ignoraba era que el frío se iba extendiendo en su alma a medida que iba bebiendo, y que ese calor alcohólico, por artificial, sólo ensanchaba su enfriamiento emocional. Se lo dije. Se lo dije muchas veces, no sé cuántas. Le dije que lo malo no nos gusta, pero que hemos llegado a tal nivel de estupidez y abyección que simulamos que nos gusta. Pero la soledad y el sinsentido son especialmente insoportables cuando antes se ha gozado de la compañía amada o, al menos, de una bonita camaradería. Esta era en aquel momento, en una frase, la historia de Lois Carballedo.

9

Bastaron pocos días para que Lois empezara a percibir matices diferentes en el paisaje del condado de Stetten, como si un filtro cubriera el horizonte y todo se difuminase. Tuvo la impresión de que todo había cambiado, aunque lo único que había cambiado, por supuesto, era él, sólo él. Porque, así como la alegría ilumina el mundo, la tristeza –y entonces lo estaba aprendiendo– lo oscurece. ¡Qué mortecino empezó entonces a resultarle todo! ¡Qué mortalmente aburrida empezó a parecerle su dedicación al violín y hasta la música misma, algo que sólo pocas semanas antes se le había antojado tan vivo y prometedor! Apenas caía ya en sus momentos de ausencia, cierto; pero, por contrapartida, se sumergía en una melancolía que le conducía, inexorablemente, hacia su destrucción.

Antes de ponerse con el violín, por ejemplo, solía beberse una copita –más que nada para entonarse–; pero también se la tomaba al término de su ensayo de Stamitz, un seguidor de Haydn sobre el que estaba trabajando, más que nada para celebrar el deber cumplido; o antes de comer, para abrir el apetito y soportar a Neuman; o incluso al terminar, para favorecer la digestión. En la Arena, en cambio, Lois bebía cerveza y vino blanco, siempre por este orden, y schnapps o cualquiera de sus combinados sólo después, nunca antes. Su organismo resistía sin colapsar muchas más copas de las que habría podido imaginar. Y si alguna vez se excedía, se quedaba a pernoctar en casa de Max, quien le insistía en que dejara ya la residencia Kreisler y se instalara con él, en su casa.

La mayor parte de las noches, sin embargo, Lois regresaba al castillo a pie, por el camino de Wieperdorf, canturreando las cancioncillas que había aprendido de niño en el colegio alemán y que ahora, años después, escuchaba a menudo en la cascada voz del Bruder. Lo habitual era que caminase pesadamente –por causa de la abundante ingesta de alcohol–, como si sus músculos y articulaciones rehusaran obedecer. La torpeza de su cuerpo era un espejo del embotamiento de su alma. De eso Lois se daba perfecta cuenta, aunque trataba de espantar este pensamiento de un manotazo, como si fuera una mosca.

Una de aquellas noches volvía tan borracho y somnoliento que los párpados le pesaban hasta tal punto que hubo tramos que los recorrió con los ojos cerrados. Le invadió de pronto un sopor de tal calibre que tuvo que apoyarse en un árbol, donde se quedó brevemente dormido. Se despertó poco después, sobresaltado por aquella cabezadita y consciente de que, de haberse quedado dormido más profunda y largamente, por ser la noche tan gélida –pues era ya noviembre–, es probable que no se hubiera despertado para poder contarlo.

Cuando divisó el castillo de Stetten, tuvo la impresión de estar alojado en el lugar más desolado y triste de la tierra.

–Stetten –dijo en voz alta, como si lo reconociera; y le pareció que aquella palabra condensaba toda la infelicidad del mundo.

Como si Stetten fuera el nombre de un castigo que se había ganado a pulso. Como si de su vida, a partir de aquel momento, sólo cupiera esperar miseria y desolación.

Ya en su habitación, extrajo de un armarito la pequeña petaca que le había regalado Pater Max y, a morro, se echó un lingotazo. Después se tumbó y cerró los ojos mientras fuera, en el jardín, se oía cómo empezaba a llover.

*

–Pero ¿y tus colegas? –quise saber yo, incapaz de resignarme a toda aquella romántica desolación–. ¿No iban a venir una noruega, un japonés, un boliviano...? ¿Dónde quedaron todos ellos, jóvenes talentos musicales?

Compartiendo la misma pasión por el violín, cabía esperar que Lois entablaría amistad con alguno de ellos. Pero ¿sería así o reinaría, también en Stetten, más bien esa turbia rivalidad, tan frecuente entre los artistas? ¿Se relacionarían entre ellos como gente normal o más bien prevalecerían las típicas luchas intestinas por ser los preferidos del reputado maestro? Pero, más radicalmente aún: ¿llegarían o no aquellos jóvenes algún día al castillo?

—Ya estamos en noviembre. Comienzo a dudarlo. —Lois encendía un cigarrillo tras otro, se veía que deseaba acabar cuanto antes la conversación—. Las semanas pasan y siguen sin aparecer. ¡Si al menos Kirstin Nolde saliera de su habitación!

Pero no, no salía, aunque allí estaba, al menos a juzgar por el lastimero y vibrante sonido de su violín, que Lois escuchó aquella misma noche, en que se atrevió a pegar el oído a la puerta de su habitación. Estaba tan enamorado de ella que le parecía oír los acordes de una coral majestuosa flotar por el aire; fue eso mismo lo que le hizo dudar de su existencia real. Haberla visto sólo dos veces (el día de su llegada con las maletas y una segunda ocasión, en una fiesta en St. Niklaus, con un vestido violeta), le hizo pensar que acaso podría estar siendo víctima de una alucinación.

—¿Existirá Kirstin Nolde? —me preguntó de repente, pero me lo preguntó de verdad, como si yo pudiera saberlo—. ¿Por qué nunca baja a desayunar o a almorzar? —quiso saber—. ¿De qué vive este ser angélico? ¿Cómo es que soporta tanta soledad?

Aquella noche Lois estaba tan harto y cansado que se vio afectado por una debilidad —una especie de mareo— que nunca había sentido hasta entonces. Pensó, casi con esperanza, en lo dulce que sería cerrar los ojos y, sencillamente, no despertar. Pero, si bien cerró los ojos, ni se durmió ni perdió la vida. Más bien siguió amasando su injustificado cansancio y su crónica tristeza, cada día más amarga. Enterró la cabeza en la almohada y así, en la oscuridad más absoluta, permitió que el sueño le fuera invadiendo hasta llevarle lejos de Stetten y del romanticismo, lejos de su vocación y de la música, lejos de Kirstin Nolde, esa obsesión. Kirstin, Kirstin… Lois se durmió recitando una y otra vez el nombre de aquella chica, como si fuera una plegaria.

Hay que decir que los autores románticos que Lois leyó en aquella época (Heinrich y Heine, pero también Schiller y Schlegel y, sobre todo, Achim von Arnim) no le hicieron ningún bien. Más bien le fueron hundiendo en una melancolía cada vez más profunda y venenosa. Lois nunca pudo precisar qué le resultaba más dañino: si la literatura de Von Eichendorff, la de Tieck o la realidad, si es que había entre los términos de aquella comparación alguna diferencia. Dañino, sí, e indescifrable. Porque en el castillo de Stetten, por ejemplo, tan misterioso como cualquier otro de los muchos castillos que pueblan la literatura romántica, Lois escuchaba a menudo el incomprensible batir de unas alas y el inequívoco sonido de unas campanillas.

—He visto abrirse y cerrarse por sí sola una de las muchas puertas de la residencia —me dijo—. Y he escuchado un zumbido sordo de carácter eléctrico, como si alguien hubiera encendido en la habitación de al lado un aparato de aire acondicionado.

Me preocupé. Se lo dije.

—Estoy preocupado.

¿No será todo eso efecto de la bebida? Provenía de la bebida o de la literatura romántica, una de dos, eso habría podido jurarlo.

—Un zumbido eléctrico —repitió él—, puertas que se abren y cierran… —Estaba empezando a bajar por la pendiente por la que pronto se iba a precipitar.

Lois amaneció bañado en sudor y, sin pensarlo, se arrancó a tirones el pijama empapado, hizo una bola con él y, lleno de rabia, lo arrojó al suelo. ¡Cuánto le fastidiaba todo, hasta lo más insignificante! Vivía permanentemente irritado, indignado, como si el mundo entero se hubiera conjurado contra él para hacerle rabiar.

–¡Esto tiene que acabar! –gritó al ver su propia imagen en el espejo; y el hombre que le miraba desde ahí se puso a lloriquear–. ¡No llores! –le reprochó Lois; pero aquel hombre siguió llorando, llevándose a cada rato las manos a la cabeza.

Hay a quien el beber le despierta la risa; a otros, la locuacidad o la agresividad; a Lois, por suerte, la somnolencia y, en fin, el sueño, del que, al cabo, más pronto que tarde, se despertaba resacoso. Habría dado un mundo para que en medio de aquel desierto hubiera nacido una flor. Un mundo para no despertarse con aquel penoso sentimiento de culpa que solía embargarle durante las primeras horas. Porque se sentía una piltrafa –así me lo dijo, mientras yo le escuchaba acongojado–: un recuerdo de ese joven generoso y prometedor que un día, hacía siglos, había decidido (pero ¿lo había decidido él o su padre?) consagrarse a la música. Quizá sea que sólo pueda encontrarse quien antes ha estado perdido. Pero yo, que me había planteado coger un avión para sacarle de todo aquello, no me atreví a decirle nada, pues por alguna razón me sentía cohibido.

Algo se había escindido en él. Él mismo tuvo clara conciencia de que ya no era el Lois de siempre, sino dos, todavía dos. ¿Con cuántos tendría que vérselas dentro de unos meses, si es que no dejaba de beber? Porque ninguno de aquellos dos individuos –el del espejo y él– se parecía a quien él era en verdad, sino a quien había sido de niño, cuando sus padres le negaban algún capricho y él, más por costumbre que por verdadero disgusto, se cogía una rabieta. De modo que a sus lloriqueos se unieron pronto las toses, y a las toses los vómitos, más lloriqueos y más toses.

–¿Dónde empezamos a desviarnos de nosotros mismos? –me preguntó aquella mañana, como si fuera un filósofo–. ¿Cuándo empezamos a dejar de ser quienes deberíamos haber sido?

–Hablar con uno mismo es uno de los efectos del alcohol –le dije, pero enseguida me arrepentí de mi comentario.

Lois parecía haber encontrado un secreto placer en hundirse en su propia miseria. Como si hubiera hallado una misteriosa fuente de indagación, tan consoladora como perversa. Sus labios esbozaban una media sonrisa de satisfacción y vanidad. Nadie en el mundo habría dicho que tenía sólo dieciséis años. Sin embargo, aquella mañana y ante aquel espejo se había puesto a rezar.

–¿Qué te parece? –le había preguntado a Dios, y eso que hablar con Dios era algo que no hacía desde que era niño–. He caído en el alcohol –le dijo también, pero sin ánimo de justificación, sólo para levantar acta de los hechos.

Claro que aquel Dios bien habría podido sustituirse con una imagen agigantada de sí mismo, de manera que aquello no fue en el fondo una verdadera oración.

–¿Qué haces en el infierno? –le contestó de pronto Dios, quien, al parecer, se había decidido a entrar en el coloquio.

Pero, por respuesta, Lois se limitó a encogerse de hombros, maravillándose de la indiferencia que sentía ante su propio destino. En verdad, no hay degeneración posible sin una indiferencia de este género; y una indiferencia así no sólo es la condición de posibilidad del declive moral, sino también su plena manifestación.

*

El sonido de la nieve cayendo bruscamente de las ramas le sobresaltaba a Lois muy a menudo, obligándole a levantar la vista de sus partituras. No eran pocas las ocasiones en que, desde la ventana de su cuarto, veía a János en el jardín, casi siempre sentado, o tumbado, incluso aunque hubiera nieve, sin hacer nada. Aquella visión del jardinero, con sus manos embutidas en los bolsillos de sus pantalones de pana, le producía un desasosiego que no era, simplemente, el que produce en un corazón compasivo la visión de los desheredados de la sociedad. Porque todo hacía presagiar que aquel jardinero no viviría mucho; y es que si Meister Neuman y Pater Max se daban al alcohol –digámoslo así–, János se abandonaba a él. No tenía medida: bebía una botella tras otra y sólo cuando había dilapidado su exigua paga, no sin haber causado antes algún estropicio, se derrumbaba en cualquier rincón, para ahí dormir su borrachera durante días. De hecho, Lois se lo encontraba a menudo durmiendo en alguno de los múltiples cenadores del jardín, o bajo alguna de las pérgolas, confundido entre los arbustos y las plantas, pero en posiciones tan inverosímiles que, a menudo, pensó que ya se había muerto por una intoxicación etílica.

En aquella ocasión, le vio como si los contornos de aquel pobre diablo no estuvieran bien definidos. Esto de ver nebulosamente era algo que ya le había sucedido en otras ocasiones cuando sus cosas empezaban a torcerse: el mundo dejaba de pronto de ser nítido y definido y se le aparecía como recubierto por una suerte de velo que lo teñía todo de un halo de melancolía e imposibilidad. Claro que las cosas habían empezado a torcerse para Lois desde mucho antes de que se diera cuenta.

Muchos adolescentes son perfectos desconocidos para sus padres; a mí, en cambio, Lois Carballedo me tomó por confidente y me abrió una puerta. Aunque he intentado establecer un calendario para escribir esta historia lo más fidedignamente posible, las fechas me bailan y me cuesta ser preciso. Creo que fue en el mes de noviembre, en cualquier caso, cuando me atreví a no dar más rodeos e ir al núcleo de la cuestión. Fue el día en que me dijo que, ante el espejo, había estado hablando con Dios. El día en que me dijo que, si no bebía una copita, aunque sólo fuera una, no lograba conciliar el sueño. Estaba generando una dependencia, no podía seguir engañándose. Sólo una copita, se decía; por fortuna, en cuanto pensaba en lo que acababa de decir, se avergonzaba de inmediato por haberlo dicho.

—Oye, Lois, ¿tú cómo te ves, por poner un ejemplo, dentro de diez años? —intenté abordar el asunto desde otra perspectiva.

Tengo su respuesta bien grabada en la memoria.

—Lo que yo quisiera ser es un puente invisible que los hombres cruzasen para llegar a lo mejor de sí mismos. Me sobrecoge albergar una aspiración tan sublime, pero me parece que sólo una aspiración tan sublime está a la altura de mí mismo.

Poco más o menos fue esta su respuesta, tan filosófica, lo que me descolocó. Acto seguido, me dio otra más concreta.

—Me veo en el pazo de mis abuelos. —Y sus ojos se le fueron hacia arriba, como si fuera allí donde estuviera ese pazo, que de algún modo estaba viendo en su interior—. Me veo viviendo tranquilamente allí, en Lugo, con Kirstin. —Hablaba de esa chica como si ya la conociera y estuviera viviendo con ella.

Supe entonces que sus abuelos tenían en Galicia una finca a la que su familia iba a veranear.

—Una vida en el campo, tío —continúo él—. Tendrías que ver qué bonito es todo aquello. Tienes que venir un día a conocerlo.

—¿Y la música? —le pregunté yo, sin querer herirlo, pero apuntando directamente al problema.

–Ya. Eso es lo malo –me replicó él, y se despojó de su sudadera–. No puedo dejarla... Mi padre... –E hizo un largo silencio que yo no rompí, pues intuí que aquel era uno de esos silencios en los que se elabora una respuesta reveladora–. Podría tocar en la Filarmónica de Lugo –me dijo por fin–. Allí hay uno de los mejores conservatorios de España.

De modo que la gran promesa del violín en nuestro país, con sólo dieciséis años, ¡soñaba con el pazo de sus abuelos! Ahora yo tendría que hablar con su padre sí o sí. Quizá habría tenido que hacerlo mucho antes, cuando el chico comenzó con las alucinaciones de su pradera del amor. Pero no lo hice, por alguna razón no lo hice. Por alguna razón sabía que Lois tenía que recorrer este camino a solas hasta el final.

11

Lois conoció a la viuda de Fanta, la hermana de Meister Neuman, en una de las innumerables fiestas de St. Niklaus. Claro que de ese vínculo sanguíneo no se enteró hasta mucho después, si bien no creo que las cosas hubieran cambiado demasiado de haberlo sabido antes. El encuentro tuvo lugar en la Arena, mientras él, tras la barra, servía combinados como lo habría hecho cualquier experto. En aquella primera conversación se dio una circunstancia que hizo que Lois no la olvidara con facilidad: Berta Maria Fanta –así se llamaba– fue la única persona, entre todas las que conoció en Alemania, que le dijo claramente lo urgente que era que mejorase su alemán. Más aún, se prestó a ayudarle como profesora.

–Su pronunciación es correcta –sentenció aquella mujer–, pero comete todavía bastantes errores sintácticos y... –Y le sonrió, enseñándole su dentadura, algo irregular–.

Y además desconoce la conjugación de algunos verbos –remachó.

Berta Maria Fanta era una viuda de unos cincuenta años, cuarenta y siete, por ser más exactos, menuda, sin pecho, de labios finos y cabello lacio. No era lo que se dice una jovencita y, sin embargo, al menos en su corazón, aún estaba lejos de convertirse en una vieja. Tenía los ojos grises, muy claros, y vestía un poco a la antigua, con zapatos de tacón bajo tan pasados de moda que, al verlos, podía pensarse que no calzaba otros desde que era niña.

–Todos piensan que basta chapurrear un poco un idioma extranjero para que se le abran a uno todas las puertas –me comentó Lois–. Pero nada de eso. Yo… ¡me he topado con tantas dificultades! –Pero, aun con eso, no tomó en serio la oferta de aquellas clases de alemán que se le brindaban.

La viuda se ajustó un chal de color ocre que caía sobre sus hombros, eso era algo que hacía continuamente. Era con ese chal, precisamente, como vestía la tarde en que conoció a Lois, quien vio cómo la viuda se alejó de St. Niklaus, caminando por la Arena con su bastón. A decir verdad, no era un bastón, sino un paraguas de gran tamaño que Fanta llevaba consigo incluso en verano. Lois no tomó en serio la invitación que esa mujer le había hecho a pasarse por su casa, cualquier tarde que le viniera bien, a recibir –gratuitamente, eso quedó claro– algunas clases de alemán. Todo habría quedado así si a la tarde siguiente ella no hubiera reiterado su oferta, mientras que Lois le preparaba uno de sus ya célebres combinados. En aquella segunda ocasión, la viuda habló del asunto de forma más expedita.

–Debe usted venir a mi casa sin falta –le dijo, clavándole la mirada–. Su alemán es muy mejorable.

Estas pocas frases bastaron para que Lois se hiciera cargo de que la Fanta –como empezó a llamarla en su fuero interno– era una persona obstinada. Quizá fuera esto, después de todo, lo que mejor la definía: su obstinación, su terquedad.

–Venga mañana y estudiaremos juntos –propuso; pero no, no fue una proposición; aquello fue más bien un mandato ante el que Lois (¿quién sabe por qué?) no pudo sino obedecer.

*

La primera tarde en casa de la viuda de Fanta fue también inolvidable, aunque mucho más lo serían todas las que seguirían a esa. Tras los saludos iniciales, el chico y la mujer tomaron asiento frente a frente ante una mesa camilla. Por fortuna para Lois, o quizá para su desgracia, la Fanta hablaba un alemán muy claro. Lo vocalizaba exagerada e innecesariamente, lo que a él le permitía entenderlo sin dificultad. Por si esto fuera poco, usaba palabras sencillas y frases cortas, aunque eso –según comprobaría después– no lo hacía sólo por deferencia hacia él. Su manera de hablar era un claro reflejo de su manera de ser, como pronto le resultaría evidente. El caso es que el alemán de Fanta fue el único que, durante los meses en que vivió en Alemania, Lois pudo entender del todo y siempre.

Cuando parecía que la prometida clase iba a comenzar –pues Lois ya había extendido sobre la mesa algunos de sus papeles–, Fanta sacó de sus rodillas, donde lo tenía preparado, un voluminoso cuaderno de anillas. Lo abrió con parsimonia, creando cierto misterio, y miró a Lois con sus ojos grises, casi blancos. El chico se sintió algo intimidado ante aquella mirada, tan indescifrable. Pensó que aquel cuaderno de anillas era algo así como un vademécum de las declinaciones, las conjugaciones y otros pormenores de la lengua. Todo lo que él necesitaba aprender, o al menos repasar. Pero no, nada de eso. Se trataba de una serie de poemas que la viuda de Fanta, sin darle tiempo a reaccionar, comenzó a leerle con voz ampulosa.

—¿Poemas? —quise saber.

—Sí, escritos por ella, pero no me gustaron. No era sólo porque estuvieran llenos de ripios y rimas facilonas, sino porque, al recitar, la Fanta movía mucho la boca. Era como si estuviera mascando algo, o como si se riese de medio lado. Y eso me puso muy nervioso.

Como es natural, Lois no dijo nada durante la lectura de aquel poema. Lo escuchó con cara de circunstancia. Imaginó que la viuda pretendía comprobar su nivel de vocabulario, o de sensibilidad para un alemán que no fuese meramente coloquial. Sin embargo, las cosas transcurrieron por un cauce inesperado, pues tras la lectura de aquel primer poema, Berta Maria leyó un segundo y hasta un tercero, pero todos de seguido, seguramente para impedir que Lois le interrumpiera.

Los poemas de Berta Maria Fanta hablaban de flores y de montañas nevadas. Eran poemas en los que todo el rato salían las palabras primavera, alegre, bonito y sol, si bien en Wieperdorf todo eso era algo que brillaba por su ausencia. Eran poemas que hablaban de jazmines y de margaritas, de tulipanes, amapolas y de todo tipo de flores en general. También hablaban de panes recién sacados del horno y de delantales de campesinas, de cabañas perdidas en tupidos bosques y de vinos añejos y sabrosos, aunque en Wieperdorf —que Lois supiera— no había nada de todo eso.

Era de esperar: llegó el punto en que su impaciencia se hizo evidente. No porque el tercer poema, o acaso el cuarto, que había empezado a escuchar, le gustara menos que los anteriores —aunque tampoco más—, sino porque estimó que la circunstancia era absurda y, a fin de cuentas, insostenible.

—¡Deje ya de lado sus poemitas y pasemos al propósito para el que nos hemos reunido! —Esto era lo que habría querido decirle.

Por elocuente que su gesto de impaciencia hubiera sido, sin embargo, no lo fue lo suficiente. Fanta continuó leyendo con toda tranquilidad un quinto poema y, acto seguido, hasta un sexto… Vamos, como si aquello fuera un recital. Quizá se había hecho a la idea de que podría leerle impunemente el poemario entero. Lois observó cómo una vena se ramificaba inmisericorde en su frente. No sabía qué hacer, estaba desconcertadísimo, le parecía que lo que estaba viviendo era todavía más inusual que lo de la pradera del amor, en la que pensó en aquel momento.

Los poemas de Fanta hablaban incansablemente del amor y de la naturaleza. Amor, sí, naturaleza, de acuerdo, pero eran versos flojísimos desde todo punto de vista. Lois lo tuvo de pronto claro: se estaba aprovechando de él, acaso por ser extranjero; se estaba aprovechando de su buena educación y de su timidez. De modo que llegó el punto en que no lo resistió más y, no sin antes resoplar, se atrevió a interrumpirla.

–Señora –le dijo con suma seriedad–, le ruego que… –Y, poco después, al ver que su intervención había sido ignorada–: Podemos comentar estos poemas si lo desea…

¿Creyó por un momento que así lograría algo? ¿Pensaba que los buenos modales le ayudarían?

Lois se planteó estar siendo víctima de una broma. Yo mismo le insinué esta posibilidad.

–Se estaba riendo de ti. Te estaba poniendo a prueba.

Nada de eso. Si todo lo que había sucedido hasta entonces en esa velada entraba dentro de lo extraño, lo que sucedería a continuación fue algo totalmente insólito y, quizá por ello, muy revelador de lo que sucedería días después. ¿Y qué fue? Pues que de repente Lois sacó de su interior a un personaje al que no conocía.

–¡Es suficiente! –gritó.

Aquel grito le asustó a él mismo. Algo así no correspondía con su personalidad.

—¡Le prohíbo que siga leyéndome! —dijo todavía y, al ver que su intervención seguía sin surtir efecto—: ¡Basta!

Berta Maria Fanta, hasta entonces impertérrita, levantó en aquel instante la mirada de su cuaderno de anillas y le sonrió con algo parecido a la indulgencia. Eso fue todo.

Me quedé sin saber cómo terminó aquella velada, pues cayó la línea y la videoconferencia se interrumpió.

Cuando retomamos la conversación al día siguiente, Lois tenía un aspecto lastimoso. En la noche de la primera velada con la Fanta había tenido una experiencia desagradable.

12

Cuando enfiló el camino rumbo al castillo —embarrado y resbaladizo, pues la nieve había empezado a derretirse—, sobre la aldea de Wieperdorf flotaba una niebla muy baja y húmeda. Al entrar en ella, Lois tuvo la impresión de que se perdería sin remedio, pues ni siquiera distinguía sus pies. Experimentó de pronto, en medio de aquella pérdida de referencias, un dolor intercostal tan intenso que le hizo detenerse. Junto a ese dolor, que había sobrevenido sin previo aviso, empezó a escuchar una suerte de murmullo o zumbido, justo por encima de las sienes. Tuvo claro lo que le estaba sucediendo.

—La sentencia había sido dictada, en breve escucharía un clic y, de ahí en adelante, para mí ya nada sería lo mismo.

Los ojos, enrojecidos, le brillaban; parecía estar verdaderamente en otro mundo.

—¿Un clic? ¿En el cerebro? —le pregunté—. ¿Cómo un clic? No acababa de entenderlo.

A Lois le molestó visiblemente que le interrumpiera.

—Un clic, sí —me ratificó, y dio un resoplido—, un clic con el que perdería el juicio. La locura, ¿entiendes?

Estuve a punto de interrumpirle de nuevo. Aquello me parecía un delirio, algo aún más peligroso que sus momentos de ausencia, sobre los que ni siquiera habíamos hablado en nuestras últimas videoconferencias.

Estaba en algún punto entre Wieperdorf y Stetten, envuelto en una niebla tupida, y el mundo se le vino abajo.

—A unos les cae en suerte un ictus —prosiguió, parecía poseído—, a otros un cáncer, una depresión, un ataque al corazón... Te enfermas de la próstata, por ejemplo, o de la vesícula, o tienes psoriasis, reflujo, una angina de pecho... —Y arrugó el entrecejo, como si hubiera sentido de repente un fuerte dolor—. A mí me había tocado la locura —dijo, como si realmente fuera un loco—, un mal que habría cambiado casi por cualquier otro, puedes estar seguro; y no es que pensara que se tratara de un castigo divino o algo así, aunque sí que acudí a Dios para pedirle ayuda, ¡qué remedio!

Vivir es caminar por un campo de minas, fue entonces cuando Lois lo comprendió.

—¡Dios mío, Dios mío!, recé. Nunca había sentido tanto miedo como en aquel instante. Temí que aquel pudiera ser mi final. Pensé en los delirios de Hölderlin, el famoso poeta. Pero Hölderlin no le ayudó: comenzó a faltarle la respiración y se le debilitaron las piernas. Su sensación era la de ser un mecanismo de relojería que estaba a punto de estropearse.

—Aún no me había desajustado del todo —me explicó—, pero bastaría cualquier cosa: un ruido, un movimiento, qué sé yo, una idea peregrina o un recuerdo inoportuno, para que todo se descompusiese sin remedio. Sentí angustia. Toda mi vida pendía de aquel segundo. ¡Estaba a punto de volverme loco!

Pensé en los románticos alemanes y en la peligrosidad del romanticismo para los jóvenes, pero no le dije nada. Entendí que los románticos alemanes no exageran un ápice y que buena parte del lenguaje metafórico que usan sólo es tal para quien no ha experimentado aquello a lo que sus metáforas apuntan. Pero me limité a menear la cabeza. Estaba abochornado, compungido, convencido de que el alcohol había colapsado su sistema nervioso. Pero, al mismo tiempo me sentía como un tonto, sin saber cómo reaccionar. Con ninguno de mis alumnos me había implicado tanto como con Lois Carballedo. Claro que mi responsabilidad como profesor comportaba mucho más que impartir una materia y tener cierto seguimiento de los estudiantes: estar atento a su rendimiento académico, por ejemplo, o comprender la razón profunda de sus reiterados fracasos escolares, informarme de su situación familiar, si es que llegaba el caso... Todas estas responsabilidades anejas a mi trabajo docente, sin embargo, subieron un escalón, por así decirlo, con aquel muchacho. Y así hasta que llegó el momento, y fue ese, en que tuve que preguntarme si nuestras videoconferencias, que habían llegado a hacerse diarias, las manteníamos por él o por mí. Después de todo, ¿quién era quien más se beneficiaba de ellas? Y, más radicalmente aún: ¿seguía siendo yo el mediador que sus padres me habían pedido que fuera? Y, de responder con una negativa: ¿cuándo había abandonado el papel de adulto responsable y había asumido el de compañero de fatigas? Porque debo admitir que yo me creía todo lo que el chico me contaba, esa es la verdad. A Lois le había creído todo: lo del jorobado de Notre-Dame que vivía en el castillo, por ejemplo, lo del maestro de violín inspeccionando los huevos duros, lo de la pradera del amor, tan imposible como necesaria. ¡Todo, todo se lo creí! ¿No estaría siendo víctima de la fantasía de aquel muchacho? Esta idea relampagueó en mi cabeza por primera vez.

–Peor que la locura misma es el miedo a enloquecer –me dijo él–. No conozco nada peor que el pánico a perder la razón.

Por fortuna, todo se quedó en una falsa alarma, pues no bien hubo salido de aquella espesa niebla, ese dolor intercostal con el que todo había comenzado remitió y, con él, la posibilidad de aquel clic, tan supuestamente inevitable como devastador. Su facultad para pensar seguía más o menos en su sitio y la amenaza le había dejado en paz en algún momento, sí, pero ¿por cuánto tiempo? ¿Cuántas semanas más resistiría el chico sin estallar y romperse definitivamente? Lois se sentía como un huerto al que le hubieran arrancado las hortalizas, pero no para robarlas y consumirlas, sino sólo por el gusto del estropicio y para causarle algún daño a su propietario.

–Quiero ser normal, quiero ser normal… –Lois comenzó con esta suerte de oración; y suspiraba con el mismo desasosiego con el que suspirarían –es lo más probable– los románticos alemanes mientras escribían sus poemas y relatos.

Había entendido que se trataba de un aviso, de un efecto de la bebida, lo vio con toda claridad. Pero no hizo caso y, arrastrado por una fuerza más poderosa que él, continuó yendo cada tarde a casa de la viuda de Fanta, a sus supuestas clases de alemán, así como cada noche a las fiestas de St. Niklaus, donde siguió bebiendo. ¡St. Niklaus! Lo que al principio le había parecido una puerta de salida se había revelado, con el tiempo, como la puerta de su perdición.

*

La segunda velada en casa de la viuda de Fanta transcurrió de un modo muy similar a la primera, si bien podría decirse que los contrastes y las diferencias entre la profesora y su alumno se profundizaron todavía más. Por de pronto, aunque se sentaron como el día anterior ante la mesa camilla del salón, y aunque ella le sirvió igualmente un té con limón y le sacó en una bandeja los mismos bizcochos rancios, Lois se hizo enseguida cargo de que la Fanta se estaba comportando con mayor seguridad y desenvoltura. Tan es así que ni siquiera permitió que Lois abriera su cartera para extender sobre la mesa sus papeles, bolígrafos y diccionarios –como había hecho la primera vez–, sino que le bastó un gesto –eso sí, inequívoco– para indicarle que era ella quien determinaba cómo se procedía en sus clases. Imposible comprender por qué Lois no reaccionó, decidido como estaba a comenzar con aquellas dichosas clases. Se lo pregunté, pero no me supo dar razón. Calló sumisamente y permitió que el asunto fuera adelante. Podía haberse marchado de aquella casa, dejando plantada a la viuda; pero no lo hizo. Ni siquiera se planteó esta posibilidad. Porque nadie, salvo los muy pusilánimes, habría aceptado que le leyeran algo a su costa, sobre todo durante tanto tiempo.

Todo sucedió con una desconcertante similitud. Fanta sacó el mismo cuaderno de anillas, prácticamente sin que entre ellos mediara palabra. Lo abrió en la página cinco, que era donde lo había dejado la tarde anterior y, sin más, comenzó a declamar otro de sus poemitas. Lois no podía creer lo que estaba sucediendo –es natural–, aunque, al mismo tiempo, había sospechado que algo así sería precisamente lo que iba a suceder. Escuchó aquel poemita con toda la paciencia que pudo, decidido a intervenir sólo concluida la declamación. Pero no tuvo oportunidad. Fanta no se la dio. Adelantándose a su propósito, recitó el siguiente poema sin apenas interrupción, de modo que la pausa entre ambos fue mínima.

–¿Por qué lo toleraste, Lois? –le pregunté–. ¿No podías cortarle a mitad, dado que ella no te dejaba ni hablar?

–A los alemanes en general les encantan los ripios –me contestó él, tras pensárselo unos segundos–. Dicen que quedan bien y que la poesía es eso.

No me había respondido. Pero, tras la lectura de aquel poema, que escuchó a medio camino entre el estoicismo y el bochorno, pudo por fin hablar con aquella mujer, cuyo trastorno se le hacía cada vez más evidente. De lo primero sobre lo que conversaron fue de la rima.

—¿Sobre la rima? —Yo estaba atónito. ¿No debería haber dado, antes de todo eso, alguna justificación a su actitud?

—Quise dejar esa conversación sobre la rima de inmediato —me aseguró Lois, a quien por un momento sentí acorralado por mis preguntas—. En cuanto comenzamos a debatir el asunto, me di cuenta de que no valía la pena gastar saliva.

La cuestión era, al menos para mí, por qué había estado Lois hablando de poesía con aquella mujer cuando para lo que había ido a su casa era para mejorar su dominio del alemán. Del idioma apenas hablaron, pero sí, en cambio, de las poesías rimadas en general y, muy en particular, de las escritas por ella. Para ilustrar a qué se refería, la viuda comenzó a leer otro de sus poemas, ya el noveno de su cuaderno de anillas. Lois, sin embargo, ya no estaba en disposición de pasar por ahí. Se había cansado. Se negaba a ser ese niño bueno que siempre había sido. Así que, a modo de venganza, mientras ella estaba leyendo y con la intención de ofenderla, abrió su cartera y sacó ruidosamente sus papeles, que luego extendió con toda parsimonia sobre la mesa. Fue en vano. Fanta continuó a lo suyo como si tal cosa. Las diferencias entre ellos habían quedado manifiestas. Lo malo era que, con ella leyendo en voz alta, él no podía concentrarse en sus propios quehaceres, de modo que decidió cortar por lo sano.

—¡Berta Maria! —Era la primera vez que la llamaba por su nombre.

Aquella intervención tuvo que impresionar a la Fanta, pues por unos segundos levantó la mirada del papel. «Eso no debía usted haberlo hecho», parecía estar diciéndole. Pero se limitó a reconvenirle con una ligera inclinación de cabeza y prosiguió con su lectura.

–¡Le prohíbo que siga leyéndome! –volvió a gritar Lois; pero en esta segunda ocasión ella ni siquiera levantó la vista. Meneó la cabeza una vez más (eso sí), pero ya no en signo de reconvención, como antes, sino casi de gusto, como si le agradara lo que estaba sucediendo.

Lois se sintió mal, muy mal. Tenía la impresión de que esa mujer se estaba aprovechando de su indefensión por ser todavía muy joven y no dominar su lengua. ¿Indefensión? Exacto. Así era como se sentía: como un conejillo de Indias.

–¿Y todos esos cuadernos? –le preguntó entonces él, apuntando a una estantería, donde se alineaban unos cuadernos muy similares al que tenía en las manos.

Contra toda esperanza, aquella estrategia sí que resultó. Tras limpiarse las comisuras de los labios –como si más que leer, hubiera estado comiendo–, la Fanta le explicó entonces que se trataba de su obra completa, recogida en cuadernos de anillas, numerados y ordenados por fechas.

–¡La obra completa! –exclamé yo, temiendo que Lois me contase que había soportado su lectura íntegra.

Aquello empezaba a parecerme una pesadilla.

13

Aquella misma noche, Lois vivió una vez más algo terrorífico en el camino de vuelta a casa: sintió como si una sombra amenazante, con oscuros propósitos, le estuviera pisando los talones. Claro que hablar de sombra amenazante es sólo una manera de referirse a ella, puesto que, de ella, en rigor, Lois sólo pudo decirme que era una presencia oscura que le quería para sí. Ya noches antes, en el mismo tramo del camino, había sentido cómo alguien le seguía a pocos metros; pero aquella había sido una sensación tan remota como insensata, y no le prestó atención. Ahora, en cambio, no era ya una mera sensación, sino una certeza; no era algo remoto, sino cercano y terrible; no era insensato, sino peligroso y real. La sombra estaba ahí y se le echaría encima de un momento a otro: le derribaría, le llevaría a sus dominios y quién sabe lo que después haría con él.

Aterrorizado, Lois echó a correr. Aquello fue peor, puesto que la sensación de que se le echaba encima era más acuciante cuanto mayor era su deseo de dejarla atrás. Si caminaba más despacio, en cambio, aquella presencia indefinible pero indudable mantenía la distancia, ¡era horrible, horrible! Tal era su pánico que, a menudo, sin poder evitarlo, se daba la vuelta para comprobar que allí no había nadie, sólo la noche, tan siniestra como siempre. Era tan angustiante que el corazón se le salía por la boca y casi no podía ni respirar...

–Luchaba contra mi cuerpo, para que respondiera a mi voluntad –me contó–, luchaba denodadamente para que no cediera a la muerte. –Tragó saliva–. Pero no pasó nada, nada en absoluto.

Lois llegó al castillo y la sombra –¿quién sabe por qué?– le dejó marchar. Se había salvado, había sido devuelto al mundo de los vivos.

¿Qué era exactamente aquella sombra que se le apareció aquella noche y por qué le sobrevino? ¿Le sobrevino de veras o fue sólo un producto de su fantasía, uno de los muchos efectos del romanticismo y del alcohol?

–Ha habido ocasiones en que he sentido algo parecido –me explicó Lois mientras acariciaba el estuche de su violín–. Pero no, ¡no era en absoluto lo mismo! –protestó, aunque intentaba afrontar el asunto con la máxima sensatez–. Porque lo que experimenté antes era una presencia grande y genérica, algo así como el mal del mundo, mientras que la sombra de ayer por la noche era... –y se pensó cómo calificarla– pequeña y concreta, algo así como un demonio particular.

*

Cuando llegó a su residencia, sin que finalmente aquella misteriosa sombra le hubiera saltado encima, se encontró con el jardinero en el porche del cenador principal. Se estaba moviendo tan despacio que resultaba difícil aventurar qué era en concreto lo que se disponía a hacer.

A Bruder Jakob, en cambio, se lo encontró fregando el suelo del vestíbulo, pese a la hora tardía. A decir verdad, aquel hombrecillo cheposo era el único que realmente trabajaba en aquel castillo. Gobernaba la cocina y la despensa; decidía el menú a sabiendas de que su amo exigía que todos los productos fueran tan económicos como de primera calidad; tenía en orden los armarios y la sastrería... Sólo le hubiera hecho falta que le hubieran dado de latigazos para no albergar ninguna duda sobre su condición de esclavo.

Durante algunos segundos, antes de que reparara en su presencia, disfrutando del inmenso placer de permanecer escondido en la sombra y espiar sin ser visto, Lois le observó en silencio. Jakob trabajaba a gran velocidad; nadie habría dicho que alguien como él podía ser tan eficiente. Minutos después, cuando le descubrió, el Bruder dejó a un lado sus cubos y cepillos y, con un signo que no ofrecía duda, le invitó a que entrara a la cocina, donde sacó un par de cervezas.

En los meses de frío, Bruder Jakob iba siempre con un gorrito de lana con el que parecía un enano saltarín sacado directamente de cualquiera de los cuentos de los hermanos Grimm. Lois se lo hizo saber entonces entre bromas y él, para reforzar esta impresión, le tomó de las manos allí mismo, en medio de la cocina, e intentó que bailara junto a él al corro de la patata, mientras cantaba el estribillo: «*Lustig, lustig, tralaralala, bald ist Niklaus Abends da, bald ist Niklaus Abends da*». Es cierto que faltaba sólo una semana para el 6 de diciembre, fiesta de san Nicolás –patrono de la parroquia de Wieperdorf–, pero impresionaba ver lo mucho que a aquel hombre le ilusionaba todo aquello. Porque no es que Jakob estuviera interpretando su alegría —y mucho menos haciendo una parodia— mientras cantaba y bailaba al corro de la patata. No, él estaba contento de verdad: la idea de que se acercase la fiesta de san Nicolás le llenaba de verdadera felicidad. Cantaba con una fe y una convicción infinitamente superiores a las que habría podido tener un niño. Movía de arriba abajo los brazos al ritmo de la melodía y hasta zapateaba el suelo recién fregado para reforzar su convencimiento. ¡Quién sabe lo que esperaba aquel hombrecillo que san Nicolás le trajese! Presenciar aquello fue para Lois muy desconcertante. De no haber venido de donde venía, lo más probable es que se hubiera puesto a cantar y a bailar junto a él. Pero no hizo nada de todo eso.

—¿Tú crees en el demonio? —se limitó a preguntar.

Así, de sopetón.

Jakob cambió su habitual expresión, afable y relajada, y dejó de cantar y de bailar.

—Por supuesto que sí —admitió, dando un trago a su cerveza—, pero hablo de él lo menos posible. —Y bajó la voz como si temiera ser escuchado—. Cuando su nombre acude a nuestros labios —y bajó la voz todavía más— ... es como si se le invocara. Lo mejor que puede hacerse con los demonios es ignorarlos y, si no se puede, exorcizarlos.

—Exorcizarlos —repitió Lois, dudando sobre si debía o no contarle a Bruder Jakob lo que le acababa de suceder en el camino a Wieperdorf.

—El diablo existe, para mí es un hecho —prosiguió Bruder Jakob—. Que hoy se evite a toda costa hablar de él es el signo más claro de cómo se nos ha infiltrado.

Este comentario dejó a Lois muy abatido. Aquella habría sido la ocasión perfecta para hablar del demonio de Wieperdorf, que poco antes le había estado persiguiendo. Pero no lo hizo, no tuvo ánimos. Se limitó a ponerle la inyección de insulina y a apurar su cerveza, confiando en que aquella jornada tan larga hubiera llegado a su fin. Confiando en que Kirstin Nolde abriría alguna vez la puerta de su cuarto y saliera a la vida.

14

Convencida del interés literario de su obra, la viuda de Fanta tenía la costumbre de fotocopiar sus poemas para luego repartirlos entre los parroquianos como si fueran la hoja dominical. Aquella mujer no tenía nada mejor que hacer por las mañanas que buzonear su infumable producción calle por calle, casa por casa, incansable. Era ridículo, era demencial.

—Estos cuadernos —le habría dicho Lois de buena gana, apuntando a la estantería en que los conservaba—, estos cuadernos... ¡no son una obra literaria! ¡Esto no es verdadera poesía! —le habría dicho también.

Pero, como a todos los que escriben, también a esa viuda le parecía que sus escritos le habían quedado muy bien, puesto que le nacían del corazón. ¡Como si ese fuera el criterio!

Es de presumir que la gente de Wieperdorf, como el propio Lois, tenía que estar más que harta de esta difusión tan inmoderada. Al encontrarse aquellos poemas malamente fotocopiados en su buzón, es probable que alguno se planteara denunciar a la autora, por otra parte bastante popular. Es probable que buzonear de modo tan sistemático y perseverante sea una actividad ilegal, o al menos no regulada.

—El mundo del arte tendría que hacer algo contra todos los falsos poetas que andan por ahí sueltos —me dijo Lois aquella mañana, justo dos días después de la conversación sobre el diablo con Bruder Jakob—. Pero ¡son demasiados! —suspiró.

Me dolía verle sufrir.

—Después de todo —le argumenté—, ¿a ti qué te importa? ¡No hace con ello ningún daño!

—¡No la conoces! —me respondió él—. No te haces cargo —se quejó, y quizá tuviera razón: aquella mujer, que en principio nada tenía en común con él, le estaba trastornando casi tanto como el alcohol.

—Su afición a la poesía, bien mirada —aduje—, alguna relación debe tener con la que tú mismo sientes por el violín.

Lois quedó primeramente molesto y, acto seguido, pensativo cuando le hice saber de esta posible similitud. Fue entonces cuando me contó que las poesías de su falsa profesora estaban teniendo sobre su sensibilidad tal influjo que llevaba varios días que no podía leer nada, puesto que todo le hacía pensar en esos horribles ripios. En efecto, la poesía, toda la poesía, la historia de la poesía mundial, comenzó a tener para Lois —y aún la tiene hoy— la imagen de aquella aspirante a poetisa: sus uñas esmaltadas y sus pómulos hundidos, sus vestidos de rayas o de puntitos, sus fotocopias buzoneadas, sus bizcochos rancios y su chal ocre y deshilachado. A decir verdad, nada había llegado a obsesionarle tanto hasta sus dieciséis años como aquella mujer de aspecto inofensivo, pero de temple admirable.

Lois leía a Von Chamisso, por ejemplo (¡Von Chamisso, que tanto le había gustado!), y tenía la impresión de estar leyendo las poesías de Fanta, aunque maldita la relación que podía existir entre ambos.

—Bien mirados —me dijo—, ambos hablan del mismo horror, si bien, naturalmente, desde distintos puntos de vista.

Como no podía creer lo que le estaba sucediendo, Lois tomó un libro de Kleist con la esperanza de que se le quitara el mal sabor de boca que le había dejado Von Chamisso. En vano. También Von Kleist, en los oídos de Lois, tras conocer la poesía de la Fanta, le sonaba a literatura cargante y pretenciosa. O se ponía a leer a Hofmannsthal, otro ejemplo. Nada. Para su desgracia, también la poesía de Fanta era lo que le esperaba en aquellas páginas de prosa, que hasta entonces había juzgado soberbias y preñadas de sabiduría. En pocas palabras, entre Von Chamisso y la Fanta, o entre Hofmannsthal, Von Kleist y la Fanta, no había para él, a fin de cuentas, una diferencia significativa. Todos ellos habían escrito cosas horribles, inaguantables, imposibles... Todos eran el símbolo perfecto de la decadencia de Alemania.

–No creo que la literatura pueda entenderse de verdad –me dijo Lois aquella mañana– hasta que no se entienda que puede ser utilizada como arma arrojadiza.

Pensé que aquella frase era como para anotarla.

–Nada hay tan agresivo como los jazmines, los pétalos de rosa y las florecillas campestres –prosiguió, estaba inspirado–. Nada tan violento como todas esas imágenes pretendidamente hermosas y bucólicas.

Porque, como todos los poetas y poetisas de su calaña, la Fanta escribía sin cesar sobre amaneceres maravillosos y bucólicos atardeceres. No se olvidaba de mencionarlos en ninguno de sus poemas. Escribía permanentemente, de igual modo, sobre la luna y las estrellas –que nunca faltaban–, o sobre la suave brisa del otoño y los primeros rayos del sol (¡del sol!, ¡como si lo disfrutaran alguna vez en Stetten, donde los cielos estaban siempre encapotados!). De la primavera, su palabra favorita. ¡La primavera, ah, la primavera! Aunque quedaban algunos meses para su llegada... ¡de las poesías de Fanta no se había marchado nunca!

–Escribe siempre sobre las heridas del corazón –se lamentó el muchacho–. ¡Es horrible, horrible! –Y se desplomó lloriqueando sobre el teclado de su ordenador, abatido por su desdicha.

Tuve la impresión de que esta vez sí que entraría en uno de sus momentos de ausencia, cada vez más infrecuentes. Tuve la impresión de que había sobredimensionado todo este asunto de la hermana de su maestro, a quien no comprendía por qué demonios seguía visitando. Tuve miedo a que dejara de querer hablar conmigo si es que me atrevía a contradecirle.

–Toda la poesía, en última instancia –me dijo al fin–, toda sin excepción, aun la más sublime, la que dicen que es más sublime –precisó–, se parece a la poesía de la viuda de Fanta.

–Yo… –Pocas veces me he sentido tan torpe.

–Toda la poesía es impostada –sentenció–. Los poetas, todos los poetas, pretenden ser agudos e ingeniosos, capaces de concentrar en unas pocas líneas el infinito de una sensación.

Luego guardó silencio, con la mirada perdida, como si estuviera poniendo orden a sus emociones. Se calmó.

–Yo siempre he preferido la prosa –confesó segundos después–. Siempre me ha parecido que la prosa tiene la decencia de no mentir: de ser directa, concisa, desnuda, honesta… A mí me gusta la gente que sencillamente dice lo que piensa –terminó diciéndome–. Los escritores que, sencillamente, escriben lo que ven. Los que cuentan lo que pasa a su alrededor o en su corazón sin miedo a las consecuencias.

*

Buena parte del día siguiente lo pasó Lois caminando. No quería recorrer ese tramo –a un kilómetro y medio de la entrada de Wieperdorf, más o menos– porque era allí donde se había encontrado con la sombra y allí, obviamente, donde temía encontrarse de nuevo con ella. Pero por ahí tenía que pasar si quería ir a la parroquia de Pater Max y, desde luego, si quería coger el trenecito que le llevaría a la ciudad. Era una idea absurda, debía desafiar ese temor, y lo desafió una, dos, tres veces, todas las que fueron necesarias, pero siempre con el mismo resultado: de un modo u otro la sombra se hacía sentir y lo oscuro le espoleaba en aquel lugar, aunque haberse quedado en Stetten, sólo por el pánico que le provocaba aquel encuentro, habría sido sin duda peor.

El caso es que caminó hasta Wieperdorf y tomó el trenecito que le llevó a Heidelberg, donde deambuló durante varias horas. Necesitaba escaparse del castillo, donde le embargaba una sensación de soledad tan profunda que el pecho le oprimía, la garganta se le secaba y una especie de nube comenzaba a rodearle, enturbiándole la vista y encogiéndole las entrañas. Era como si más que entrar en la residencia Kreisler, por lo demás completamente equipada y moderna, estuviera entrando a su propio corazón, completamente solitario. Porque Lois se había esforzado por entablar nuevas relaciones; había intentado pasar el máximo tiempo posible fuera de casa para hacer frente a su desamparo; había luchado contra la nostalgia a la que le abocaba su carácter y el encerramiento propio de su vocación. En vano. Cuanto más estaba con los demás –esa es la verdad–, más solo se sentía. Cualquier persona con la que se cruzara le traía este mensaje: estás solo, irremisiblemente solo, acostúmbrate, pues ese es tu destino. Era como si la voz de su conciencia se riera de él y le dijera: ¿padecías momentos de ausencia? ¡Pues aquí tienes la gran ausencia! ¿Entrabas en vacíos de memoria en que tu cuerpo se quedaba sin energía? ¡Pues aquí tienes el gran vacío de la vida! ¡Entérate de lo que supone ingresar en la vida adulta!

Intentó ordenar sus ideas y explicarse qué demonios era lo que le había llevado a casa de la viuda de Fanta los últimos días, cuando estaba claro que lo del alemán había sido una excusa; comprender cómo conseguía sobrevivir Kirstin Nolde sin salir de su habitación, pues podía jurar que no había salido de ahí durante semanas; preguntarse si existiría de verdad la pradera del amor y, caso de no existir, cómo había hecho Pater Max para dar tanta verosimilitud a su espejismo; necesitaba, en una palabra, preguntarse si tenía algún sentido que continuase su estadía en Alemania, tras haber conocido los mimbres de los que estaba hecho su maestro, a quien hacía ya casi dos semanas que no veía. ¿Su maestro?

Lois había viajado hasta Alemania para encontrarse con un gran maestro, pero con quien se había encontrado –esa es la verdad– era con su hermana; había viajado hasta Alemania para estudiar violín, pero se había encontrado –esos eran los hechos– estudiando alemán o, peor aún, intentando estudiarlo; deseaba leer a los románticos alemanes en su lengua original –de ahí su esfuerzo por aprender el idioma–, pero –¡para qué negarlo!– los disfrutaba mucho más en su lengua materna. Meister Neuman, por su parte, era una auténtica estrella galáctica, de modo que solía tener tantas personas a su alrededor y eran tan numerosos los actos sociales en los que era homenajeado que, como es lógico, ¡no podía acordarse de todo! De hecho, una mañana durante el desayuno, después de la segunda y última clase de violín que recibió de él, tan breve como silenciosa, se había dirigido a él... ¡llamándole Ronnie!

Meister Neuman le había pedido que interpretara el *scherzo fantastique*, op. 25, de Antonio Bazzini, pero sin el violín, tan sólo imaginando que sostenía el instrumento. Alzando su arco invisible, Lois ejecutó aquella dificilísima pieza de principio a fin, en un silencio total, mientras su maestro le observaba con gravedad. Al final de la ejecución, Neuman bajó la cabeza, en señal de aprobación y, cuando iba a retirarse, agregó: Casi perfecto, siga practicando, Ronnie.

¿Ronnie? Lois me confesó lo muchísimo que le impresionó que su maestro no recordara ni siquiera su nombre. Él lo había dejado todo para seguirle y para su maestro, por contrapartida, su persona no significaba nada. Porque, como todos los discípulos del mundo, también Lois había confiado en ser especial para su maestro. En ser su heredero, su sucesor. Así que, después de que fuera llamado Ronnie, empezó a tocar el violín mucho peor: le faltaba fe, le faltaba esperanza; y se planteó si no había errado en su vocación. En todo esto pensaba Lois mientras descendía despacio por el Philosophenweg, tan venenosamente romántico; y, como no podía seguir caminando sin fin y como sentarse en un banco de la calle suponía correr riesgo de congelación, entró en uno de los numerosos bares del centro, alegremente iluminado. Tenía el ánimo por los suelos.

15

Tomó asiento en el rincón más oscuro del local, como si fuera un proscrito, y ordenó una cerveza. Estaba seguro de que todos le miraban mientras pensaban algo así como: ¿qué? Estás solo, ¿verdad?

—Solo, sí, aquí estoy completamente solo –me reconoció, sonriéndome con tristeza.

En aquel bar había un montón de chicos y chicas de su edad, riendo y bromeando, apostados en la barra y charlando entre sí. En medio de aquel ambiente, su sentimiento de orfandad era tal que hasta le desfiguraba las facciones.

—¿Sabes lo que me pregunté? –me preguntó.

—¿Qué? –le dije yo.

Él se ruborizó y se retorció las manos. Tuve la impresión de que se hundía cada vez más en su silla.

—Que por qué no soy como ellos. ¿Por qué no puedo ser uno de ellos? –me pareció que me lo preguntaba.

Porque todos aquellos chicos y chicas que él veía desde su rincón de proscrito en aquel bar del centro, todos tenían ante sus ojos, según él, algún propósito concreto, sencillo y racional; todos tenían un futuro, austero y previsible, con que ocupar y llenar sus vidas: venderían frutas en un mercado o apretarían tuercas en un garaje, por ejemplo, dibujarían planos en un estudio de arquitectura o despacharían medicamentos en una farmacia. Todos ellos se preparaban para hacer cosas tangibles: ellos nunca podrían dudar de que contribuían, aunque fuera modestamente, al desarrollo de la sociedad. Pero ¿y él? Lois me lo preguntó. ¿Qué hacía de provecho alguien como él? ¿No habría sido más útil que, en lugar de tocar tanto el violín, hubiera aprendido algún oficio?

La diferencia puede vivirse como condena o como virtud; la diferencia respecto de quienes nos rodean es siempre un hecho, y tan absurdo es vanagloriarse por ello como entristecerse o rechazarlo. La conciencia de la diferencia es sólo una etapa hacia la madurez, que se caracteriza, precisamente, por la conciencia de lo que nos une. Intenté explicarle todo esto lo mejor que pude, entonces todavía creía que yo podría ser para él de alguna ayuda. Pero él no se enredó con mis teorías y admitió ante mí, sin ningún tipo de reserva, necesitar con urgencia de una chica.

—Tengo hambre de una hembra —recuerdo la expresión, hambre de hembra—, o al menos de compañía femenina —suavizó—. ¡Y no he vuelto a ver a Kirstin! ¡Es probable que ella ni siquiera sepa que yo existo! —Y volvió a desplomarse sobre su teclado; desde que había empezado a beber tenía estos arrebatos.

De modo que Lois no pudo evitar escrutar el horizonte como sólo puede hacerlo un hombre joven y apasionado. Por timidez, acaso por miedo, él no solía mirar a la cara a las mujeres con que se cruzaba. Aquella noche, sin embargo, en aquel bar las miró, las escrutó, las desnudó. Estaba demasiado desesperado para su acostumbrado recato, demasiado necesitado, aunque sólo fuese de un poco de ternura. Así que no tardó en reparar en algunas de las mujeres que pululaban por aquel local, hermosas en su mayoría.

Todas eran rubias, altas, jóvenes, indiferentes…, así me las describió. Todas le parecían deseables, o al menos interesantes, no como las feligresas de St. Niklaus, pueblerinas y envejecidas. No como Frau Wagner y las hermanas Zorn, de quienes Bruder Jakob no dejó de hablarle ni un solo día, o no como Frau Musi, la asistenta, a quien siempre había visto cargada con sus cubos y cepillos. Las chicas de aquel bar, en cambio –todas ellas, ¡todas!–, llevaban medias y la melena suelta; eran chicas con los labios pintados y las faldas ajustadas, chicas que fumaban con elegancia y que reían como se ríen en las películas las mujeres malvadas. Solas o acompañadas, cruzando las piernas o levantando la mano para solicitar la atención del camarero, Lois las veía dolorosamente hermosas. Como si su belleza fuera una ofensa, un insulto, una provocación. Y tan hermosas y apetecibles llegó a verlas que se puso a imaginar, tontamente, que alguna de ellas le abordaría.

–He perdido el criterio, tío –me confesó–, me habría conformado con cualquiera.

En efecto, guapas o feas, rubias o morenas, jóvenes o viejas, a Lois… ¡ya no le importaba! Me desconcertó escuchar eso, no recordaba a nadie que hubiera pasado por algo semejante, quizá en tiempo de guerra o en el servicio militar…

–¡Cualquiera! –me gritó, una vez más, excitado.

La confesión de su penuria erótica me dejó helado. Su deseo era tal que casi maullaba. Dicho así, parece exagerado, claro; pero lo que el deseo carnal puede llegar a hacer con los hombres, en particular durante su juventud, suele olvidarse fácilmente en la edad adulta, cuando ese deseo ya se ha satisfecho o, al menos, cuando ha cedido su imperiosidad. ¡Cómo juega el deseo con el corazón del ser humano y a qué extremos lo conduce, hoy puedo decir que lo sé!

*

De todas aquellas mujeres que había en aquel local del centro, y eran muchas, ninguna era para él. Mentira. Una chica vestida con una chaqueta naranja, con arabescos de terciopelo, terminó por acercarse hasta su mesa.

–Oiga usted –porque aquella preciosidad le trataba de usted–, llevo observándole desde que ha entrado en el bar y… ¿me permite que me siente a su lado?

Totalmente dueño de la situación, a eso Lois asintió. Hasta se incorporó para parecer un caballero.

Aquella mujer le confesó entonces algo del todo insólito, aunque Lois lo encajó con toda normalidad, casi como si estuviese acostumbrado.

–No ignoro que le sorprenderá mi atrevimiento –le dijo ella, mientras abría su pitillera y le acercaba su rostro para que le encendiera el pitillo que colgaba de sus labios–, pero necesito que sepa –y entrecerraba los ojos, puesto que el humo le molestaba…–, que sepa que es usted un encanto.

Tardé en darme cuenta de que nada de esto había sucedido. Que tan sólo eran imaginaciones del chico. Que era la película que se había montado en la soledad de aquel bar, cercano al Philosophenweg, en el que suelen esconderse para besarse los enamorados. Pero Lois me contó toda aquella historia de la mujer de naranja como si fuera verdad. Me dijo que, ante su palabra, sonrió con aires de superioridad. Me dijo que le parecía hasta cierto punto lógico y natural lo que aquella desconocida le había dicho. Se había enamorado de él, ¿qué se le iba a hacer? ¿No era eso, después de todo, lo que sucedía muchas veces?

El estado de ánimo con que Lois había sobrevivido a las últimas semanas era tal que, si bien se daba cuenta de que estaba siendo víctima de una ilusión, aun con esas… ¡esperaba que algo así le sucediera! ¡Esperaba de verdad que una desconocida le abordase para declararle su amor! ¡Necesitaba un milagro! Pero, en lugar del milagro de que una mujer le abordase, lo que sucedió en aquel bar de Heidelberg fue simple y llanamente la soledad.

16

Fue en el cuarto encuentro con la viuda de Fanta, quizá el quinto, cuando entre ellos sucedió algo que hizo descubrir a Lois una nueva faceta de su personalidad y que marcaría definitivamente su relación con esa mujer. Él había ido al piso de la Pirquetgasse, número 5, como las otras veces; se había sentado a la mesa camilla del cuarto de estar, también como otras veces. Le pregunté expresamente si para entonces aún confiaba en que recibiría lo que se llama una clase de alemán, una verdadera clase de alemán: léxico, gramática, conjugaciones… Todo hacía sospechar que no, puesto que la Fanta había sacado de nuevo su cuaderno de anillas, lo que hacía suponer que le torturaría una vez más con la lectura de algunos de sus poemas.

—Ella quería leerme su obra literaria a toda costa —me dijo Lois—, hacerse la ilusión de que había alguien en el mundo que la recibía, aunque fuera evidente que no la quería recibir. Todo parecía un ritual —me dijo también—. Era como si hubiera ido a su casa precisamente para que sucediera todo lo que estaba sucediendo, con esa misma secuencia.

Sin embargo, ocurrió algo muy diferente. Justo antes de que la viuda empezase a declamar, Lois se puso en pie.

—No lo haga, le ruego que no lo haga —dijo con un tono del que bien podía deducirse que, en adelante, no admitiría componendas.

Fanta, sin embargo, hizo oídos sordos y, ajena a su ruego, comenzó a leer uno de sus poemas. La escena debe quedar clara: Lois seguía en pie y ella, sentada, había comenzado su declamación. Fue entonces cuando sucedió.

Sin poder contener el impulso, así como estaban –Lois de pie y la viuda sentada–, él, poseído por una fuerza que no reconoció como suya, dio un paso al frente y la abofeteó.

–¿La abofeteaste? –Yo no daba crédito.

–Sí –me respondió él–. Le propiné una sonora bofetada.

Entre nosotros se hizo entonces un solemne silencio.

–Recuerdo su cara, tras mi bofetón: en esa cara se condensaba, en una mezcla indefinible, la sorpresa y la indignación, sí, pero también algo parecido a la dicha o la plenitud.

–¿Dicha? ¿Plenitud?

Fanta miró al chico con ojos brillantes y labios prietos. Aquella fue su segunda reacción a la bofetada, puesto que la primera, por difícil que sea de entender, fue de inesperada felicidad.

–Como si hubiera recibido un gran premio –precisó Lois–. O como si le hubieran dado la noticia más deseada.

Se hizo entre nosotros entonces otro silencio.

–Recuerdo sus pupilas descaradas y llenas de curiosidad. Recuerdo que se ajustó el chal y que luego, sin mediar palabra, dejó su cuaderno sobre la mesa y se dio la vuelta para, acto seguido, encerrarse en su dormitorio. Yo había quedado paralizado –me admitió–, como si quien hubiera recibido aquella bofetada hubiera sido yo mismo.

Aquella tarde el chico se marchó de la Pirquetgasse sin despedirse, como es natural; pensaba –¡tonto de él!– que su historia con la viuda de Fanta había terminado para siempre. Que ya no se volverían a ver nunca más. Que acaso ella le denunciaría por agresión o, incluso, que tramaría alguna sutil venganza, como han hecho en la historia millones de mujeres agraviadas. Pero no. No pasó nada de todo eso. Su historia con Berta Maria Fanta, sin embargo, no había terminado en absoluto. Todavía más: aquella era una historia que acababa de comenzar.

*

Cuando aquella noche llegó al castillo, Lois estaba tan asustado que se refugió de inmediato en su habitación. Una vez que la idea de beber se apoderaba de él, le resultaba imposible erradicarla. Podía resistirla más o menos tiempo, según los días, pero siempre terminaba por incorporarse, servirse esa copa y echársela al gaznate. Luego se sentía avergonzado y malhumorado; y entonces era la vergüenza y el malhumor lo que le empujaba a una segunda y a una tercera copa. Era un círculo vicioso: como antes había necesitado una copa para encubrir su malestar, la necesitaba ahora para cubrir la vergüenza por su derrota. ¿Cuál sería la trampa para la cuarta copa? ¿Cuál para la quinta? ¿Tendría algún fin aquella sucesión o sólo se terminaría cuando acabara con la botella?

Lois había sido muy precavido para que en su habitación nunca le faltara una botella de schnapps; aquella noche, sin embargo, ¡horror, la botella no estaba en su sitio! El chico se sintió de entrada muy inquieto ante la idea de no poder beber ni un mísero trago. Ponerse a buscar ansiosamente por todas partes fue un error, fue algo absurdo, puesto que de sobra sabía que guardaba la botella siempre en el mismo sitio.

Poseído por una fuerza que no era suya, se insultó a sí mismo. No le quedaba otra que bajar a la cocina e inspeccionar en los armarios, confiando en que nadie le escuchara o estuviera por allí a esas horas. Porque, por mucho que su maestro y el jardinero bebieran como cosacos –se argumentó–, al menos algo de vino tendría que haber en la despensa, y hasta cerveza y licores. ¡No habían podido terminar con todo! Cuando por fin se decidió a emprender aquella inspección nocturna –y no sería antes de las dos–, Lois sorprendió a su maestro atravesando rápida y sigilosamente el pasillo. Le vio antes de que pudiera encerrarse en su habitación, y Neuman supo que había sido descubierto. Así que ambos supieron que los dos habían bajado a la bodega a esas horas intempestivas en busca –no podía ser por nada más– de un trago furtivo.

Antes de volver a su cuarto, Lois abrió la nevera de la cocina y se atiborró con todo lo que pilló ahí dentro, encontrando un indefinido y hasta abyecto placer en la sensación de estar saciado. Una repentina sensación de bienestar animal le excitaba. Se estaba degenerando poco a poco, esos eran los hechos; pero siempre cuesta aceptar, con el corazón en la mano, la propia degradación.

Pocos minutos después, ya en su guarida, se tomó un par de copitas. Necesitaba templar los nervios, acallar los ruidos de la mente, sosegar su corazón, todavía agitado por la visión de su maestro, deslizándose furtivo como un ladrón. Tras la copa quinta, o tras la sexta, Lois se preguntó si seguiría siendo todavía él mismo. Claro que aún mantenía sus ensayos de violín, a eso se mantuvo inexplicablemente fiel, aun en las horas más oscuras; y aún dedicaba un rato de lectura a diario a los románticos alemanes, en quienes encontraba un morboso consuelo. Pero ¿por qué seguía tocando y leyendo si ya no sacaba de ello ningún gusto y ningún provecho?

Mientras se servía una copa más, su rostro le sorprendió en el espejo. Había envejecido al menos diez años en uno, ese era su diagnóstico. Apenas podía reconocerse. El día en que ya no pudiera soportar la visión de su propio rostro no estaba lejos. Al fin y al cabo, eso es algo que les sucede antes o después a todos los que beben.

–¡Qué mierda es todo! –se dijo entonces–. ¿Quién habría podido adivinar que podía convertirme en un monstruo?

Fue esta pregunta la que le hizo beber otra copa y, al cabo, sin una especial razón, una más, esta vez con la ansiedad del caballo que ha hecho una larga carrera. Sólo con este último trago halló esa sensación de efervescencia que había encontrado al beber en otras ocasiones y, una vez que dio con ella, se desnudó, abrió la ventana y colocó una silla frente a ella. Luego se sentó, y aspiró el aire puro y helado de la madrugada, permitiendo que el frío le calara hasta los huesos. ¿Por qué hacía aquello? ¿Deseaba ponerse en situación de riesgo? ¿Se disponía a morir, a jugar con la muerte?

Aquel frío nocturno le ayudó al principio a respirar mejor, pero enseguida tuvo escalofríos, lo que extrañamente le pareció tan divertido que se echó a reír. La suya fue una risa cascada, de viejo prematuro.

–Si el alma hubiera tenido consistencia física y hubiera sido visible, estoy seguro de que en ese momento la habría visto sangrar –me dijo, y ladeó la cabeza de forma extraña.

No comenté nada, sabía que aún tenía cosas que contarme.

Las sombras del jardín, donde acostumbraba a ver a János, le llamaban imperiosamente.

–Como si desearan que, desnudo como estaba, saliera por la ventana y me perdiera en aquellos bosques –me dijo también–. La naturaleza quería hacerme suyo y yo deseaba hacerme uno con ella, ¿me entiendes? Pero la madera de la ventana crujió de repente y, como si me hubiera dado una orden, me incorporé, cerré la ventana y me metí rápidamente en la cama, tan satisfecho como abochornado por la estúpida travesura que acababa de cometer. Ambos sentimientos, la satisfacción y el bochorno, estuvieron peleando en mí durante largo rato. Pero no sé cuál de ellos resultó vencedor.

17

Al día siguiente, mientras Lois servía las copas en la Arena de St. Niklaus –como venía siendo su costumbre–, la viuda apareció de pronto y le abordó con sorprendente naturalidad, como si no la hubiera abofeteado veinticuatro horas antes. Como si ella no le hubiera mirado acto seguido con unos ojos en los que resplandecía, al mismo tiempo, la indignación y la felicidad.

–Me pidió un vino blanco, se lo serví –me explicó Lois–. Se lo bebió en silencio allí mismo, en la barra, a tragos muy pequeños. Luego, cuando me abonó el importe, me invitó a que fuera de nuevo a su casa para ayudarme con el alemán.

–¡No puede ser! –le dije.

–Pero ¿por qué? –me preguntó ella, como si mi negativa fuera incomprensible.

–Después de lo sucedido ayer… –argüí.

Ella abrió la boca para escuchar, como hace mucha gente; luego balanceó su cabeza, como hacía cuando quería reconvenirle: como si fuera una madre que regaña a su hijo por alguna travesura sin importancia. E insistió en la misma idea, si bien vocalizando mucho más, por si Lois no le había entendido correctamente. Él se volvió a negar, por supuesto. Pero ella repitió su ofrecimiento y Lois, al final, tuvo que aceptar.

–¿Aceptaste? Pero ¿por qué? –le volví a preguntar.

No lo entendía. No lo entendía.

–Lo ignoro –me respondió él–. No comprendo por qué acepté –e inesperadamente, como si fuera un niño, se echó a llorar.

No esperaba que llorase. En ningún momento me pareció que fuera a hacerlo. Parecía más bien sereno, aunque grave.

¿Por qué volvió a casa de Fanta tras haberla abofeteado? No hay explicación. Lo único que logré sonsacarle fue que necesitaba sentir de nuevo lo que en el momento de la bofetada había experimentado: repugnancia y alegría al mismo tiempo, violencia y ternura, una embriagadora confusión de sentimientos, algo nuevo, indefinible, perverso, sublime…

¿Perverso? ¿Sublime?

—Sentí que estaba ante un abismo, a punto de traspasar una frontera. —Esas fueron sus palabras—. Esto es exacto —remachó—: la sensación de traspasar una frontera. De dar un paso decisivo tras el cual ya nada volvería a ser lo mismo para mí. De violar alguna prohibición ancestral que yo había estado ignorando.

No todo lo que puede sentir un corazón humano entra en una categoría, eso fue lo que Lois aprendió aquella tarde. Lo bello y lo siniestro pueden experimentarse en el mismo instante. El instante en que un ser humano cae puede coincidir, misteriosamente, con aquel en que asciende. Lois me dio algunos detalles.

*

Así como en la tarde de la bofetada la acción se adelantó al pensamiento, en la siguiente velada, fue el pensamiento el que, consciente y morbosamente, acarició la acción.

Las cosas sucedieron como paso a relatar.

No hubo necesidad de que ambos se sentaran frente a la mesa camilla, con el hule de cuadros. Tampoco de que ella le sacara el servicio del té, con sus habituales bizcochos rancios. Y mucho menos hubo necesidad —¡oh, milagro!— de que ella le leyera las poesías de sus cuadernos de anillas con hojas plastificadas. No, de hecho, aquella fue la primera velada en que Berta Maria Fanta… ¡no leyó ni una línea!

Lois, que se había sentado como el colegial que entra en el aula y va directo a su pupitre, se puso en pie de repente, asustado por los sentimientos que le embargaban. Respiraba afanosamente, era evidente que estaba conteniendo quién sabe qué oscuras emociones. Fanta, por su parte, le miraba con ojos infantiles, casi pícaros. Fue esa mirada de la viuda, entre coqueta y desafiante, o quizá rendida, lo que provocó en Lois el deseo de distanciarse de ella. Se alejó muy asustado, pues había sentido de repente, otra vez, un impulso casi irresistible de abofetearla. Era un impulso violento, confuso y nítido al mismo tiempo: necesitaba agredirla de algún modo: vejarla, someterla, humillarla y, para salir de aquel torbellino, para entender lo que le estaba sucediendo, para impedirlo, el chico se puso a hablar, saltando de un asunto a otro y perdiéndose en toda clase de laberintos, y luego se puso a caminar de un lado al otro del salón, a grandes zancadas, con patente nerviosismo. Por un momento creyó que le habían encerrado allí, en la Pirquetgasse, número 5, contra su voluntad. Necesitaba una copa, y la necesitaba urgentemente. Así que se fue a la cocina, pero más que para buscar algo de beber, para apartarse de la viuda. Ella, por su parte, no parecía nerviosa, sino que daba la impresión de dominar y hasta disfrutar de aquella situación.

Mientras la observaba desde la cocina, Lois supo que algo iba a suceder de un momento a otro. Era sólo cuestión de tiempo, de poco tiempo. Primero temió que se repitiera lo del clic en el cerebro; temió que en su boca se reprodujera la misma mueca horrible que había visto dibujada en los labios de Pater Max; temió incluso caer en una de sus ausencias, aunque ya hacía semanas que no las padecía. Era así como Lois se sentía mientras veía cómo la Fanta dejaba la salita de estar y se dirigía hasta él, todavía apoyado en la puerta de la cocina. Ella se detuvo a muy poca distancia de él, y le miró con una mirada indescifrable. De un momento a otro sucedería lo inevitable y sí, sucedió. Sucedió de una forma que a Lois le costó reconstruir. Por un momento le pareció que era ella quien ahora iba a bofetearle a él, pero no, no fue eso lo que sucedió. Lo que sucedió fue más bien que ella se arrojó con fuerza a sus brazos, agarrándole por la cintura hasta el punto de hacerle daño. Lois trató de quitársela de encima, zarandeándola por los hombros y sorprendiéndose, mientras lo hacía, de lo ligera que era. Fanta no se rindió. Todo lo contrario: siguió agarrada a él con tanta fuerza que nada en el mundo habría podido hacerla cambiar de idea para que aflojara esa presión.

Por el ímpetu de aquel abrazo –inesperado, desesperado–, los dos habían dejado de pronto el salón y estaban en mitad de la cocina, jadeantes. Afuera nevaba, eso lo recordaba Lois con precisión. Durante cierto tiempo estuvieron así, jadeando y unidos en aquella especie de abrazo imposible. Nunca como en aquel instante había estado Lois tan confundido: sentía miedo, asco, apasionamiento, furor... Era víctima de un conglomerado de emociones tan contradictorias y desasosegantes como rabiosamente deseables. Deseables, sí, pues como un rayo se le pasó por la cabeza la absurda idea de desnudar a la mujer que se aferraba a él y hacerla suya. No fue una idea, fue un impulso, fue un hecho inevitable.

–¿Cómo pude sentir todo eso? –me preguntó Lois–. ¿Soy un enfermo, un pervertido, un violador...?

La viuda de Fanta le parecía fea y despreciable y, sin embargo, deseaba arrancarle sus vestidos y unirse a ella. Así que Lois dejó la resistencia y la estrechó entre sus brazos poderosos hasta hacerle daño y para hacerle daño. Ella gimió débilmente. De dolor. Quizá también de placer. Ese fue el segundo en que Lois sintió al mismo tiempo deseo y vergüenza, ambas cosas juntas. No era primero deseo y luego vergüenza, o al revés, sino un sentimiento único e indefinible, nuevo en su biografía. Sonó un reloj de cuco, también eso lo recordaba bien. Eran las nueve de la noche, quizá las nueve y diez cuando ya estaban en el suelo, en un indescriptible forcejeo de difícil interpretación. ¿Peleaban? ¿Se amaban? ¿Era ternura o frenesí lo que se expresaban en aquel momento? ¿Hay alguna diferencia entre una y otra o son ambas, al fin y al cabo, expresiones de una misma búsqueda?

–En aquel momento incomprensible –continuó él–, abracé a todas las mujeres a las que deseé alguna vez. Abracé a la mujer en general, la idea de lo femenino; y me abracé a mí mismo –me dijo también–. No deseaba a Berta Maria ni tampoco a una mujer sin más. Sólo quería que alguien me tocase y que me confirmase que yo existía.

Tragué saliva. Por un momento tuve que preguntarme si estaba entendiendo lo que el chico me acababa de confesar. ¿Existe, al fin y al cabo, en el mundo un deseo más universal: ser tocado, existir para otro, fundirse con todo por medio del otro, entregarse, abandonarse, rendirse a la desesperación?

–Berta Maria era para mí en aquel momento el símbolo más perfecto de Alemania –prosiguió.

–¿De Alemania? –creo que dije, me parecía una broma.

–Era la síntesis de todas mis tribulaciones, la imagen más perfecta del castillo de Stetten, la clave para entender la sombra que me había estado asaltando en el camino de Wieperdorf, queriendo hacerme suya y envenenándome por dentro.

Así que, tras meses de aislamiento en aquel castillo de fábula, tras meses de soledad bañada en alcohol, Lois Carballedo tenía por fin a su disposición a un ser humano. Era, probablemente, un cuerpo tan solitario y humillado como el suyo. Era otra soledad, desde luego. Un paraíso y un infierno condensado en un poco de carne y unos cuantos huesos. Un mundo tan infinito y tan limitado. Hablamos de todo eso, ni siquiera sé bien de qué ni cuánto tiempo hablamos.

Berta Maria y Lois permanecieron abrazados un rato muy largo y, durante aquellos momentos, tan eternos, el chico sintió, así me lo dijo, frío y calor, asco y excitación (¡sí, excitación!), miedo, deseo y una abrasadora vergüenza por lo que le estaba sucediendo. ¿Es posible excitarse sexualmente ante una mujer por la que no se siente la menor atracción? Esta era la cuestión que atormentaba a Lois y me pidió –¡ay de mí!– que le ayudara a responderla. Le dije

–quién sabe cómo se me ocurrió algo así– que había traspasado una frontera, ¡como si yo fuera un tipo con gran experiencia! Le dije que el sexo es hermoso cuando va unido al amor, tuve la impresión de haberme convertido en un moralista. Le dije que lo que le sucedía tenía sólo una explicación: la soledad. La soledad: por fortuna para mí, el chico se agarró a eso y no abundó en lo de la excitación sin verdadera atracción, sin tan siquiera un poco de amor. Pero nunca dejó de hablarme de la vergüenza, de una vergüenza que, paradójicamente, aunque sólo por segundos, se transformaba a veces en incomprensible felicidad. Sus cuerpos habían acallado el habitual ruido de sus mentes, siempre estruendosas, y de pronto todo era dulzura y congoja juntos, como nunca antes. Fuera, en Wieperdorf, nevaba. Dentro, un hombre y una mujer, dos islas, se abrazaban. El abrazo que Fanta le dio a Lois era algo que él no conocía y que, sin embargo, necesitaba imperiosamente: algo sin lo cual no puede saberse hasta dónde puede llegar un ser humano.

18

En septiembre, cuando Lois llegó al castillo, ni siquiera imaginaba que se convertiría en un bebedor; ya en octubre, en cambio, era un asiduo de las fiestas de St. Niklaus, donde pasó a ser, de la noche a la mañana, el alegre violinista y el barman parroquial; en noviembre lloró al ver su imagen ante el espejo –lo que no olvidaría con facilidad–; en diciembre temió que se desatara un clic que le hiciera perder la razón; fue en enero cuando abofeteó a la viuda de Fanta… Había caído en el alcohol sin saber bien por qué y, contra lo que cualquiera habría vaticinado, salió de él de la misma forma. Esto demuestra que no era realmente un alcohólico, sino sólo que estaba buscando, desesperadamente, su identidad.

Pues bien, el fin de sus experimentos con el alcohol sucedió precisamente gracias a Meister Neuman, ¡quién iba a decirlo! Porque Meister Neuman guardaba las botellas vacías que se bebía cada noche a solas en unas grandes bolsas azules que, por la mañana, vaciaba en un contenedor. Aquella era una tarea que el maestro realizaba muy temprano, puesto que por nada del mundo habría permitido que su afición al alcohol se hiciera pública. Tanto János como Bruder Jakob, sin embargo, y presumiblemente también buena parte del vecindario, sabía bien que era eso lo que hacía Meister Neuman a esas horas infames: esconder la huella de su delito. Además, el chocar de una botella contra la otra en aquellas grandes bolsas le traicionaba ocasionalmente, por mucho que Neuman se esforzase por evitarlo. Este hábito habría sido descubierto de cualquier manera, puesto que el maestro era tan maniático con los horarios que hasta esto, supuestamente clandestino, lo repetía, como todo lo demás, a la misma hora cada día. Esto significa que, si una vez le descubrías por casualidad y, por su actitud, estimabas que se trataba de algo sospechoso, podías verificarlo cualquier otra mañana, puesto que, en eso, como en todo, aquel hombre era de costumbres fijas. Lois no le había visto cargando con aquella bolsa azul hasta la noche en que Fanta y él se abrazaron desesperados.

—Lo primero que sentí al verle desde mi ventana —me confesó—, después de asegurarme de que no era una alucinación, fue cierta satisfacción por haberle descubierto.

Le miré acongojado.

—La satisfacción se transformó en malevolencia —prosiguió—, pues si el conflicto se desataba alguna vez entre los dos…, ¡yo tendría un arma contra él! Al final experimenté algo parecido al bochorno o al arrepentimiento, porque vi que aquel hombre que avanzaba sigiloso entre la nieve, y no eran ni las cinco —e hizo un silencio—…, podría ser algún día yo mismo.

En efecto, en Meister Neuman cargando con una bolsa llena de botellas vacías y escondiéndose de todos… ¡Lois había visto su propio destino! Aquello fue más de lo que pudo soportar; y fue este sentimiento de vergüenza e ignominia lo que le hizo decir: voy a dejar de beber, y, en cuanto se lo dijo, supo que por esa vez cumpliría su palabra. ¿Fue entonces la vergüenza lo que le hizo cambiar? No exactamente, puesto que esa vergüenza, humillante como no había conocido otra, se trastocó de repente en algo parecido a la ternura. Ternura, sí: ternura hacia aquel pobre hombre, esclavo de su vicio; y ternura hacia todos los borrachos del mundo, puesto que todos ellos llevaban una existencia miserable; ternura, en fin, por la humanidad entera y, en especial, por los habitantes de Wieperdorf, sus vecinos. Así que aquella noche Lois miró a su severo maestro con amor, con verdadero amor. Nunca le había mirado así. Fue esa mirada amorosa la que le transformó. ¡Pobrecillo!, se dijo. ¡Cuánto debe pesarle esa gran bolsa!

La imagen de Meister Neuman con su gran bolsa azul a cuestas es una de las más terribles que Lois conserva de su año en Alemania. Más aún, quizá sea una de las tres o cuatro imágenes de su vida, hasta ese punto se le grabó. Durante muchos meses, incluso cuando ya había dejado Stetten, esa era la primera imagen que le sobrevenía al despertar.

*

La relación de Lois con Berta Maria Fanta y, todavía más, toda la estadía del muchacho en Alemania, se ajustaba a la perfección a los cánones del romanticismo. Eso era para mí un hecho incontestable. Lois encarnaba a la perfección durante el día lo que convulsivamente leía de Novalis, Brentano o E. T. A. Hoffmann por las noches: predilección por los sentimientos y la subjetividad, espíritu de rebeldía y amor a la naturaleza, tendencia a la nostalgia y búsqueda de lo sublime, carácter individualista... Lois no podía vivir su historia con la Fanta más que como el romántico que era.

En su siguiente encuentro con la viuda todo sucedió mucho más rápido. De pronto se estaban tocando uno al otro, confusa y torpemente; de pronto se encontraron abrazados uno al otro, una vez más en el suelo, ¿cómo habrían llegado a parar ahí? Lois no lo recordaba. De pronto –eso era para él lo más sorprendente–, sus labios se habían unido, todavía sin besarse, sólo para comprobar cómo era eso de tener los labios fuertemente unidos, a la espera de quién sabe qué milagro. Sin casi darse cuenta, ella logró desnudarle y le hizo una felación tan primorosa que Lois –aturdido, entregado– sintió que aquello había sido el mayor gesto de amor que cupiera imaginar.

–Nunca me habían hecho algo así –alcanzó a decir al término de aquella memorable felación–. Me has descubierto el amor –dijo también, aturdido ante aquel placer inexplicable.

Luego ya no se le ocurrieron más palabras y ambos quedaron sólo respirando, respirando sin más, en ese silencio inconfundible en que deja una noche de amor. Ambos se mecieron en ese silencio, perezosos, agradecidos. Se sentían sencillamente un hombre y una mujer, pero comprendiendo que no había en el mundo nada más grande que sentirse un hombre y una mujer. No habían expresado el amor que los embargaba entregándose físicamente, sino que en la exploración de sus cuerpos habían descubierto el amor. El amor se creaba en el acto de amar, no era un estado previo.

Lois me contó que, durante la felación, su mente se escapó a la pradera del amor. Fue pensar en ella y ahí estaba, en medio de aquella espantosa confusión, venciéndola, superándola, imponiéndose sobre ella; pero luego, casi sin solución de continuidad, pensó también en el camino de Wieperdorf, en el punto donde le había asaltado la sombra y donde pensó que moriría atrapado por el fantasma del alcohol. Pero no, el camino de Wieperdorf desaparecía de repente y aparecía otra vez, por fortuna, la pradera; y así estuvieron ambos, camino y pradera, alternándose en el alma de Lois, mientras que su cuerpo se dejaba llevar por el miedo y el placer. La pradera y el camino, el cuerpo y el alma, Lois y Fanta, uno al fin, ¿quién lo habría imaginado? Se unieron después de tal modo, entre gemidos tan dulces como siniestros, que habría sido imposible diferenciar ya quién era uno y otra: los dos en la pradera al fin, los dos en Wieperdorf de nuevo. Porque ¿no era la pradera de St. Niklaus y el camino de Wieperdorf, a la postre, las dos caras de lo mismo? Música y poesía, el horror y el amor, el arte y la perdición…

–Yo era Fanta, ¿me entiendes? –me dijo entonces Lois–; y ella era Lois, ¿me entiendes? –repitió.

Pero yo no lo entendía, lo confieso. Más allá de la interpretación evidente, no entendía a qué se estaba refiriendo. ¿Quería decir que no había diferencia entre los horribles ripios de la viuda y sus excelentes interpretaciones de violín? ¿Quería decir que lo bello y lo siniestro… podían confundirse?

Esta conversación Lois la terminó malhumorado. Me reprochó no haberle sabido escuchar. No haberle sabido entender. Me dijo que no era tan buen confidente como hasta ese momento había creído que era, y eso, como si hubiera sido un dardo que me lanzaba al corazón, me dolió muchísimo.

–No sabes escuchar –me dijo Lois, como si no llevara meses haciendo otra cosa–. Me escuchas con las ideas preconcebidas –se lamentó–. No sé si tiene mucho sentido que continuemos con nuestras videoconferencias. –Y meneó la cabeza.

Me derrumbé. No me esperaba aquello en absoluto. Yo pensaba estar siéndole de alguna ayuda, pero quizá él tuviera razón.

–¿No tiene sentido? –le pregunté, temeroso de que me lo confirmara.

Temía que nuestra relación pudiera terminarse aquella misma tarde, sin nada que hubiera podido presagiar semejante desenlace. Yo sabía bien lo susceptibles que son en general los artistas, sabía que el mundo gira alrededor de quienes se sienten bendecidos con el don de la inspiración artística. Pero entonces, ¿por qué no encajé como es debido aquel comentario, por qué no lo relativicé, por qué no supe sobreponerme a la situación? Sólo tenía un arma para reconquistar a Lois para mí: la palabra, que entonces me pareció el pobre instrumento con el que los débiles tratan de resarcirse de sus sufrimientos.

–Vamos a dejarlo aquí –me dijo entonces él, y me colgó.

Atónito, abochornado, me quedé mirando el reflejo de mi propio rostro en la pantalla del ordenador.

19

¿Qué pasó entonces? Pues lo que, por improbable que parezca en un primer momento, tuvo que pasar: que llegó la felicidad. Saltada la primera frontera, que siempre es la más difícil, las siguientes se sortearon fácilmente: y eso fue lo que sucedió, que Lois y Fanta saltaron juntos unos cuantos obstáculos y que empezó entre ellos algo parecido al amor.

–¿Tú conoces –dudó si preguntárselo– ... la pradera del amor?

Ella se giró para mirarle. Tenía las mejillas enrojecidas.

–¿La pradera del amor?

Era martes, estaba anocheciendo, sonaba Brahms.

—Sí, la pradera del amor —respondió Lois—. ¿No la conoces? ¿No has entrado nunca en el jardín de Pater Max?

Pero a la viuda de Fanta, quien poco antes le había contado el serio altercado que tuvo años atrás con su hermano —hasta el punto de romper con él las relaciones—, no le gustaba hablar de Pater Max, y así se lo hizo saber. Dijo que, así como su hermano no era un verdadero artista —por muy Meister que todos le llamaran—, aquel sacerdote no era un verdadero sacerdote. Más aún: dijo que, como su hermano, Pater Max era una mala persona, alguien con una doble vida (pero ¿no era una doble vida lo que también tenían ellos?): un tipo peligroso del que había que mantenerse a cierta distancia.

—Pero ¡tú vas a la parroquia y a la Arena cada día! —protestó Lois al saber que eso era lo que ella pensaba de su párroco.

—A la iglesia voy para encontrarme con Dios —replicó Fanta—, y a la Arena —y le sonríe como sonreía cuando era una niña— porque desde el principio quise encontrarme contigo.

Era como si esa sonrisa la hubiera conservado en sus labios durante las últimas tres décadas, intacta, y como si hubiera encontrado ahora la ocasión para esbozarla.

—Tal vez ahora mismo estemos en la pradera y no lo sepamos —dijo Lois todavía. Pero Fanta no podía entenderlo.

Quizá por eso, porque cuando la mente no entra, entra el cuerpo, se tomaron de la mano y de nuevo guardaron silencio, acunados tan sólo por el sonido de su respiración. Entonces, como si tuviera veinte años, ella apoyó su cabeza sobre su hombro; y él pensó —y lo pensó de veras— que le gustaría amanecer todas las mañanas de su vida con aquella cabeza precisamente ahí, sobre su hombro. Era un amanecer magnífico, sumido todo él en una atmósfera suave y polícroma. Desde la ventana se veían las ramas de los árboles entreverándose unas con otras y, tras

ellas, un cielo lila, soberbio. A lo lejos, las montañas azules parecían hablar de paz.

Como todas las historias de amor –aún las más breves,
aún las más inesperadas o insólitas–, la de Lois con la viuda
de Fanta estaba conformada por una bonita colección de
fotografías: imágenes para el recuerdo, instantáneas de la
vida. Porque esta del amanecer polícromo, tomados de
la mano y hablando de la pradera del amor, fue para Lois
una de las primeras fotos de esa colección.

Fue a partir de aquel momento que Berta Maria Fanta
empezó a hablarle con diminutivos. Era incapaz de hablar
sin ellos cuando entraban en el territorio del amor. Así que
le besó primero los ojos –los ojitos, decía ella–; luego la
nariz –la naricita, por supuesto–, y acto seguido la boquita,
los dientecitos y, en fin, todo lo demás. Fanta iba anuncián-
dole lo que iba a besarle, siempre con diminutivos, y lo hacía con tal dulzura que, casi más que el beso en sí mismo
–delicioso siempre–, lo que a Lois más le gustaba, lo que más
le enardecía era su enunciación, así como los segundos que
mediaban entre la palabra y el acto: esa tensa y suave espera que convertía aquel encuentro en la maravilla del amor.

–Yo no sé qué me pasa con usted –llegó a decirle poco
antes de que sus cuerpos llegasen a expresar lo que sus corazones, aunque turbulentamente, habían comprendido
desde el principio.

Luego, siglos después, o tal vez fueron sólo minutos,
Berta Maria y Lois hicieron todas esas cosas maravillosas
que se hacen cuando se aman un hombre y una mujer.

–¿Está bien? –le preguntó él cuando todo hubo terminado.

Ella se rio. Le hacía gracia la deferencia y delicadeza
con que la trataba; y durante largo rato estuvieron riendo
sin que ninguno supiera ya bien por qué motivo. Luego hablaron como si quisieran inventar el mundo. El amor les
había devuelto la esperanza en los demás y la confianza en

sí mismos. Era casi la primera vez que realmente hablaban, así que, dejando la poesía atrás, charlaron de cosas triviales: de la gente que conocían en St. Niklaus, de los ensayos de violín, de algún sueño para el futuro… Berta Maria no podía evitar corregirle a Lois su alemán incluso cuando estaban haciendo el amor. El chico, por su parte, descubrió que el alemán no le funcionaba como idioma del amor y que, en las horas más ardientes, sólo podía expresarse en español. Había empezado a sentir, según me explicó, no sólo estar descubriendo el verdadero amor (¡Dios mío, el verdadero amor!, ¿se lo creería de verdad?), sino estar inventándolo, creando, fraguando… (¿cuántos verbos utilizaría en su exaltación?) para aquel preciso instante.

–Como si Berta Maria y yo –ya no la llamaba la viuda de Fanta ni mucho menos la Fanta, como al principio– fuéramos los únicos sobre la faz de la Tierra que realmente se aman.

Confieso que, al escucharle decir esto, temí que de veras se hubiera desatado ese clic que días atrás tanto había temido. ¿Cómo si no explicar que me estuviera hablando tan rendidamente de quien pocos días antes había echado pestes? Porque todos cambiamos, cierto, pero ¡¿tanto y tan rápido?!

*

Entendí que no se puede hablar de las dulzuras del espíritu (la música, lo sublime, el sentimiento, el romanticismo…) sin haber sucumbido antes, aunque sólo sea una vez, a esas otras dulzuras que son las de la carne. Pero me preocupé al constatar que, como todos los que de veras se aman, ¡también Lois y la viuda de Fanta habían empezado a soñar con romper sus vidas e irse a vivir juntos a donde nadie les conociera!

–Donde podamos empezar de cero –me dijo el chico, mientras se untaba una rebanada de pan con mantequilla–, sin el peso de los prejuicios.

Me froté los ojos, aquel no era el Lois que yo conocía.

–Estaremos siempre juntos –prosiguió, y mordió su rebanada–. Quizá vivamos junto al mar, en Galicia –el sueño de Galicia nunca le abandonó–. Les diremos a todos que nos amamos.

–¿Todo eso lo habéis hablado? –le pregunté yo, cuando supe de aquellos ideales.

¿Se creería realmente Lois todo lo que le había dicho a la viuda de Fanta? ¿Pensaba en serio que aquella mujer se iría a vivir con él, a Galicia, que se instalaría en su casa, dedicándose en adelante a, simplemente, hacer el amor, leer a Von Kleist y escuchar a Brahms? Es posible que lo creyera, la juventud es así. Pero lo creería como algo tan lejano que no resultaba amenazante ni posible. El futuro siempre está lejos para los jóvenes, en eso consiste precisamente la juventud.

Lois vivía en el castillo de Stetten, en una habitación amplia y luminosa; pero habría dado cualquier cosa por haber vivido en aquel saloncito oscuro y estrecho de la Pirquetgasse, número 5, donde estaba descubriendo el amor y donde –aunque eso no lo sabíamos todavía ni él ni yo– recuperaría el verdadero sentido y valor de la música, a la que estaba entregando lo mejor de su juventud.

20

De ahí en adelante pasaron las tardes leyendo a Von Kleist, escuchando a Brahms y haciendo el amor. Lois escuchaba música y pensaba que era la primera vez que verdaderamente la escuchaba y la comprendía. Así que fue la música la que les fue introduciendo en el amor, y el amor –no podía ser de otra forma– lo que les introdujo en la música. Cabría decir que aprendieron a amarse gracias a la música que escucharon y que aprendieron a escuchar música gracias al amor que se profesaron. Siempre es así: no se puede amar sin ser sensibles a la belleza; y crear belleza es una de las manifestaciones más sublimes del amor.

Fueron días en que conocí a un nuevo Lois. Aunque jamás había mirado a la viuda de Fanta con deseo, le parecía entonces –así de voluble es el corazón humano– que nunca había visto algo tan hermoso como esa mujer, preciosa bajo esa luz naranja que emanaba de su cuerpo desnudo. Le parecía que aquel amor que sentía en sus adentros era el absoluto, que por fin lo había conocido, a sus dieciséis años, ¡lo que le parecía una edad tardía! Pensaba –¡quién habría podido impedírselo!– que había conocido el verdadero amor y que, por ello, ya podía morirse tranquilo.

–¿Morir? –Definitivamente había caído en las redes del romanticismo.

Mientras escuchaba todas aquellas necedades, recordé un poema que aprendí de memoria en mi adolescencia: «¡Desciende, noche del amor! –dice–. ¡Concédeles el olvido que anhelan! ¡Cúbrelos con tu deleite y líbranos del mundo del engaño y la separación!». Me pareció lo más pertinente para una situación como la que Lois me estaba contando. Me hablaba en términos tan encendidos porque Berta Maria, su amante, le había dicho poco antes algo que no olvidaría con facilidad.

–Ya me lo has dado todo. Aunque ya no te viera más, tengo todo lo que una mujer puede desear. –Y Fanta continuó filosofando todavía un poco más, pues cuando el cuerpo se sacia (todos lo sabemos), la mente reclama su protagonismo.

Así fue como discurrió para ellos aquella primavera. La nieve había desaparecido en el camino a Wieperdorf, donde sólo quedaban ya algunos pocos charcos y rastros de humedad. Fue así también como, lejos al fin de cualquier presión académica, Lois dejó de padecer definitivamente sus tan temidos momentos de ausencia.

–Desde que estoy contigo, no sucumbo a mis ausencias –le dijo él, consciente por primera vez de la relación entre ambas cosas.

–El amor lo cura todo –le respondió ella; tras lo cual se pegaron todavía más uno al otro, dejándose mecer, lánguidos, por el curso del tiempo, y contemplando en silencio el amanecer.

–No te traeré complicaciones, te lo juro –le dijo ella al cabo, como leyendo lo que le podía estar preocupando–. Puedes venir cuando quieras y marcharte cuando te parezca, no te pediré nada, no te retendré. –Y todavía, puesto que él no decía nada–: Quiero estar para ti sólo si tú quieres y cuando quieras. No sientas ninguna presión.

Aquellas eran las palabras que Lois necesitaba escuchar, huelga decirlo: las palabras que vencían cualquier resistencia que hubiera podido albergar y que le ablandaban definitivamente para el amor: como tú quieras, cuando tú quieras, de la forma que te parezca... No te llamaré, no te pediré nada... Volvieron a abrazarse con abrasadora pasión.

El amor se construye con palabras, todos lo sabemos. También con miradas y pequeños gestos, por supuesto; pero sobre todo con palabras: no te pido nada, cuando tú quieras, ninguna presión...

Lois calificó de nobles y puros los sentimientos que experimentaba por la viuda de Fanta. No se daba cuenta de que su atención estaba centrada en sí mismo, en la presunta nobleza de esos sentimientos suyos y en la intensidad de su entrega, no en los de aquella pobre mujer, a quien yo vi como víctima desde el principio. ¿Podía haberle advertido a Lois de alguna manera? ¿Habría servido de algo, después de todo? ¿No necesita el amor –como todo lo demás– de un largo, larguísimo aprendizaje?

*

214

La viuda de Fanta preparaba cada una de aquellas largas y lánguidas veladas de amor con su joven estudiante con una ternura conmovedora. Nunca fallaban las velas encendidas, por ejemplo, que desprendían una luz escasa y vacilante, o la barrita de incienso, de un olor a veces demasiado intenso, los cigarrillos que a Lois le gustaban para después del amor... No sólo: solía comprar flores, perfumar el dormitorio, recoger la casa, arreglarse para él... Ni que decir tiene que todo esto le emocionaba a Lois lo indecible. Le emocionó muchísimo, sobre todo los primeros días, hasta que llegó la tarde –quién sabe cómo y por qué– en que esa emoción, cálida y tierna hasta entonces, se transformó en preocupación. ¿Qué fue lo que operó este cambio tan paulatino, pero finalmente indudable? ¿Cómo es posible que bastaran pocas semanas, quizá no llegaron ni a dos, para que un sentimiento tan bonito y elevado como el que había empezado a sentir por ella se trastocara casi de repente en su contrario? Pero ¿fue casi de repente? ¿No hubo ningún aviso, ninguna alarma, nada que hiciera pensar que todo aquello pudiera tener un final tan abrupto?

–¿Tiene que ser así? ¿Es siempre así? –Fue así como Lois me lo preguntó. Como si siguiera siendo mi alumno en el Petrarca y como si yo siguiera siendo todavía realmente su profesor.

Le dejé que hablara. A lo largo de nuestra prolongada relación, no creo que fuera capaz de darle al chico ni un solo consejo, limitándome, casi siempre, a ser un mero testigo. ¿Debo avergonzarme por ello? ¿Debo sentirme orgulloso?

–Cuando estoy con ella estoy a gusto, por supuesto –el chico siguió explicándome, explicándose–, pero en cuanto salgo de la Pirquetgasse y tomo el trenecito rumbo a Wieperdorf, comienzan a asaltarme las dudas, que crecen y crecen hasta que llego al castillo. Cuando entro en mi habitación, siento vergüenza por haberme acostado con ella.

¿Qué puedo hacer? —me preguntó, y tomó un arco imaginario, lo colocó sobre las cuerdas de un violín, también imaginario, y se puso a canturrear el archiconocido *Capricho 24*, de Paganini, en el que llevaba trabajando algunos días.

Esta pregunta sobre su futuro atormentaba tanto a Lois que llevaba dos días arrojándola hacia un futuro indefinido, en la esperanza de que no se le presentara nunca y que nunca, en consecuencia, tuviera que responderla. Lois pensaba mucho en el amor, sí, pero no para vivirlo, sino precisamente para no vivirlo. Pensaba tanto en el amor que, sencillamente, lo desarticulaba.

—No sé, tío —hacía tiempo que no me llamaba así—, estoy muy cansado. Toco el violín unas cinco o seis horas diarias —y dejó de tocar imaginariamente el *Capricho 24*, de cuya melodía sus dedos habían sacado toda su dulzura—; pero no es eso lo que me cansa. Es como si me faltara la energía. La literatura cansa, ya no quiero leer más, Fanta me ha vacunado contra la poesía —y dijo algunas frases así, muchas de las cuales, no sé por qué, me parecieron aforismos.

—Es que la juventud cansa —le respondí yo, creyéndome de repente muy ingenioso—, sobre todo cuando uno está enamorado. El amor es muy serio —le insistí— y lo serio te quita energía. El amor es muy serio sobre todo cuando aparece y, más aún, cuando se termina, y en ambos casos por la misma razón: porque nos obliga a cambiar de vida.

—Cuando quiero emprender algo —me respondió él, o quizá no fuera una respuesta—, me imagino la melancolía que me sobrevendrá cuando lo haya emprendido, y eso me disuade de emprenderlo.

Había ocasiones en que la expresión verbal de Lois me parecía pobre, inferior incluso a las de sus compañeros de curso; en otras, en cambio, como aquella tarde, su lenguaje me parecía rico y hasta refinado, casi impertinente, como si se hubiera convertido en un pequeño profesor y yo en su alumno. No me gustaba aquella sensación; pero, por encima de mis gustos y sensaciones, justificadas o no, lo cierto era que cada día me importaba más el destino de aquel muchacho. ¡Maldita sea, quería su bien! Quizá le estuviera viendo como aquel que yo mismo habría podido ser. Y en aquel momento sentí que, fuera lo que fuera aquello que él hiciera con su vida, siempre, siempre me tendría a su lado, apoyándole.

–¿El amor es siempre así? –La pregunta había quedado sin responder–. ¿Qué puedo hacer?

Por extraño que parezca, no estaba preparado para una pregunta tan ingenua. Prácticamente ya no le volví a ver más en esa actitud humilde de quien pide ayuda.

–¿Seré capaz de colmar las expectativas que Fanta ha puesto en mí?

Fanta, otra vez la llamaba así, ya no más Berta Maria. Esa era, en cualquier caso, la gran pregunta. Quizá todo comience siempre con una pregunta. Con esta pregunta: ¿estaré a la altura para corresponder a tanto amor?

21

Fue así como aquel nido de amor que era el piso de la Pirquetgasse, tan recoleto, tan lleno de libros y música, tan íntimo, empezó a parecerle a Lois una jaula. De pronto comenzó a sentir, no sin horror, que ella lo había planificado todo desde el principio y que él, por su juventud, por su estupidez, por la fluctuación propia de los sentimientos, se había dejado engañar. El cuerpo le había conducido hasta donde no quería su espíritu. Con estas ideas en la cabeza, recalentadas una y otra vez en el corazón, no puede extrañar que comenzaran pronto las primeras discusiones y, con ellas, el eterno ritual de la descomposición del amor.

Esa descomposición comenzó la noche en que ella, sentada en la cama, le miró fijamente con sus ojos grises, casi blancos, quizá más blancos que nunca en aquel momento. Durante aquella velada ya no le había hablado con diminutivos, como si la tristeza ante su inminente separación los hubiera borrado reveladoramente de su vocabulario.

Hubo otros síntomas que evidenciaron inequívocamente el final del amor, siempre los hay. Había disminuido la locuacidad de la viuda, por ejemplo, y sus movimientos, otrora desgarbados y vivaces, se habían hecho mucho más lentos. Por otro lado, esa sonrisa maternal y filial a un tiempo que había lucido en los últimos días había desaparecido por completo o –lo que era peor– se había convertido en una mueca. Sus ojos, en fin, habían perdido su brillo característico y parecían sueños angustiados. Era como si con aquella mirada glauca le estuviera diciendo:

–¡Venga, márchese ya de una vez, dado que tanto lo desea!

En lugar de aquello, Fanta se limitó a decir:

–Sé que para usted soy sólo una estación de paso.

Al oír aquello, Lois hizo un expresivo ademán, con el que trataba de decir que de todo eso no quería ni oír hablar. Fuera por sus muchas lecturas de los románticos alemanes o, más sencillamente, porque aún era demasiado joven, creía todavía en el amor perpetuo y total. Pero ¿por qué hizo aquel gesto si la duda ya había empezado a apoderarse de su corazón?

–Yo a usted le he querido de verdad –dijo ella algo después, víctima de esas malas pasadas que suele jugar la menopausia–: He sentido mucho no haber sido más joven para usted. Me habría gustado regalarle más belleza y juventud.

Lois guardó silencio. Tuvo tiempo para calibrar lo precipitado, por no decir falso, que había sido su anterior ademán. Ahora temía que sus palabras le traicionaran y prefirió callar, como si ya fuera un amante experto que conoce de estrategias en la relación.

–¡Es usted tan joven! –exclamó de pronto la Fanta y, sacando fuerzas de quién sabe dónde y adelantándose a lo que inevitablemente sucedería, dijo todavía algo que ni ella misma esperaba nunca llegar a decir–: Ya encontrará usted mujeres más apropiadas, estoy segura. –Y apretó los labios, con el gesto involuntario de quien quiere controlar el dolor–. Alguien como usted... –y aquello pareció un veredicto– no sabe estar sin una mujer. –Y luego, con los labios muy pálidos, se dio la vuelta para alejarse con pasos indecisos e inseguros por el pasillo, ayudándose de su paraguas-bastón. Se detuvo un segundo y, por un momento, vaciló, pero no se volvió.

Había dejado a Lois desnudo con esos dos zarpazos. Él sintió tanto frío que tuvo que levantarse a ponerse un jersey.

*

–Pero tú... ¿la quieres? –me atreví a preguntarle, presumiendo que había terminado de contarme.

–¡Oh, no! –me replicó entonces él con una rapidez y un desdén para mí desconcertantes–. En realidad –e inclinó la cabeza para encenderse un pitillo– ... no creo que la haya querido nunca.

Aquello me alegró e indignó a partes iguales: me alegró porque el chico tomaba de nuevo las riendas de su vida, pero me indignó porque me puse en la piel de Fanta y, sobre todo, ¡porque me molestaba que el corazón humano pudiera ser tan ruin y contradecirse tan tranquila y abiertamente! Creo que fue visible lo mucho que me tocó aquella contestación tan fría, tan desabrida.

Ajeno a mis sentimientos y con el cigarrillo en los labios, Lois sacó entonces con solemne cuidado el instrumento del estuche y me saludó con una suave reverencia, como si yo fuera su cualificado y exigente auditorio. Luego se acomodó el violín en el hombro, puso el arco en la posición justa y empezó a tocar. Yo le había visto tocar muchas veces, cierto, pero nunca había ejecutado una pieza sólo para mí. La melodía subió y luego bajó, pero luego subió de nuevo y bajó una vez más, y otra, y una cuarta, y todas ellas con espléndida precisión, dejando en el alma un sendero de dolorosa melancolía. Lois tocaba con una devoción sublime, henchida, hermosamente enfermiza. Ascendía junto a sus notas hasta el éxtasis para allí perderse en una dulce confusión y descender luego, lenta o abruptamente –según, pero siempre de forma tan inevitable como exacta. Era evidente que buscaba lo eterno, que lo alcanzaba, que jugaba con ello, que se embelesaba hasta perderse. Debo decir aquí que Lois tocó aquella tarde como siempre había imaginado que podía llegar a hacerlo: no era simplemente perfecto o magistral, como en otras ocasiones, sino vibrante, sentido, conmovedor. Aquello era verdadera música, aquello era pasión pura en forma de sonido. Ahora que había conocido el amor podía convertirse, finalmente, en un verdadero violinista. Eso fue lo que yo pensé: que la viuda de Fanta no había aparecido en su vida para brindarle clases de alemán –como el chico había creído al principio–, ni para descubrirle el amor –como después había creído yo mismo–, sino para hacerle ver que sólo desde el amor se comprende el misterio del arte. Que sólo desde el amor se comprende en verdad cualquier cosa de este mundo. Que descubierto el valor del arte, en fin –huelga decirlo–, el amor podía dar un paso atrás y retirarse, puesto que ya había cumplido su cometido. Sí, Lois Carballedo podía regresar a su casa, por fin podía regresar, puesto que su viaje iniciático había terminado. El fin definitivo de sus momentos de ausencia coincidió –como no podía ser de otra forma– con su desinterés por la viuda. Encontrarse mejor y dejar de ir a verla fue para él todo uno.

*

A decir verdad, las cosas no fueron exactamente así, pues, al tiempo que abandonaba a Berta Maria Fanta, Lois... ¡dejó también, y para sorpresa de todos, su carrera de violinista!

—Toda la vida tratando de gustar a la gente es muy cansado —me dijo, como si se hubiera hecho un hombre en dos días—. Es peor que todo eso. —Una extraña luz le iluminaba el rostro—. No es sólo gustar, sino impresionar. Los artistas se pasan la vida queriendo impresionar a su público —dijo también, como si hubiera descubierto la piedra filosofal—. Todos te admiran, por supuesto, pero nadie en el fondo te quiere, lo he experimentado, lo sé —mientras decía todo esto, acariciaba el violín como si fuera el cuerpo de una mujer—. Prefiero una vida más relajada —continuó, y una vez más se despojó de su sudadera roja—. No he sabido salir del círculo.

—Salir del círculo —recapitulé.

—¡Toda la vida llevando un fardo a la espalda y sin darme cuenta!

—Casi siempre es así para todos —le ratifiqué, pero luego abrí una espiral de esperanza—. La madurez es para descargarnos de todo lo que nos hemos cargado inútilmente durante la juventud.

Hablamos sobre eso. También sobre que la única manera de ser uno mismo es decepcionando a unos cuantos.

—Vivir para complacer es el camino más directo a la infelicidad —sentenció, y se incorporó para decirme lo que había pensado decirme aquella mañana—. Quiero volver a empezar de nuevo y ser una persona normal. —Estaba en pie cuando lo dijo—. Quiero vivir como todos los demás y no separarme de ellos, ¿es tan difícil de entender? —me preguntó, dominado por una especie de furor—. Quiero liberarme de la maldición de la excelencia y de la tortura de la creación artística. Quisiera simplemente disfrutar, eso es lo que he entendido.

–¿Volver a empezar? –le pregunté yo, convencido de que para los artistas no existe un camino sencillamente recto.

Pero para Lois fue abandonar la idea de hacer carrera con el violín y empezar a realmente disfrutar al tocarlo.

–La idea de la música ha destruido incontables vocaciones musicales –me dijo entonces en un tono de voz más grave de lo habitual–. Desde hace pocos días, cuando me pongo a tocar, me propongo que mi interpretación –y me sonrió con los ojos– no sea tan bonita. Toda la música de la que pueda decirse ¡qué bonita es!, está muerta –me dijo también–. A la hora de interpretar una pieza musical, hay que escoger entre la música y la vida; y, por paradójico que resulte, ¡no son pocos los que escogen la música!

Tuve que preguntarle a qué se refería.

–Para hacer música –me explicó, como si él fuera el profesor y yo el alumno–, nada hay peor que querer ser un músico profesional. Para componer, como para interpretar –añadió–, basta con querer componer o interpretar, todo lo demás es una distracción. –Y volvió a tomar el arco y el violín, como disponiéndose a tocar.

No lo hizo. Se limitó a mirarme y a sonreírme.

y 22

El día de su partida lucía el sol sobre las montañas de Stetten y Lois, con el ánimo alegre, abrió la ventana de su habitación. Todos los dormitorios de la residencia Kreisler estaban insonorizados, de modo que cada estudiante residente, y hasta el propio maestro, pudiera ensayar en ellos cuanto les viniera en gana sin por ello molestar a los demás. Sin embargo, cuando el tiempo era más templado –como aquella mañana–, no resultaba fácil pasar el día enclaustrado y, unos antes y otros después, abrían sus ventanas y los jardines del castillo –maravilla de las maravillas– se llenaban de repente de música. Esto fue lo que sucedió aquel día. Lois había registrado este mismo fenómeno al menos en dos ocasiones. La música inundaba entonces el castillo y los habitantes del mismo, habitualmente taciturnos, empezaban de pronto a sonreír. El cambio era evidente, todos lo notaban. Daba la impresión de que la música, encerrada durante semanas, salía con ganas al exterior, y a uno le parecía entonces que aún cabía cierta esperanza para el mundo. Ni Stetten ni Wieperdorf parecían ya Stetten ni Wieperdorf, con eso estaba ya todo dicho.

Así que la música sonaba aquel día en el castillo cuando Lois, a quien la melodía llevó a pensar en Kirstin Nolde, sorprendió a Meister Neuman con la puerta de su habitación abierta: estaba alisando la sábana bajera de su cama, pues tampoco toleraba las arrugas. Lois dio con los nudillos en la puerta. Su maestro destilaba tal seguridad en sí mismo que, sencillamente, echaba para atrás. El chico lo había comprobado en cada ocasión: bastaba que se pusiera a su lado para que se sintiera inferior, amenazado, humillado… Era una sensación muy desagradable: estar junto a él y sentirse sojuzgado y empequeñecido era todo uno. ¿Cómo habría podido pensar alguna vez –se preguntó– que aquel hombre, por quien al conocerle había sentido tanta estima y devoción, habría podido convertirse alguna vez en su mentor y referente? Cuando le informó de que abandonaba la residencia y renunciaba a la beca, Meister Neuman no dijo nada, ni una palabra, limitándose a mirarle con un rostro frío como el mármol, como si no hubiera entendido lo que acababa de oír. Lois tuvo entonces la impresión de que aquel hombre que tenía ante sí y que tan importante había sido para él, cargaba todavía sobre sus espaldas aquella penosa y pesada bolsa de plástico, con la que le había visto una mañana poco antes del amanecer.

A Bruder Jakob, en cambio, a quien buscó para despedirse, le encontró en el cuarto de costura, bordando manteles y servilletas. ¡Pobrecillo!, pensó Lois tras una mampara, donde se había escondido para observarle a discreción. No sabía descansar. Tenía que estar siempre entretenido en alguna actividad. Jakob se dio entonces la vuelta de forma tan súbita que Lois tuvo la impresión, casi la certeza, de que le había descubierto. Falsa alarma: el Bruder continuó bordando durante largo rato. Aunque el chico habría preferido revelar su presencia en aquel momento, quién sabe por qué, continuó parapetado y vio cómo Jakob sacaba de repente de un armarito, donde la guardaba bajo llave, una caja de zapatos. Una luz cenital caía directamente en su calvicie, de modo que Lois pudo observarle con toda claridad. De aquella caja de zapatos extrajo acto seguido, sin dejar de canturrear en ningún momento, una tarjeta postal, en la que enseguida se puso a escribir con llamativa lentitud. El Bruder tenía muy buena letra y se tomaba su tiempo para buscar las palabras más adecuadas. A cada rato se llevaba la caperuza del bolígrafo a los labios, eso le ayudaba a pensar.

Bruder Jakob escribía, cuando sus múltiples ocupaciones se lo permitían, hermosas tarjetas postales, que luego llevaba a correos en alguna de sus escasas salidas a Heidelberg. También se dedicaba a releer las muchas que le habían escrito a él, que conservaba primorosamente en aquella vieja caja de zapatos. Lois lo había intuido desde el primer momento, pero ahora, mientras lo observaba, lo comprendió mejor que nunca: aquel hombre que canturreaba y escribía tarjetas postales era feliz: ni su cojera ni su bajo nivel de azúcar le bajaban los ánimos. Tenía alma de niño, lo que le había hecho sobrevivir a la tiranía de Meister Neuman y a todos los sinsabores de su vida en el castillo. Siempre tenía una palabra amable para todos. De hecho, Lois nunca le había oído hablar mal ni del Meister, su amo, ni de János, en cierta medida su subordinado. El corazón de Jakob estaba ya suficientemente ocupado echando de menos su pueblo natal, pero se consolaba con las lechugas y los tomates de su huerto.

De pronto, cuando más enfrascado le creía en sus ejercicios de caligrafía, el Bruder levantó su cabeza y… ¡uh!, ¡le dio un susto de muerte! ¡El muy bribón! Jakob se rio cuanto quiso, pero Lois permaneció espectralmente serio. No es de extrañar: humor y juventud no son términos afines. Casi ningún joven tiene verdadero sentido del humor. Todos suelen tomarse demasiado en serio a sí mismos. Están demasiado metidos en el mundo como para conseguir esa distancia benévola que requiere el verdadero humor.

Superada esa contrariedad, Lois se sentó junto al Bruder y vio que, junto a sus tarjetas postales, en aquella caja de zapatos aquel hombre conservaba algunas fotografías, que le enseñó y explicó con sumo detalle. Aunque el chico no tuviera el menor interés por quienes allí aparecían fotografiados, Jakob no le ahorró ni la más pequeña información. Mientras Lois observaba todas aquellas fotos, comprobó que un sentimiento cálido, bueno y humano brotaba en su interior. Y no pudo por menos de preguntarse si no llegaría el día en que también él tendría su pasado guardado en una caja como aquella de la que Jakob sacaba sus fotos. Así fue como me lo dijo, llevándome a pensar que quizá estas páginas que estoy escribiendo ahora sobre mi querido Lois Carballedo, y que estoy a punto de concluir, sean también, al fin y al cabo, algo así como una caja de zapatos.

*

Como si la viuda de Fanta hubiera sido amiga mía, como si me cayera bien, inexplicablemente me puse de su parte. No pude evitarlo: me daba pena imaginarla en el pasillo de la Pirquetgasse, número 5, con su paraguas-bastón; o con esa luz naranja cayendo en su cuerpo desnudo en una tarde de amor, mientras ambos escuchaban a Brahms. No sé por qué se me había quedado aquello tan grabado. Fuera como fuese, me puse tan decididamente de parte de ella que, para mi sorpresa, Lois me metió en el mismo lote que a su viuda y que a su beca y... ¡también se deshizo de mí! Borrón y cuenta nueva, aunque no fue así como me lo dijo. Punto y aparte, estaba decidido. Fin de nuestras largas y febriles videoconferencias.

–¡No! ¡Lois! Yo... –Pero él, que poco antes me había pedido que distanciáramos nuestras conversaciones, colocó entonces las partituras en el atril, tomó de nuevo el arco y el violín y volvió a mirarme y a sonreír como había hecho poco antes.

Tocó *Fantasie*, la última de las composiciones de Schubert para piano y violín, compuesta en diciembre de 1827. Ambos, sin decirlo, sabíamos que era su despedida. Se acabó el romanticismo, se acabó nuestra amistad. Pero ¿era amistad lo que teníamos Lois y yo? ¿No era más bien amor, simplemente amor?

Echo de menos a Lois muchísimo, por eso he escrito esta historia. Ya no está en Alemania, ya no está en el castillo; podría ir a verle si lo deseo, pues sé dónde vive. Su padre me ha agradecido todo lo que he hecho por él; le disgustó una enormidad que perdiera su beca, pero comprendió que era por su bien. Yo, sin embargo, no me resigno: veo mi rostro reflejado en la pantalla negra de mi ordenador y cada día que pasa le echo de menos con más dolor. Le veo fumando un cigarrillo tras otro, con su sudadera roja; le veo hablándome de los románticos y del amor, hablándome de Schubert, su pasión, hablándome de la viuda de Fanta, su primera mujer.

Nunca supe cuánto de verdad y cuánto de ficción tenía su historia de Heidelberg, en la residencia Kreisler para jóvenes talentos musicales; nunca supe si los habitantes del castillo de Stetten (János, Jakob, Meister Neuman y, desde luego, ese espectro llamado Kirstin Nolde) eran verdaderamente tal y como él me los había descrito o, más bien, producto de su imaginación. ¿Existiría Pater Max? ¿Puede existir un hombre así? ¿No sería bueno que existiera?

Sentado en mi butaca preferida, dejé que sonara *Fantasie*, interpretada por el violinista Josef Slavik y por el pianista Carl Maria von Bocklet, en el Landhaussaal de Viena. Cerré los ojos y, durante algunos segundos, vi con nitidez la cara de Lois, mirándome, sonriente, como me había mirado y sonreído aquellos últimos días, sabiendo que había llegado la hora de despedirse. Luego, sin embargo, de pronto, acaso gracias a Schubert, que sonaba más arrebatadamente que nunca, lo que descubrí en mis adentros fue una puerta. Abrí muy despacio aquella puerta, a sabiendas de adónde me conduciría. Sí, ahí estaba, ante mis ojos, radiante: la pradera del amor. ¿La pradera del amor? Sí, esa pradera existe y yo caminé por ella, embriagado por sus perfumes. ¿Sería aquel un paraíso bueno para mí, sería malo? ¿Sería para mí un camino de salvación, de perdición? ¿Me encaminaría hacia la plenitud si me obstinaba en permanecer en él o más bien me devastaría irremisiblemente? ¡Quién podría saberlo, Dios mío! Pero, al tiempo, ¿cómo resistirse ante tanta belleza y, sobre todo, ante tanta serenidad? Di un paso, dos, tres; aún hubiese podido abrir los ojos y salirme de aquella pradera, tan incierta, aún hubiese podido volver a la realidad o adentrarme, si lo deseaba, en la verdadera realidad. Inútil decir lo que hice: seguí caminando, seguí respirando, seguí con mis ojos tan terca como suavemente cerrados, entrando en un mundo –lo sabía– en el que me perdería para siempre. Sí, esa pradera existe y yo caminé por ella, embriagado por sus perfumes, mientras sonaba, vibrante, la inolvidable melodía del genio de Schubert.

Guadalajara, México, enero de 2022

Torre de observación

I

Como ni los médicos ni sus familiares me daban una explicación sensata de la enfermedad que afligía en aquellos días a uno de mis alumnos, decidí consultar al doctor Frade, un viejo amigo de la familia a quien todos llamaban por el apellido. No había quien no le ponderara como a un gran profesional. Frade era un psiquiatra de mediana edad cuya imagen social –era apuesto y elegante– no correspondía en absoluto con su mundo interior, más bien atormentado. Habían transcurrido años desde la última vez que nos habíamos visto, pero no pareció sorprenderse cuando le llamé para solicitarle su opinión profesional. Como si dispusiera de todo el tiempo del mundo, me dio hora para esa misma tarde y, desde que estuvimos frente a frente, supe que Lois Carballedo, mi alumno, sería un tema secundario en nuestra conversación. En efecto, aquel facultativo estaba enfrascado en la historia clínica de uno de sus pacientes, un tal don Honorio, de quien me habló casi desde que entré en su despacho. Me habló también, y con sospechosa insistencia, de un clérigo de origen alemán, llamado Von Wobeser, sobre el que necesariamente me explayaré en estas páginas.

*

Antes o después, siempre llegaba el momento en que los pacientes del doctor Frade se echaban a sus brazos para llorar.

—¡Es usted un profesional de verdad! —Eso era lo menos que le decían, en especial las mujeres, pues algo tenía Frade que las ponía a todas ellas decididamente a su favor.

También le decían muy a menudo que debía sentirse muy satisfecho con la tarea que estaba desarrollando en el hospital y que demostraba tener la paciencia de un santo. ¿Un santo? Sí, un santo —le aseguraban—, un héroe anónimo, un servidor de la comunidad... ¿Un santo el doctor Frade? No puedo decir que lo conozca lo suficiente, pero aseguraría que se trata de una afirmación bastante exagerada, lo que no quita, desde luego, que no tuviera sus virtudes.

Todos los halagos de sus pacientes, sin embargo, no generaban en Frade la menor vanidad. Al contrario, por paradójico que resulte, aquel hombre era inmune a su éxito social. Ni siquiera se enorgullecía de su preciosa voz de barítono, elogiada en múltiples ocasiones por las enfermeras y colaboradores que tenía asignados en su unidad psiquiátrica, en la que ostentaba el cargo de jefe de servicio. Se alegraba de que la gente reconociera sus talentos, desde luego, puesto que en su fuero interno estaba convencido de que, en medio de sus defectos, tenía, después de todo, algo único y hermoso.

—Nunca me he sentido tan amado como ahora —me confesó—. Amar es hoy para mí entregar algo de mi tiempo —dijo también—. Al fin y al cabo, ese es nuestro máximo tesoro. —Y antes de que yo pudiera intervenir—: Jamás he sentido tan propios como ahora los destinos ajenos.

A modo de respuesta, dije alguna banalidad —no recuerdo cuál— y, sin venir a cuento, él me hizo partícipe de la larga y profunda crisis que estaba atravesando. Noche oscura la llamó. Su rostro se ensombreció visiblemente al decirlo. Cuanto mayor era su inseguridad y más hondas sus dudas, sin embargo –eso era lo más curioso de todo–, mejor era valorado por los familiares de sus pacientes, quienes invariablemente ponderaban su humanidad, su sencillez, su cercanía y su trato afable.

–Todo eso está muy bien –le corté–, pero yo he venido a hablarle de una extraña enfermedad que está aquejando a uno de mis alumnos.

Estaba algo molesto de que Frade hubiera cambiado el foco de atención de mi problema al suyo. Él reaccionó de tal modo ante mis palabras que comprendí que no había exagerado al advertirme de su malestar. Su rostro se descompuso. Me dijo que, más que estar atento a las necesidades del paciente, a lo largo de su vida había estado pendiente sobre todo de las suyas. Y luego tuve la impresión de que, de un momento a otro, podía echarse a llorar. Era una escena estrambótica: yo había acudido a un psiquiatra para una consulta y el resultado era que yo debía atenderle a él. Cualquiera habría dicho que en eso de asumir lo ajeno como propio, el doctor Frade había llegado a un punto de sensibilidad casi patológico.

2

Esta exagerada sensibilidad se puso de manifiesto, muy inoportunamente, el día en que don Honorio, uno de sus pacientes, murió en el quirófano. Visto el historial de aquel enfermo, que falleció en una operación de reducción de estómago, y visto sobre todo su lamentable aspecto físico, resultaba evidente que al pobre don Honorio no podía quedarle mucho tiempo en este mundo. Sin embargo, su defunción sorprendió a todos, incluido a Frade, quien estuvo a punto de echarse a llorar ahí mismo, en la sala de operaciones, adonde fue convocado para atender a los familiares.

–¿Por qué llora? –le preguntó la hermana de don Honorio, una mujer a quien Frade no había visto jamás.

El vestido de aquella mujer acentuaba su extrema delgadez, que contrastaba con la obesidad de su hermano. Tenía el pelo recogido en un extraño moño que daba a su cabeza un aspecto amenazante. Estaba muy maquillada, como si fuera a una fiesta o como si quisiera ocultar sus facciones. Que esa mujer tan flaca le traería problemas, Frade lo supo desde el primer momento.

–¿Era usted amigo de mi hermano? –quiso saber la mujer.

No, no podía decirse que lo fuera. Frade había sido sólo su psiquiatra. Únicamente le había visto, al fin y al cabo, un día a la semana durante el último par de meses; y, por lo demás, nunca le había dedicado más tiempo del necesario. Por otro lado, no era que Frade estuviera propiamente llorando; sólo se le habían humedecido los ojos, dada su extrema sensibilidad. Sus lágrimas sólo se deslizaron por sus mejillas en cuanto negó ser amigo del difunto.

–No, no fui su amigo, no en sentido estricto –respondió al fin–, pero… –y se lo pensó– ¡me conmuevo igualmente!

La esposa de don Honorio estaba situada a uno de los lados de la cama, y miraba a los presentes con ojos espantados. Durante algunos instantes, al igual que su cuñada, casi parecía estar más preocupada por la congoja del doctor Frade que por su propio marido, cadáver desde hacía pocos instantes. Sus hijos, algo detrás (un chico y una chica de unos veinte o veintitantos años), parecían estar mucho más serenos que su madre. Reinaba en el quirófano un ambiente espeso, casi se masticaba la tensión. Uno de aquellos jóvenes había requerido los servicios religiosos del hospital, pero el capellán se retrasaba. Las enfermeras advirtieron que el religioso estaba con la familia de otro pobre enfermo, que había expirado poco antes, y que seguramente se demoraría. Frade veía las caras de todas aquellas personas

y le pareció que sus rostros flotaban, como bichos volado-
res, zumbando frente al suyo.

*

–¿Ha muerto ya, doctor? –le preguntó entonces la cuñada
de don Honorio, cuya delgadez fue para Frade en todo momento un signo clarísimo de mal agüero.

Lo preguntó como si el hecho no fuera evidente, como si
lo que habían estado conversando poco antes no hubiera
tenido lugar, o como si no le hubieran permitido entrar en
el quirófano precisamente por este trágico desenlace. Esto
es el descanso eterno: esta fue la frase que le vino a Frade en
aquel momento, y la estuvo repitiendo en sus adentros
como si fuera un mantra, acaso esperando de ella algún
tipo de consuelo. Pero aquella frase terminó por perderse y
fue sustituida por la imagen de la mujer que le había hecho
semejante pregunta, un ser humano del que habría podido
esperarse, seguramente, cualquier cosa: una palabra malso-
nante, un exabrupto, una bofetada...

Frade, prudentemente, no contestó. Se limitó a tocar el
cadáver, quedándose sorprendido de lo caliente que estaba
todavía. La muerte había resuelto todas las contradicciones
e incertidumbres de aquel hombre. Porque don Honorio no
tendría ya que pensar nunca más en su hipoteca, por ejemplo; o adónde iría en vacaciones; o cómo resolvería el asunto de su posible segundo matrimonio... La muerte había
borrado todo eso de un plumazo: eso es lo terrible que tiene
y eso es, al mismo tiempo, lo ventajoso. Así que el problema de su notoria obesidad había quedado resuelto. Y el
problema de sus orejas de aspecto extraterrestre, que tanto
le había torturado. Y hasta el de su próxima jubilación
también había quedado resuelto. Ni que decir tiene que ya
no tendría que preocuparse por sus inoportunos deseos sexuales, siendo él un hombre para quien la familia era el

valor supremo. Costase aceptarlo o no, don Honorio había muerto: no había movimiento en su tórax ni en su abdomen, el pulso había desaparecido, no se auscultaba el latido cardíaco… La ausencia de tono muscular revelaba lo que los médicos ya habían certificado. Fuera como fuese, el espíritu del difunto –al menos según Frade– seguía ahí, sin esfumarse del todo de aquel quirófano.

Esto era algo que Frade ya había comprobado en otras ocasiones: que la muerte biológica no coincide siempre con la, digamos, espiritual. Que el alma del que acababa de morir sigue en este mundo durante cierto tiempo, quizá sólo minutos, pero también horas y hasta días. ¿Cuánto tardaría la de don Honorio en partir? Eso no podía saberse. Pero Frade no la ignoró y, a su manera, entabló con ella, silenciosamente, en medio de toda aquella gente, algo parecido a una conversación. Era un gesto de atención por su parte, un signo de cortesía. Tenía el convencimiento de que ninguno de los que pululaban por aquel quirófano –médicos, enfermeras, celadores, familiares…– se percataba de aquella presencia invisible pero sensible que sólo él –quién sabe por qué– podía percibir.

A la pregunta por la muerte de don Honorio, Frade respondió finalmente de forma inusual en un médico, pero coherente con su fe.

–¿Quieren que diga una oración? –La pregunta no era impertinente, puesto que el sacerdote seguía sin aparecer.

Asintieron y él recitó una breve plegaria que se sabía de memoria. Fue justo en aquel instante, mientras Frade rezaba, cuando los hijos de don Honorio se dieron cuenta de que a su padre ya no le verían más en este mundo y que, en consecuencia, debían despedirse de él. Rompieron de pronto a llorar, como si fuera en ese momento cuando se hubieran hecho cargo de la situación: ella, silenciosamente; él, en cambio, gimoteando. Se habían quedado huérfanos de padre y, si no hacían algo por su madre –que parecía catatónica–, pronto serían huérfanos de ambos. Eran las once de la mañana y fuera, como Frade comprobaría pronto, lucía un sol primaveral.

3

Nada más terminar la oración, entró en el quirófano el capellán hospitalario: Joan von Wobeser. Fue decir amén y aparecer por la puerta, como si lo tuviera calculado. Aquel sacerdote era un hombre de reconocible acento catalán y de unos sesenta o sesenta y cinco años. Estrechó la mano a todos los presentes con el semblante grave, pero sin traslucir ninguna emoción. Era un tipo alto y de nariz prominente con quien, según Frade, nadie conseguía estar más allá de unos pocos minutos. Dejaba tras de sí, quién sabe cómo, una estela de paz. También fue así aquella vez.

Frade me contó que, por lo que él había visto, el padre Von Wobeser era un auténtico profesional de la liturgia. Acudía donde se le llamaba –aunque sólo si se le llamaba– y ejecutaba limpia y brevemente el servicio religioso para el que había sido requerido. Solía retirarse nada más terminar sus ceremonias o rituales con una pequeña inclinación de cabeza: un gesto un tanto pasado de moda, casi decimonónico, que le era característico. En aquella ocasión, por culpa de la hermana de don Honorio –que abordó al psiquiatra y al capellán de mala manera–, se demoró algo más. Porque Von Wobeser nunca se entretenía conversando con los enfermos, los familiares o el personal: no era su estilo. Era expedito, claro y directo. Hablaba sin afectación –como, lamentablemente, es tan habitual en los de su gremio–, quizá incluso con cierto desafecto, lo que llamaba la atención en una persona consagrada.

En cuanto hizo su aparición en el quirófano –puesto que no llevaba ningún distintivo por el que hubiera podido ser reconocida su condición clerical–, saludó en un tono de voz más bien grave y pausado, sacó el ritual del bolsillo lateral de su bata (pues vestía como cualquier médico, como era preceptivo en el hospital), y recitó el responso oficial, casi con unción. Para terminar, añadió un par de frases de consuelo, más o menos estereotipadas, casi neutras.

–Les acompaño en el sentimiento –dijo primero a la viuda catatónica, luego al hijo, acto seguido a la hija y, finalmente, a la hermana del extraño moño, quien, durante el responso, se había situado un poco más atrás, como si no quisiera tener nada que ver con el asunto.

A Frade le sorprendió muchísimo la indudable autoridad de aquel clérigo. Había coincidido con él muy pocas veces pese a los muchos años que ambos llevaban trabajando en la misma institución. Para referirse a Von Wobeser, quizá no sea autoridad, después de todo, la palabra más apropiada. Habría que hablar aquí más bien de calidez, exactitud, cercanía, precisión…: un combinado de factores que rara vez van juntos, puesto que quien es afectuoso no suele ser riguroso, por ejemplo. O quien es silencioso no suele resultar amable. No era el caso de Von Wobeser, quien, extrañamente, conseguía ser al mismo tiempo humano y resolutivo, lo que le otorgaba una inconfundible personalidad.

Quizá por la honda crisis profesional en que se encontraba, todo esto le hizo comprender a Frade que entre la talla humana de aquel clérigo y la suya había, para su desgracia, una notable distancia. Que él había aprendido poco en todos aquellos años de hospital, pese a la seriedad y entusiasmo con que se había tomado su profesión. Que él había estado a punto de enzarzarse como un necio con la hermana de aquel difunto mientras que aquel sacerdote de origen alemán había ventilado la cuestión limpiamente y en pocos minutos. Así que, concluido el responso, Joan von Wobeser hizo su proverbial inclinación de cabeza, casi marcial. Pero ya se disponía a retirarse cuando la hermana del difunto salió de la sombra en que cualquiera habría dicho que había estado escondida, esperando su momento.

*

—¿Y no puede usted hacer nada más? —le preguntó.

La pregunta cayó como un jarro de agua fría.

—Cuando lo deseen, ofreceré una misa por su eterno descanso —respondió Von Wobeser con un aplomo que no admitía discusión—. La iglesia no prevé para los difuntos ningún otro ritual —añadió en un tono tan conciliador como taxativo.

La hermana del difunto miró al clérigo de arriba abajo. Seguramente pensaba que le estaba regateando algo o, incluso, que, por los poderes que le habían sido confiados, aquel capellán bien podría haber dicho algo así como «¡levántate y anda!», y obtener de inmediato el resultado deseado. Von Wobeser, quien no en vano llevaba más de una década en el hospital, comprendió enseguida que aquella mujer no le dejaría marchar así como así, y tuvo una idea.

—Tengo otra oración que quizá podría ayudar. —Y abriendo de nuevo el ritual, leyó otra plegaria, escogida al azar.

Esto pareció aplacar a esa mujer, quien alzó una ceja con aires de superioridad.

—Ya sabía yo que había algo más —dijo, pero para enseguida volver al ataque—. Debe usted saber… —y apuntó a Frade con un dedo inequívocamente acusador— que este hombre pretendía engañarnos… —Al hablar, sus ojos se movían de un lado a otro en sus órbitas—. ¡Quería despacharnos con una simple oración! —Y clavó su dedo en el pecho del pobre Frade.

Era una situación delirante. Frade sabía por experiencia que pocas profesiones hay en el mundo que conduzcan a situaciones tan absurdas y antológicas como la psiquiatría.

Pese a ello, como si fuera un muchacho, quedó fuera de juego ante semejante acusación y dio un paso hacia atrás, más que nada por precaución, para mantener las distancias. Pero la reacción de la bruja (y fue a partir de aquel momento que empezó a llamarla así en su fuero interno) no se hizo de esperar: dio un paso hacia delante, consciente del poder que le daba su cercanía.

Von Wobeser no se retiró del quirófano, como había previsto. Sentía curiosidad por saber cómo finalizaría aquel duelo. Claro que nadie en el mundo habría dudado, vistos los primeros compases de la discusión, que ella sería indudablemente la vencedora. Pues no. No fue así: claro que la mujer tomó la delantera durante los primeros minutos del combate. Se incendió por dentro, soltó una insensatez tras otra, culpó al doctor de haber pretendido engañarla. ¡Hasta le responsabilizó de la muerte de su hermano! En pocas palabras: se despachó cuanto quiso ante el asombro de los presentes, ninguno de los cuales movió un dedo para tranquilizarla.

¿Era casual, o más bien revelador, que esta escena estuviera teniendo lugar precisamente en la planta - 1, digamos que en los infiernos del hospital? No habían pasado más que unos pocos minutos desde que en aquel quirófano se había estado rezando. El alma del pobre don Honorio seguiría probablemente allí, lo que no impedía que el doctor Frade y aquella mujer se hubieran acalorado en la discusión. ¿Es esto –el malentendido, la disputa, el arrebato, la irritación...– lo que trae el descanso eterno?, se preguntó Frade al recordar el episodio. La paz eterna de don Honorio empezaba a resultarle bastante cara.

En la aversión hacia el doctor por parte de aquella rabiosa mujer había indudablemente algo personal. Tal vez rechazaba a todos los psiquiatras del mundo y en Frade había encontrado el perfecto ejemplar en que volcar su prejuicio. O tal vez le había encolerizado que hubiese rezado una oración ante el cadáver de su hermano, suplantando al capellán. Tampoco había que descartar que, al no poder arremeter contra el sacerdote, en cuanto representante oficial de lo religioso, lo estuviera haciendo contra Frade, quien le escuchaba con una paciencia que, probablemente, la irritaba todavía más. Frade dejó ver ante todos que era un hombre débil, al menos para esta clase de situaciones, pues la injusta agresión a la que estaba siendo sometido le había sumido en un patético estado de parálisis. Se limitaba a soportar estoicamente la situación, acaso porque sabía que, después de todo, sólo tendría que soportarla unos minutos más. Al fin y al cabo, casi nadie se marcha de este mundo sin dejar tras él, de un modo u otro, una estela oscura. Unos minutos más, se decía Frade, y todo esto habrá concluido. Un mal trago, de acuerdo, pero luego llegará el atardecer y, con él, el silencio y la paz.

4

En busca de esa paz, Frade se salió de repente de aquella escena y, por unos segundos –aunque ni él mismo supo cómo lo hizo–, lo observó todo como un mero espectador, desde fuera: vio la ira de la bruja como si no fuera de carne y hueso, sino la mera proyección de una película; y, puesto que en aquel ámbito era el dueño y señor, le quitó el sonido, de forma que pudo observar sus movimientos de manos y labios sin escucharla. De igual modo, vio al tipo que estaba frente a esa vieja energúmena y, para su desgracia, tuvo que admitir que aquel hombre no era otro sino él. Sintió una admiración profunda ante la calma con que aquel facultativo que tanto se le parecía encajaba aquella perorata, su flema incluso, como si nada de lo que ahí se estuviera dirimiendo le afectara lo más mínimo. En aquella visión de segundos, se dio cuenta de cómo el ejercicio de su profesión le había hecho crecer en vulnerabilidad, hasta el punto de estar abierto a casi todo, quizá demasiado abierto.

—No he crecido en fortaleza, como la mayoría de mis colegas —me explicó—, sino precisamente en fragilidad. Leo un pasaje de un buen libro, por ejemplo, y me echo a llorar. Escucho la historia de un paciente y, en cuanto me despido de él, a solas al fin en mi despacho, como un niño, me echo a llorar. Relleno la ficha de alguno de los nuevos internos y me entra de pronto una congoja tal que... ¡me rompo por dentro! Es como si me sintiera llamado a vivir en mi propia carne buena parte del misterio de la humanidad.

Mientras Frade estaba en su nube, la mujer —huelga decirlo— seguía moviendo compulsivamente labios y manos.

Todavía en su nube, Frade desplazó el foco de su atención de sí mismo a Von Wobeser, situado a su izquierda. Fueron sólo unos pocos segundos, pero bastaron para que comprendiera que aquel clérigo había tenido la habilidad (¡porque la suya no había sido una demora involuntaria, sino intencionada!) de llegar al quirófano cuando todo había concluido. Mediante este estratégico retraso, aquel astuto capellán había demostrado ser un verdadero maestro. No había más que verlo: los familiares de don Honorio, salvo la bruja, se habían tranquilizado en cuanto él había entrado en el quirófano. Como si su sola presencia fuera ya sanadora y benéfica. Como si emanara una energía tan electrizante como serena. El personal sanitario, por su parte, había bajado el ritmo de su actividad desde que él estaba allí. Sí, el misterio de un hombre no puede desentrañarse, desde luego, con unas pocas frases, pero de Von Wobeser sólo podía decirse, para hacerle justicia, que era especial: diferente, discreto, noble, misterioso. Era él mismo, eso es todo. Frade nunca había conocido a nadie igual.

*

—Está bien —dijo de repente Frade, feliz por haber encontrado una inesperada salida—. Le pido perdón —le dijo a la hermana del difunto, que se le quedó mirando de hito en hito.

—¿En serio? —preguntó ella y, como si fuera una muñeca hinchable a la que le hubieran destapado el pitorrito, comenzó a desinflarse.

A la bruja le fastidió visiblemente haber obtenido tan pronto aquella rendición. Le habría gustado mucho más que el doctor se hubiera resistido, que no se hubiera escapado a su nube, que se hubiera defendido, como hacen los hombres. Frade, sin embargo, asistido por una insólita lucidez, tuvo tiempo, durante aquella fuga a su nube particular, para comprender la mezquindad del alma humana, la humillación de la muerte —inesperada siempre, incluso cuando es deseada—, el problema de la humanidad, en guerra permanente por absurdas querellas, y así un millón de cosas más. Asistido por toda esta sabiduría, Frade salió por donde menos se podía uno esperar.

—Se lo digo completamente en serio —se reafirmó, constatando cómo sus sentimientos por aquella mujer habían ido cambiando: de la inicial repugnancia habían pasado a la compasión, y de esta nuevamente a aquella, y así hasta que ambos sentimientos se habían amalgamado en uno solo, tan indefinible como hipnótico, pues le empoderaba. Antes de llegar a este punto, de difícil descripción, Frade decidió —porque aquello había sido una decisión— que fuera la compasión lo que prevaleciera. Esa compasión comenzaba a nacer —alentada por su buena voluntad—, pero se desinflaba al cabo, víctima de los hechos. Haciendo de tripas corazón, Frade dio un paso más.

—Soy culpable —admitió y, al decirlo, supo que la vieja e irascible bruja no era, después de todo, una malvada, como la había juzgado, sino, simple y llanamente, una pobre víctima, deshecha ahora por el dolor: una de esas personas que reacciona con violencia ante la desaparición de su ser

querido, quizá una nueva paciente para su unidad psiquiátrica.

Frade había tenido ya años de hospital más que suficientes para comprender que los verdaderamente peligrosos en
una unidad como la que regentaba no eran los enfermos,
sino sus familiares. De modo que por tercera vez ratificó lo
que había dicho poco antes, intentando imprimir a sus palabras la máxima verosimilitud.

—Sí, señora —admitió—, me he equivocado y le pido
perdón.

Dentro de lo engorroso que era todo aquello, el propio
Frade tuvo que reconocer que disfrutó de su interpretación.

—Si desea presentar una queja formal, hágalo —añadió
todavía, bajando la cabeza en claro signo de resignación—.
Se lo ruego —insistió—, hágalo y aceptaré todos los cargos.

La vieja estaba tan desconcertada que siguió desinflán-
dose, tanto que de pronto se hizo mucho más pequeña. Su
aspecto fue de pronto totalmente inofensivo. Casi daba
pena verla.

—Nunca he hablado más en serio —mintió Frade, acaso
excediéndose en su interpretación.

Le había dejado sin armas. La batalla había terminado y
él, paradójicamente, salió de aquel quirófano como triun-
fador.

Von Wobeser, que había estado muy silencioso durante
el altercado, a la salida felicitó al doctor por su actuación.

—¡Es usted un artista! —le dijo—. Pocas veces he visto resolver un conflicto de esta índole de manera tan elegante y
expedita.

¿Elegante? ¿Expedita? Frade no daba crédito.

—Sí —le confirmó el capellán—. Ya ve que yo me he zafado
en cuanto he podido. A usted, en cambio, le han faltado
reflejos; pero también he visto cómo se ha recuperado, ter-
minando por dejar a esa mujer contra las cuerdas. Para mí

ha sido un combate impecable. Y es usted un verdadero artista, ya se lo he dicho.

Un artista. Fue así como empezó entre el doctor Frade y el capellán Von Wobeser algo parecido a una hermosa y noble amistad.

5

Poco después, Frade y Von Wobeser estuvieron conversando sobre el comportamiento del sacerdote en el quirófano, que el psiquiatra se atrevió a calificar de frío y aséptico. A este propósito Von Wobeser dijo que, durante sus primeros años como capellán, mientras asistía a enfermos terminales, se preguntaba, acaso por deformación profesional, cómo utilizaría Dios todo aquel sufrimiento del que a él le tocaba ser testigo. Al parecer, el clérigo tenía sus dudas: no acertaba a decidir si todo ese dolor, tan lacerante, ocasionado por un sinfín de enfermedades, se perdería irremisiblemente, sin ninguna utilidad, o si con él Cristo redimiría el mundo, como se explicaba en la teología que estudió de joven. Frade quedó sorprendido de que Von Wobeser entrara tan rápidamente en la cuestión de fondo que a ambos les tenía en aquella institución.

Caminaban uno junto al otro por los largos pasillos hospitalarios, bajo unas feas luces de neón. Se cruzaban con enfermos en sillas de ruedas, que arrastraban su gota a gota, tristemente solos o acompañados por sus familiares, con caras de resignación o de cansancio. Se cruzaban con otros colegas del personal sanitario y, sobre todo, con multitud de enfermeras: llevando la medicación, ajetreadas en el control, repasando en una tabla las tareas de la jornada… Ajenos a todo esto, ellos caminaban a buen paso, como si estuvieran dando una caminata por el campo.

Von Wobeser terminó por decir que, con el tiempo, había dejado de formularse todas esas preguntas teológicas, tan irresolubles. Pero no porque se hubiera endurecido en el ejercicio de su ministerio –cosa que, a fin de cuentas, habría sido comprensible–, sino porque uno no puede estar preguntándose permanentemente lo mismo. A partir de entonces se limitó a confesar, a dar la comunión y a administrar el sacramento de la unción con una sobriedad que algunos, como el propio Frade, calificaban de fría o aséptica.

–La liturgia posee su propia fuerza –es cita literal de Von Wobeser–, sin necesidad de que nadie le añada un suplemento de sentimiento o de emoción. Este pequeño rito que ha presenciado en el quirófano –le preguntó a continuación–, ¿no le parece que ha funcionado?

Frade se quedó pensativo. Buscaba meter al hombre con quien conversaba en alguna tipología. Por lo que había visto, no habría podido afirmar que aquel individuo, pese a ser sacerdote, creyera de veras en Dios; pero lo que tampoco nadie podía negar era que creía en la liturgia y en el ceremonial. Emocionalmente intenso, pero sentimentalmente distante: ese fue su veredicto. En efecto, aquel clérigo se ponía a tiro a cada segundo, pero para retirarse casi en el acto, sin permitir que nada ni nadie le afectase. Estaba tan atento al movimiento de abrirse a lo que surgía que no caía en la tentación de quedarse estancado. Estaba tan presente como ausente en todo lo que le rodeaba.

–Tal y como yo lo veo –el capellán continuó con su disquisición–, el sacramento da una forma religiosa a una situación existencial de envergadura, como es la enfermedad. La mera recitación de un responso, realizada con atención al signo y a la persona, tiene para mí un valor incalculable.

Llegaron por fin a la cámara mortuoria del hospital, donde don Honorio iba a ser amortajado. Ni el psiquiatra ni el capellán solían estar presentes durante los amortajamientos; pero esta vez, por petición del propio Von Wobeser, ambos lo presenciaron.

–Veamos qué se hace con la carne muerta –había dicho el sacerdote, con una sonrisa de difícil interpretación–. Ya verá cómo nos resultará muy aleccionador –aseguró, y se rio con un humor macabro.

Frade guardó silencio.

–Cuando me llegue la hora de partir de este mundo –continuó el clérigo–, confío en no resistirme demasiado. Conviene salir de la escena antes de que sea demasiado tarde, ¿no le parece? Hoy casi nadie quiere retirarse, ¿se ha dado cuenta?

Frade seguía en silencio.

–A mí me gustaría marcharme cantando, por ejemplo, o contando algo divertido. ¿Se me concederá el don de la ligereza?

*

Una vez en la cámara mortuoria, comenzado el amortajamiento, Frade quedó sorprendido por la laxitud de los tejidos del cadáver, que en breve se endurecerían como piedras. Tan blando estaba el cuerpo de don Honorio que… ¡ya no se parecía a don Honorio! Era como si el cuerpo desnudo que tenían ante sus ojos no correspondiera al alma que hasta poco antes había habitado en él. Como si se tratase del cuerpo de otra persona diferente.

–Siempre es así –le advirtió Von Wobeser, al parecer habituado a estos ritos fúnebres–. La distensión de la musculatura es máxima al poco de fallecer. También yo reparé en eso las primeras veces.

El funcionario encargado del amortajamiento actuaba con gran eficiencia, pero también con turbadora frialdad. Amortajó al muerto en pocos minutos y con suma delicadeza. Casi parecía disfrutar de su cometido. Sin embargo, no se demoraba en absoluto, sino que actuaba con agilidad y resolución. Mientras tanto, su ayudante, un chico que no llegaría a los veinte, le acercaba el instrumental que él iba solicitando: tijeras, algodón, maquinilla de afeitar, toalla... Aquel aprendiz, quizá demasiado joven para ese oficio, no osó tocar al muerto en ningún momento. Quizá fuera aquel uno de sus primeros servicios como ayudante. Sorprendía –eso sí– lo atento que estaba al menor movimiento de su maestro, sin duda experto en las técnicas del amortajamiento.

A Frade le impresionó que el hombre a quien le levantaban un brazo, se lo bajaban, le daban la vuelta, le taponaban todos los orificios... hubiera podido estar vivo minutos antes. Que hubiera tenido aspiraciones, como es habitual entre los humanos. Que hubiera practicado sexo. Que hubiera creído en Dios...

Von Wobeser, por su parte, al igual que el joven aprendiz, no perdía detalle. Carraspeaba de cuando en cuando, o se aclaraba la voz, signo de que tampoco él estaba del todo relajado en aquella cámara mortuoria, o eso interpretó Frade, según me contó él mismo.

–Ahora hemos de ir al velatorio para verlo en la caja –dijo en un determinado momento el capellán–. Con eso habremos cumplido con nuestra misión de acompañar a los difuntos hasta su final.

–Esa no es mi misión –protestó el doctor.

Ya fuera, Frade quiso indagar un poco más en el hombre que tenía a su lado y, por ello, le preguntó por su sistema de trabajo y, más en general, por su experiencia hospitalaria, que era aún más dilatada que la suya.

–No tengo otra técnica que vaciarme para que el espíritu pueda pasar a través de mí y pueda yo servir de canal –respondió el clérigo–. Mi tarea es... –y dudó unos segundos– ... quitarme de en medio. –Y dio una gran zancada, como si efectivamente tratara de quitarse de en medio–. El espíritu no pasa si queremos justificarnos y quedar bien. ¿Sabe por qué son tan pocos los sacerdotes que se ofrecen a trabajar en los centros hospitalarios? –le preguntó sin dejar de caminar.

Frade ignoraba que esa fuera la situación.

–¡Porque no quieren quitarse de en medio! El contacto frecuente con el sufrimiento resulta emocionalmente muy duro y, como es natural, la mayoría prefiere atender comunidades donde sobre todo se encontrarán con jóvenes, matrimonios y niños. Pero si usted consigue quitarse de en medio, lo sabrá en el acto. Primero, porque le interesará vivamente cualquier cosa que le digan. Pero también porque al final se sentirá muy contento.

–Muy contento –recapituló Frade.

–Sí, la alegría de desaparecer –matizó el sacerdote.

Habían llegado al hall de entrada del edificio y era la hora del cambio de turno. Como cualquier otro empleado, el capellán había terminado su guardia y podía retirarse a descansar.

–¿Ya para casa? –le preguntó entonces Frade al clérigo.

Y Von Wobeser:

–¡No, no! Aquí mismo tengo un apartamento.

Fue la primera vez que mencionó lo de su apartamento. Fue así como lo llamó, aunque más tarde se referiría a él como «mi guarida» y, finalmente, como «la torre», seguramente porque estaba situada en el esquinazo de la planta undécima, la más alta del edificio.

6

Cabe imaginar que el llamado apartamento era una herencia de aquella vieja y gloriosa época –después de todo no tan lejana– en la que la figura del sacerdote era todavía importante en un hospital, cuando la Iglesia católica aún contaba algo en la sociedad. En aquellos tiempos, los capellanes hospitalarios disfrutaban en las instituciones públicas de amplias instalaciones de las que luego, con la progresiva secularización, fueron poco a poco privados. Von Wobeser había logrado que la gerencia no reparase en aquel privilegio, inexplicablemente mantenido, y disponía para su uso exclusivo de una amplia habitación con dormitorio, baño y despacho: un espacio mucho mayor, ciertamente, que el que solía asignarse a psicólogos y psiquiatras, quienes debían atender a sus pacientes en auténticos zulos. En el zulo del doctor Frade, por ejemplo, como yo mismo pude comprobar, fuera del archivo y del escritorio no cabía mucho más.

Frade sentía la imperiosa necesidad de continuar hablando con él, pues intuía que aquel tipo, en medio de su extravagancia, podría ayudarle a superar su ya demasiada larga crisis profesional. Por eso, como último recurso, le espetó:

—Casi todos los enfermos, aun los no creyentes, necesitan hablar de Dios durante el proceso de su enfermedad. Eso es algo que yo mismo he comprobado y que usted sabrá mucho mejor que yo.

No fue un cebo lo suficientemente atractivo para Von Wobeser.

—Necesitan hablar del sentido de sus vidas, de la existencia o inexistencia de las almas, en la confianza, probablemente, de que algo de lo suyo perviva cuando expiren. Necesitan hablar de lo que han hecho, bien o mal, en el pasado, como hizo conmigo don Honorio en sus últimos días. Y también necesitan hablar de Dios, eso lo sabrá usted mejor que nadie. A mí me gusta que me hablen de Dios, ¿sabe? En ese sentido, no soy el típico científico —admitió Frade, cuando finalmente montaron en el ascensor.

Frade le hizo saber a Von Wobeser, ya en el ascensor, que se alegraba sinceramente de que también en las sociedades tecnificadas y superdesarrolladas como aquella en que les había tocado vivir, que en los hospitales ultramodernos y sofisticados como aquel en que tenían que trabajar, tuviera su lugar un hombre como él.

—Una especie de hechicero de la tribu —se rio Von Wobeser.

Su risa retumbó en el ascensor, en el que reinaba un silencio total, como si hubiera sido perfectamente insonorizado.

—Desde mis primeros años de ministerio asumí que el sacerdocio comporta una carga de magia —dijo también, todavía riendo.

La conversación se había puesto interesante y, sin haberlo pretendido, Frade le había acompañado hasta su guarida. Frade, que no contaba con encontrarse por casualidad con el capellán, estaba decidido a no dejarle marchar. Desde que habían salido del ascensor, había tenido la intuición de que aquel apartamento al que se dirigían le ayudaría a comprender su singular personalidad. Porque eran pocas las veces en que se veía al sacerdote en la habitación de algún enfermo, conversando con él o administrándole un sacramento, por ejemplo; o en el retén de celadores, dando palique al personal; o, qué sé yo, en las urgencias, las consultas externas, el departamento de salud laboral... No, nada de eso. Fuera porque los servicios religiosos eran ya poco requeridos o porque Von Wobeser se escondía en su guarida quién sabe para qué —como Frade empezó en ese momento a sospechar—, lo cierto era que esa era la ocasión que se le había presentado para descubrir la verdad.

—¿Tomamos algo? —dijo entonces Frade, había una máquina dispensadora a pocos pasos.

La había apuntado y se había encaminado hacia ella, dando por hecho que no recibiría una negativa. El capellán aceptó, sí; pero de ahí a consentir que Frade entrara en su feudo había, ciertamente, un buen trecho. De modo que la conversación se prolongó todavía unos minutos, pero siempre en pie y a las puertas del apartamento.

–Con la cantidad de enfermos que hay aquí, seguramente serán muchos los que estarán encantados de recibirle, ¿no es así? –le tanteó Frade, tras servirse un refresco de cola.

–Pocos enfermos solicitan realmente mis servicios –respondió entonces el sacerdote–. Esa es una idea que tenemos los sanos, no los enfermos –dijo también, con el dedo en alto, un poco en tono profesoral–. Los enfermos, esa es mi experiencia, casi nunca se ven realmente enfermos a sí mismos; de ahí que ni siquiera imaginan lo que un ministro de la Iglesia podría hacer por ellos.

Frade no lo resistió más y, ya a la puerta de la llamada torre, se lo preguntó directamente, a bocajarro.

–¿Y qué hace usted aquí arriba tanto tiempo solo? ¿No se siente usted culpable… trabajando tan poco? –Y le miró mientras bebía, orgulloso de sí por haber sido tan directo.

–Nadie pregunta por la culpa ajena si no está padeciendo la propia –contestó Von Wobeser. Fue una respuesta tan rápida que casi parecía ensayada–. Además, ¿quién le dice a usted que no trabajo? Yo siempre estoy trabajando, sépalo usted, aunque siempre a mi modo, ¡eso desde luego!

–¿Y qué hace entonces usted en su torre? –Frade apuntó la puerta; era evidente que habría dado cualquier cosa por entrar.

–¡Trabajar! –le contestó el capellán, sin permitir que Frade entrara en sus dominios.

*

La puerta del apartamento de Von Wobeser era blanca, como cualquiera de las muchísimas que había en el hospital, y, sin embargo, no podía decirse que fuera una puerta como todas las demás. No, puesto que de ella irradiaba una suerte de magnetismo que al doctor Frade le impedía dejar de mirarla. Pasara lo que pasase, en algún momento él debía traspasar esa puerta y averiguar qué se escondía tras ella. Era cuestión de vida o muerte. Todo esto sucedió, como es natural, en pocos segundos: los suficientes, en cualquier caso, para que su rostro se transformara como se había transformado el del propio Von Wobeser, quien llevaba ya algún tiempo dando claras muestras de querer quedarse a solas. Sonreía tímidamente y desviaba la mirada, cuando la suya, sin ser desafiante, solía ser limpia y directa. Por si esto fuera poco, su discurso, hasta ese momento elocuente, había enmudecido. De modo que ahí estaban los dos: el sacerdote y el doctor, uno con un ardiente deseo de soledad y otro, por contrapartida, con el de una no menos ardiente compañía.

A pesar de sus deseos de saber qué era lo que se escondía tras aquella puerta blanca –como si allí hubiera podido haber quién sabe qué: las probetas de un laboratorio, una biblioteca secreta, un cadáver...–, Frade enmudeció al igual que poco antes lo había hecho su interlocutor. Era como si aquel lugar, del que irradiaba una poderosa energía, les hubiera hecho callar contra su voluntad.

–Yo... –alcanzó Von Wobeser a decir.

–¿Sí? –preguntó Frade, sin expectativa de ninguna clase, pero con toda la esperanza del mundo.

–Acaso mañana podríamos continuar la conversación. –Von Wobeser había logrado finalmente articular una frase.

Era una manera de despacharle, desde luego. Pero era al menos una promesa, y Frade la aceptó, naturalmente. Era consciente de que haber llegado hasta la puerta de esa torre era ya un gran logro, al menos para ese primer día; y confiaba en que tal vez al día siguiente podría entrar y descubrir... ¡quién sabe cuántas cosas!

La puerta blanca de la torre tenía una virtualidad sobre todas las demás: ante ella, todo lo que se había visto antes quedaba definitivamente atrás. Porque, ¿quién se acordaba allí del pobre don Honorio, amortajado ya en la soledad de la cámara mortuoria? ¿Quién pensaba todavía en su hermana, la vieja del extraño moño, que tan desinflada se había quedado después de que Frade, contra todo pronóstico, hubiera confesado su culpa? ¿Quién recordaba, en fin, todas esas especulaciones teológicas sobre el sentido de la vida, que tan acaloradamente habían debatido? De pronto, ante esa puerta blanca, todo había quedado muy atrás. Era como si lo que hubiera tras esa puerta, fuera lo que fuese, no perteneciera al hospital, sino a un feudo diferente: más puro y necesario, más esencial.

7

Von Wobeser desayunaba siempre muy pronto. La luz de la mañana se colaba por las ventanas del autoservicio, casi totalmente vacío a esa hora tan temprana. Sólo al fondo de aquella gran superficie –donde no cabrían menos de doscientas personas– se distinguían dos o tres médicos, desperdigados en sus mesas. Aquel autoservicio estaría en breve muy concurrido y reinaría en él un gran bullicio. A esa hora de la mañana, en cambio, la paz que se respiraba en aquel lugar era tan absoluta que cualquiera habría pensado que, más que el de un hospital, aquel era el autoservicio de un museo o de una fundación privada. Pues bien, ese era el punto en el que el capellán se había citado aquella mañana con el doctor Frade para continuar con la conversación. Entraron en materia en cuanto tomaron asiento. Ninguno de los dos había olvidado que el cadáver de don Honorio, todavía en el velatorio, sería enterrado aquella misma mañana.

–Sufrimos mucho por casi nada –había comenzado Von Wobeser, para quien aún los sentimientos más apasionados, quizá sobre todo esos, revelaban antes o después su carácter quimérico o fantasmal–. Todavía peor –dijo poco después–: sufrimos poco por lo realmente grave, a lo que solemos dar la espalda. A decir verdad, no sufrimos por lo que deberíamos, sino por lo que no deberíamos.

Era una afirmación sorprendente.

–En mi opinión, el propósito del dolor no es otro que el de purificar al ser humano. ¿No lo ve usted así? –preguntó Frade, quien ya para entonces había asumido un rol claramente discipular–. Para mí que hemos de recibir el dolor sin resistencia –dijo también–, puesto que es nuestra resistencia, precisamente, lo que lo recrudece y agiganta.

Esa no era en absoluto la visión de Von Wobeser. Para el sacerdote, el dolor, en especial cuando era crónico, era más bien... –¿cómo decirlo?– algo así como una programación, una excesiva sensibilización: una falsa alarma...

–Pero ¡claro que el dolor existe! –exclamó Frade, quien parecía indignado ante la actitud de su interlocutor–. ¿No ha visto todavía suficientes enfermos y moribundos? ¿Cuántos más necesita ver?

–Sólo le estoy diciendo que no se trata simplemente de no resistirse al mal, como usted afirma –se defendió Von Wobeser–. No se trata tan sólo de abrazarlo, redimirlo u ofrecérselo a Dios, como nos decían en el seminario. Digo sólo que... ¡hemos de cambiar de perspectiva!

Según el capellán, y en esto aseguraba estar avalado por las últimas investigaciones, al dolor había que despistarlo no bien hacía su aparición. Frade quiso saber cómo, evidentemente, y Von Wobeser le contó algunas de las estrategias que él mismo llevaba cierto tiempo aplicando.

–Realizar una actividad manual al ritmo de un metrónomo, por ejemplo, aleja en pocos minutos cualquier malestar –aseguró tras dejar la taza de café sobre el platillo–. La total concentración en una determinada acción –y el metrónomo ayuda a que esa atención no tenga fisuras– aleja en poco tiempo cualquier malestar.

–¡No! –Frade se resistía, le costaba dar su brazo a torcer.

Era un hombre de creencias firmes y eso le perjudicaba mucho más de lo que podía imaginar.

Von Wobeser se refirió entonces a las fuertes migrañas que él mismo había padecido hacía ya algunos años y a cómo simples caminatas energéticas –un remedio al alcance de cualquiera, según dijo– le habían ayudado a superarlas definitivamente.

–Bastan seis minutos caminando a buen ritmo –aseguró.

Luego habló también de la imaginación motora. Sostuvo que la memoria registra tanto lo que se realiza como lo que se imagina, de donde deducía que no era preciso, para estar en buena forma, hacer mucha gimnasia, por ejemplo, pero sí, en cambio, imaginarse haciéndola. Y así expuso otras tantas estrategias, a cuál más peregrina, pero todas ellas eficaces, siempre según él. Toda la sabiduría doméstica de aquel hombre, alimentada durante décadas de experiencia sacerdotal, se resumía a fin de cuentas en aquellas pocas consignas, que tan apasionadamente exponía.

–¿Y ya no le duele nada en absoluto? –quiso saber Frade, terminada la exposición del capellán, que en esta ocasión se había extendido más de lo que en él era habitual.

Frade se apalancaba en su incredulidad; pero la cara de Von Wobeser era de tal felicidad que difícilmente se podía dudar.

No pudieron seguir charlando: había sonado el busca del capellán, que era requerido en la habitación 344, curiosamente la misma que había ocupado don Honorio antes de su fatal operación.

–Acaba de fallecer una tal Esperanza Toscano –dijo Von Wobeser, tras informarse en el interfono–. ¿Me acompaña?

Frade consultó su reloj. Aún tenía tiempo, de modo que subió con Von Wobeser a la planta tercera –la de los terminales–, desde donde tomarían un montacargas que les conduciría a los sótanos, donde se encontraba el mortuorio.

*

¿Cómo podía una mujer llamarse Esperanza y dejar a todos sus seres queridos, al morir, tan desesperados?

En su cama hospitalaria, aquella difunta parecía simplemente dormida. Era anciana, pero hermosa: no es que se detectara en sus facciones la belleza de la que pudo hacer gala en otros tiempos, sino que era real y actualmente una anciana hermosa o, por hablar con más propiedad, un hermoso cadáver. Daba gusto verla, o eso fue al menos lo que dijo Frade cuando me lo contó. Tanto que le entraban a uno ganas de cogerla de la mano, aún de muerta. Así que era una muerta preciosa que se había ido de este mundo tan a gusto –digámoslo así–, aunque quienes la rodeaban, por contrapartida, estaban ensordecidos por el dolor de la pérdida.

Una mujer, de la que más tarde supieron que era su nuera, lloraba con tal desesperación que hubo que sacarla de la habitación. Le ofrecieron una tila y un calmante, pero no hubo modo de tranquilizarla. Todos se hacían cargo de la magnitud de la desgracia, por supuesto; pero todos –también– juzgaban exageradas las desaforadas manifestaciones de condolencia de aquella mujer: gritos inarticulados, llantos desgarradores, gemidos, lloriqueos, convulsiones… Cada vez que se le decía que se calmara, ella se descomponía más, tanto que daba lástima verla tan fuera de sí. Resultaba difícil de creer que una persona como ella, tan deshecha, tuviera alguna relación con quien se acababa de morir, tan serena, tan agradable a la vista, tan reconciliada con la situación.

Por fin sacaron a esa mujer de la habitación y, en un segundo, se restauró la paz. Era una paz de agradecer, sobre todo por el contraste con el griterío que la había precedido. Era una paz necesaria, pues resultaba el marco adecuado para apreciar la belleza de la recién fallecida. Era una paz que, como si tuviera cierta consistencia física, emanaba del cuerpo de la difunta. Frade se congratuló de haber acompañado al capellán y de presenciar aquella situación trágica y bella al mismo tiempo. Lo que se le ofrecía en aquel instante era vida en estado puro, paradójicamente.

Recordando el episodio, Von Wobeser le dijo al doctor algo más tarde que mirar un rostro, pero mirarlo de verdad (y en el hospital había tenido que mirar muchos), le había enseñado a mirar su propio rostro; y que mirar su propio rostro sin apartar la vista y superando el miedo, el aburrimiento y, sobre todo, las ganas de escaparse, le había hecho descubrir nada menos que el rostro de Dios.

–Dios tiene un rostro humano –prosiguió el clérigo, rememorando el encuentro con la difunta Esperanza Toscano–. Nada se parece a Dios tanto como una persona, cualquier persona. Y, ¿cómo no enamorarse de un Dios así? ¿Cómo no entregarse a Él, aún en medio de nuestra confusión y de nuestra incorregible estupidez? –dijo también.

Frade no contestó. El encuentro con Esperanza Toscano le había dejado sin palabras.

–No cambiaría mi vocación por ninguna otra –dijo entonces Von Wobeser, y recordó que nadie de los presentes quería marcharse de la 344, dejando sola a aquella hermosa difunta.

Porque una bonita luz entraba por la ventana de la 344, donde un ser humano acababa de fallecer mientras que otros, afuera, disfrutaban de aquella plácida y cálida mañana. Y porque algo definitivamente milagroso había sucedido tras aquel fallecimiento. No se trataba sólo de que todos hubieran permanecido fascinados ante la serena belleza de aquella difunta, sino que habría podido decirse, sin temor a exagerar, que tanto Von Wobeser como Frade, se habían enamorado de esa mujer: sí, ella les había embrujado desde el más allá, en el que seguramente ya vivía para siempre.

Todos los presentes parecían querer muchísimo a Esperanza Toscano, pues no paraban de tocarle las manos, los pies, el pecho, la cara... Resultaba llamativo lo mucho que la tocaban, lo mucho que necesitaban tocarla. El propio Frade sintió deseos de tocarla también –y a punto estuvo de hacerlo–, de acariciarla, de besarla incluso. Dos de los familiares allí presentes hablaban con la difunta, diciéndole cosas que, se mirasen como se mirasen, no resultan habituales ni siquiera entre esposos, hijos o amantes: te adoro, por ejemplo, le dijeron, o te amo, le dijeron también, o mi corazón, mi cielo, mi tesoro, mi niña... La hija de Esperanza Toscano le decía: mi niña. El hijo, te amo. El marido: vuelve, vuelve... No se resignaba. Tampoco Frade y Von Wobeser se resignaban con esta muerte. Más aún: en lo más secreto de sus corazones aún confiaban en que aquella hermosa mujer abriría los ojos de un momento a otro. Confiaban en que se incorporaría de la cama. No me he muerto, habría dicho entonces. O: He resucitado. O, más sencillamente: ya estoy aquí. ¿Qué tal estáis?

Pero Esperanza Toscano no resucitó, desde luego, o no al menos para este mundo, por lo que no mucho después llegaron los del amortajamiento, una vez más los mismos que amortajaron a don Honorio: el experto y su aprendiz, aquel joven barbilampiño. Pero ni Frade ni Von Wobeser quisieron estar presentes en esa ocasión.

8

–¿Sabe usted lo que dijo Confucio? –le preguntó Von Wobeser a la salida de la 344.

Frade se encogió de hombros.

–Que a los cincuenta comprendió los decretos de la vida y que a los sesenta, ¡los sesenta! –recalcó al verle tan abatido–, empezó a ponerlos en práctica. Así que, ¡descuide, aún está a tiempo de aprender! Más aún: ¡va usted bastante bien para la media!

Al escuchar aquello, Frade sonrió con tristeza. La suya fue una sonrisa a medio camino entre la fe y el escepticismo: escepticismo porque cumplía cuarenta y cinco al mes siguiente y temía haber perdido demasiado tiempo en la vida. Pero también fe, puesto que Von Wobeser, con todas esas disquisiciones, estaba logrando que se despertase en él algo parecido a la esperanza.

–Ahora debo marcharme –dijo entonces el sacerdote, quien de pronto había comenzado a dar visibles muestras de tener mucha prisa.

–A esconderse en su torre, ¿me equivoco?

Frade no pudo evitar esta pregunta.

Para ganar tiempo, el clérigo se abotonó y desabotonó la bata.

–Exacto –dijo al fin–. La torre me llama. –Tampoco a él le faltaba ironía–. Debo continuar con mi misión de centinela. –Y entró en el ascensor, desde donde alzó la mano a modo de despedida.

¿Centinela?

–Bajo donde los muertos y luego subo a mi atalaya –comentó Von Wobeser todavía desde el ascensor–. Bajo a cumplir con los demás; pero luego, por fortuna –la puerta del ascensor ya había empezado a cerrarse–, vuelvo siempre conmigo.

De modo que la vida de aquel religioso consistía en subir y bajar, se dijo Frade, quien salió unos minutos del edificio para tomar el aire. Solía concederse una pausa para el café, normalmente a solas. En esta ocasión, prefirió salir al exterior: necesitaba pensar.

*

Confucio. ¿Puede un hombre de hoy encontrar consuelo y fuerza en lo que dijo otro hace siglos? Y, ¿dijo verdaderamente Confucio algo así sobre la vida o se lo habría inventado Von Wobeser, a quien no parecía faltar la imaginación? Todavía más: ¿qué habría hecho Confucio hasta los cincuenta? ¿A qué se referiría exactamente con la expresión «los decretos de la vida»? Frade era una vez más víctima de sus preguntas trascendentales. Como cuando era un universitario prometedor. Suspiró y comprobó que se sentía tan cansado como, misteriosamente, lleno de ilusión. Tal vez aquel extravagante capellán tuviera razón y, después de todo, una actividad manual realizada al ritmo machacón de un metrónomo, o una caminata energética, o simplemente imaginar que se hace gimnasia, pero no hacerla –lo que él llamaba imaginación motora–..., tal vez todo eso ayudara de verdad a la superación de cualquier clase de aflicción. Tal vez no estemos, después de todo, sometidos a una fuerza fatal, sino más bien a una desconocida y amorosa voluntad. Podía ser. Fuera como fuese, Frade gozaba en aquel momento de un perfecto estado de salud o, al menos, de un estado de salud razonable; y eso era para él motivo más que suficiente para mirar el futuro con esperanza y –quién iba a decirlo, tras tantos años sin hacerlo– ponerse a silbar. Frade silbó, en efecto, una tonadilla que le llenó de agradecimiento y de nostalgia. Von Wobeser, el difunto don Honorio, la mujer que lloraba de forma convulsiva y a quien hubo que sacar de la habitación, la vieja bruja y la hermosa Esperanza Toscano...: gentes del mundo a las que él había tenido acceso en las últimas horas y que habían venido a él para ser acogidas y aceptadas. Don Honorio, ¡ay, don Honorio! ¿Cómo habría sido verdaderamente don Honorio?

Al pensar en él, Frade se dio cuenta de que aquella era la primera vez en que realmente se había detenido a pensar en él. ¡No! ¡Sí! ¡Tantas semanas conversando con aquel paciente, respondiendo a sus preguntas, atendiendo a sus familiares y nunca… –debía reconocerlo–, ¡nunca se había puesto a pensar en quién era realmente! ¿Cuál habría sido su sueño, por ejemplo, o su más íntima aspiración? Lo ignoraba. ¡Lo ignoraba por completo! ¿Qué dejaría a su familia en herencia? Nunca se lo había preguntado. ¿Tendría una vida sexual siendo tan obeso y teniendo las orejas que tenía, de aspecto marciano? No era fácil de imaginar, pero quizá se habría enamorado alguna vez. ¡Quién podía saberlo! ¿Le gustaría la literatura, la música, el deporte…? ¿Habría tenido alguna vez una doble vida, inconfesable, alguna alegría memorable, especial? Cuanto más pensaba en don Honorio, mayor era el afecto que sentía por él. Se lo imaginó recostado en su almohada, que era como siempre se lo encontraba los martes a las diez; lo recordó con sus característicos labios gruesos y resecos, con el sudor perlando su frente, con la mirada perdida en el horizonte y con las manos desplomadas sobre la colcha de su cama… Todas estas imágenes, así como tantas otras que en aquel instante recolectó, le ofrecieron una idea bastante completa de ese hombre a quien ya no vería más. Pues bien, ante aquella imagen global –por así decir–, Frade sintió por primera vez algo parecido al afecto: un afecto real, tangible. Aquel ser humano se le presentaba finalmente en su concreción; y experimentó algo tan hondo que nadie en el mundo habría considerado exagerado calificarlo de amor. ¿Amor? Sí, amor en estado puro, amor sin una brizna de interés personal: deseo de bien hacia los demás. De modo que ahora que don Honorio ya no estaba en este mundo, ahora que no podía decirle nada, ahora era precisamente cuando el doctor Frade lo amaba. ¡Dios mío, lo amaba, sí, cuánto lo amaba! Los ojos del doctor se humedecieron en aquel instante y una lágrima, dos, resbalaron por sus mejillas, dándole una irrefutable prueba de su emoción.

–Don Honorio –dijo entonces Frade en voz alta, como si aquel pobre difunto estuviera allí mismo, con él, o como si invocara su espíritu.

¿No sería que el destino había querido que le conociera –se preguntó–, que conversara con él, aunque sólo fuera en sus últimas semanas de vida, no tanto para que él le ayudase en su enfermedad cuanto para que el propio Honorio le ayudara a él?

9

No debe extrañar que quien está en estrecho contacto con la muerte tenga tantas dudas sobre su identidad. Fueron aquellas dudas de Frade, probablemente, las que a la mañana siguiente le condujeron, sin que ni él mismo pudiera decir cómo, a la mismísima puerta blanca de la torre. Sin pensárselo, tocó con los nudillos en esa puerta y, para su sorpresa –pues realmente no había esperado que algo así pudiera suceder– el capellán le abrió. Tenía el cabello revuelto, como si se acabase de despertar de una siesta. Por lo demás, no lucía su clásica bata blanca, sino una a cuadros muy elegante, de color ocre. Había una doble uve tejida en oro en una de las solapas de aquella bata: la inicial de su apellido.

–¿Qué desea?

Nadie había osado nunca, probablemente, llamar a su refugio, de modo que Von Wobeser, ataviado con su confortable bata de lord inglés, parecía aturdido.

–Necesito hablar con usted –dijo Frade con voz de ultratumba.

La guarida de Von Wobeser, sin dejar de ser confortable, tenía un aspecto inequívocamente monacal, de celda. No había en ella decoración de clase alguna y de las paredes, que habrían necesitado de una buena mano de pintura, sólo colgaba una lámina, por la que Frade se sintió de inmediato atraído. Se acercó a ella. Era un dibujo de Paul Klee, el famoso pintor suizo, titulado *Angelus novus*, según constaba en un lema escrito a mano en la parte inferior. Difícilmente podrían aquellos pobres trazos, en opinión de Frade, servir a ninguna clase de inspiración humanista o espiritual; más bien hacían pensar en una caricatura: algo así como un guante –irónico y metafísico– que el artista hubiera lanzado al futuro y que Von Wobeser, quién sabe por qué, había recogido.

–*Angelus novus* –leyó Frade en voz alta, pero esta vez el capellán no hizo ningún comentario al respecto.

El mobiliario del apartamento era funcional y sobrio, aunque diferente al ordinario del hospital. Todo estaba en su sitio, ordenado. Nada parecía prescindible o en desuso. Era una estancia fría y acogedora al mismo tiempo, un sitio tan impenetrable y enigmático como quien lo habitaba. Von Wobeser abrió un armario empotrado, en el que colgó su bata de lord. Antes de que lo cerrara, Frade tuvo tiempo de distinguir, en la balda inferior, una gran caja con un sinfín de aparatos electrónicos: ordenadores portátiles, teléfonos móviles, artilugios para estiramientos musculares…

–Son de mi hermano Lluís –se justificó Von Wobeser, leyendo en las facciones de Frade su curiosidad–. Es un fanático de la tecnología –dijo también–, y viene aquí a trabajar de vez en cuando.

*

Finalmente tomaron asiento frente a frente en unas butacas que había delante de un gran ventanal, desde donde se divisaba una soberbia vista del lado norte de la ciudad. Frade no recordaba haber visto en ningún otro sitio del hospital un ventanal de tales dimensiones ni, desde luego, unas vistas tan magníficas. ¡Qué silencio más dulce, qué sobrecogedora paz, qué atmósfera de otro mundo!, pensó. ¡Nadie habría dicho que ambos lugares –los quirófanos y la torre– pertenecieran al mismo edificio!

–Un bonito panorama –se limitó a decir.

–Mirar el cielo es una ocupación mucho más provechosa de lo que pueda usted imaginar –aseguró Von Wobeser, y se pasó los dedos por las comisuras de los labios para, a continuación, arreglarse malamente el cabello–. En los pisos de abajo están los cuerpos y las mentes, pero aquí –y se arrellanó–… ¡aquí está el espíritu! Usted dirá qué es lo que le ha traído hasta aquí. –Y cruzó una pierna.

Frade le miró de reojo. Todavía trataba de discernir qué tipo de hombre era el que tenía junto a él. Von Wobeser se entendía a sí mismo como el centinela del hospital, una suerte de vigía o de farero. Ahora lo entendía mejor. Entendía que el mundo del dolor estaba abajo, naturalmente; y que Von Wobeser no se olvidaba de él: bajaba recurrentemente a los infiernos, pero no para ayudar a nadie –como le diría en algún momento–, sino más bien para ser ocasión de que todos se ayudaran a sí mismos. Pero él vivía arriba, ciertamente, en su torre, en su oratorio a lo Montaigne, desde donde miraba el horizonte, perfecto símbolo de la eternidad. Así que vivía entre el infierno de los quirófanos y la maravilla de su torre de observación.

–Todo lo que le ha pasado a don Honorio –le preguntó entonces Frade, y se removió en su butaca, como si el movimiento le ayudara a pensar–, ¿cree usted que era inevitable? ¿Es esa la condición humana? –preguntó también; y, todavía más–: ¿seré capaz de escuchar bien alguna vez, de ser un buen psiquiatra?

No. Esto último no se lo preguntó. Pero no por falta de ganas.

–¿Qué es lo que le preocupa realmente? –le preguntó el capellán, al saber que lo que había traído a Frade a su guarida era, en teoría, el recuerdo de don Honorio–. Lo que

265

realmente le preocupa, ¿qué es? —volvió a preguntar, cambiando ligeramente el orden de las palabras.

Tras haber convivido en el hospital durante años sin apenas coincidir, ahora se habían visto tres días seguidos. Casi podía decirse que habían empezado a hacerse amigos. Era cierto que el recuerdo de don Honorio era lo que le había conducido hasta la torre. Pero ¿era realmente él, don Honorio, o más bien su ausencia? ¿No sería más bien lo poco que le había sabido escuchar y el tiempo que le regateó, es decir, su falta de amor y de profesionalidad? ¿Por qué estaba el doctor Frade realmente ahí?

Como tardaba en responder, Von Wobeser aseguró tener siempre la impresión de que lo que sus confidentes le contaban no era lo que realmente querían contarle o, al menos, lo que habrían necesitado contarle para poder desahogarse.

—La verdad tarda en llegar, si es que llega alguna vez —aseguró.

Las confidencias que Von Wobeser recibía en el desempeño de su oficio solían ser graduales y, habitualmente tan lentas que, a menudo, ni siquiera llegaban. De ahí que hubiera tomado una decisión radical: pedir a sus confidentes —y lo hacía por sistema— que se desnudaran desde el principio lo más que pudieran.

—Si usted no corre ese riesgo —le advirtió a Frade—, la cosa no funcionará, y este encuentro no será una verdadera experiencia.

La exhortación hizo su efecto, pues Frade no se lo pensó más.

—Don Honorio no había tenido importancia en mi vida mientras estuvo en este mundo —confesó—, en la habitación 344. Desde que se marchó, en cambio...

—¡Así que era eso! —le interrumpió el capellán en una inoportuna actitud profesoral—. ¡Siempre es así! Recordamos a los demás cuando nos han dejado. El amor se descubre cuando desaparece. La vida se reconoce en la retrospectiva.

Estos comentarios dejaron a Frade muy insatisfecho. Él esperaba algo así como un consuelo emocional y, por contrapartida, había recibido unas consideraciones de carácter filosófico, lo que le hizo sentirse inopinadamente incómodo ante aquel ventanal. El hombre que tenía ante él dejó de repente de parecerle digno de su confianza y pasó a ser algo así como un tipo engreído y cobarde, escondido en su torre de observación.

—¿Es así como usted ayuda a los demás? —le preguntó con una pizca de indignación, apuntando al exterior—. ¿Es así como pasa las mañanas, mirando la ciudad?

—Hace ya tiempo que entendí que para amar a los demás es importante liberarnos de nuestra manía de querer ayudarles —contestó Von Wobeser, e hizo una pausa como para dar tiempo a que su interlocutor encajara esta afirmación—. A los demás, sabe usted —dijo también—, hay que dejarles un poco en paz.

Frade se sentía cada vez más irritado.

—Apenas tengo nada en común conmigo mismo como para andar desparramándome ante los demás —continuó el sacerdote, era evidente que disfrutaba de su disertación—. Lo mejor que puede hacer uno casi siempre es quedarse quieto y tranquilo, en su habitación.

Se sacudió una invisible mota de polvo.

—Casi siempre que he dicho o hecho algo en favor de alguien me he equivocado —continuó—. Rara vez me he equivocado, en cambio, por callarme o por esperar. Callarse y esperar, querido amigo —era la primera vez que le llamaba así— es casi siempre la solución más inteligente, sobre todo en un hospital.

De modo que callar y esperar: en esos dos verbos parecía concentrarse toda la sabiduría de aquel capellán. Frade no sabía qué pensar. Él había sido educado en el altruismo, en los ideales y en la solidaridad y, ¿cabría hacer el bien de otra manera? ¿Actuaba correctamente aquel religioso o –¿cómo decirlo?– era más bien un cínico y un fraude como miembro de la institución que representaba? Parecía feliz en su atalaya, eso desde luego; pero ¿es eso lo que se espera de un trabajador hospitalario y de un hombre de Iglesia?

10

Pese a la evidente tensión con que había concluido aquel encuentro, Von Wobeser le pidió a Frade que acudiera nuevamente al día siguiente a su guarida.

–A las siete en punto, la hora de vísperas –especificó.

No fue una propuesta amigable, fue casi una orden, y a Frade no le gustó que le trataran como a un muchacho. Decidió por ello no acudir. Sin embargo, sin entender bien por qué, acudió.

Cuando a las siete en punto las puertas del ascensor se abrieron en la planta undécima, Frade aún no sabía qué estaba haciendo ahí. Se encaminó hasta el final del pasillo, giró a la derecha y tocó a la puerta de la torre de observación. En el rostro del capellán, enfundado una vez más en su inolvidable bata de lord –con la gran W bordada en la solapa–, flotaba una amplia sonrisa.

–Le estaba esperando –dijo y, sin más preámbulo, ambos tomaron asiento en las butacas que había frente al gran ventanal.

Fue casi como si se sentaran en un teatro en el que un espectáculo estuviera a punto de comenzar.

Tras los tejados de la ciudad, como escondiéndose más allá de las montañas, un sol rojo prometía ofrecer el espectáculo de cada atardecer. Tardaron algunos segundos en hablar.

Frade se había hecho a la idea de que Von Wobeser le había convocado para, de algún modo, hablarle de Dios. Al fin y al cabo, esa era casi siempre la estrategia de los clérigos: la conversación toma quién sabe qué derroteros hasta que de repente, como quien no quiere la cosa, la pregunta por Dios está en el centro. Pero no, nada de eso: Von Wobeser... ¡no le preguntó nada sobre Dios Padre, sino sobre su padre natural!

—¿A qué se dedicaba? —quiso saber.

Había puesto el dedo en la llaga.

—Era médico —tuvo que reconocer Frade; y bajó la cabeza como si su más íntimo secreto hubiera sido puesto al descubierto.

Porque Frade siempre había sospechado que, por ser hijo de un médico, la medicina era para él un destino inevitable. Quizá por ello, al verse con sólo cuarenta y un años ante un gran espejo, recién recibida la encomienda de la dirección de aquella unidad psiquiátrica, no pudo dejar de pensar lo mucho que, al menos físicamente, se parecía a su progenitor: el mismo bigote, la misma frente despejada, la misma manera de peinarse hacia atrás... Pero no era sólo eso, evidentemente, sino sobre todo —y muchos lo comentaban— su manera de mirar y de sostener las manos de los pacientes, por ejemplo; o su forma —tan generosa como obstinada— de entender su vocación de servicio; o, en fin, su permanente necesidad de sacar algún tipo de enseñanza de ese inmenso arsenal de ideas y experiencias que es un hospital. Todo esto, le gustara a Frade o no, le vinculaba fatal y definitivamente con su padre.

—De haberme visto en aquel momento —dijo Frade, sin dejar de mirar los cielos de Madrid—, mi padre me habría mirado rebosante de satisfacción. ¡Se habría muerto de gusto!

Von Wobeser no glosó su comentario, aquella tarde parecía decidido a dejarle hablar.

—Llega un momento en la vida –continuó el doctor–, supongo que nos sucede a todos, en que nuestro parecido con nuestros progenitores es casi de mal gusto.

Von Wobeser asintió.

—Tanto para mi padre como para mí –prosiguió, y de su irritación del día anterior no parecía quedar ni rastro–, tanto para mi padre como para mí –repitió, tras aclararse la voz– lo esencial ha sido siempre curar y estar lo más cerca posible del drama de la humanidad.

El sol había empezado a ponerse.

—Consolar y confortar –Frade miró al capellán–: para eso hemos venido a este mundo. Dar fortaleza a los débiles y compañía a los que se sienten solos...

Quién sabe por qué, Frade contó a continuación que nadie usaba en los tiempos de su padre, que le parecían lejanísimos, sombreros y bastones como los que él usaba.

—Era totalmente indiferente a lo que se pensara de su persona: indiferente a que la tierra siguiera dando vueltas, indiferente a la situación sociopolítica, indiferente a los nuevos descubrimientos científicos y a los imparables avances tecnológicos. En algún momento –concluyó– mi padre decidió detenerse y, de ahí, no hubo ya quien le moviera.

—Todos nos detenemos en algún momento –glosó al fin el sacerdote.

—Había algo enternecedor en aquella terquedad suya. –Frade se sentía a gusto hablando de su padre–. Aquel vestuario anticuado y esos modales pasados de moda, que tan absurdos me parecían entonces, fueron, curiosamente, los que más tarde me pusieron a su favor. –Y el doctor se dejó llevar, suavemente, por su evocación.

*

Sucedió entonces algo extraordinario: las palabras de Frade, así como las pocas con que Von Wobeser había glosado sus comentarios, se fueron distanciando unas de otras, hasta que sus intervenciones fueron siendo cada vez más breves. Al cabo, ambos pronunciaban frases muy simples, de sujeto, verbo y predicado. Terminaron por intervenir sólo con monosílabos y, finalmente, sucumbieron al silencio. Sucumbir es aquí el verbo adecuado. Sí, Frade y Von Wobeser se quedaron por fin callados ante aquel enorme ventanal. El sol estaba a punto de esconderse y el cielo de la ciudad tenía unos tonos lilas y rosados sutilísimos. Fueron seguramente aquellos colores, tan magníficos, o el capricho de las nubes –numerosas y juguetonas– lo que les había embrujado hasta dejarlos enmudecidos. Ninguno de los dos decía ya nada en absoluto. Atrás, muy atrás, quedaba ya su diálogo sobre la paternidad, biológica o espiritual, o sobre el sentido del dolor. Atrás quedaba ya la nostalgia de don Honorio, en la mesa de operaciones, e incluso la sobrenatural belleza de Esperanza Toscano, quien, al menos en el corazón de aquellos dos hombres, seguía viva. Todo estaba ahí, de pronto, en aquel atardecer portentoso que todo lo traía y se lo llevaba todo.

Frade no se movía lo más mínimo, temeroso de que, de hacerlo, se esfumara aquella blanda felicidad que había empezado a experimentar. ¿Felicidad? Quizá fuera mejor hablar de armonía, o de unión, puesto que Frade, como nunca le había sucedido hasta ese momento, se identificó con lo que tenía delante: aquellos lilas y rosados del crepúsculo, por ejemplo, y aquellas nubes oscuras y caprichosas. También el oscurecimiento paulatino e inevitable y, en fin, la muerte, sí, la muerte, que por primera vez veía no como una realidad terrible y lejana, sino cercana y amable.

–Sí –me dijo Frade cuando me lo contó–. En aquel atardecer, en aquella torre de observación, junto a mi nuevo amigo, el capellán, estaba asistiendo a mi propio atardecer.

Frade estaba comprendiendo que su vida, al menos la que había vivido hasta aquel instante, se estaba cerrando para abrirse a otra más limpia y mejor. En su interior estaba escuchando nuevamente el responso que había escuchado recitar ante el cadáver de don Honorio; y el responso que había escuchado recitar también, siempre de labios de Von Wobeser, ante la hermosa Esperanza Toscano: eran las mismas palabras, idénticas, sólo que esas palabras le tenían a él ahora como destinatario. Aquel era el responso que anunciaba que el Frade de siempre había muerto, irremisiblemente. Pero que había esperanzas de que naciera uno nuevo.

y 11

El cielo, las nubes, el crepúsculo, el mundo entero desde aquel ventanal... Aquello sí que era la vida y la muerte en estado puro. Esta idea, esta visión, la de que el cielo de Madrid absorbía el sufrimiento de la humanidad, consoló a Frade enormemente y le hizo mirar ese cielo y, sobre todo, a su centinela, con profundo agradecimiento. ¡Qué privilegio poder estar aquí –se dijo–, sentado junto a este hombre, en este silencio incomparable, disfrutando de los mil y un colores de este atardecer! Frade lo disfrutaba todo tanto que casi no podía pensar en ello, sino sólo vivirlo.

Von Wobeser carraspeó, y eso le sacó ligeramente de aquel dulce ensimismamiento. ¿Cuánto tiempo habrían estado ambos mirando aquel milagro? Quizá habían sido tan sólo un par de minutos, o acaso una hora, dos, un día, un siglo. Hablar ante semejante espectáculo habría sido una profanación.

–Fue en ese instante –me dijo el doctor Frade– cuando descubrí qué es la contemplación. Fue en ese momento cuando entendí qué era lo que hacía allí aquel sacerdote.

Porque en medio de aquella visión, en medio de aquella belleza, ¿dónde quedaba el silencio de la muerte? Sí, aquella puesta de sol lo había acallado todo: las preguntas, los temores, los deseos... Ese es el poder de la belleza: acabar con la mente y, sin mente ya, sucumbir a ese espacio en el que se descubre que todo es efímero. Efímera esa torre de observación en que se encontraban, por supuesto (¿cómo podría existir un lugar semejante?); pero efímero también el velatorio del sótano, los quirófanos, la habitación 344, ya sin don Honorio y sin la difunta Esperanza; efímeras las enfermeras –chillonas, discretas, amables, insípidas...–; efímeros los enfermos que agonizaban en sus habitaciones, así como sus familiares y amigos, atónitos y descompuestos. Efímero el propio Frade, que seguía inmóvil, como una estatua; y Von Wobeser, desde luego, más fantasmal que nunca en aquel instante único e irrepetible.

Todo fue irreal en aquel segundo porque eso es exactamente lo que sucede cuando se abre una grieta en lo que llamamos realidad: que aparece la verdad. Y la verdad estaba ahí, desnuda y sin ambigüedades. Era una verdad en toda su plenitud y en toda su simplicidad. Era como es: modesta, suave, impetuosa...

–¿Te dijo todo eso Von Wobeser? –quise saber yo–. ¿Es todo eso lo que te contó tras aquel rato en silencio ante ese ventanal?

–¡Qué va! –me respondió el doctor Frade, tocándome cariñosamente el pecho–. Todo eso me lo digo yo, que no sé vivir sin algún tipo de lirismo. Aquel sacerdote no necesitaba explicar qué veía, se conformaba con verlo. Él no se ponía nervioso ante los males de este mundo, se limitaba a contemplarlos. Él, como supuestamente hace el propio Dios, deja que los humanos se afanen cuanto quieran y resuelvan sus problemas por sí mismos.

*

Es probable que todos hayamos visto en alguna ocasión un cielo como el que Frade y Von Wobeser, especialistas en la mente y en el espíritu, vieron en aquella tarde de otoño desde la planta undécima de su hospital. A lo mejor lo vimos desde un acantilado, ante el mar; o en un recién nacido que pusieron en nuestros brazos; o en una simple taza de té que nos reveló de pronto su existencia tan simple como extraordinaria. El cielo, el cielo…, ¡tantas tonterías hay que vivir para poder llegar a realmente verlo!

Frade me miró con nostalgia, con agradecimiento. Tantas cosas me había contado y, sin embargo…, ¡no me había dicho ni una palabra de los extraños momentos de ausencia de mi alumno, Lois Carballedo, motivo por el que había ido a visitarle! ¡Ni una! O tal vez sí; tal vez me lo había dicho todo: eso era algo que tenía que pensar. No pude preguntárselo. En cuanto iba a hacerlo, él se incorporó, se puso su gabardina y se marchó sin despedirse. Se marchó en silencio, como posiblemente se había marchado de la torre de observación en aquel atardecer de la puesta de sol. Presumo que Frade tomaría el ascensor y saldría del edificio como hice yo mismo tras nuestra larga conversación. Ya fuera, no pude evitar mirar hacia arriba, al cielo. No era, desde luego, el mismo cielo que Frade y Von Wobeser habían visto desde su torre de observación, pero era hermoso y daba gusto verlo. Luego me dirigí a la parada del autobús con extraña lentitud y gravedad, como si alguien me estuviera vigilando desde atrás.

Alpedrete, noviembre de 2021

Casa giratoria

Acto I

Se llamaba Estrella P. Decker y era la nieta de un famoso maestro espiritual de origen colombiano. Ya desde adolescente se caracterizó por un marcado interés por todo lo alternativo y esotérico. Así que, poco después de cumplir los treinta, se fue a vivir al campo, a una vieja granja de la familia. Decía que ahí, lejos de su antigua vida urbana –ajetreada y artificial–, se sentía mucho más recogida y conectada. Esta era una de sus expresiones favoritas: «conectada»; también insistía en cómo el silencio y la soledad, propios de aquella vida aislada, le hacían sentirse muchísimo mejor. Sin embargo, quizá no fuera del todo cierto, puesto que Estrella del Amanecer –fue así como, tras un largo proceso iniciático, la bautizó su abuelo– no estaba casi nunca realmente sola en aquella granja. De hecho, era habitual que invitara a sus amigas a que pasaran con ella una temporada, según supo mi amiga Tina al poco de llegar.

*

–¿Vienes para quedarte? –le preguntó Estrella al verla ante la cancela de su granja, junto a una maleta de gran tamaño.

Se echó a sus brazos y se abrazaron largo rato. Ambas estaban visiblemente excitadas por la alegría del reencuentro. Se habían conocido en el colegio, de niñas; habían coincidido en la universidad –aunque entonces sus intereses eran muy diferentes. Tras una década sin verse, no podía extrañar que Tina, con quien yo tuve hace algunos años una bonita historia de amor, la encontrara muy cambiada: con una gran fuerza comunicativa y una alegría… –¿cómo calificarla?– contagiosa.

–¡Qué bien que hayas venido! –Estrella seguía abrazándola, no acababa de soltarla–. ¡Ya verás lo bien que vamos a estar juntas!

Por desgracia, Tina sólo había podido sacar tres días para esta escapada. Pero acariciaba el proyecto de irse a vivir con Estrella más adelante, quizá durante algunos meses. Había superado la treintena, había tenido dos fracasos sentimentales –incluida la relación que tuvo conmigo–, necesitaba aclarar sus ideas y, para ello, ¿qué mejor que aquel bucólico paraje en el que apartarse de todo y encontrarse a sí misma? Sí, todo lo que comportaba su vida en la ciudad había empezado a quedarse muy atrás desde que había puesto los pies en esa granja, perdida en una aldea norteña.

–¡Estoy encantada, encantada! –le dijo Estrella, mientras atravesaban el patio y entraban en la vivienda–. ¡Aquí todo es muy sencillo! –dijo también, colocando la gran maleta de Tina sobre una cama de barrotes metálicos.

2

El emplazamiento de la granja y, sobre todo, su decoración, era mucho mejor de lo que Tina había imaginado por las fotografías. Todo estaba allí muy limpio y ordenado, todo olía de maravilla. Las cortinas de vivos colores y un cesto con limones, en el centro de la mesa del comedor, daban al conjunto un tono festivo y desenfadado.

–¡Ven, ven! –Estrella estaba deseosa de enseñarle todos los rincones de su jardín–. Este es el lugar que he pensado para el escritorio, ¿qué te parece? –preguntó, cogiéndola del brazo–. El carpintero me lo traerá esta misma semana. ¿Crees que quedará bien?

Pero no esperó su respuesta.

–¡Mira! –Y señaló por la ventana a la cancela–. Ahí está el cuarto de bicicletas y la garita de las herramientas. Y allí –e hizo que se asomara– quiero instalar un buzón americano, porque el actual… ¡es horrible!

Siguieron correteando, tomadas del brazo, de un sitio para otro.

–Mañana a más tardar –prosiguió Estrella, muy excitada– hemos de sacar un rato para cortar leña y apilarla; también sería bueno que echáramos un ojo a una fea humedad que ha salido en una pared de la fachada, o que recogiéramos las hojas caídas por el temporal…

–¿Bajas al pueblo a menudo? –quiso de pronto saber Tina.

–No, ¿para qué? –respondió Estrella–. Aquí tengo todo lo que necesito –insistió–. ¡No quiero disiparme escuchando tonterías!

–¡Mujer! –protestó Tina–. ¡No vas a perder tu paz por estar un poco con los demás! ¡Así te aireas un poco!

–No me he apartado del mundo para luego andarme con medias tintas –dijo Estrella con firmeza y, suavizando el tono, que había advertido improcedente–, … pero si necesitas que bajemos…

–¡No, no, no es preciso! –cedió Tina.

Pero tuvo la impresión de que algo se había interpuesto entre ellas.

*

–¡Nos merecemos este regalo! –exclamó de repente Estrella–. ¡Aquí vamos a estar de maravilla! ¡Todo es aquí tan sencillo! –repitió con una gran sonrisa–. ¡Todo es aquí tan verde!

Aquella pocas frases –el regalo, la maravilla, la sencillez de todo, el verde–, o tal vez las que había dicho poco antes –el escritorio, la leña, las hojas caídas por el temporal...– suscitaron en ambas, inesperadamente, una increíble hilaridad. Primero rio Estrella, sonora y abiertamente; pero luego lo hizo Tina, y con tal jovialidad como no recordaba haberse reído en años. Estuvieron así un buen rato las dos, como turnándose o respondiéndose una a la otra con sus risas infantiles. Parecían dos colegialas dispuestas a disfrutar durante cuarenta y ocho horas de su mutua compañía. Tan dichosas se sentían que de pronto se pusieron a correr, persiguiéndose. Como si la vida les fuera en ello, o como si todo en el mundo fuera bueno. Corretearon como cuando eran niñas y un día era para ellas una eternidad. Corrieron y se rieron sin otro motivo que responder de algún modo a su felicidad. El sol empezó a brillar con una fuerza anormal, como si también él quisiera participar de aquella improvisada fiesta. Y, como si se tratase de un milagro, un sinfín de mariposas amarillas comenzaron a revolotear a su alrededor, participando de su dicha.

–¡Mariposas! –exclamó Tina, en medio de su éxtasis; y batió los brazos con total naturalidad, como si de un momento a otro pudiera echarse a volar.

3

Una vez que se hubo instalado, Tina recorrió las distintas dependencias de la granja y, al no encontrar a su anfitriona por ninguna parte, salió sola de la finca. En cuanto entró en un pequeño bosque cercano, notó que su tono anímico había cambiado. Fuera porque se había adentrado en aquel bosque como obedeciendo a una llamada misteriosa o porque se sintió cobijada de inmediato por todos aquellos árboles –de un tamaño fuera de lo normal–, el caso es que se sentía como embrujada. Estaba fascinada con los enormes robles y encinas que la rodeaban y con el musgo que, placenteramente, crujía bajo sus pies. Algunos helechos se le enredaron de repente entre sus piernas, lo que le hizo reír.

Sus pasos le condujeron a un río que parecía absorberlo todo en sus reflejos plateados. Se refrescó allí las manos y el rostro, pues había empezado a sudar. Luego se descalzó para mojarse los pies. Fue entonces cuando reparó en cómo las hojas de los robles, de un suave color ocre, se movían siempre en círculo. Los pinos, en cambio, giraban sobre su propio eje, balanceándose con extrema lentitud, como si quisieran hacer una reverencia. Era como si todos aquellos árboles mantuvieran entre sí una conversación. Una brisa comenzó a soplar y las hojas de aquellos robles, así como las de las encinas, empezaron a agitarse, aunque no todas a la vez, como habría sido lo natural, sino primero las de un árbol y luego las de otro. Como si se dieran respetuosamente la vez y mantuvieran entre sí un coloquio.

*

–No me extrañaría nada que te hubieras topado con alguna perdiz, o con algún gamo –dijo Estrella al tener noticia de su pequeña excursión.

Tina negó con la cabeza.

La granjera había aparecido en el patio con un gorrito con el que hacía pensar en una mujer sacada de un cuento.

–He llegado a ver lobos y jabalíes –aseguró–. ¡Y hasta he llegado a toparme… con un oso! –Y abrió sus brazos, como indicando su inmenso tamaño–. ¡Un oso feroz! –repitió, buscando, evidentemente, algún tipo de reacción.

Tina no preguntó nada sobre todos aquellos lobos y jabalíes que Estrella aseguraba haber visto; y mucho menos indagó sobre aquel supuesto oso, tan amenazador. Por alguna razón, tuvo el presentimiento de que su amiga no le estaba diciendo la verdad.

Ambas mujeres se habían encaminado hacia el gallinero. Estrella ya había dejado atrás las perdices, gamos y jabalíes sobre los que había estado hablando y disertaba ahora sobre la espantosa invasión de hormigas de la primavera pasada.

—¡Resultaba imposible ponerles coto! —se quejaba—. Era la hormiga argentina —especificó—, y ya se sabe que cuando uno se topa con la hormiga argentina... —Pero esta frase, aunque excitó la curiosidad de Tina, no la concluyó.

—¡Mira, mira qué bonito es todo! —exclamó, apuntando a un punto indefinido de su huerto—. ¡Mira qué verde está todo! ¿No te parece verde?

Era verde, eso era indiscutible.

—Aquí me siento..., ¡tan conectada! ¡Tan acompañada!

¿Acompañada? Sí, puesto que en esa granja Estrella convivía con toda clase de animales: insectos, caracoles, lagartijas, abejas... Hasta ahí todo era normal. Pero es que Estrella aseguró que también había ardillas, lechuzas, saltamontes, ¡erizos! Dijo la palabra «erizos» como si estos animales le produjeran una especial satisfacción.

—Pero ¡¿dónde ves tú toda esa fauna?! —quiso saber entonces Tina, quien había vuelto a sospechar que Estrella se dejaba llevar por su imaginación.

—¡Ha! —le respondió su anfitriona, acaso imitando el chillido de algún animal—. ¡Tampoco yo veía nada de todo esto al principio! —añadió—. ¡Estamos todos tan encerrados en nuestras cosas! Los ojos se nos abren cuando dedicamos tiempo a contemplar.

4

Estrella pasó un buen rato saltando de un tema a otro sin ton ni son, sin dar a Tina tiempo a meter baza. Habló extensamente de las muchas vitaminas que contienen las legumbres y verduras que iban a cenar; habló de sus panales de miel, en su opinión los mejores del país. Insistió en que el carpintero seguía sin traerle su escritorio y volvió sobre el asunto del buzón americano, con el que pretendía sustituir el anterior, feo y metálico.

—¡Me encanta hablar! —dijo al fin.

Resultaba evidente.

—Sueño con la tarde en que podamos salir a pasear, ¿te apetece?, o en que tengamos tiempo para cambiar la tierra de los tiestos.

Pero estos no eran, evidentemente, los únicos sueños de Estrella. También soñaba con una tarta de pera, cuyos ingredientes, según explicó —como si fuera difícil de entender—, colocaría sobre la mesa en ordenada fila en cuanto se decidiese a hornearla. Soñaba con sentarse ante la chimenea. Con hacer punto. Con estrenar un diario. Con pegar las fotos de familia en un álbum...

Tina la escuchaba en silencio. Hasta que se le coló un pensamiento oscuro: inexorablemente llega el momento en que los sueños se empequeñecen hasta hacerse conmovedoramente humildes y realistas, mezquinos. El gran proyecto vital de Estrella se reduce ahora a la sopa de ajo y a las legumbres que va a cocinar, a la caminata que dará al día siguiente, si es que no se pone a llover, a la suela de la sandalia, que se ha soltado y que debe encolar...

—¡Aquí es todo tan verde! —dijo la granjera, apuntando a izquierda y derecha, como culminación de su discurso—. ¡Aquí estamos tan seguras y tranquilas!

*

El verde lo inundaba todo en aquella granja: no sólo lo que naturalmente debía ser verde –los árboles y las plantas, las judías, las lechugas, los guisantes…–, sino todo sin excepción: las cortinas y las colchas, estampadas con flores y hojas; la alimentación, eso no hay ni que decirlo; el vestuario de la granjera, cuidadosamente estudiado; y, en fin, la conversación, pues casi no había una frase en la que el verde, de un modo u otro, no saliera a relucir.

Tina cometió entonces un error, el primero de aquel largo fin de semana: contó las veces en que Estrella decía la palabra «verde». Cinco, diez, quince, ¡resultaba increíble! Llevar esa contabilidad era algo tan estúpido como hipnótico. Tina quería dejar ya de contar, pero los «verdes» de su amiga seguían prodigándose. ¡Le resultaba imposible parar! Cada vez que Estrella pronunciaba la palabra «verde» –eso era lo más triste–, sentía cómo se abría un abismo entre ellas. Como si fuera un comprimido soluble, su relación se iba disolviendo inexorablemente y Tina asistió a esta inevitable reducción. Tuvo que contemplar, a cámara lenta, cómo aquel proyectado fin de semana se torcía nada más empezar.

5

Estrella fue la primera persona a quien Tina escuchó conversar con sus lechugas y tomates, y le maravilló la naturalidad y, sobre todo, la efusividad con que los trataba. Le impresionó mucho que, mientras los regaba, les preguntara cómo se encontraban e hiciera después una breve pausa, como si realmente esperara una contestación. Todo esto, sin embargo, no era nada con lo que le esperaba.

Las mujeres se habían ido desplazando del huerto al corral, donde Estrella había estado dando de comer a sus gallinas. Dentro de su exagerada locuacidad, todo transcurría con normalidad hasta que Estrella atrapó a una de ellas. La había estado persiguiendo durante largo rato hasta que, por fin, había logrado arrinconarla. El animal estaba visiblemente asustado cuando Estrella la estrechó con fuerza en su regazo.

–¡Mira, mira qué preciosidad! –dijo, mostrándosela como si fuera un trofeo–. ¿No es preciosa? –Y la estrechó entre sus brazos todavía más, como si fuera un animal doméstico–. Se llama Visca –dijo acto seguido, y la besó.

–¿Visca?

A Tina, la verdad, no le parecía que aquella gallina, como ninguna de las otras que pululaban por allí, fuera particularmente bella o bonita. Lo que sí pudo valorar fue su tamaño, inquietantemente más grande de lo habitual.

–¡Es enorme! –acertó a decir, acongojada por la situación–. ¡Visca, Visca! –se dirigió a ella como lo habría hecho con un perro o un gato.

–Son grandes porque tienen el afecto que necesitan –le explicó Estrella, dejando a Visca al fin libre, para que corretease a sus anchas.

Tina vio cómo Visca se alejaba aprisa, reuniéndose con el resto.

No es que aquellas gallinas fueran grandes, sino que eran, definitivamente, monstruosas, concluyó Tina, que empezó a mirarlas con reparo. Pero no tuvo tiempo para poner palabras a esta impresión, puesto que Estrella, de nuevo en cuclillas…, ¡se había puesto… a cacarear! Salvo dos o tres, que habían huido espantadas, el resto había rodeado a la granjera y cacareaba a su lado a pleno pulmón. Tal fue el estruendo que Tina no pudo distinguir cuál era el cacareo humano y cuál el animal. Y a Tina se le cruzó una vez más un pensamiento oscuro: el de la terrible degradación a que puede conducir la soledad. Avergonzada por esta idea −que tachó de injusta y desagradecida−, intentó borrarla de su mente... ¡poniéndose también ella en cuclillas y cacareando junto a su amiga! Las dos rieron abiertamente cuando se vieron de esta guisa. Rieron como lo habían hecho poco antes, cuando corrían y se perseguían rodeadas por un sinfín de mariposas amarillas. Así que ambas mujeres cacarearon y compitieron para ver quién lo hacía mejor. Pero Estrella era imbatible: movía el cuello y sacudía la cabeza con escalofriante verosimilitud.

*

Tras todos aquellos cacareos y risas, se encontraron con que −¡quién sabe cómo!− se estaban abrazando ahí mismo, en el corral. Aquel fue un abrazo muy largo y amoroso, mucho más que el que se habían dado poco antes, junto a la cancela. Tan apasionado fue que a punto estuvieron de besarse en los labios, presas de la excitación. Sus corazones latían con fuerza y jadeaban de felicidad; y las gallinas, sus únicos espectadores, dejaron misteriosamente en aquel instante de cacarear. El abismo que minutos antes se había abierto entre ambas había quedado definitivamente atrás, redimido por el silencio. A las dos les gustaba estar juntas, querían estar juntas y... ¿quién podía impedirles, después de todo, ser felices en medio de aquella lejana y solitaria granja?

6

Estrella puso las judías en remojo y Tina comenzó a pelar las patatas, habían empezado a prepararse la cena.

−¿Te apetece que hagamos un rato de acompañamiento? −dijo de repente Estrella.

A las conversaciones que abordaran sus sentimientos, Estrella las llamaba acompañamientos personales o, más llanamente, «acompañamientos», sin más.

Tina aceptó aquel primer acompañamiento sin rechistar, mientras pelaba las patatas. Habría preferido con mucho, sin embargo, que esos llamados acompañamientos no estuvieran pautados, es decir, que surgieran de forma espontánea, en el curso de su relación. Para Estrella, en cambio, así como había un tiempo para trabajar y otro para comer o dormir, también debía haberlo para conversar.

—Me siento una privilegiada —comenzó diciendo en aquel primer, así llamado, acompañamiento—. Desde pequeña he tenido una conexión muy especial con la naturaleza, ¿sabes? —¿Sabes? era uno de sus latiguillos—. ¡Es impresionante los regalos que me ha hecho la vida!

Se sentaron a la mesa. Todo lo que habían cocinado tenía muy buena pinta.

—Cuando estoy al aire libre, por ejemplo, ¡experimento tanto el poder del universo! —dijo mientras se ponía la servilleta a modo de babero—. Quiero ser un instrumento en manos de ese poder, ¿sabes? —Y se rio mientras se servía una ración bastante frugal.

A Tina no le había hecho gracia lo que acababa de escuchar y no se rio.

—Privilegiada, ¿me entiendes? —Estrella acusó el impacto de aquella falta de eco—. Puedo ver, oír, oler… ¡Puedo respirar! —Y se acercó una patata a los labios para probar su temperatura.

Por el modo en que había dicho esto último, parecía que respirar fuera la máxima aspiración que le cabía a un ser humano.

—Nos complicamos la vida esperando quién sabe qué cuando lo tenemos todo al alcance de la mano: el sol, la brisa, los árboles… —dijo «árboles» con el mismo tono con que poco antes había dicho «respirar».

Fuera por las agitadas carreras por el jardín –rodeadas de mariposas amarillas–, por el misterioso coloquio que había mantenido con los árboles del bosque o, más sencillamente, por la emoción del viaje, a Tina se le había despertado un apetito descomunal. De modo que, mientras Estrella le hizo su acompañamiento, ella se fue comiendo, sin remilgo de ninguna clase, todo lo que había sobre la mesa: las judías verdes y las patatas, por supuesto de la huerta; un par de grandes rebanadas de pan, sabrosísimo, los tomates…

–¡Qué bueno está todo! ¿No? –alcanzó a decir tras probar uno de aquellos tomates–. ¡Qué bueno!

Todo le sabía riquísimo. Rasgaba el pan sin recato y rebañaba el plato hasta dejarlo reluciente. Se relamía desvergonzadamente, como si no hubiera comido en años.

–Yo no sabía el trabajo que me iba a costar ponerme en manos del Universo. –Estrella estaba también en su salsa–. Dios me ha ido dando martillazos hasta que… –e hizo el gesto de quien martillea un yunque– … me ha fraguado. Quería sacar lo mejor de mí y lo ha conseguido. –Y acto seguido, para abundar en esta idea, bebió un sorbito de su agua con limón.

–Nadie creerá en lo estupendo que es todo lo que estoy viviendo aquí. Si supieran lo feliz que me siento…, ¡pensarían que me he vuelto loca! –Y, como si esta idea se hubiera agarrado a las paredes de su mente–: ¡Quizá tú misma lo hayas pensado!

¿Había pensado Tina en algo así? ¿Podría Estrella padecer algún tipo de enfermedad mental? ¿Una neurosis, por ejemplo, una esquizofrenia, un trastorno bipolar…? Ahora que a esta posibilidad se le había puesto palabras, Tina debía planteársela. Pero estaba demasiado atiborrada como para ponerse a pensar. Apenas había dejado nada en los platos, y fue entonces cuando se dio cuenta de su indecente voracidad.

–¡Qué bien que te lo hayas comido todo! –dijo Estrella leyendo su pensamiento y entrechocando una palma contra la otra–. ¡El apetito es siempre una buena señal!

Pero Tina no estaba tan convencida de eso. Haber devorado todo tan rápidamente era un signo innegable de su ansiedad.

*

–¿Y tú? ¿Cómo estás tú? –le preguntó de pronto Estrella, al fin consciente de llevar toda la velada abusando de la paciencia de su invitada.

–Tengo mucho que contarte –respondió Tina y, pese a lo mucho que, según dijo, tenía que contar, se hizo entre ellas, de pronto, un silencio bastante largo, casi violento.

7

Estrella aprovechó ese silencio para salir a cerrar las contraventanas. Tina se descalzó y, cansada como si le hubieran dado una paliza, se tumbó en el sofá del salón. ¿Qué había hecho, después de todo, para sentirse así, tan molida? Había dado un paseo por el bosque; había colocado los platos en el aparador; había deshecho su maleta, con demasiadas cosas para sólo tres días... ¿Justificaba todo eso aquella debilidad y agotamiento?

–¿En qué piensas? –le preguntó Estrella en cuanto se reunió con ella.

–En nada –respondió Tina, levantando la vista.

–Dime entonces qué estás leyendo… –dijo entonces al ver que Tina tenía un libro en las rodillas.

Tina le mostró la cubierta. Era *El libro del desasosiego*, de Fernando Pessoa.

—Eres libre de leer lo que quieras —Estrella se había aco- modado frente a ella, en la mecedora—, pero de este fin de semana sacarías mucho más fruto si no leyeras.

Tina la miró sin entender.

—Hay algo mucho más evidente que el desasosiego —Estrella había asumido una actitud claramente profeso- ral—, y es que todo está bien.

—¿Todo está bien? ¿Cómo que todo está bien? ¿Qué quieres decir?

Lo que Estrella quería decir, según especificó, era que todo lo que hay, pero todo sin excepción, es perfecto y ne- cesario, y que la causa de la confusión humana provenía sólo de su percepción errónea.

—Así que… —dijo para concluir—, ¡deja ya de ensuciarte la mente con todas esas ideas!

Tina se quedó muda. Aquello le parecía una barbaridad. Pessoa… ¿sucio?

—¡Deja ya de perder el tiempo con todo eso! —prosiguió su anfitriona, evidentemente crecida ante su silencio—. ¿Te ha hecho mejor persona algo de todo eso que has leído? ¿Te ha quitado la literatura algún problema? ¿Te ha dado alguna alegría duradera?

Tina quiso intervenir, pero Estrella había cogido carre- rilla.

—Lo que el mundo llama cultura tiene un falso prestigio —sentenció—. Por mi parte, he dejado de bañarme en la poza de la cultura y he empezado a beber del manantial de la sabiduría.

Tina colocó su libro sobre la mesita. ¿Podría ser cierto —se lo planteó con toda sinceridad— que toda la historia de la cultura estuviera equivocada y que su amiga tuviese ra- zón? Era una pregunta grave, sin duda.

—¡Fíate de mí! —le animó Estrella, al verla dudar—. Dame un voto de confianza. No leas mientras estés aquí.

No leer. ¿Sería posible para Tina algo así?

La lectura no es el único paisaje de la vida interior.
¿Cómo debía interpretar Tina esta sentencia? ¡Ella, que prácticamente no había hecho otra cosa en su vida que leer! ¿Era entonces su vida un error, una equivocación de principio a fin?

*

–¡Ven, ven, vamos a dar un paseo meditativo! –dijo entonces Estrella, saltando de la mecedora, tomando a Tina de la mano y obligándola a levantarse.

Con las manos recogidas a la altura del corazón, ya en la parte cubierta del patio, Estrella del Amanecer se puso entonces a caminar en círculo, con extrañísima lentitud.

–Mira cómo se hace –advirtió, y explicó cómo en los paseos que llamaba meditativos no debía mirarse lo que se tenía enfrente, sino a los lados–. Una mirada de ciento ochenta grados –precisó–, permitiendo que el mundo entre en ti más que tú en él.

También sobre los paseos, por lo visto, tenía Estrella sus teorías.

Tina se puso tras ella y probó a caminar así. Se sentía muy rara y, por primera vez en su vida, sintió nostalgia de Pessoa. Como si le hubiera conocido o como si fuera un viejo amigo.

–¡No pienses! –le reprochó Estrella–. ¡Limítate a caminar! ¡Limítate a respirar!

Sólo caminar, sólo respirar: el asunto no resultaba tan fácil como podía parecer.

–Así que nosotros somos los responsables de todo lo que nos pasa –comentó Tina cuando logró zafarse de aquel enervante ejercicio.

–De todo –le contestó Estrella–. Tú has venido aquí, por ejemplo, porque tu alma tiene algo que aprender. –E interrumpió su paseo sólo para decir esto–. Aunque pueda no parecerlo –y retomó el paso–, todo es perfecto y necesario.

Como Tina se resistía a creer que el universo funcionara así, Estrella le citó a Einstein.

–*El azar es el camino que Dios toma cuando quiere viajar de incógnito.*

Acto seguido, le citó a su propio abuelo, el famoso maestro colombiano.

–*La lección aparece cuando estás dispuesto a aprenderla.* –E hizo un giro de ciento ochenta grados para volver por donde había venido–. *Suelta los guijarros y… obtendrás diamantes* –dijo también, y miró a Tina intensamente, más que nada para comprobar si su mensaje le calaba–. *Grandes desafíos para grandes almas.*

–¡Tendría que sacar una libreta para tomar nota! –bromeó Tina, ya con ganas de meterse dentro, pues había empezado a soplar una fría brisa nocturna.

–*En este universo no hay víctimas, no somos culpables de nada* –dijo Estrella todavía y, consciente al fin de la impaciencia de su invitada–: ¿Por qué te resistes? –Resistirse era una de las palabras que más utilizaba–. ¿Por qué no fluyes? –Lo de fluir también lo decía muy a menudo–. *Observa los resultados que una forma de pensar genera en tu vida* –dijo para así concluir aquella especie de lección inaugural.

Minutos después, estaban ya en los dormitorios.

8

Antes de meterse en la cama, Estrella calentó un ladrillo en el fuego de la cocina, lo envolvió en unos paños y lo deslizó entre las sábanas.

–De este modo, cuando nos acostemos –aseguró–, no pasaremos tanto frío.

—Es un sistema muy original —comentó Tina en cuanto se hizo cargo del procedimiento.

—Es como se ha hecho en los pueblos toda la vida —respondió Estrella, henchida de orgullo.

Por incómodo y primitivo, lo de calentar un ladrillo para aclimatar las sábanas había perdido, evidentemente, sus adeptos. Ni los más acérrimos defensores de la tradición siguen utilizando ya este método. Aunque todavía hoy se encuentra a quienes, en los inviernos más crudos, pasan por las sábanas, antes de acostarse, una especie de sartén, herméticamente cerrada, en la que han depositado las últimas brasas de la chimenea. La inmensa mayoría de los aldeanos, sin embargo, ha optado ya, sin ningún tipo de remilgo, por la simple bolsa de agua caliente: una medida igual de eficaz y, desde luego, mucho más simple e higiénica.

—¿Qué por qué? —respondió Estrella cuando Tina le preguntó por la causa de aquella incómoda afición—. ¡Porque quiero ser una verdadera granjera!

Esta razón, a Tina, no le pareció muy convincente.

*

—¿Te importa? —le preguntó Estrella minutos más tarde, al tiempo que se metía en la cama de Tina—. ¡Es que de pronto me ha entrado un frío!

—¡No, no! —respondió Tina; pero ¿era realmente cierto que no le importase?

Porque una cosa era que, cuando estaban en el gallinero, se hubieran dado un largo y cálido abrazo, y otra muy distinta, ciertamente, que ahora quisiera dormir con ella.

—¡Ven, ven conmigo! —exclamó Estrella, extendiendo sus brazos en actitud suplicante—. ¡Caliéntame al menos las manos, que las tengo gélidas!

Tina dudó. Entendía que estaba en una encrucijada: a punto de traspasar una frontera tras la cual ya no podría regresar a su territorio seguro y habitual. Pero Estrella seguía en su cama, totalmente entregada y feliz, y con las manos extendidas hacia ella. Resultaba muy difícil resistirse. Otra vez esa palabra: resistirse. Todo estaba sucediendo con excesiva rapidez.

Cuando al fin estuvieron una junto a la otra, Estrella tomó su mano con toda naturalidad. Tina se sobresaltó y, aunque intentó apartarse, el suyo había sido un movimiento demasiado sutil, como sin verdadera intención. La granjera, además, sujetó su mano con firmeza, consiguiendo que abandonara toda resistencia. Toda la escena tenía una clara resonancia erótica y, por ello, Tina se asustó. Ella no era lesbiana; pero ¿lo sería su amiga?

–¿Te acuerdas de nuestros cacareos en el gallinero? –le preguntó de pronto Estrella.

El recuerdo de las dos en el corral, imitando a las gallinas, las hizo reír de nuevo, como dos colegialas. ¡Como dos gallinas! Pero, tras las risas, un silencio atronador, como si fuera una serpiente, se deslizó en la habitación. Fueron segundos importantes, las dos lo sabían. Todo dependía de lo que sucediera a continuación.

–Estoy muy a gusto contigo –dijo entonces Estrella, rompiendo aquel silencio tan prolongado.

–También yo contigo –respondió Tina; pero no era aquello, en absoluto, lo que habría deseado decir. Porque, ¿estaba realmente tan a gusto en aquella ambigua cercanía?

Estrella:

–Eres una persona maravillosa.

Pero a eso Tina no respondió.

Ambas estaban tumbadas boca arriba, con la mirada en el techo. El viento había empezado a soplar entre los cerros. Salvo eso, sólo se escuchaban sus respiraciones. Eran respiraciones estruendosas y, para no escucharlas más, Estrella las apagó con sus palabras.

–Me gustaría que te sintieras en esta casa como en la tuya –dijo poniéndose de medio lado–. Tú y yo seremos siempre como una piña, como un equipo, ¿te parece?

–¡Claro! –respondió Tina, aunque no sonó muy convincente.

–¿Puedo darte un beso? –preguntó Estrella al fin.

Los nervios la habían traicionado, pues se le quebró la voz.

Tina tardó eternos segundos en responder, pero por fin dijo que no, si bien, en cuanto lo hubo dicho, supo que, en realidad…, ¡no deseaba otra cosa!

–No pasa nada. Lo entiendo perfectamente. –Estrella volvió a colocarse boca arriba–. He ido muy deprisa. ¿Prefieres que me vaya?

–¡No, no! –respondió Tina–. Prefiero que te quedes. –Y puso la mano de su amiga en su pecho.

Se quedaron así durante largos minutos, muy quietas, en una excitación indescifrable. No se oía sino el ronco alarido del viento, que lanzaba lamentos entre las peñas. Tina imaginó que, al cabo, cuando el viento se calmase, se besarían en las mejillas, en la frente, en la nariz... Que se besarían al fin en los labios, dulce y largamente. Pero esta ensoñación se evaporó en cuanto el viento hizo que una puerta se cerrara de golpe.

Acto II

9

Aquella noche Tina soñó que Estrella estaba dando uno de sus paseos meditativos, con pasos lentos y conscientes y las manos recogidas a la altura del corazón. Como había hecho horas antes con la gallina Visca, de pronto saltaba hacia ella y le propinaba un sonoro beso. Tras aquel apasionado beso, se carcajeaba y la estrechaba en su seno de tal modo que apenas la dejaba respirar. Al despertar, Tina comprendió de inmediato el significado de aquella pesadilla: debía inventar alguna excusa y escaparse de aquella granja lo antes posible. Pero, pese a la advertencia que había tenido en sueños, no tomó ninguna medida y no partió.

Cuando se levantó y salió al jardín en pijama, encontró a Estrella barnizando la mesa del porche. Antes de instalarse en el campo, cuando era una joven universitaria y, después, como trabajadora social, Estrella había vivido totalmente despreocupada de su aspecto físico. Como era guapa, eran muchos los hombres que no le quitaban los ojos de encima. Con ese poder que otorga la belleza física, ella, sin embargo, les castigaba a todos ellos con su indiferencia. Ahora que vive aislada, en cambio, atiende su aspecto con un cuidado revelador, como prueba el mono de trabajo con que se ha vestido, estudiadamente desgastado.

Para Estrella es muy importante que toda su ropa sea como la que se ponían las mujeres en esa región desde tiempo inmemorial. Cada una de sus prendas debe ofrecer a toda costa la imagen de una campesina. Unas pocas horas juntas han sido suficientes para que Tina descubriera, por ejemplo, que ensuciaba sus sandalias a propósito. Porque todo lo que daba la impresión de ser demasiado nuevo o moderno no obedecía a sus rígidos cánones estéticos. También había sabido que era ella misma quien tejía sus chaquetas con lana virgen, pues así lo habían hecho las paisanas en otros siglos. Se sacrificaba a un dios mucho más exigente que el de la moda. Se desvivía por un público invisible. Para Tina el asunto estaba claro: Estrella imaginaba que estaba en un gran escenario y se consagraba día a día a la voracidad del espectáculo. Si por la noche se extrañó al verla disfrazada con el camisón de granjera (¡también había funciones de noche!), por la mañana ya no se sorprendió tanto al verla con el mono de trabajador.

*

–¿Qué tal estás? –preguntó Estrella nada más verla.

Era la oportunidad perfecta para confesar su deseo de partir. Pero perdió la ocasión y fue traicionada por algo más poderoso que su voluntad.

–En conjunto me encuentro muy bien –contestó–. ¡He dormido como una reina!

Puedo conjeturar lo que sucedió: el deseo de agradar es en Tina más fuerte que todo lo demás. Por eso, mientras Estrella barnizaba la mesa del porche, fue sintiéndose cada vez más pequeña. De pronto era como una adolescente de dieciséis años, y enseguida una niña de siete, de tres... *En conjunto me encuentro muy bien, he dormido como una reina...* Estas palabras resonaban en su cabeza como la más estúpida traición a sí misma.

–No sé qué te acaba de pasar en este rato –le comentó acto seguido Estrella–. Pero algo has hecho o pensado en este preciso instante que te ha separado de mí.

¡Dios mío!, pensó Tina al escuchar aquello. ¿Cómo lo habría sabido? ¿Es que se encontraba ante una adivina, ante una bruja?

10

La culpa del conflicto que entonces se desataría la tuvo probablemente el barniz, cuyo olor lo inundaba todo aquella mañana. Sí, aquel barniz estuvo con seguridad en el origen de aquella primera discusión, presagiada –eso sí– de incontables presentimientos. Porque es importante saber que cualquier cosa que cayera en manos de Estrella (el marco de un cuadro, una silla, un jarrón, ¡una pinza para la ropa!), aquella improvisada granjera lo lijaba primero, si es que había forma de lijarlo, para luego... ¡darle una o dos capas de barniz!

–Queda mucho mejor así –solía decir en cuanto acababa de barnizarlo, y eso fue lo que dijo ante la gran mesa de nogal que acababa de barnizar.

–¡Pues me gustaba más con la madera original! –replicó Tina.

Estrella se quedó mirándola. No acertaba a entender cómo alguien, y mucho menos Tina, podía ponerla de esa manera contra las cuerdas; y, por primera vez en aquel fin de semana, la miró como a una verdadera rival.

Tina, por su parte, consciente de su osadía, no pudo evitar una rabiosa satisfacción. Haberse estado negando a sí misma durante las últimas horas había generado en ella una suerte de saturación, y aquella presión había encontrado por fin una vía de salida.

–¡Qué manía tienes con barnizarlo todo! –abundó en la idea–. ¿Es que no tienes suficiente con toda la tarea que tienes? Sólo te falta… ¡barnizar a las gallinas! –Y se rio por su ocurrencia.

Fue una risa que resonó gélida en aquella mañana otoñal. Como una declaración de guerra. Como el disparo de salida de una carrera.

Estrella limpió el pincel del barniz en un papel de periódico. Se disponía a contestar, pero se encontró con que no le asistía su habitual locuacidad. Fue todavía peor. Se descompuso: la boca se le torció, los ojos se le apagaron y se le volvieron a encender, de rabia e indignación al principio, de pesadumbre poco después. Es probable que quisiera sonreír, acaso para mostrar que estaba por encima de aquella discrepancia, tan infantil. Pero no fue capaz de sonreír ni de hablar ni de hacer otra cosa que quedarse ahí, totalmente desconcertada.

Por un instante, Tina supo que tenía el control y que finalmente era ella quien mandaba en aquella granja. Así que, poseída por una fuerza que no reconoció como suya, dijo entonces algo que lo emponzoñó todo todavía más.

–Y quiero que sepas… –¿por qué diría aquello?, ¡no venía a cuento!– ¡que me horroriza la gente de pueblo! ¡No los soporto! –gritó–. ¡Son taciturnos y maleducados! Viven encerrados en problemas diminutos. ¡Diminutos! –repitió, como si encontrara en esa palabra una particular satisfacción–. Quienes viven en el campo… ¡son todos tan primitivos!

Fue entonces cuando Tina se dio la vuelta y se largó a grandes zancadas. ¿Estaba realmente tan ofendida o simulaba su enfado para poder marcharse de la granja?

*

A decir verdad, Tina no pensaba en absoluto todo lo que acababa de decir sobre la gente del campo, con quienes, por otra parte, apenas había tenido en su vida algún contacto.

Se sentía dividida: por una parte, se alegraba de tener el mando de la relación. Por la otra, le afligía estar haciendo sufrir a quien le había abierto su casa con tanta generosidad. Fue así como la alegría que le había proporcionado su atrevimiento se fue oscureciendo hasta conformar un desagradable sentimiento de culpa. No, definitivamente no había sido una niña buena. Y más aún que el disgusto que le estaba dando a su amiga, lo que le preocupaba era cómo se desarrollaría la convivencia durante el resto del fin de semana. Porque quedaban aún bastantes horas para que llegara el día siguiente y pudiera partir a una hora razonable, y... ¿sería capaz de mantener la tensión del enfado durante tanto tiempo? ¿No era más prudente reconciliarse, aunque sólo fuera temporalmente? Lo que se estaba planteando era, pues, un asunto de supervivencia. Fue así como aquella bucólica granja, en la que ambas habían reído y correteado como dos chiquillas, comenzó a presentarse como un lugar desapacible y peligroso.

11

Un copioso desayuno, prácticamente un almuerzo, ayudó poco después a la reconciliación. Estrella estuvo hablando sobre cómo no concebía la vida sin sufrimiento hasta que su abuelo le hizo entender que ese sufrimiento tenía poder sobre ella porque ella se lo otorgaba y que, en consecuencia, podía dejar de tenerlo.

Tina meneó la cabeza con evidente fastidio. Deseaba mantener la paz recién adquirida, pero no conseguía decidir si su anfitriona era una suerte de aprendiz de hechicera o, más sencillamente, una auténtica cretina. Que alguien pretendiera estar más allá del sufrimiento se le antojaba, desde luego, una quimera.

–Por supuesto que el miedo sigue llamando a mi puerta –argumentó Estrella, adivinando una posible objeción–; pero yo, que lo reconozco de inmediato, lo desarticulo en cuanto aparece.

Tina volvió a menear la cabeza, esta vez más ostensiblemente.

–Te parecerá presuntuoso, pero la etapa del sufrimiento... ¡ha concluido para mí! Entro ahora en un ciclo sereno en el que mi propósito será profundizar en la paz y... transmitírsela a la humanidad. –Y mostró las palmas de sus manos mientras alzaba las cejas.

Era este el propósito, probablemente, por el que había invitado a Tina a su granja: no ya para pasar un tranquilo y despreocupado fin de semana, sino para iniciarla en lo que llamaba, como su famoso abuelo, el nuevo paradigma de la realidad.

–Ahora –prosiguió Estrella, dando por concluido el desayuno– olvídate de todo lo que acabo de contarte y aprovecha que estás aquí. ¡Piérdete por estos parajes!

Tina se le quedó mirando con una extraña mezcla entre escepticismo y conmiseración, pero sobre todo con un alarmante cansancio, que en los últimos minutos se había apoderado de ella, sobre todo de sus piernas.

–Hay algo en la naturaleza que, si permitimos que nos toque, ya no nos deja. –Estrella seguía, era inagotable–. No lo sé, Tina, tal vez sea que sólo al aire libre nos liberamos de la tiranía de nuestra mente.

La mente, sí, ese era siempre el problema, aunque para Tina, en aquel momento, lo realmente problemático era el cuerpo. Necesitaba salir y darse una vuelta, por supuesto; había ido hasta esa granja, al fin y al cabo, para olvidarse de sus problemas y respirar aire puro. Pero ¿tendría la suficiente fe como para ver lo que Estrella aseguraba que podía verse en la naturaleza? Y, sobre todo, ¿tendría fuerzas para recomponerse y dar unos cuantos pasos, aunque sólo fueran unos pocos? ¡Lo que habría dado en aquel momento por tumbarse en el sofá! Porque lo único que deseaba era cerrar los ojos y abandonarse al sueño. Cualquier otro plan se le antojaba sencillamente inverosímil.

—¡Sal, sal! —Estrella no cedía—. ¡Respira, no pienses, entrégate…!

Tina se incorporó con pesadez. ¿Sería realmente posible salir a la pedregosa explanada y caminar por ahí?

—¡Estoy tan cansada! —tuvo que confesar al fin, admitiendo su derrota.

La idea de lavar la vajilla antes de la caminata, por no decir la caminata misma, se le hacía inconcebible. Barruntó la idea de sentarse al aire libre a tomar el sol; pero un escalofrío, o al menos un amago de escalofrío, le disuadió, aconsejándole irse directamente a la cama.

—Tú no te preocupes por nada que todo esto lo recojo yo. —Era como si aquel extraño agotamiento de Tina (¡y no eran ni las once!) a Estrella le hubiese dado alas.

Fue dicho y hecho. La granjera se incorporó de un salto y comenzó a recogerlo y a limpiarlo todo con tal diligencia que Tina tuvo que preguntarse de dónde sacaría tantísima energía. Tendría que estar echándole una mano —se reprochaba— y, en cambio, ¿qué había hecho? ¡Otra vez sentarse! ¡Ni que fuera una anciana o una inválida! Pero todo se quedaba en aquellas vagas recriminaciones, puesto que no se levantaba. Estaba tan abrumada por la actividad que Estrella desplegaba como avergonzada de sí misma.

*

Optó por cerrar los ojos (¡sólo un segundito!, se dijo) y desentenderse de todo. Desde aquella oscuridad, el discurso de Estrella se le hizo ininteligible, como si le hablara en una lengua extranjera: palabras inconexas, cacofónicas, violentas… Sintió que el aire había cambiado de repente –ahora era húmedo e ingrato–. Se le nubló la vista y le vino la absurda idea de estar padeciendo algún tipo de colapso, quizá fatal. Sí, a punto estuvo de desmayarse mientras sentía unas irresistibles ganas de orinar. Nunca, por lo que recordaba, se había sentido tan mal.

Aquello, sin embargo, no fue el fin. La sensación de mareo cedió y todo volvió a estar en su sitio, como si nada hubiera sucedido: los sudores terminaron, aunque la frente seguía helada, y las palabras de Estrella volvieron a ser sensatas, o al menos comprensibles: un discurso racional, al fin y al cabo, algo con lo que se podía acordar o disentir. Así que su angustia desapareció como si hubiera sido una mera ilusión: un fantasma de la mente, terrible, de acuerdo, pero ilusorio, inexistente.

Tina se incorporó y dio un par de pasos. Sus piernas le sostenían.

–Voy a echarme un rato –tuvo que decir–. De repente me he sentido algo mareada.

Estrella le sonrió como si comprendiera perfectamente el motivo de aquel malestar. Como si ese repentino y antinatural cansancio de Tina estuviera en su programa.

12

Caminó titubeante hasta su habitación, temerosa de que la vista se le nublase de nuevo, o que las rodillas dejasen de sostenerla. Jadeaba levemente, como si hubiera echado una carrera; y avanzaba muy despacio. Sentía los ojos de Estrella sobre su espalda, al acecho. No le atormentaba ningún malestar específico, pero le asustaba que sus pobres fuerzas pudieran esfumarse otra vez. Temía que el universo, hasta entonces sólido y fiable, volviera a mostrarle su inconsistencia, su vacío, su vanidad…

Pero no, nada de todo esto sucedió: Tina pudo subir las escaleras, una a una —eso sí—, aunque cuando entró en su cuarto sólo distinguió en él los contornos amenazantes de los muebles. Primero se sentó en su cama de barrotes metálicos, asustada por su propia sombra, que se reflejaba enorme en la pared. Luego se recostó y cerró los ojos. ¡Dios mío! ¡Qué ganas tenía de hacer exactamente lo que acababa de hacer: cerrar los ojos y olvidarse de todo, alejarse de aquella granja tan idílica como infernal!

Se durmió en cuanto apoyó la cabeza en la almohada. Se durmió como lo habría hecho un niño, como lo haría un animal. De pronto estaba cabalgando sobre un caballo negro. Al fondo se distinguían las ruinas de un castillo, con su torre y su puente levadizo. Era mediodía, pero el cielo estaba tan encapotado que parecía noche cerrada. Un caballo blanco, sin jinete, cabalgaba junto al suyo. Ella llevaba la melena suelta, había empezado a soñar...

*

Cuando dos horas más tarde abrió sus ojos, no supo por un momento dónde se encontraba: la estancia estaba sumida en una suave penumbra y una franja de sol resplandecía sobre el embaldosado. Los barrotes metálicos de su cama le hicieron comprender que seguía en aquella granja; y ante esta evidencia, se apoderó de ella el imperioso y loco deseo de huir. Las paredes de su dormitorio se le antojaban muros sólidos e infranqueables: como si esa apacible granja fuera un castillo en el que la tuvieran encerrada. Como si su cuarto fuera una celda y Estrella, su amable y locuaz carcelera. Su casa estaba a pocas horas de tren, pero se sentía muy lejos de todo lo que constituía su mundo: como en otro país, como en otro planeta. Deseaba ardientemente abrir su corazón a un ser querido: alguien que la escuchase y comprendiera. Necesitaba del desahogo, de la confidencia; pero

¿habría alguien en algún lugar del mundo que pudiera entender su desdicha?

Algunas lágrimas, lentas y amarguísimas, surcaron sus mejillas.

Luego se incorporó y, al ver el hueco de su cuerpo en el colchón, le asaltó una oleada de vértigo. Fue muy despacio hasta la ventana y permaneció allí largo rato, como si lo que estaba observando fuese de enorme interés. Esbozó una vaga sonrisa, de alegría y tristeza al mismo tiempo. Acto seguido consultó su reloj y calculó si, llegado el momento, podría escapar por aquella ventana: le pareció viable, el suelo no estaba demasiado lejos.

13

Fue entonces cuando vio a Estrella cortando leña, estaba muy graciosa disfrazada de leñadora. Alzaba el hacha a una altura exagerada y la descargaba sobre el tronco con una fuerza muy superior a la necesaria. No era sólo que estuviera llena de energía, sino que la derrochaba de forma insensata.

–Hasta hace poco no tenía la información correcta, por eso era infeliz –dijo Estrella nada más verla acercarse, como si retomara una conversación de antes dejada a medias–. Ahora, en cambio –y esto lo dijo poco antes de descargar un nuevo hachazo, con el que reforzó esta idea–, ¡estoy llena de energía!

Eso nadie se lo podía negar.

Tina respondió a esto con una sonrisa desolada.

–¡Me gustaría que pudieras disfrutar de esta energía! –continuó Estrella, preparándose para un nuevo hachazo–. ¡Ojalá pudieras abrirte a esta nueva forma de pensar!

¿Quería Tina abrirse a ese nuevo estilo de vida del que Estrella parecía estar tan satisfecha?

—Si dudas, has empezado a perder –sentenció la leñadora, quien una vez más había adivinado lo que Tina estaba pensando.

Y si dudaba, ¿qué podía hacer Tina? ¿Podía acaso dejar de ser quien era?

Estrella manejaba su hacha con un frenesí tal que, en el golpe, su cuerpo vibraba violentamente, obligándola a gemir. No era así como debía cortarse la leña: esto lo sabía incluso Tina. El procedimiento que estaba siguiendo su anfitriona era manifiestamente incorrecto, ¡en absoluto debía ser tan doloroso! Estrella acabaría por lesionarse, pero ¿debía darle su opinión? Al fin y al cabo, iba a marcharse enseguida... Sin duda se pondrían a discutir y, ¿para qué enzarzarse? Pero su amor propio fue más fuerte que su prudencia.

—¿No te haces daño? –En su pregunta no había ni un ápice de ironía.

—Hay que curtirse –le replicó Estrella–. La vida en el campo es muy dura.

Aquella mujer se había hecho un bonito castillo no ya sólo con las delicias de la vida campestre, sino también con su dureza y exigencias. Todo lo había mitificado: la crudeza de los largos inviernos, la eternidad de las lluvias, la humedad que entraba en los huesos, su aislamiento... Tina lo vio en aquel momento con toda claridad: su cansancio y sus ganas de escapar los comprendió perfectamente al ver cómo Estrella se dejaba el alma en cada hachazo, en un esfuerzo exagerado y antinatural. Tal fue la clarividencia de esta comprensión que Tina tuvo que retroceder un paso, dos: temía contagiarse de la ceguera de Estrella, de su sinrazón. Temía poder caer ella misma en aquella trampa de felicidad ficticia.

*

Al agacharse para recoger la leña, Estrella se lastimó en un brazo y la sangre no tardó en brotar. Tina se alarmó por la copiosidad con que manó aquella sangre, casi negra, pero sobre todo por el modo en que Estrella miraba su herida recién abierta. En sus ojos resplandecía el inequívoco brillo del orgullo y la felicidad. Se jactaba de su sangre, que era la prueba fehaciente de que ¡por fin era una mujer de campo! La observaba como quien contempla un trofeo. ¡Por fin sellaba su amistad con la naturaleza con aquel pacto de sangre! Estrella pasó largo rato literalmente en trance, en éxtasis, disfrutando martirialmente de su herida.

Pero cuanto mayor era la satisfacción con que Estrella miraba brotar su sangre, mayor era también el horror con que Tina la miraba a ella. Así que orgullo y horror, como si fueran hermanos siameses, fueron creciendo conjuntamente. Estrella y Tina nunca habían estado tan lejos una de la otra. Tanto que, tras el impulso de alejarse, Tina sintió por ella en aquellos segundos algo parecido a la compasión. Sí, le dolía el sublime esfuerzo que su vieja amiga estaba haciendo para estar a la altura de su vocación. Le dolía que se estuviera sacrificando para, simplemente, satisfacer la voracidad de un ideal.

14

Por echar una mano, Tina estuvo llevando los troncos recién cortados a la cocina. Por temor a lastimarse, tomaba sólo dos en cada viaje: uno en su mano derecha y otro en la izquierda. Se daba perfecta cuenta de que su procedimiento era muy lento y sospechaba que Estrella, de verlo, le achacaría su poca maña. Imaginaba esta escena con toda nitidez, como si ya hubiera sucedido. Pero no, lo cierto es que Estrella estaba demasiado entretenida preparando su pastel de pera, de modo que no pudo hacerle ningún comentario.

Había encargado a Tina que encendiera el fuego y, aunque lo intentó repetidas veces, no lo consiguió. Tina repitió la operación una, dos y hasta tres veces, pero siempre con el mismo resultado: preparaba un entramado de ramas pequeñas, arrugaba un papel de periódico, que bañaba luego en aceite para, encendido, colocarlo junto a las ramas. Soplaba con todas sus fuerzas; pero, fuera porque estuvieran algo húmedas o porque querían burlarse de ella, las ramas quedaban siempre intactas. Tina se enfadó. Esperaba un fuego alegre y saltarín y, por contrapartida, se encontró con un humo negro y asfixiante que llenó la casa en pocos segundos.

*

Cuando Tina fue a la cocina para confesar sus dificultades, se encontró junto a los fogones a una mujer a quien no conocía. ¡Era Estrella! ¡Iba disfrazada de cocinera!

La granjera, leñadora y cocinera, mientras preparaba su pastel de pera, elogió las formidables propiedades de aquellos alimentos y condenó las peligrosas contraindicaciones de otros, que ella se abstenía de consumir. Disertó largos minutos sobre las vitaminas y proteínas que contenían, así como de los beneficios y riesgos que comportaban para las arterias, la vesícula, la circulación, el riñón…

–Quería comentarte… –balbució Tina–. Yo… –Su dificultad para encender la chimenea y, sobre todo, aquella nueva perorata la persuadió de que ese fuera el momento oportuno para comunicar su inminente partida.

Pero había intervenido con evidente timidez, sin verdadera determinación. Y, la verdad, estaba aterrorizada ante la posibilidad de que Estrella reaccionase desfavorablemente. Además, no pudo evitar mirar con lástima, casi con aprensión, el pastel de pera que su anfitriona acababa de hornear. ¿A esto llamas tú pastel?, querría haberle dicho.

¿Y dónde está la pera?, se preguntó. ¿Sería aquel engrudo marrón?

–Quería comentarte... Yo... –Una vez más su característica tibieza...

Para colmo, poco después tuvo que hundir su cucharilla en aquel pastel, llevárselo a la boca y... ¡cielo santo! ¡Ni siquiera era dulce!

Ajena a la rebeldía que se estaba gestando a su vera, Estrella había empezado a hablar sobre la importancia de, antes de tragar, masticar cada bocado al menos diecisiete veces.

–¿Diecisiete... exactas? –quiso saber Tina, pero su anfitriona no captó la ironía.

O sí, pero se limitó a sonreír. Fue aquella sonrisa la que desató el nudo que Tina tenía en la garganta. Pocos minutos antes no acertaba a comunicar su voluntad de partir. Ahora, en cambio, ante aquella sonrisa y ante aquel pastel incomestible, su miedo a defraudar, o a simplemente discrepar, ¡se desvaneció!

–Me voy –dijo Tina al fin, sorprendida de haber encontrado la fórmula, y tan fácilmente, para comunicar su deseo de partir–. Esta misma noche –apuntaló–. En el tren de las once.

Me voy: dos palabras que condensaban a la perfección todo su mundo interior.

Estrella, sin embargo, ¡ni siquiera la oyó! Siguió hablando sobre lo ventajoso que era beber al menos dos litros de agua cada día, sobre el veneno que era el café con leche por la mañana, sobre la necesidad de prescindir de los lácteos y de las bebidas gaseosas.

–Estrella –le dijo entonces Tina, sin alzar la voz–. Es demasiado tarde para eso.

Como el «me voy», aquella era también una frase clara y simple: una frase que, se mirase como se mirase, no requería de una ulterior explicación: la había formulado con un tono neutro, casi amable. Pero había dejado en ella una impresión amarga, como si el afecto entre personas nunca fuera fiable, o como si la imposibilidad hubiera extendido entre ellas, lentamente, un velo de separación.

A modo de respuesta, Estrella agitó las manos y se rio ahogadamente, aunque cualquiera sabe si aquello fue de veras una risa. Confiaba en que aquella risita tonta lo borraría todo. Pero no, no lo borró. Todo lo contrario, lo agravó.

–¡No te rías! –gritó de pronto Tina, fuera de sí–. ¡No te rías! –Una ira amarga se había apoderado de ella. Un espasmo de rabia latía en su pecho. Había perdido los papeles. Aquel absurdo fin de semana –lamentable, grotesco– había llegado a su final.

15

Estuvieron en silencio, una frente a la otra, mucho tiempo. Todos los pájaros enmudecieron.

–He intentado adaptarme –dijo Tina al fin, arrastrando las palabras; y se acercó a Estrella con la intención de tocarla–. No he podido, he fracasado –dijo acto seguido, poniendo el foco en su propia incapacidad–. Quiero ir a mi apartamento. –Y dijo la palabra apartamento como otros pueden decir cielo o paraíso.

–También yo tuve mis sinsabores los primeros meses –se defendió Estrella–. Pero me recuperé y... –había encontrado una vía de persuasión–, ¡fue sólo una crisis pasajera! Debemos... –y se mordió el labio– ... ¡superar esta prueba, estar a la altura! –Algo la había encendido nuevamente.

–¡No quiero que mi vida sea una lucha! –respondió Tina–. Yo no soy un soldado –llegó a decir, abatida ante la resistencia de su amiga.

¿Creería Estrella de veras que vencerían cualquier adversidad si conseguían unirse o decía todo aquello, simple y llanamente, porque no soportaba la idea de quedarse sola?

Tras escuchar aquello, Estrella permaneció muda. No encontró ningún argumento más. Toda la bonita construcción que la había sostenido durante dos años se le desmoronó en aquel segundo, dejándola por fin a solas. Toda su capacidad dialéctica, de la que había hecho gala durante aquellos dos días, quedó reducida a esta sola frase, reveladora y elemental:

—Pero…, ¡no ves lo bonito que es todo esto! ¿No lo ves?

Intentó ampliar su discurso, consciente de su inoportuna brevedad.

Llena de una extraña piedad, Tina se arrojó entonces a ella y la abrazó con fuerza, casi con violencia. La besó en la frente, en las mejillas, en los labios. La abrazó con tanta dicha como desesperación. Siendo dos mundos incomunicados, nació de repente entre ellas, inexplicablemente, la ternura y la compasión. Se miraron exhaustas, con los ojos llenos de lágrimas. En el cielo, mientras tanto, una luna blanca y grande iluminaba el mundo.

Acto III

16

Aquella noche, la última que pasaría junto a Estrella del Amanecer en aquella granja, no era, evidentemente, para dormir. En cuanto se metió bajo las sábanas, con el propósito de descansar al menos un par de horas, Tina creyó oír el persistente goteo de un grifo, con un ritmo regular y, algo más lejos, la agitación de las gallinas en el corral... Aquel goteo imposible, aquella agitación de gallinas, aquella carcajada inverosímil a lo lejos..., ¿resonaban en realidad? Aguzó el oído y escuchó entonces, con total certeza, unos pasos sigilosos, deslizándose a toda velocidad por el pasillo. Sólo había dos posibilidades, aventuró. Una de dos: o todos los fantasmas de aquella granja estaban saliendo, dispuestos a impedirle su partida, o Estrella se dirigía a su dormitorio como la noche anterior, acaso con la intención de acostarse de nuevo con ella. Fue la primera posibilidad la que se instauró en su corazón con más fuerza, puesto que Tina temía algún imprevisto o fatalidad: un accidente casual, por ejemplo, o un súbito malestar, cualquier pretexto que la obligara a quedarse varios días más, semanas incluso. Dándose perfecta cuenta de su irracionalidad, no conseguía rechazar todas estas hipótesis. Al contrario: cuanto más pensaba en ellas, más factibles las veía. Casi estaba segura de que eso sería precisamente lo que sucedería. Porque es muy distinto pasar un fin de semana con una amiga sabiendo que, transcurrido este, volverás a la dulce normalidad, a saber, o al menos sospechar, que ya no se podrá regresar nunca. Cuando sabes que el retorno no es posible, todo adquiere el color de lo inevitable, la vida pierde su ligereza y hasta lo más pequeño encierra un mensaje, de cuyo desciframiento depende la supervivencia.

Tina se desarropó con la intención, todavía incipiente, de salir a echar una ojeada. Estaba casi segura: una oscura trama intentaría retenerla allí, junto a esas gallinas enormes y presa de la mujer del nuevo paradigma, como había empezado a llamarla.

*

Tina bajó a la cocina con la nebulosa intención de beberse un vaso de leche o de calentarse una infusión. Sus pasos eran pesados y lentos, como si en aquel fin de semana hubiera envejecido diez años, quince. Como si saber que ya no saldría de aquella granja, por mucho que se empeñase, hubiera puesto plomo en sus pies.

Desde lo alto de la escalera, echó un vistazo a su alrededor y todo empezó entonces a darle vueltas. Los peldaños subían y bajaban, como si tuvieran vida propia, y tuvo que agarrarse a la barandilla para emprender el descenso, ¿o era un ascenso?

Cuando llegó al piso de abajo, tras no poca tribulación, se encontró con que Estrella estaba en el salón en uno de sus habituales paseos meditativos. Caminaba con pasos muy lentos y silenciosos, como si temiera ser descubierta. Sin voluntad, se puso tras ella y la siguió también ella con pasos lentos y artificiales. Una luz azulada, como si tuviera vida propia, entró de repente en la habitación.

–¿Es una mera impresión o es la luna mucho más grande esta noche?

La pregunta parecía haber sido formulada por las sombras nocturnas, más que por Tina.

–Deslizarse en la oscuridad –respondió Estrella, con voz cavernaria–. Fundirse con lo que hay. –Y se oyeron de nuevo pasos furtivos en el piso superior, como si, definitivamente, no estuvieran solas en aquella casa fantasmal, inundada ahora por una extraña luz azul.

Se oía el sonido de la calefacción, aunque la calefacción no estaba encendida; y el resoplido de la nevera, que parecía tener vida propia. Pero Tina siguió caminando tras Estrella, envueltas ambas, definitivamente fantasmales, por aquella extraña luz de color azul. Cuando miró hacia la ventana, vio que la madrugada era de una luz tan especial que todo parecía distinto: la lámpara de pie, moderna y funcional; la mesa de la terraza, recién barnizada; las *chaise-longue* del porche, donde no habían encontrado tiempo para tumbarse; las mantas dobladas y apiladas en el arcón... Todo se le antojaba etéreo, sin consistencia: los cojines bordados, la leña apilada junto a la chimenea, el mantel de florecitas...

–Todo esto que nos rodea... –dijo de pronto Estrella, e hizo con los brazos un expresivo movimiento circular–, todo esto... ¡ni siquiera existe! Lo tenemos todo dentro –aseguró, y giró sobre sí misma, como a cámara lenta, hacia la izquierda–. Nos hemos empeñado en que allá afuera –y apuntó hacia la ventana– hay mucho que hacer. Pero todo eso... –y volvió a girar sobre sí misma, esta vez hacia la derecha– ... todo eso... –y se detuvo en seco–... ¡no es más que una trampa!

Tina no dijo nada: estaba como embelesada, hechizada, también con el rostro azul.

–La materia no existe –continuó Estrella–. Es todo mera ilusión, es un universo holográfico, es –y sonrió– simple energía informada.

–¿Energía... informada? La materia..., ¿no existe?

En su simplicidad, en su diáfana rotundidad, aquella información que estaba recibiendo, tan absurda como certera, empezaba a abrir en Tina algo nuevo: una nueva versión de sí misma: más blanda y acomodaticia, más suave y amable, más nueva y auténtica. En su alma se despertaron entonces reverberaciones desconocidas, ecos de los que nunca había tenido noticia, matices sutiles pero necesarios, y emociones oscuras. El postulado sobre la inexistencia de la materia terminó infiltrándose en sus adentros y, sospechando estar siendo víctima de alguna suerte de canalización, sin poder evitarlo, se lo preguntó a Estrella directamente, a bocajarro.

—¿Estás practicando conmigo alguna clase de transferencia o canalización? —quiso saber—. ¿Me estás transmitiendo tu sabiduría?

Estrella echó la cabeza hacia atrás, casi violentamente, como si hubiera sido descubierta en sus intenciones y quisiera disimular. Fue el instante en que, como poco antes en lo alto de la escalera, todo empezó de nuevo a dar vueltas: la alacena, la mecedora, la taza con los restos de una infusión… Todo estaba haciendo su propio paseo meditativo, para así ponerse en consonancia con ellas dos: la lámpara, los cuadros, las cortinas, los vasos, que tintineaban en los aparadores… Era un movimiento giratorio, suave y determinado a la vez: un movimiento que ninguna de las dos habría podido detener, ni proponiéndoselo. Porque Tina deseaba, por una parte, que todo se detuviera y volviese a ser como antes: firme, sólido, fiable… Por la otra, sin embargo, habría dado la vida para que todo siguiera moviéndose así eternamente, pues comprendía que aquello era la vida misma, justa y necesaria, siendo una ilusión su anterior idea de estabilidad.

—La materia no existe, la materia no existe…

—¡Todo se mueve, todo se mueve! ¡Todo está tan lleno de vida!

—Todo está lleno de energía vital –le había respondido Estrella.

—¡La danza universal! –habría recapitulado Tina–. ¡Qué expresión tan bonita, qué adecuada!

—La danza de Shiva –ratificó Estrella; y ambas mujeres se unieron a esa danza invisible en medio de aquella noche definitivamente azul.

17

La luz azulada que poco antes, como si fuera un espectro, se había colado en el salón, se hizo de repente más luminosa, iluminando el pavimento de losa roja. Fuera por este fenómeno lumínico o por la invocación a Shiva, el bosque en el que Tina había estado al poco de llegar a la granja apareció de repente, dando vueltas como todo lo demás.

Aquel bosque desierto, poblado antes tan sólo por el coloquio de los árboles –cuyas ramas eran agitadas por la brisa en un movimiento circular–, ahora, por contrapartida, estaba lleno de animales: insectos y hormigas, por supuesto, pero también libélulas, ardillas, culebras, ¡mariposas! Sí, aquellas grandes mariposas amarillas que habían revoloteado mientras Tina y Estrella corrían y reían de pura felicidad, estaban una vez más allí, desplazándose en círculos como todo lo demás. Estrella tenía razón, como siempre: había lobos al fondo, Tina podía distinguirlos por el brillo de sus ojos, acechando.

Unos helechos se le enredaron entonces entre los tobillos mientras un jabato pasaba a su lado como una exhalación.

¿Y el oso salvaje? ¿Vio también al oso salvaje? No, al oso no lo vio; pero podría haberlo visto, puesto que sus ojos se habían abierto y había accedido al mundo de lo real.

Quizá sea esto el despertar, se llegó a decir Tina, envuelta en azules sobrenaturales.

*

Estrella quiso saber enseguida de qué bosque y de qué río le estaba hablando. Aseguró que no había ningún bosque en las inmediaciones, y que el río más cercano estaba a no menos de treinta kilómetros por carretera.

—Estuve en ese bosque —protestó Tina—. Metí mis pies en el río y tú misma me hablaste de lobos y jabalíes. ¿Vas a negarlo ahora?

¿Había vivido o no aquel episodio en el bosque? ¿No sería también irreal, como todo lo demás? Nada: ningún río, ningún coloquio entre árboles, ¡cómo habrían podido ocurrírsele cosas semejantes! Tal vez todo eso lo había vivido en otro lugar que ya había olvidado, o en otro momento que ya no recordaba, o en otra vida, ¡quién podía saberlo! Pero, si nunca había estado en ese bosque, ¿estaba realmente en aquella granja? ¿Estaba de veras en aquella cocina que tenía ante sus ojos, con sus fogones y alacenas? ¿Era Estrella del Amanecer la mujer que tenía enfrente, amorosamente envuelta en una luz azul y azul ella misma?

Estaba amaneciendo. No podía ser otra la hora en que se consumara aquel largo fin de semana. Las fronteras entre lo real y lo irreal se habían desdibujado, abriendo la puerta de algo nuevo y agradable, pero también oscuro y perverso. Tina se sentía sin voluntad, como desposeída de sí misma.

—¿Qué me has hecho? —tuvo todavía fuerzas para preguntar.

—Todo te lo has hecho a ti misma —fue su respuesta.

y 18

Tina fue al cuarto de baño y se miró al espejo. ¡Cómo había envejecido con sus labios rojos, destacando inmisericordes en un rostro terroso y cadavérico! Ante esa cara siniestra, chupada y amarillenta, comprendió que aquel fin de semana había sido un error: que todo en su vida había sido un error, de principio a fin, y que, por ello, estaba viviendo una existencia equivocada. Debía volver al mundo, frenético pero familiar, o quedarse en aquella granja, dando vueltas en torno a Estrella y a su sistema solar. La idea de quedarse le seducía: allí lo tenía todo, allí se sentía segura y protegida; allí al menos sabía lo que se esperaba de ella. Además –un argumento sucedía al otro–, le gustaba su habitación de paredes amarillas, le gustaba el silencio de las noches, acompasado por el repetido goteo del aljibe, el estruendo de los pájaros por la mañana... Allí tenía tiempo y podría renacer a una vida más saludable y entregada a una causa noble: más grande que sus propios intereses, tan mezquinos, tan comunes... Aquella granja bien podría ser, a fin de cuentas, su morada definitiva. Se lo dijo con este término –morada definitiva–, aunque la expresión le resultara ajena y anticuada. ¿Cómo no iba a quedarse con todo lo que estaba viviendo? ¿Cómo iba a dejar que se le escapase esa oportunidad por la que tantos lo habrían dado todo? Porque había despertado, ¡había tenido un vislumbre de lo real! Estaba en la casa giratoria y había participado de la danza universal.

Fue su propia imagen en el espejo la que le ayudó a comprenderlo.

–Márchate corriendo –le dijo ese rostro demacrado e inmisericorde–, aún estás a tiempo.

Así que Tina fue a su habitación y se puso a hacer la maleta.

*

319

Estrella no tardó en llegar. Se sentó en el borde de la cama y, como si nada hubiera sucedido, le habló del mucho trabajo que se le estaba acumulando en el granero. Le habló de la tormenta que, según las previsiones, amenazaba para esa mañana, y de la chaqueta que estaba tejiendo (¿la has visto por alguna parte?). Estaba viendo cómo Tina hacía la maleta; pero, al mismo tiempo, realmente no lo veía. Habló del carpintero, del buzón americano, de una gotera que había salido en una de las paredes del cobertizo...

Incapaz de creer lo que estaba sucediendo, Tina se situó frente a ella. Colocó sus manos en las mejillas de su amiga –a quien nunca había visto tan enajenada– y así, sin permitir que mirase hacia otro lado, le dijo muy despacio, vocalizando:

–Estoy-haciendo-la-maleta.

Estrella palideció y abrió sus ojos desmesuradamente.

–Hago-la-maleta-porque-me-marcho –dijo Tina otra vez, sin ceder a la piedad.

–¡No tienes que ponerme las manos encima! –gritó al fin Estrella, al tiempo que se las apartaba–. ¡Al menos podías haberme advertido!

Estaba tan indignada que parecía interpretar su indignación.

Continuó metiendo sus cosas en la maleta hasta que, por fin, cerró la cremallera. No quería mirar a Estrella ni una vez más. Sabía que su mirada podría ablandarla.

–¿No quieres quedarte ni siquiera un día más? ¿Sólo uno? –Y Estrella levantó el índice.

–¡Quédate al menos una hora! –le increpó entonces, corriendo hacia la puerta, como para impedirle la salida.

Pero Tina hizo oídos sordos y se encaminó hacia la cancela con pasos marciales, haciendo rechinar la gravilla. Notó que le temblaban las rodillas y pensó que Estrella lo habría advertido. La maleta empezó a pesarle más de lo normal. Tenía el presentimiento de que, de un momento a otro, Estrella se abalanzaría sobre ella. Sabía que era capaz de cualquier cosa con tal de detenerla. Temió incluso que, traicioneramente, ¡le clavara un cuchillo en la espalda! No es que Tina pensara en algo así: es que lo veía, es que lo estaba sintiendo. Como si aquel crimen ya hubiera sucedido, Tina vio sus propios ojos, desorbitados por la sorpresa; vio su boca, en una espantosa mueca, causada por el dolor, y se vio a sí misma, en fin, desplomándose sobre la grava. Nada de todo esto sucedió: ni Estrella se abalanzó sobre ella, ni ella cayó rostro en tierra, gravemente malherida. No hubo ningún cuchillo, no hubo sangre, ningún asesinato: era sólo que sus respectivos caminos se separaban.

Estrella del Amanecer se quedó ahí, pálida y petrificada.

–Pero... ¡¿no ves qué bonito es todo esto?! –la escuchó Tina decir–. ¿No lo ves?

Palamós, septiembre de 2022

Laska

Todo comenzó unos tres meses después de que Laska, mi perro, muriera de un tumor en los testículos.

–Oigo perfectamente cómo respira junto a mí –me dijo mi padre mientras yo, recién llegado a su casa, me bajaba del coche.

–¿Laska? –pregunté yo.

Insisto en que el animal había muerto tres meses antes.

–He pasado la semana intentando sorprenderle –prosiguió él, haciendo caso omiso de mi pregunta–, pero todo en vano.

–¡Papá! –le recriminé, mientras sacaba mi bolsa de viaje del maletero–. ¡Laska lleva meses bajo tierra!

Todavía no me había hecho cargo de que me estaba hablando completamente en serio. Al fin y al cabo, era raro el fin de semana en que no conversáramos sobre él. Amigos y conocidos me preguntaban todavía a menudo por su salud y yo, con el rostro afligido, informaba sobre su defunción. «Ha muerto», la expresión siempre me sonó muy brusca. «Ha fallecido», en cambio, me resultaba inapropiado para un animal. «Ya está en el cielo», me acostumbré a decir y, con cara de circunstancia –eso no solía fallar–, mis interlocutores me daban entonces su pésame y condolencias.

A mi último comentario mi padre decidió no contestar. Se limitó a dirigirse silenciosamente al porche, donde hundió su cabeza en la caja de herramientas, quizá en busca de alguna que no lograba encontrar. Llevaba varias semanas así, sin separarse de su caja de herramientas, que ejercía sobre él –quién sabe por qué– una particular fascinación. Alcé las cejas, meneé la cabeza y le miré con preocupación. Quizá ya era demasiado viejo como para seguir viviendo solo.

*

Tras la cena, que hicimos en perfecto silencio, como era habitual, mi padre comenzó a caminar de un lado al otro del porche, preso de una extraña agitación. Caminó así durante diez minutos o más, un poco como hacía a veces el propio Laska en el patio, como esperando algo indefinido y amenazante. Hasta que de pronto se detuvo en seco y permaneció inmóvil. En aquella brusca y extrañísima quietud, me costó reconocer en aquel hombre a mi padre.

–¿Qué sucede? –le pregunté al fin.

Estaba totalmente concentrado en la escucha.

–Es Laska –me respondió al fin, saliendo de su ensimismamiento–. Está en casa.

Ese fue el instante –lo recuerdo como si lo estuviera viviendo ahora mismo– en que me di cuenta de lo mucho que había envejecido mi padre en el último año. Aún era capaz de ir tirando sin la ayuda de nadie, sí; pero ¿por cuánto tiempo? Una arruga muy profunda le partía su frente en dos.

–Papá –le dije, sin poder evitar en mi tono cierta congoja.

–¡Por favor! –me suplicó él–. ¡Ayúdame a encontrarlo!

Quedé estupefacto. No me esperaba algo así. Aquello ya no podía interpretarse como una broma, sólo como un delirio.

–Siempre se coloca a mi espalda, pero ¡nunca logro sorprenderle! –continuó él–. ¿No lo ves? ¿No podrías sujetarlo?

–¿Es que no te acuerdas de cuando vino el veterinario? –le dije amistosamente, y me acerqué hacia él con el propósito de llevarlo a su dormitorio–. Laska ya no está aquí y… –mi paciencia se terminó demasiado pronto– ¡no te quedes ahí quieto como si te estuviera acechando!

Y solté un improperio.

–¿Cómo lo sabes? –me increpó él, desafiante–. ¿Acaso lo has visto? ¿Lo has oído? –Mi mal humor le había encendido–. ¡Tú no lo llevas oyendo día tras día! ¡Tú no tienes idea de lo que significa llevar días oyendo su respiración!

Pocas veces le había visto tan exaltado.

–¡Te juro que no hay ningún animal en la casa! –le reproché, también yo gritando.

Y discutimos, aunque eso es algo que nos pasa cada vez con más frecuencia.

Cuando cada uno dijo lo que tenía que decir, permanecimos en un silencio que nos permitió escuchar cómo el viento se colaba por las rendijas de ventanas y puertas.

–¿Lo oyes? –dijo mi padre, cuando ya me las prometía muy felices, pensando que todo aquel episodio había quedado atrás.

Había vuelto a ponerse en pie y, una vez más, estaba muy quieto, como poseído por una presencia fantasmal.

–¿Qué? –le dije yo, sin querer acabar de creerme lo que estaba sucediendo.

–Laska –me respondió él con los ojos muy abiertos, como si eso le ayudara a escuchar.

Me puse en pie de un salto.

–Pero ¡¿es que te has vuelto loco?! –le grité, y me marché dando un portazo.

Tenía proyectado quedarme a pernoctar con él, como hacía normalmente cada sábado; pero aquello me había puesto tan nervioso que me volví a la ciudad sin pensármelo. No estaba dispuesto a escuchar ni una palabra más.

La autopista estaba desierta. El trastorno de mi padre me había dejado un sabor amargo. En adelante tendría que vigilarlo más de cerca y no podría dejarle tanto tiempo solo, esa parecía ser la conclusión.

2

Con tanta fidelidad como desmesura, Laska, mi perro, iluminó mi existencia durante quince largos años. Poco más o menos un año antes de que falleciera le expliqué con todo el amor que pude que debía dejarle en casa de mi padre por causa del deterioro de sus articulaciones, en especial de las patas delanteras. Me entendiera o no, cada vez resultaba más difícil que pudiera vivir conmigo en un piso sin ascensor. Laska no pareció sorprenderse la mañana en que le subí al asiento trasero de mi vehículo y le llevé a la casa de mi padre, en la sierra. Muchas veces le había dejado ahí, de manera que no podía sospechar que aquella sería la definitiva.

–Perdóname, Laska –me justifiqué.

Sus orejas estaban gachas, en actitud mendicante.

–No puedo seguir cargando tus treinta kilos durante cuatro tramos de escalera.

La mirada de mi mascota solía ser huidiza e inexpresiva, como es habitual en los perros en general y, acaso, en los Golden Retriever en particular. Rara vez resistía Laska mi mirada, mostrando de este modo su incapacidad para una vida propiamente interior. Sus ojos revelaban en ocasiones alegría o tristeza –eso sí–, pero poco más. No es que me importara, casi agradecía esa neutralidad. La tarde en que le dejé en casa de mi padre, sin embargo, Laska me miró…

–¿cómo decirlo sin resultar extravagante?– ... como con ironía, casi con malicia.

–¿Qué te pasa? –le pregunté transmitiéndole abiertamente mi inquietud–. ¿Por qué me miras de ese modo? ¿Te parece mal que te deje aquí?

No me respondió, por supuesto. Los perros no hablan. Se limitó a desperezarse extendiendo primero los miembros anteriores para, poco después, estirar también los de atrás, mientras abría la boca en un bostezo bestial. Luego desvió la mirada, acaso para que yo no descifrara lo que realmente albergaba en sus adentros. Aquella mirada que Laska me echó me hizo reafirmarme aquella tarde en la idea de que él no era un perro como los demás. Claro que todos los perros son especiales para sus amos, pero Laska era... Precisamente para explicar cómo era estoy escribiendo estas páginas.

Ajeno al incómodo sentimiento de culpabilidad que había empezado a instaurarse en mi alma, Laska se dio la vuelta y se fue a deambular por el jardín de la casa de mi padre. Olisquearlo todo con su hocico era su pasión. Los olores desconocidos le atraían sin remedio, alterando sus sentidos.

Debo decir que, si bien nunca me había puesto ninguna objeción a quedarse con Laska, mi padre protestó en cuanto supo que esa vez era para siempre. En teoría, la solución era perfecta: ambos se harían compañía. En la práctica, sin embargo, ¡ah, la práctica siempre está muy lejos de las teorías! Papá hizo que le prometiera que el perro estaría con él, a modo de prueba, sólo un mes. Ignoraba que el veterinario me había asegurado que Laska no llegaría a la Navidad. Al fin y al cabo, el animal ya había sobrevivido a un par de ictus y yo me había preparado para su partida varias veces: una, dos, tres veces. Cuatro, cinco: nada, Laska no acababa de morirse. Más que un perro, aquel animal... ¡parecía un gato con sus siete vidas!

Al cuarto, o al quinto de esos amagos, ya no lo recuerdo, sucedió algo de lo que aquí debo dejar constancia: tuve que reconocer ante mí mismo, no sin cierto bochorno, que casi deseaba que se muriera. ¿Casi? Es duro desear la muerte de un ser querido. Es un deseo que, indudablemente, cuestiona ese amor. Lo que quiero decir es que, a su modo, Laska se hizo cargo de mis cuestionamientos y actuó en consecuencia.

*

Nunca sabemos hasta qué punto está nuestra vida conectada con la de los seres que nos rodean.

Cuando Laska dejó de vivir conmigo, se ratificó que entre él y yo había un vínculo muy profundo. Bastará que diga que Laska padecía artrosis –eso ya lo he dicho más arriba–; pero es que... ¡también yo padecía artrosis! Otro ejemplo: Laska oscilaba habitualmente entre el entusiasmo y la melancolía, pasando de estar dando saltos a quedarse apagado durante horas en un rincón. Pues bien, eso mismo es lo que siempre me ha sucedido a mí: soy un tipo inestable, cualquiera que me conozca puede confirmarlo. Ofreceré un ejemplo más, el último: cuando el veterinario le diagnosticó un tumor en los testículos..., ¿puede extrañar que, acongojado por los inquietantes paralelismos entre mi perro y yo, pidiera consulta a mi médico de cabecera?

A decir verdad, nunca supe si era Laska quien reproducía mis males o más bien yo quien era un espejo de los suyos. ¿Era él quien copiaba mis padecimientos para cargar con ellos y así aliviarme en lo posible, o más bien yo quien cargaba con los suyos, para aliviarle a él?

Este misterio del vínculo entre el perro y su amo empezó a desvelarse cuando tuve que dejarle definitivamente en casa de mi padre. Las fechas coinciden: desde que Laska dejó de vivir conmigo, en la ciudad, y mucho más después, cuando partió de este mundo, empecé a sentirme... –¿cómo decirlo para no resultar ofensivo?– empecé a sentirme... ¡mucho mejor! Estoy consternado mientras escribo esto, sobre todo teniendo en cuenta que Laska ha sido mi compañero más fiel durante esta última década y media. Lo cierto es, sin embargo, que sin el perro a mi lado –me cuesta reconocerlo– empecé a encontrarme más ligero y jovial. No lo digo sólo por mi tono energético, sino porque mi dolor de huesos desapareció. Era como si no tener que cuidar de nadie me devolviera a la alegre e inconsciente irresponsabilidad propia de la adolescencia. ¿Podrá alguien entender que hasta la presencia de un perro pueda estorbar, cuando realmente queremos estar solos?

3

Poco más o menos estos eran mis pensamientos cuando una semana más tarde, siempre en sábado, fui otra vez a ver a mi padre. No confiaba con que se hubiera olvidado de la respiración de Laska, que me había asegurado escuchar a su espalda. Pero, en cuanto de nuevo me habló de él, mientras me cambiaba el calzado en el porche, me encendió la rabia.

–Me iré si vuelves a mencionarlo –le amenacé; y tuvo que comprender que iba en serio, pues no me comentó nada sobre el animal durante varias horas.

–¿Qué tal en la ciudad? –llegó a preguntarme en algún momento, intentando mostrar interés por mis cosas.

Estábamos de nuevo en el porche y, como la semana precedente, él buscaba algo en la caja de herramientas. Nuestra tregua no duró ni media hora.

–¿Has venido para ayudarme a encontrar a Laska? –dijo al fin, mirándome con ojos vidriosos, casi como un niño que espera un regalo por haber terminado pronto sus deberes.

El viejo seguía con su alucinación. Di un respingo. Pero enseguida, sin pensármelo mucho, decidí seguirle la corriente.

—Debe estar pasando mucha hambre, ¿no crees?

Mi padre levantó la mirada de la caja de herramientas y me clavó los ojos, como haciéndome una radiografía.

—No estaría de más que le dejáramos algo de comer y de beber, ¿no te parece? —le dije también, bastante inconsciente de dónde me estaba metiendo.

—¿Lo has visto? —quiso saber él.

Nunca debí haberle mentido, por supuesto; pero, tras la primera mentira, aunque algo parecía hacerle desconfiar, la segunda vino por sí sola.

—Sí —asentí—. Y debo decirte que tiene muy buen aspecto. Su pelo parece más brillante y esponjoso de lo habitual, como recién lavado.

Se instauró entre nosotros entonces un silencio tenso y largo. Pero lo que traslucían las facciones de mi padre no era precisamente fe, como pronto comprobaría.

—Parece estar en plena forma —añadí, más que nada para darme seguridad, e hice una pausa para calibrar la situación.

Es de suponer que en lo del pelo más blanco y brillante de lo habitual, como si estuviera recién cepillado, había ido demasiado lejos. Miré hacia otra parte, como disimulando. No andaba muy desencaminado en mis sospechas.

—¿Por qué me mientes? —me increpó al fin mi padre—. ¿Es que ya ni siquiera puedo fiarme de ti? —dijo entre dientes, visiblemente irritado—. ¿Es que crees que no estoy en mis cabales, que estoy delirando…?

Bajé la cabeza. Pero no tanto por arrepentimiento —como él imaginaría—, cuanto para no hacerle ver que eso era exactamente lo que pensaba.

—Es cierto —le reconocí, todavía con la miraba gacha—. No he visto a Laska, ¿cómo habría podido? Laska ha muerto, ¿no lo recuerdas? No te he dicho la verdad.

–¡Ha! –gritó él, casi con alegría–. ¡Lo admites!

Le excitaba haber descubierto mi mentira.

–¡Querías engañarme! –insistió–. ¿Crees que soy un imbécil? ¡No soy ningún niño! –gritó, fuera de sí, y zapateó como lo habría hecho un niño enrabietado.

Seguí con la mirada baja, consideré que era lo mejor.

–¡Qué ingenuo! –dijo de repente mi padre, como si hubiera encontrado una nueva línea de inspiración.

Sucedió entonces algo insólito que me hizo comprender que el asunto era mucho más grave de lo que parecía.

–¿De veras que está bien? –me dijo en aquel momento, casi en un susurro–. ¿De veras que tiene el pelo más blanco y esponjoso de lo habitual?

Esta nueva vuelta de tuerca no me la esperaba. Puse mi mano sobre su hombro. Hacía años que no le manifestaba mi afecto de forma tan visible.

–¡Claro que puedes fiarte de mí, papá! Es sólo que me preocupas.

Intenté imprimir la máxima autoridad a mis palabras.

–¿Me ayudarás entonces a encontrarlo? –insistió él–. ¿Le ponemos en su rincón el bol del pienso y su recipiente de agua?

Tenía la voz deshecha. La sola idea de que Laska hubiera vuelto realmente le llenaba de una felicidad insensata. Esa felicidad suya estaba toda ella en aquel momento en mis manos. Estaba en un atolladero. Debía pensar pronto en alguna escapatoria.

–Te ayudaré –le prometí al fin, forzado por las circunstancias.

Y en aquel momento supe que había dictado mi sentencia.

*

Al ver a mi padre bajando al garaje a grandes saltos en busca del saco del pienso –olvidado ahí desde hacía meses–, tuve que reconocer que pocas veces le había visto tan feliz. Pusimos juntos el agua y el bol del pienso en el rincón de Laska, desoladoramente vacío desde su muerte.

–¿Tú crees que se dejará ver? –me preguntó–. ¿Tú crees que se acercará a comer?

Me miraba con ojos brillantes. Me suplicaba que le dijera que sí. Necesitaba que se lo ratificara una y otra vez.

–Sí, papá –le respondí, sorprendido por la enormidad de su alienación–, yo creo que sí. Aunque tal vez –me atreví a añadir, más que nada para dejarme al menos alguna puerta por la que escapar–, tal vez ahora, en el estado en que se encuentra, Laska ya no necesite de su alimento habitual…

Aquello fue para mi padre como una descarga eléctrica. Me agarró la camisa con fuerza, a la altura del brazo; y me zarandeó como llevaba años sin hacer: no aceptaba mis dudas, le escandalizaba mi falta de fe.

–Laska ha muerto y ahora ha vuelto –recapitulé, como intentando imprimir cierta racionalidad a todo el asunto–. ¡Desconocía que existieran los fantasmas de perros! –Esto último lo dije de nuevo gritando, encabritado por el hecho de que el hombre que tenía ante mí consiguiera siempre, de un modo u otro, robarme la paz.

Fantasmas de perros: la expresión se quedó como flotando por toda la casa. ¿Tendrían también los perros, después de todo, un alma que les permitiese acceder a otros niveles de conciencia? Rechacé este pensamiento de un manotazo, como si fuera un moscardón.

4

Aquella noche me quedé a dormir en casa de mi padre y, de madrugada, no pude evitar asomarme a su habitación. No serían menos de las dos cuando me lo encontré –lo que me impresionó muchísimo– llorando con llamativo desconsuelo. Nunca le había visto llorar. Gimoteaba como un bebé cuando tiene hambre. Estuve tentado de cerrar la puerta y hacer como si no le hubiera visto en aquel estado, tan lamentable; pero, de haber hecho algo así, no habría podido volver a conciliar el sueño.

–¿Estás bien? –le dije, asomándome a su cuarto.

No me respondió de inmediato. Encendió la lámpara de la mesilla antes de responderme.

–No entiendo por qué Laska me deja oír su respiración, pero no permite que le vea –me dijo al fin–. No entiendo por qué se escapa cuando me doy la vuelta para verle. No entiendo que no haya probado bocado en todo el día.

Cuando me senté a su vera, me explicó que la respiración del animal era casi siempre regular; pero que había habido ocasiones en que le había escuchado respirar de forma agitada y hasta angustiosa.

–Eso son cosas que nosotros no podemos entender –le dije yo, tomándole de la mano–. Nosotros estamos en este lado de la orilla y él ya está en el otro, adonde también nosotros iremos cuando nos corresponda.

Al ver que no decía nada, di un paso más.

–Tenemos que confiar en que Laska no procede así por capricho y, si en algún momento llego a escucharle, te prometo que le diré que le echas mucho de menos.

–¿Lo prometes? –me preguntó mi padre.

Se había incorporado levemente. Me había creído a pies juntillas. Quedé sorprendido de su tremenda fe en mis palabras.

–Por supuesto –le contesté yo, y le acaricié la nuca como solía hacer con Laska cuando quería que me dejara en paz.

A Laska solía darle unos toquecitos en la paletilla, acompañados de palabras suaves y tranquilizadoras, pronunciadas a media voz.

—Es extraño que no haya comido nada en todo el día —afirmó entonces mi padre con tristeza.

Se le veía sinceramente afligido, como si Laska hubiera estado alimentándose todos esos días y aquel, quién sabe por qué, fuera el primero en el que faltaba a su cita.

—Buenas noches, papá —le dije al cabo, orgulloso de mi comportamiento.

—Buenas noches, hijo mío —me respondió él.

No recordaba la última vez en que me había dicho «hijo mío». Quizá fuera aquella incluso la primera vez que me había llamado así.

*

El día en que hace unos años presenté a mi padre a la mujer con quien por aquel entonces quería casarme, él la miró de arriba abajo, como si se tratase de una pieza de ganado.

—¿Y cómo dices que te llamas? —le preguntó, cuando ella acababa de decirle que se llamaba Conchita.

Cuando Conchita ya se hubo marchado, a mi padre le faltó tiempo para decirme lo que pensaba de mi novia, de la que yo estaba perdidamente enamorado.

—Es una chica muy ordinaria. Es muy poquita cosa. Pero ¿no te das cuenta de cómo se viste, de cómo se mueve?

—Pues, ¿cómo se viste? —quise saber—. ¿Cómo se mueve?

—¡No tengo nada que decirte si no te das cuenta de eso! —me respondió él, negándose a continuar la conversación.

Según mi padre —aunque eso me lo diría algo después—, yo debía aspirar a caza mayor. Fue así como lo dijo, con esta expresión. La idea me la dejó muy clara: una chica con clase, atractiva, culta, de mundo... Claro que mi madre no era en absoluto nada de todo eso, pero así era —es lo más probable— como a mi padre le habría gustado que hubiera sido.

Conchita, que no era tonta, comprendió de inmediato que mi padre no le daba su aprobación.

—No le he caído bien, ¿no es cierto? –quiso saber.

No recuerdo cómo salí de aquella. Es posible que me limitara a acariciar su cabello lacio y castaño para, acto seguido, sellar suavemente sus labios. Era una estrategia como cualquier otra: cualquier cosa con tal de que mis palabras no me traicionasen.

Sin embargo, no pude evitar que la opinión de mi padre me influyera y, para mi desgracia y contra mi voluntad, a partir de aquel patético examen comencé a ver a Conchita como... –¡qué expresión más degradante!– caza menor. Una vez más mi padre se había apoderado de mí, era él quien razonaba en mi cabeza: los pros de casarme con aquella chica, que todavía había alguno, y los contras, que vencían por abrumadora mayoría. Asistí a este debate interno durante varios días. Huelga decir que hice frente a este influjo paterno con todas mis fuerzas y que, durante al menos un par de semanas, para borrar su discurso de mi mente, le hice el amor a Conchita lo más rabiosa y frecuentemente que pude. No hubo nada que hacer: cuanta más pasión imprimía yo al acto amatorio, tanto más se alejaba ella de mi corazón. Así que, como siempre, mi padre me ganó la batalla. Rompí con ella.

No supe lo mucho que Conchita me quería hasta que le dije que todo había terminado entre nosotros. Lloró sin consuelo, dijo que no se lo esperaba. También dijo que durante las últimas semanas había tenido la impresión de que la había querido más que nunca.

—Luchaba por no perderte –admití; pero no le conté lo del triunfo de mi padre en mi cabeza, no lo habría entendido.

Fuera como fuese, el hombre que tanto daño me había hecho durante mi infancia y juventud estaba ahora ahí, envuelto en una mantita a cuadros. Ahí estaba, demenciado, agarrándose a la idea de que Laska había vuelto a este mundo. Luché cuanto pude para que no me venciera la compasión. Luché para que su forma de ver el mundo no volviera a apoderarse de mí, como cuando era un muchacho. Luché para que no volviera a ningunearme, como había hecho toda la vida.

Todos creíamos que su último internamiento hospitalario iba a ser efectivamente el último, por ejemplo. Pero no. Salió. Se recuperó hasta tal punto que no sería exagerado decir que estaba mejor que yo mismo. Comía con más apetito que yo. Se iba a acostar más tarde que yo. Estaba en pie y trabajaba con las manos mucho más que yo. También su humor era casi siempre mejor que el mío. Pese a nuestra diferencia de edad, si se comparaba nuestro aspecto y carácter, resultaba del todo plausible que fuera yo quien muriera antes. El pensamiento de precederle en la muerte me provocó un escalofrío. Pero luego, por fortuna, me recompuse y decidí impedir que mi padre me venciera también —como había hecho en todo lo demás— en la batalla contra la muerte.

5

A la mañana siguiente, cuando me disponía a volver a la ciudad, hablé unos minutos con la vecina, a quien mi padre tenía la costumbre de llamar Cámara, que era el apellido de su difunto marido. Al verla, no pude por menos de pensar en una amazona: una de esas mujeres rudas por fuera e insensibles por dentro que se han construido a sí mismas a base de rencor y de soledad. No era, desde luego, mi tipo; pero el pañuelo rojo que llevaba anudado en la cabeza la hacía infinitamente deseable para mí. ¿Sería eso o más bien el brillo de su piel y la salud que parecía derrochar?

Pedí a esa mujer que echara un ojo de vez en cuando a mi padre y que me llamase si veía algo raro. Ella me sonrió, tenía una bonita sonrisa. De habernos conocido en otro tiempo –fue eso lo que pensé–, quizá habría intentado algo con ella.

–¿Cómo te llamas? –le pregunté.

–Estefanía –me respondió.

–Estefanía es un nombre precioso.

No había podido evitarlo: había comenzado a coquetear. Quizá por la fuerza de la costumbre, o porque hay mujeres con las que me resulta difícil evitarlo. Estefanía se ruborizó y, con sus mejillas encendidas, estaba aún más guapa y femenina. De repente, acaso porque hacía siglos que nadie la piropeaba, se retorció sobre sí misma, un poco como los gatos cuando les acaricias y se estiran por la alegría del placer.

–Llámame cuanto antes si ves algo extraño.

–Así lo haré –me respondió ella y, por un momento, no sé si equivocada o acertadamente, pensé que también a ella le gustaba yo.

–Entonces adiós –dije, interrumpiendo tan abrupta como incomprensiblemente aquella conversación.

Debo de haber perdido los buenos hábitos: en otros tiempos nunca habría dejado pasar una ocasión semejante.

–Adiós –me respondió ella, apoyada todavía en la jamba de la puerta.

Me di la vuelta y, antes de entrar en el coche, me hice esta sencilla reflexión: si alzo la vista y me está mirando, es que me ama. Alcé la vista y, sí, me miraba.

*

Los perros están en este mundo no sólo para enseñar a los humanos qué es el amor, sino también para ponerlos ante un espejo y que vean quiénes son. Quienes tienen o hemos tenido perro hemos comprendido que ellos saben con extraña precisión la magnitud del amor o de la indiferencia que se les profesa. Es lo que tiene carecer del filtro de la educación o de la moral. Por mi parte, cuando dejé a Laska en casa de mi padre, adquirí la costumbre de ir a visitarlo a diario: salía de trabajar a media tarde y me metía una hora de carretera de ida y otra de vuelta sólo para estar un rato con él. Como mis visitas se sucedieron día tras día y semana tras semana, fui comprobando, no sin dolor, que mi relación con Laska se estaba deteriorando. Él se fue dando cuenta de que aquella estadía suya en la casa de la sierra no era, después de todo, temporal. En otras palabras, supo que la voluntad de su amo era separarse de él y que ya nunca regresaría a casa. Aunque no lo entendiese, yo, su amo, su referente, le había abandonado. Todo esto me lo hizo saber Laska de muchas maneras. No me lo habría dejado más claro si hubiera podido hablar.

6

Durante las dos primeras semanas, por ejemplo, siempre se levantaba, aunque trabajosamente, cuando veía mi coche entrando por la cancela. Como era habitual en él, movía agitadamente el rabo y, cuando llegaba la hora de partir, no había jornada en que no me acompañara a la puerta. Imaginaba –¡pobre animal!– que esa vez sí que se vendría conmigo a la ciudad. Al darse cuenta de que debía quedarse, permanecía con el rabo entre las patas y las orejas gachas: era la personificación de la miseria. Y así hasta que llegó la ocasión en que, harto de mi insensibilidad, al ver mi coche entrando por la cancela, ni siquiera se levantó para darme la bienvenida.

Aunque hice todo el ruido posible para que no pudiera por menos de oírme entrar, él permaneció tranquilamente a los pies de mi padre, cuando su sitio había sido siempre a los míos, nunca a los de nadie más. No es que esperara la complicada danza de salutación en torno a mí, a la que me tenía acostumbrado, mientras meneaba el rabo en vertical. Pero tampoco lo que me encontré: ni siquiera me miró. Se estaba vengando, estaba en su derecho, ¿lo estaba? Fue doloroso para mí, muy doloroso. No me dirigió ni una mirada, ni siquiera esa mirada suya, exenta de emocionalidad, que solía brillar en sus ojos; y mucho menos, desde luego, esa otra mirada igualmente suya, socarrona (sí, socarrona) que me brindaba en ocasiones y que yo no había podido olvidar.

No me rendí, por supuesto, y le silbé. Tampoco esperaba que se precipitara en una desenfrenada carrera hacia mí, como había hecho en sus viejos tiempos, llegando a derribarme (sus recibimientos cuando llegaba del trabajo eran memorables); pero sí, al menos, que se acercara renqueante, víctima de su artrosis. Ni por asomo: sus respuestas a mis silbidos pasaron de carreras y saltos que testimoniaban la dicha por estar vivo a un avanzar dubitativo y quejumbroso y, de ahí, finalmente, a lo que me brindaba ahora: una indiferencia que rayaba el desprecio.

Ni siquiera reaccionó cuando –y eso no fallaba– le acaricié bajo el cuello, su punto débil. A tal punto le agradaba que le rascara en esa zona que, mediante cómicos giros de cabeza, se las ingeniaba para llevarme la mano hasta ese lugar. Apliqué entonces una nueva estrategia: acerqué mi mano a su hocico, con el propósito de que me la lamiera, como siempre había hecho. Con una dureza de corazón desconocida para mí, Laska no se inmutó y siguió en sus trece.

De haber sido sólo eso –y no era poco–, creo que lo habría aceptado. Pero no. Su desafección hacia mí iba mucho más allá, pues pronto pude comprobar cómo, por los senderos del jardín, viéndose en la alternativa de elegir, Laska seguía a mi padre, no a mí. Relativicé este hecho también –en un alarde de virtud–, no quise darle importancia. Pero la herida había quedado abierta.

–Le veo peor que otros días –le dije aquel día a mi padre, a lo que él contestó que no había notado en él ningún cambio.

Le estuve observando durante las siguientes horas sin que se diera cuenta y, en honor a la verdad, debo decir que mi padre estaba en lo cierto: el tumor en los testículos seguía poco más o menos del mismo tamaño y el perro no se movía peor. Casi habría podido decirse lo contrario: que, sin llegar a corretear, como en los viejos tiempos, se movía con más brío que sólo dos semanas atrás. Era en mi presencia cuando se apagaba, esos parecían ser los hechos.

Los hechos son incontestables, todos lo sabemos: vi con toda nitidez, por ejemplo, cómo Laska saltaba de la estera en que solía tumbarse y cómo se lanzaba de cabeza, escaleras abajo, en dirección a mi padre, que le hacía juguetear con una cuerda mientras que él, preso del frenesí, movía el rabo incontroladamente. ¡Mi padre, con quien, hasta entonces, había tenido una relación más bien distante! Al verlos juntos, era como si de pronto no se hubieran separado jamás. Se daban vida uno al otro, no había más que verlos: mi padre, tirando de la cuerda, jugando como un niño, jugando como nunca había jugado conmigo cuando yo era pequeño; y Laska saltando como cuando era un cachorro, olvidándose de que tenía un tumor, babeando de felicidad. Sentí una envidia venenosa y, huelga decirlo, me avergoncé de mí mismo: su felicidad agigantaba mi desdicha.

Todo aquello –lo confieso– lo sentí como una traición y, en consecuencia, aquella tarde cerré tras de mí la puerta de la casa, para que Laska no pudiera colarse desde el porche, si es que lo deseaba. Aquella noche, para castigarlo, regresé a la ciudad sin despedirme de él.

El ser amado nos desnuda y eso nos molesta, es obvio: necesitamos desnudarnos, es cierto; pero cuando estamos desnudos se pasa mucho frío. No podemos entonces más que refugiarnos en nosotros mismos. La desnudez habla de la verdad, de cómo amor y verdad van siempre juntos. ¿Nos amábamos de veras Laska y yo?, todavía ahora me lo pregunto. ¿Nos amamos mi padre y yo? Estamos juntos, probablemente hemos de aprender algo uno del otro.

*

Laska me acompañó siempre, también y sobre todo en los momentos más difíciles. Hace algunos años, por ejemplo, atravesé una etapa en que estaba tan abatido que hasta tenía miedo de que llegara el día siguiente, como si por fuerza tuviera que ser más duro y triste que el anterior. La soledad que experimenté entonces era para mí como una nube oscura que poco a poco iba ocupando mi habitación. En medio de aquella nube tan amenazante, Laska me miraba con sus ojos oscuros y tiernos. Al principio pensé que sólo me miraba porque quería salir a su paseo vespertino. Tras haberle sacado, tras constatar que me seguía mirando con esos ojos suyos, tan tiernos, tuve que admitir que no era eso sólo lo que quería de mí. Pretendía demostrarme su afecto, quería que sintiera su compañía. Yo se lo agradecía, por supuesto; pero eso no aliviaba mi soledad. Diría, incluso, que la ensanchaba y que la hacía más dramática.

Para deshacerme de aquella pesadumbre, tan destructiva, sacaba fuerzas de la debilidad y me ponía a hacer gimnasia: estiramientos y flexiones, planchas, saltos, abdominales… La idea de estar haciendo ejercicio para olvidarme de mi soledad, sin embargo, me entristecía hasta tal punto que, al cabo, me metía en la cama llorando, como quien se acuesta en un féretro.

Lo que me mantuvo en eso que llamamos vida fue Laska, sólo él. Yo tenía que sacarle por la mañana y por la tarde para que hiciera sus necesidades y debía darle de comer, así que tenía una obligación que me ataba a este mundo. Sólo eso me ayudó a resistir. A Laska le podía la ansiedad por moverse, tensándole todos los músculos, que en aquella época testimoniaban su vigor y juventud. Sus ansias por salir eran tales que a veces, con un suspiro que le brotaba de lo más hondo, se dejaba caer sobre el suelo, apoyando su cabezota sobre las patas y dirigiéndome la más arrebatadora de sus miradas. Yo le miraba entonces con pena y él, consciente de que había empezado a ceder, se plantaba a mi vera con dos grandes saltos para, acto seguido, poner sus patas delanteras sobre la cama, haciendo patente su impaciencia. Seguí sacando a mi perro mañana y tarde, él ganaba siempre. Seguí dándole de comer y de beber mientras que él, en actitud vigilante, no se cansaba de sentarse al pie de la escalera o de dar dos grandes saltos, cuando me veía con cara de lástima. O, por fin, de subir sus dos patas delanteras a la cama, cuando ya confiaba en su inevitable victoria.

Fue en aquella circunstancia –yo en la cama y él a mis pies– cuando comprendí que la vida de Laska consistía, sustancialmente, en esperar. Laska se pasó sus quince años de vida esperando: esperando la hora del paseo, esperando la hora de la comida, esperando al menos una mirada de su amo, tan entretenido siempre en tantas obligaciones o requerimientos. Las torturas de la espera eran en Laska un hábito, lo que no significa que no las sufriera. Así pasó su existencia: dejaba colgar su rosada lengua entre sus blancos y robustos dientes y esperaba, eso era todo.

Sólo hoy me doy cuenta de hasta qué punto me ayudó su capacidad de espera, su capacidad de amor. De hasta qué punto supuso mi único vínculo con la vida. Porque yo le sacaba con pesar, habría dado cualquier cosa por no tener que sacarle. Por encima de todo, lo que deseaba durante aquel oscuro otoño era quedarme en la cama, llorando y lamiéndome las heridas. Laska no me lo consintió: metía su morro entre las sábanas, me daba lengüetazos y me hacía ver que había llegado la hora de ir al parque. ¡Lo siento, no puedo!, le decía yo a veces, propinándole dos caricias de compromiso y haciéndole vagas promesas para el día siguiente. Pero Laska, lleno de concentrada devoción, encogía sus orejas y no se dejaba camelar con facilidad. Insistía hasta que lograba que yo, a regañadientes, me levantara, me vistiera, le pusiera la correa y saliese al mundo. Incapaz de contener su alegría, profería entonces ladridos muy agudos, provocados por la sobreexcitación. Era presa de un regocijo tan desesperado que no podía evitar saltar, gemir, girar sobre sí mismo y, sobre todo, babear. Había logrado sobornarme, me había ganado con su habilidad. Este ritual –levantarme, vestirme, descolgar la correa de su clavo para luego ponérsela y salir– fue lo que me salvó. Así que, en el sentido más estricto del término, Laska fue mi salvador.

7

Entré en la casa de la sierra dos días después, decidido a parlamentar con Laska sobre el deterioro de nuestras relaciones y, así, poner fin al periodo de hostilidades. La imagen de Laska babeando de felicidad, mientras mi padre jugaba con él con una cuerda, me había asaltado casi continuamente los últimos días, reavivando el patetismo de mi envidia. Sabía bien qué debía hacer: pondría las cartas sobre la mesa y le reconocería que, en mi corazón, desde que ya no vivíamos juntos, se había operado –¿cómo calificarlo?– cierto desplazamiento. ¿Por qué?, me preguntaría él, sinceramente interesado, a lo que yo le respondería, conforme me había preparado, que para adelantar el duelo por su partida. También él, en correspondencia, había adelantado el suyo. Hasta ahí se podía entender. Estaba, pues, dispuesto a negociar y a que llegáramos a un acuerdo.

Casi todas mis reflexiones sobre mi relación con Laska me las hacía en el coche, fuera cuando iba a verle por la tarde o cuando regresaba a mi casa, ya por las noches. El silencio de la carretera me ayudaba a pensar en él hasta que otros intereses, menos hirientes, me hacían sacudirme de encima esa preocupación que me asaltaba en los momentos más inoportunos. Fue en aquellos trayectos cuando comprendí lo que realmente me había pasado con mi mascota, y no ya en los últimos meses, sino desde siempre. Era la desmesura de su afecto, su incondicionalidad puesta a prueba lo que, en último término, me había llevado a separarme de él. ¿Por qué no podía conformarse Laska con un afecto sensato, tranquilo, comedido? No. Pasara lo que pasase, él estaba allí, cariñoso, fiel, entregado. Era aquella omnipresencia suya, inevitable, lo que me humillaba. Era su amor, tan inmenso y total, lo que ponía de manifiesto que yo, ni aun proponiéndomelo, podría corresponderle jamás. Este es el punto: el amor ajeno como espejo de la propia miseria. Claro que todos piensan que un perro está condicionado por su instinto y que, en definitiva, es imposible que rechace a su amo. No fue el caso. La ruptura entre Laska y yo llegó a formalizarse.

*

–Tú ya no me amas como antes –le dije–. Tampoco yo te amo como cuando vivíamos juntos, lo admito; pero…

Laska suspiró sonoramente, como si ya, nada más empezar, se hubiera cansado de escucharme. El asunto se me estaba yendo de las manos.

–Algo hemos de hacer, ¿no te parece?

Pero a Laska no le pareció, pues bostezó con total desvergüenza y con insultante descortesía. Por supuesto que yo estaba acostumbrado a todos sus sonidos guturales, quince años de convivencia dan para mucho. Aquel bostezo, sin embargo, me pareció de una franqueza brutal. Pero no se lo reproché. ¿Cómo habría podido culparle de una desafección que, al fin y al cabo, no era sino un reflejo de la mía? Tuve una idea: le extendí una de sus golosinas, pero no quiso ni olisquearla, y eso que hubo un tiempo en que devoraba cuanto ponía a su alcance. Era acaso un cebo demasiado evidente, pero su desprecio me pareció cruel y se lo dije.

–Eso no se hace –le reproché–. ¡Eso no se hace! –le repetí, esta vez más fuerte, pasando sin darme cuenta de la estrategia de la represión a la del enfado.

Y empecé a reprenderle por su dureza y su frialdad, aprovechando que mi padre no estaba por allí y no podía oírme.

Estoy seguro de que Laska comprendió la esencia de mi mensaje, como cada vez que su comportamiento mereció una punición o al menos una advertencia. Pero me escuchó como quien oye llover. Levantó la cabeza, que descansaba entre sus patas, pero para dejarla caer de inmediato y mirar al frente con ojos apagados. ¿Qué puedo esperar de quien me ha abandonado?, parecía estar diciéndome. ¿Te crees que soy tan tonto como para fiarme de un traidor? A eso yo le respondí, como si verdaderamente me lo hubiera dicho:

–¡No me digas eso, Laska!

Y él, como si verdaderamente me hubiera entendido, meneó su cabeza primero y luego la hundió entre sus patas, asimétricamente recogidas. En esa postura, parecía más chico y macizo de lo que era.

Deambulé por el jardín unos minutos, herido en mi amor propio. Debía intentarlo una vez más, no podía rendirme y claudicar. El amor triunfaría, eso lo sabía yo: bastaba con encontrar la puerta que me condujera de nuevo a su corazón.

8

Confiando en que mi padre siguiera con su caja de herramientas en el porche y no me viera, me acerqué hasta Laska y me tumbé a su lado, como había hecho en numerosas ocasiones cuando vivíamos juntos. Como si yo fuera otro perro que quisiera jugar con él. Me tumbé de espaldas, agitando brazos y piernas y, al ver que ni con esas, imité el ladrido de un perro una vez, dos, muchas. Al fin y al cabo, él y yo habíamos jugado muchísimas veces de esa manera, y aquello era algo que le excitaba como nada en el mundo.

Dejé de ladrar y, todavía en el suelo, pensé —no pude evitarlo— en que alguien como yo no estaba llamado, probablemente, a tener perro. Pensé también que quizá mi historia con Laska había sido toda ella un error, desde el principio. Porque un tipo tan individualista como yo no es de los que pueden hacerse cargo de un animal. Ladré un par de veces más, pese a todo; pero ya sin convicción.

*

Tras mis patéticos ladridos sucedió algo muy doloroso que debo relatar con todo detalle. Haciendo caso omiso de mis ladridos, Laska se incorporó y se alejó por uno de los senderos, confiando en que así le dejaría en paz. Le seguí, pero él no cedió: estaba determinado a mostrarme que nuestras reglas del juego habían cambiado y que entre nosotros no era ya posible una reconciliación. Siguió alejándose de mí durante largo rato, al comprobar que yo no dejaba de ir tras él. Y así hasta que se topó contra el muro de nuestra propiedad, más allá del cual, ciertamente, no podía ir.

—¿Y ahora? —le dije yo, situado a su espalda—. ¿Qué me dices ahora? ¿Ya no quieres ni siquiera mirarme? —le dije también.

Esta escena debe quedar muy clara. Yo había estado siguiendo a mi perro, que se desplazaba muy despacio a causa de su artrosis, y él había estado alejándose de mí hasta que llegó a un punto del que ya no podía alejarse más.

¿Qué hizo entonces? ¡Se mantuvo ante el muro, silenciosa y tercamente! ¡No se dio la vuelta para no tener que enfrentarse conmigo! Escuchó de espaldas mis protestas y, acto seguido, mis súplicas, siempre sin inmutarse. Con su silencio animal me dejó bien claro que, entre él y yo, aunque me pesara, todo había terminado. Esta imagen de Laska dándome la espalda frente a un muro es una de las más nítidas de cuantas conservo de nuestra relación.

¿Podría nuestro pasado cancelarse como si no hubiera existido? ¿Podrían desaparecer como si nada todas las caricias que le había dado en los quince años que compartimos? ¿Cuántas serían? ¿Un millón de caricias, diez millones?

–¡Laska, por favor! –dije todavía, preso ya de la desesperación–. ¡Laska, mírame! Yo te quiero, ¿es que no vas a mirarme?

No me quería. No se dio la vuelta. No me miró.

Hubo un tiempo en que bastaba que yo pronunciara su nombre para que esa sola palabra le colocara en un estado electrizante, que le hacía girar sobre sí mismo y ladrar jubiloso. Pero ese tiempo glorioso había desaparecido: la exaltación a la que la palabra Laska iba asociada había sido neutralizada.

Algo más tarde vi cómo el perro se movió de allí sólo cuando se aseguró de que yo me había alejado.

Sentí su indiferencia y dureza como uno de los episodios más tristes de mi vida; y, como si hubiera tenido una cámara fotográfica, tomé una instantánea mental de aquel momento. Porque un perro quiere siempre el bien de su amo; pero ¿es realmente así? Ahora sé que no. ¿Son los perros capaces de rebelarse contra la tiranía en que viven? Lo son. El desmesurado amor que Laska me había profesado hasta ese momento se evaporó. Me había retirado su confianza, quizá sólo para que me hiciera cargo de la magnitud de mi traición.

Volví a deambular un rato por el jardín de mi padre. Conozco ese jardín de memoria, muchos de sus árboles y plantas los he plantado con mis propias manos. Pues bien, me perdí. El dolor que me afligía en aquel momento era tal que, durante algunos minutos, no supe ni dónde me encontraba ni cómo salir de ahí. Estaba tan herido que sólo veía mi herida, nada más.

Queriendo ahorrar a mi padre el espectáculo de mi desolación, poco después me encerré en el cuarto de baño para allí desahogarme y llorar. Estuve sentado sobre el inodoro durante largo rato, todavía me estoy viendo. Estaba tan desconsolado como un niño a quien le dicen que su madre ya no le quiere. El corazón de Laska ya no estaba con el mío, sino con el de mi padre, quien, una vez más, como siempre en realidad, me había ganado la batalla.

Acaso por tener el corazón hecho pedazos, me vino a la memoria Conchita, a quien yo había querido tanto y a quien mi padre había calificado, expresiva y cruelmente, de caza menor.

Cuando quise cortar con ella, Conchita me lo puso muy difícil: le dije con buenas palabras que era mejor no hablar y que se marchara, pero no quiso hacerme caso. Hablamos largo y tendido y, cuanto más hablamos –como yo había vaticinado–, más difícil resultaba que se marchase. Al fin, me cansé. «Ahora vete», le dije fría y abiertamente. Conchita cayó de rodillas, se abrazó a mis piernas y me suplicó que no la echara. Pero no tuve clemencia y hasta llegué a sacarla de casa por la fuerza.

Laska no me había dicho «ahora vete» –dos palabras que no he olvidado aún–; pero su silencio fue para mí tan doloroso como aquellas dos palabras lo fueron para Conchita. Y me fui, ¿qué iba a hacer? También mi antigua novia se fue, aunque ella no pudo entender el por qué. Marcharse sólo duele cuando amamos. Cuando amamos, no hay quien no se quiera quedar en el amor. Imagino que

Conchita vagaría por las calles de nuestra ciudad con el mismo desconcierto con que yo vagué por el jardín de mi padre: perdido como el niño a quien dicen que su madre ya no le quiere.

9

Vuelvo una y otra vez al momento de la muerte de Laska. Un grupo de unas diez o doce personas estábamos jugando con una pelota de goma, mientras que un perro, joven y fibroso, saltaba a nuestro alrededor. No era Laska, sino un chucho de color indefinido del que nadie sabía nada. Uno de nosotros calculó mal y la pelota terminó colándose por el agujero de una alambrada. El chucho saltó tras ella y... ¡Quién habría podido imaginar que tras aquella alambrada habría... un precipicio de muchos metros de altura! Tuvimos tiempo sobrado para asomarnos y ver cómo, tras unos segundos eternos, el chucho terminaba por estrellarse. Fue el sonido de aquel golpe lo que me despertó. Había tenido una terrible pesadilla. Recibí una llamada telefónica de mi padre una hora después. Fue él quien me dio la noticia. Laska había sufrido un ictus.

–Tenía la lengua morada –me dijo–. No pude hacer nada.

Volví al momento del precipicio durante muchas noches, pues era así como el animal –pese a su distanciamiento conmigo– me había avisado de su partida. Rememoraba las escenas de su muerte una y otra vez, casi como un vicio. Laska cayendo y todos nosotros observando, mudos y acongojados, cómo se precipitaba. ¿Quién era, después de todo, toda aquella gente? ¿Por qué estábamos allí, jugando a la pelota? ¿Cómo era que la alambrada estaba rota? Ninguna de todas estas preguntas era importante –es obvio–, pero yo me las formulaba como si en ellas radicara el enigma que necesitaba resolver.

*

–¿Se acuerda de Laska? –le pregunté desde mi coche a Estefanía Cámara, también aquella mañana con un pañuelo rojo en la cabeza.

Ella asintió, ¿cómo iba a olvidarlo? Laska y *Lux*, su perro, habían jugado juntos en más de una ocasión.

–Me acuerdo mucho de él –le confesé, al encontrarme con que no sabía cómo proseguir la conversación. ¿Qué habría podido decirle? ¿Que mi padre insistía en que seguía oyendo su respiración? ¿Que, según él, había resucitado?

Estefanía volvió a asentir, pero no glosó mi comentario. Era en verdad una mujer de pocas palabras, lo que la convirtió en doblemente atractiva para mí.

–¿Quiere entrar? –dijo al fin.

Estefanía se secó las manos en un paño y me abrió la puerta. Enseguida nos sentamos en la cocina y me preparó un café. Mientras me lo servía, tuve la impresión de que ese momento –ambos en la cocina, conversando y bebiendo café– lo habíamos vivido ya en otras muchas ocasiones, quizá en otras vidas. Porque aquella mujer se comportaba conmigo con total naturalidad, como si fuera su hermano o su marido: como si aquella no fuera la primera conversación que manteníamos, sino una más entre miles. Este sentimiento de familiaridad me subyugó tanto que, si bien no habíamos hablado con anterioridad, le conté todo lo que me había sucedido con mi padre a propósito de Laska durante las últimas semanas. Para mi sorpresa, no me interrumpió ni una sola vez. Sólo habló al final, cuando estábamos por despedirnos.

–Son cosas que pasan –me dijo, eso fue todo: cosas que pasan.

Estefanía lavó las tazas de café y las colocó junto a la pila. Seguía pareciéndome guapísima con su pañuelo rojo en la cabeza, anudado por detrás. De algún modo, sin embargo, mi historia con Laska se impuso aquella mañana de noviembre a su belleza. Ella me escuchó, me preparó un café, me dijo que eso eran cosas que pasan y, para terminar, me acompañó a la puerta. Bastó eso para que me sintiera infinitamente mejor.

10

Hubo un tiempo en que solía dar largas caminatas y Laska, cuya principal afición era perseguir pajarillos, me acompañaba siempre. Acababa de conocer a Conchita y me encontraba en un estado interior tal que todo me parecía sencillamente perfecto: las nubes en el cielo, lo agitado de mi respiración mientras ascendía a esa colina, los rayos del sol que se colaban entre las ramas... Todo me parecía maravilloso en aquel paisaje incomparable. Aunque había caminado por allí en muchas otras ocasiones, aquel día todo me parecía nuevo, sin estrenar, y yo lo disfrutaba como lo habría disfrutado un niño, en particular la temperatura, la brisa, los colores...

Lo que más me hacía gozar era ver a Laska haciendo briosas cabriolas y rotaciones sobre su eje, saltando de una piedra a otra y correteando por todas partes, como si en ello le fuera la vida. Su excitación era tal que, incapaz de contenerse ante tanto placer, se sacudía a cada rato y lanzaba mordiscos al aire en todas direcciones. Periódicamente se volvía para comprobar que iba tras él. Nunca le había visto así, tan contento, tan lleno, tan ensamblado con el medio. Comprendí en aquel momento que no se está vivo del todo hasta que no se comparte la vida con alguien, hasta que uno no se hace cargo de otro ser vivo y cuida de él.

Laska saltando y correteando en el horizonte: mi estampa de la plenitud.

*

Claro que no todo mi tiempo libre se lo dedicaba a él. A la salida del trabajo, solía recoger a Conchita para ir corriendo con ella a casa y hacer el amor. Estábamos en esa etapa de una relación, que rara vez se estira más allá de unos pocos meses, en que se practica el sexo hasta dos y tres veces por día. Nos amábamos, nos deseábamos, y Laska, siempre tan perspicaz, percibía que él no era ya el destinatario preferente de mi atención. Había sido desplazado y lo acusaba, en particular cuando me encerraba en el cuarto con mi chica. Con su patita, Laska rascaba la puerta una y otra vez, y hasta la empujaba con su cabezota, incapaz de comprender por qué no le queríamos abrir. Era evidente lo mucho que le inquietaba lo que estuviera haciendo su amo tanto tiempo con aquella desconocida. No entendía cómo era que, si en aquel dormitorio siempre había podido entrar, ahora se le impedía. E insistía, con todas las estrategias posibles, hasta la saciedad.

Desde dentro, Conchita y yo escuchábamos sus pasos inquietos sobre el entarimado y dejábamos que rascara la puerta cuanto le viniera en gana, aunque ella era partidaria de dejarle entrar. Por mi parte, estaba convencido de que, antes o después, terminaría por claudicar; pero los perros, o al menos Laska, ¡no se cansaba nunca! Los perros tienen otro concepto del tiempo y mucha más fe en la vida. Así que, antes o después, dependiendo de los días, Laska conseguía que yo saliese de mi habitación y le dejara entrar.

—¿Qué haces? —me preguntó mi padre al verme inmóvil en medio del salón, poco más o menos en la misma postura en que yo mismo, semanas antes, le había descubierto a él, tratando de escuchar la respiración de Laska.

No fue algo que decidiera. Había llegado a casa poco antes y, al no encontrar a mi padre junto a la chimenea, donde pasaba tantas horas, fui al porche en su busca. Tampoco estaba ahí, embebido en esa caja de herramientas por la que sentía una hipnótica fascinación, incomprensible para mí. Lo más seguro era que hubiera salido a dar un paseo por el lago, cosa que apenas hacía desde la muerte de Laska. Al escuchar la cancela y comprender que llegaba, me incorporé y, sin decidirlo —repito—, permanecí tan quieto como pude.

—¿Le oyes? —me preguntó nada más verme.

¿Qué podía decirle? No, por supuesto que no había oído a Laska. Pero decidí afinar el oído como me había aconsejado muchas veces. Pasó un minuto. Mi padre no se movía, tampoco yo. Mi interpretación debía de estar resultando plausible.

Las posibilidades que se me abrían en aquel momento eran en sustancia estas tres. Una: mi padre estaba loco y tenía que ingresarle en una de esas espantosas unidades psiquiátricas que hoy tanto abundan. Dos: mi padre tenía razón, era yo quien estaba encerrado en mi paradigma racional y no admitía la resurrección o, al menos, la comunicación con los espíritus. ¿Llegué a considerar realmente esta segunda opción? Y tres: aceptar que no tenía suficientes elementos de juicio, pero entregarme a él: sentarme a su lado, tratar de escuchar la respiración de Laska, que él aseguraba que había vuelto, y ver qué pasaba a continuación. Pues bien, fue esto último lo que hice: tomé a mi padre de la mano y me senté junto a él, en silencio. Ni que decir tiene que cualquier otro —y yo mismo hasta entonces— habría optado por una de las dos primeras salidas: todos niegan o afirman, están en contra o a favor. Por mi parte, aquella mañana tuve la lucidez —casi diría el presentimiento— de abrir una tercera, con la que me escapaba del precipitado simplismo de las otras dos.

—¿Le oyes? —volvió a preguntarme mi padre.

—¡Chist! —le contesté yo, sin moverme lo más mínimo.

A estas alturas no puedo decir que estuviera sólo interpretando. Fuera por el vivo recuerdo de Laska —avivado con las alucinaciones de mi padre—, o más sencillamente porque Estefanía Cámara, la vecina, me había hecho sentir muy bien, tan sólo escuchándome e invitándome a una taza de café, lo cierto era que había conseguido poner entre paréntesis mi razón y me había entregado a la escucha. Escuchar, sólo eso. Pero no porque confiara en oír la respiración de Laska —eso me parecía una locura—, sino porque algo más fuerte que yo me instaba a meterme en la piel de mi padre y a asistir al devenir de los acontecimientos, no forzarlos, ser sólo un espectador.

—¿Qué te había dicho? —Mi padre volvía a romper el silencio, no resistía que yo asumiera la actitud que había asumido él mismo durante las últimas semanas—. ¡Ahora lo reconoces! —me dijo también—. ¡Ahora me das la razón! —Estaba entre contento y enfadado, como dirimiendo con qué sentimiento quedarse.

No confirmé ni negué sus expectativas, limitándome a invitarle a que se pusiera a mi lado. Ni siquiera sé bien por qué hice eso. Sólo sé que aquella tarde la pasamos mi padre y yo... ¡sencillamente escuchando, uno junto al otro, como si fuéramos amigos, como si el silencio de nuestra casa en la sierra, tan omnipresente, nos hubiera hermanado!

*

Lo primero que sentí en aquel largo silencio, tan lleno de matices, fue una tremenda ira y resentimiento hacia mi padre. Era una ira y un resentimiento que se concentraban en el centro de mi pecho, como si allí tuviera una dolorosa placa de hierro al rojo vivo. Esa ira y ese resentimiento habían estado enterrados en mi memoria infantil desde que, de niño, había sido abandonado en un internado durante un curso escolar. Debía reconocerlo: me sentía enfadado con el hombre que estaba sentado junto a mí, como si en su vida no hubiera roto un plato. Ese hombre era, al fin y al cabo, la causa de un sinfín de sinsabores con los que había tenido que lidiar a lo largo de más de treinta años. Y ahora estaba ahí, como si nada de todo eso hubiera sucedido. Respiré con cierta agitación una o dos veces, pues de pronto sentí, junto a esa placa al rojo vivo, como si tuviera dos animales salvajes peleando en mi pecho. Tuve que cambiar de postura, donde aquella placa o aquella pelea –parecían pájaros picoteándose– fuera menos intolerable.

Tuvieron que pasar diez minutos, quince, casi media hora para que aquella comezón se suavizara y pudiese entrar en algo diferente, que yo no conocía. Esta sensación de desbloqueo fue acompañada de una extraña lucidez: como si algo hubiera comenzado a soltarse en algún momento en mi entrecejo, puesto que todo lo que poco antes me había afligido tanto se fue disolviendo hasta desaparecer.

Esto me abrió a un segundo silencio del todo diferente al anterior, pues en él me di cuenta de la trascendencia de los minutos que había pasado con Estefanía Cámara: de la íntima conexión entre el tiempo gratuito que ella me había dedicado a mí y el que yo le estaba dedicando ahora a mi padre, de la importancia de acompañarnos unos a otros, al menos ocasionalmente, en medio de nuestra crónica soledad. Rememoré hasta los más pequeños detalles de aquel encuentro matinal con mi vecina: el pañuelo rojo con que cubría su cabeza, su «son cosas que pasan» que no lograba quitarme del pensamiento, el mantel a cuadros que cubría la mesa de la cocina, donde nos tomamos el café. Todo cosas diminutas, aparentemente insignificantes, pero alentadas por algo grandioso y casi siempre invisible: el amor. Ese amor era lo que me había hecho sentarme aquella mañana junto a mi padre. Ese amor había posibilitado que entrara en sus coordenadas, para mí demenciales. Ese amor me había silenciado, por fin, ayudándome a estar simplemente presente. No hacía falta más, casi nunca hace falta más.

*

Se abrió entonces para mí un silencio nuevo, vivo, preñado, completamente diferente a los anteriores: un silencio en el que habría podido decirse que algo o alguien estaba esperando. ¿Era Laska? No, no lo era. Era el vislumbre de su respiración, el deseo de que fuera él quien estuviera respirando ahí, la alegría de su visita, la duda, nuevamente la alegría y nuevamente la duda, y así minuto tras minuto, en una oscilación tan dulce como cruel. La certeza y la incertidumbre como si fueran una misma y única cosa. Y el amor, sobre todo el amor: el amor a Laska, por supuesto, pero también, aunque me costase reconocerlo, el amor a ese viejo que era mi padre, lo que, al fin y al cabo, es tanto como decir amor a mí mismo.

Rastrear juntos aquella respiración casi inaudible me permitió sentir a mi padre por primera vez como un auténtico compañero de viaje. La situación se había dado la vuelta, yo había entrado en el juego. Claro que bastó que yo entrara en el juego para que él, quién sabe por qué, se saliera. Empezó a moverse, estaba impaciente, carraspeaba y resoplaba.

–Tienes que actuar como si no te importara verlo o escucharlo –le reconvine lo más afectuosamente que pude–. No le quieras descubrir, respeta su manera de hacerse presente.

De habernos visto alguien en aquella tesitura, seguramente habría pensado de mí lo mismo que yo había pensado de mi padre hasta poco antes: que había enloquecido, que me había contagiado de la demencia de mi padre.

–¿Vamos a quedarnos así toda la noche? –me preguntó al fin, harto ya de tanto tiempo de silencio y de quietud.

–Si no paras de hablar, nunca vendrá de nuevo –le recriminé.

–¿Crees que ya nunca vendrá? –me preguntó entonces en un tono tan humilde que me maravilló.

Me mantuve en silencio.

–¿Por qué piensas que ya no puedo escucharlo? –preguntó enseguida con patente angustia–. ¿Por qué desde que tú le oyes… –y me miró– no puedo oírlo yo?

Era evidente que el silencio me daba poder sobre él. Iba a contestarle cuando el reloj de pared dio las once.

12

Cuando murió Laska, el veterinario, un tipo enorme y con cara de pocos amigos, nos ofreció tres alternativas. La primera fue entregarnos una urna con las cenizas de Laska para que la conservásemos donde mejor nos pareciera o, incluso, para que las esparciéramos en algún lugar significativo, si es que nos daba por ahí. La segunda era enterrar las cenizas en un cementerio de mascotas que había en una población cercana.

–Así pueden ir a visitar a su perro cuando les parezca.

Nunca llamó a Laska por su nombre.

–Pero ¿existen los cementerios de perros? –le pregunté.

Para mí era la primera noticia.

Y tercera: dejarlo todo en sus manos y no dar más vueltas al asunto. En otro momento de mi vida habría dudado entre las dos primeras opciones; pero cuando tuve que elegir, en cambio, supe de inmediato que me quedaría con la tercera.

El veterinario terminó de rellenar un formulario y me extendió una copia. Fuera porque era un tipo arisco o por su llamativo tamaño –no recuerdo haber visto nunca a nadie tan voluminoso–, ante aquel ejemplar de la raza humana comprendí que los perros son más francos y naturales que nosotros y, por consiguiente, al menos en cierta medida, más humanos.

–Entendido –dijo él al saber que nos inclinábamos por la tercera posibilidad.

Una hora más tarde aquel tipo apareció en casa de mi padre con una gran bolsa amarilla en la que cargó el cuerpo de Laska para llevárselo a la incineradora. No me gustó ver a Laska en aquella gran bolsa amarilla, lo confieso. No me gustó el modo en que aquel individuo alto y primitivo lo introdujo en el maletero, como si se tratara de algo neutro y sin valor. No me gustó, en fin, tener que ayudarle a cargar esa bolsa amarilla en su coche, mientras que mi padre, que no había querido estar presente, lo observaba todo desde la ventana de su habitación. Y mucho menos me gustó imaginar a Laska en la oscuridad de aquella bolsa, en la oscuridad de aquel maletero, en las manos de aquel hombre siniestro que le conducía, cumpliendo su deber, a la oscuridad de la inexistencia.

Cuando entré de nuevo en casa, tras el encuentro con aquel veterinario a quien no olvidaría con facilidad, estaba tan exhausto como si hubiera corrido una maratón. Necesitaba desplomarme en algún lado, olvidarme de todo, borrar el episodio que acababa de vivir, tan aséptico como brutal. Mi padre, que probablemente albergaba sentimientos parecidos, tuvo la deferencia de no hablarme. Pasamos aquella tarde en silencio, deambulando de una habitación a la otra, sin poder hacer nada más que vagar sin sentido por la casa. No pudimos llorar, no pudimos conversar, no pudimos encender el televisor o ponernos a trabajar en el jardín, como habríamos hecho en cualquier otra circunstancia. La realidad se había impuesto y no teníamos escapatoria. Casi siempre encontramos la manera de sortear las cosas, pero esa vez no fue así. La bolsa amarilla era una imagen demasiado rotunda como para poder olvidarla.

El hombre alto y rudo irrumpió en nuestra casa, claramente, como un mensajero de la muerte. También él, con toda seguridad, tendría una vida privada, como cualquiera: mujer e hijos, era posible, quizá incluso algún sentimiento o alguna emoción allá escondidos, tras su máscara. Quizá aquel hombre primitivo protagonizó en el pasado algún episodio que le hizo reír o llorar. Puede incluso que hiciera bromas, que pasara miedo, que disfrutara de algún instante feliz... Pero a nuestra casa de la sierra entró sólo con sus formularios y su bolsa amarilla, sólo con su cara sin afeitar y sus tres alternativas: la urna, el cementerio y la nada. Elegí la nada, probablemente porque todo lo demás me resultaba demasiado sentimental. En aquellos momentos no me imaginaba visitando la tumba de Laska y, sin embargo, eso fue lo que necesité algunos meses más tarde, tras un fin de semana con mi padre, escuchando en silencio la respiración de mi perro y dejando que la vida expresara lo que tuviera que expresar.

*

Sabía que era una tontería, que no podía ser más que una tontería, pero aquella noche, después de haber estado sentado silenciosamente junto a mi padre, sólo escuchando, rellené el bol de Laska con pienso y puse agua en un tarro. Luego coloqué ambos recipientes en una esquina de mi dormitorio y me quedé largo rato mirándolos, sorprendido ante mi comportamiento. ¿Creía de veras que Laska vendría a visitarme, que comería de aquel pienso, aunque ya no fuera un perro de carne y hueso? No puedo decir con exactitud qué creía yo en aquel momento, sólo puedo decir lo que hice.

Las noches en la sierra siempre van acompasadas de la banda sonora del viento o, si es verano, del canto de los grillos. Pero aquella noche no fue así, el mundo parecía más bien haberse detenido. Todo parecía concentrarse en una sola cosa: Laska, su respiración, la posibilidad de que algo de él hubiera quedado, después de todo, en este mundo. En el silencio de esa noche invernal sólo cabía la locura de mi padre, la mía, la vida, tan increíble como absurda.

Cerré los ojos y de pronto, no puedo decir de qué manera, vi claramente cómo Laska asomaba su cabezota en el umbral de mi habitación, sin animarse a entrar. Parecía como si estuviera esperando algún tipo de orden que le permitiera hacerlo, así que se la di. «Ven», le dije, y él entró. Se sentó a unos dos metros de distancia y sólo entonces me habló.

–Tengo quince años, lo correspondiente a noventa y cinco años humanos –eso fue lo primero que me dijo–. De modo que mi experiencia vital es mucho mayor que la tuya. Estuviste visitándome cada día durante largos meses sólo por sentido del deber, no por amor, ¿crees que no noto la diferencia? Ahora has tenido conmigo un gesto de amor y por eso estoy aquí.

Dicho lo cual, caminó hasta el bol con el pienso, que husmeó unos segundos hasta que se puso a comer. Escuché con nitidez cómo masticaba y cómo introducía su hocico en el bol para, de un lengüetazo, llevarse otra ración a la boca. Tan vívida fue esta visión y esta audición que tuve que incorporarme para verificar que el agua y el pienso seguían intactos. Ahí estaban, por supuesto: los vi y creí. Porque el milagro no es que ese pienso y esa agua hubieran desaparecido –como cualquiera podría pensar–, sino que yo pusiera aquellos recipientes en esa esquina y que luego escuchara y viera lo que efectivamente escuché y vi. Existe un mundo más allá de los sentidos y, lo aceptara o no, yo estaba ahora en él. Laska había resucitado y, a su modo, me esperaba en su paraíso.

Pocos meses antes, frente un hombre de modales ariscos y de gran tamaño había escogido la nada. Ahora, en cambio, por obra de la locura, o por la del silencio, escogía la maravilla.

y 13

Bastó un fin de semana sin apenas hablar, para que se produjera lo inevitable: aquella misma mañana mi padre me pidió que no le visitara más durante cierto tiempo. Curiosa y reveladoramente, había dejado de escuchar la respiración de Laska en cuanto yo había empezado a escucharla.

—Hijo —me susurró; era la segunda vez que me llamaba así en casi cuarenta años—. No quiero que tomes a mal lo que voy a decirte. —Y desvió la mirada—. Tal vez si regresaras a la ciudad... —Y dejó la frase colgando, en la esperanza de que comprendiera su intención—. Puedes venir más adelante —continuó—, dentro de una temporada. Esta es también tu casa, al fin y al cabo.

Lo entendí todo en aquel segundo. Laska no había vuelto a la casa de la sierra para visitar a mi padre, sino para visitarme a mí. Volvió para que terminara mi trabajo con él, si bien es posible que también él tuviera que terminar el suyo conmigo. Este pensamiento me llenó de una inmensa gratitud. La presión que desde hacía meses me oprimía a la altura del plexo y que yo me había figurado con la imagen de una placa de hierro al rojo vivo desapareció entonces para siempre. Se me aflojaron las vísceras y sentí como si por dentro se me abriera un gran espacio del que había sido privado por el sentimiento de culpa. El asunto con mi perro estaba resuelto. Todo había sucedido en los pocos minutos en que mi padre me había dicho que mi presencia ya no era necesaria en aquel lugar. Ya no volvería a escuchar la respiración de Laska nunca más. Ya no volvería a oír cómo husmeaba el bol y masticaba el pienso. Ya no me hacía falta. Mi padre seguía hablando mientras que yo me recreaba en la liberación que sentía a la altura del plexo. Él hablaba y hablaba, posiblemente justificándose, mientras que yo pensaba en Laska como no lo había hecho en mucho tiempo: sin sentido de culpa, sólo con amor. Era el amor que correspondía al que él me había brindado siempre, justo hasta que la culpa se había instaurado en mí. Sanada esta, sólo quedaba amor.

Apuré de un sorbo mi tazón de leche y fui a mi habitación, donde hice las maletas. Poco después me despedí de mi padre con un abrazo que él no entendió. Laska nos había unido, le estaba profundamente agradecido por haber servido de intermediario. Minutos más tarde, ya estaba en la carretera. No podía dejar de sonreír. ¡No podía dejar de sonreír!

*

Conduje varias horas en silencio, pensando en la inmensa compañía que Laska me había hecho siempre y en cómo, sin él a mi lado, mi vida habría sido sin duda mucho más solitaria y peor, encerrada en nimiedades: menos intensa y sorpresiva, más artificial. La carretera estaba totalmente vacía a esa hora y, sin borrar la sonrisa de mi cara, me dejé acunar por un sinfín de recuerdos que acudieron a mi memoria. Laska de cara a un muro, dándome la espalda. Laska babeando de felicidad y jugando con una cuerda. Laska cayendo por un precipicio. Laska dando saltos de alegría en la montaña. Laska metiendo su hocico entre mis sábanas para que le sacara al parque. Laska, en fin, por las noches, todas las noches, respirando junto a mí. Quizá sean estas las principales instantáneas que conservo de nuestra relación de perro y amo. ¿Seríamos algo sin relaciones? ¿Qué sería de nosotros sin esa colección de instantáneas que conforman nuestra memoria?

Aún era pronto, así que tomé la carretera de Canencia: un paraje al que durante años había ido con Laska casi todos los fines de semana. En una de nuestras últimas excursiones, antes de que se le detectara el tumor y se viera impedido por su artrosis, Laska saltaba de una roca a otra, fundido con el medio como no lo había estado jamás. Recuerdo perfectamente que, en un determinado momento, tras oírle lamentarse, llegó a mí renqueante con una espina clavada en la pata. Se la saqué y le amonesté con cariño y, un cuarto de hora más tarde, ya estaba correteando como si tal cosa, con la ligereza de antes. Aquella fue una jornada perfecta, toda ella con una intensa sensación de bienestar. La que ahora estaba viviendo, más de un año después y sin la presencia física de mi perro, no fue, sin embargo, peor, puedo asegurarlo. Pero no porque sintiera la presencia de Laska como cuando estaba en este mundo, sino porque lo sentía a él con una intensidad y una vivacidad... ¡todavía mayores! Comprendía al fin –¡tanto me había costado!– que no podemos perder nada en absoluto de todo lo que se nos ha dado. Así que, con los ojos que me había dado lo vivido durante las últimas horas..., vi a Laska dando brincos, haciendo hoyos en la tierra con sus patas, mordisqueando palos... Estaba más vivo y presente que nunca. Y vi cómo, al igual que cuando mi padre jugaba con él en el porche con una cuerda, babeaba de felicidad. Desde que había partido de este mundo, no había dejado de estar ni un instante a mi lado. No son imaginaciones, no es fe... Es el fruto de la escucha de su respiración. Es el silencio, en el que se nos muestra que todo está vivo y que nunca estamos solos.

Sé que, tras la lectura de este último fragmento, muchos pensarán que he enloquecido: que el amor por mi perro, o la reconciliación con mi padre, me han sacado de quicio. Pero aquí sólo puedo escribir lo que viví. Junto a este Laska invisible pero real me dispuse a entrar en un refugio que hay en uno de los altos. Lamenté no haberlo reservado con anterioridad, pues cada vez somos más los montañeros que lo frecuentamos, incluso para pernoctar. Milagrosamente estaba vacío, Laska y yo solos: él desgreñado y salpicado del barro del camino; yo, jadeante por el esfuerzo del ascenso. Fuera por la agradable temperatura que reinaba en aquel refugio rústico o porque la caminata me había dejado con ese incomparable estado de ánimo con que sólo deja el ejercicio físico, el caso es que Laska y yo nos sentimos desde el principio a nuestras anchas en aquel lugar. Él se había echado a descansar con las patas recogidas bajo el cuerpo y, de vez en cuando, nos regalábamos miradas de complicidad y satisfacción.

–Qué bien estamos aquí, ¿no? –le dije yo, me salió espontáneo.

Él aguzó las orejas.

–Ahora tendremos que comer algo –le dije también, y le di a que mordisqueara uno de esos huesos que tanto le gustan.

Por fin se quedó inmóvil, como ajeno al mundo y clavado en el sitio. Saqué mi botellita de agua y eché un trago. Luego, mordisqueé unas galletas que tenía en el bolsillo, sorprendiéndome mucho de su sabor. Era como si sólo aquellas galletas, que mastiqué muy despacio, fueran lo que tienen que ser las galletas, siendo todas las demás que había comido hasta entonces meros sucedáneos.

Laska ya se había dormido y había empezado a soñar, a la par que me regalaba una suerte de ladrido ventrílocuo, como procedente de otro mundo. Aquello resultaba inquietante y reconfortante al mismo tiempo. Su vida onírica era,

probablemente, un sustituto de la real, que acaso no le proporcionaba la energía e intensidad que requerían sus instin-
tos. Pocas tardes en la vida –ahora puedo decirlo– he sido
tan feliz como en aquella montaña y en aquel refugio.

Lord, Lleida, junio de 2022

La vía media

I

Se sentó junto a la cama donde yacía su madre y no se alejó de ahí durante los dieciocho largos meses que duró su enfermedad. Aquella pobre mujer fue consumiéndose día a día; pero él, que acababa de cumplir quince años, decidió dejar de ir al colegio y acompañarla hasta el final. Cuando le vimos en el funeral, nos produjo escalofríos comprobar que se había quedado tan esquelético como su difunta madre. Estoy hablando de Ferrer, un compañero de estudios con quien conservo la amistad.

Ferrer fue siempre, y aún hoy sigue siéndolo, alguien muy especial. Estimo que tanto este episodio de su madre, como cualquiera de los que protagonizaría después, es digno de recordarse. Porque Ferrer no es de los que hablan y hablan, y luego no hacen nada.

—Procuro no salirme del guion —me explicó él mismo al enterarse de lo mucho que yo le admiraba por no haberse separado de su madre hasta el final.

—Con franqueza —me insistió, y en aquella época estábamos todavía en el colegio—, no creo ser alguien digno de admiración. —Y sonrió.

Algo así, sin embargo, tan explícito, sólo se lo arrancaba yo a Ferrer tras largos días de interrogatorio. Él prefería más bien encogerse de hombros, o simplemente sonreír, sin que nadie en el mundo pudiera estar seguro de cómo había que interpretar aquel gesto, tan ambiguo. Porque cualquiera de sus gestos o ademanes eran siempre lo suficientemente amplios como para querer decir una cosa y su contraria.

Necesito escribir sobre mi buen amigo Ferrer porque desde que nos conocimos hasta ahora, recién superada la treintena, siempre me ha parecido alguien excepcional. Excepcional dentro de la normalidad, entiéndase, o quizá no tanto, no lo sé. La decisión que tomó a propósito del cáncer de su madre, por ejemplo, fue sólo la primera de otras cuantas, a cuál más drástica, que le fueron conduciendo al punto en que ahora se encuentra. No es posible reseñar aquí todas y cada una de sus comentadísimas decisiones (su insólito comportamiento le hizo durante sus años universitarios muy popular), sino que me referiré sólo a las principales. Porque esto no es su biografía, por mucho que alguien como él, al menos en mi opinión, mereciera que se escribiese. Es sólo que lo último con lo que nos ha sorprendido me ha dejado tan maravillado que no he resistido la tentación de ponerlo por escrito.

Comenzaré diciendo que Ferrer fue siempre un tipo más bien arisco y poco dado a lo que se conoce como vida en sociedad. Nunca, y mucho menos cuando éramos estudiantes, tuvo modales. Campaba por sus respetos sin que le importara la opinión ajena. Carecía de esa actitud complaciente que casi todos, aún aquellos con cierto carácter o talento, adquieren para ganarse el visto bueno de los demás (o, al menos, para ahorrarse los problemas de un posible enfrentamiento directo). Ferrer, no. Él parecía estar siempre por encima del bien y del mal. Unos pocos –sus verdaderos amigos, y yo a la cabeza– respetábamos y admirábamos esa personalidad suya, tan libre, casi me atrevería a calificarla de salvaje. Y, directa o indirectamente, le invitábamos a que siguiese siendo como era, aunque sólo fuese para dejar claro que era posible huir del gregarismo y salirse del sistema. Pondré algunos ejemplos.

*

Ferrer, cuyo nombre de pila es Alberto, tenía un hermano mayor que se llamaba David y que se casó con una chica tan gorda como él. Me parece que este es un dato importante, puesto que mientras Ferrer veía cómo su hermano engordaba y triunfaba en sociedad, él, por su parte, permanecía flaco y huraño. Los contrastes entre ambos hermanos fueron acentuándose con el tiempo. Así como a David, el gordo, le gustaba mucho su nombre, al menos a juzgar por su increíble afición a escribirlo en todas partes, a Alberto, el flaco, no le agradaba el suyo, por lo que cuando le preguntaban cómo se llamaba él respondía que Ferrer, que era su apellido. Algunos ni siquiera supimos que se llamaba Alberto hasta mucho tiempo después.

Cuando a David y a Ferrer se les veía juntos, todos pensábamos en el Gordo y el Flaco, los famosos actores del cine mudo. Una vez que su adolescencia quedó atrás, dejó de vérseles juntos y nadie en el mundo habría dicho que dos personas así, tan diferentes, habían nacido de los mismos padres y habían recibido la misma educación. David se asemejaba muchísimo a su padre y Ferrer, en cambio, a su madre, sobre todo cuando adelgazó al mismo ritmo que ella, víctima de la decadencia propia de una enfermedad degenerativa. La verdad es que madre e hijo se fueron asemejando entonces de forma sorprendente y casi antinatural.

Los padres de David y Ferrer murieron cuando sus hijos eran todavía muy jóvenes. Primero su padre, de un infarto; luego la madre, de un cáncer de colon que la mantuvo postrada durante casi dos años. Cuando murió el padre, de quien todos decían que era exacto a un personaje de una serie televisiva llamado Canon, el hermano mayor se hizo cargo de la familia. Acababa de terminar sus estudios y, como era muy avispado, pronto consiguió un buen empleo. Con su sueldo, David fue pagando las muchas deudas de su padre.

Porque Canon, el padre, llegó a empeñarlo casi todo, metiéndose en negocios cada vez más turbios. Saldaba una deuda a precio de tres nuevos acreedores, y estos, al verle tan debilitado, caían sobre él como buitres, sin piedad. No hay de qué extrañarse: todo el mundo sabe que el destinatario preferente de cualquier ataque es siempre el más débil. Canon, sin embargo, logró que su familia no se enterase de su progresivo endeudamiento hasta que falleció. Tal vez por eso, poco antes de expirar, le pidió perdón a su esposa. O así fue al menos como me lo contó Ferrer. La madre del gordo y del flaco no sabía por aquel entonces qué era lo que debía perdonarle a su marido; lo comprendería después, cuando las cuentas y los enjuagues salieron a la luz. Pero ni siquiera cuando se encontró con todo aquel desaguisado, aquella mujer se lo reprochó. Ella era así, nunca le preocupó el dinero. Estaba muy enamorada de su marido y sabía que todo lo que él hizo había sido por su bien, con independencia de que luego las cosas se torcieran. Su única obsesión era estar juntos los cuatro, unidos. Vivía con esa única meta. Tal vez por ello el gordo y el flaco no rompieran su fraternidad hasta después de su fallecimiento. De haber sobrevivido, la esposa de Canon se habría disgustado mucho, probablemente, al saber que sus hijos ya no se hablaban y que cada cual hacía su propia vida.

Justo cuando la familia Ferrer empezaba a salir a flote de su aprieto económico fue cuando la madre cayó enferma. No tuvieron suerte. Fue entonces cuando cogí la costumbre de visitar a Ferrer en su casa, un par de veces a la semana, junto a otros dos compañeros de clase. Pero eso fue sólo al principio, los primeros meses, puesto que Víctor y Antonio se cansaron pronto de acompañarme y, al cabo, fui solo y más a menudo, prácticamente a diario. ¿Por qué iba? Todavía hoy me lo pregunto. Posiblemente porque me impresionaba la abnegación de Ferrer, día y noche junto a su madre, sin apenas moverse de su lado. Pero creo que iba, sobre todo, porque me impresionaba lo delgadísimo que se estaba quedando.

El suyo fue un proceso de adelgazamiento paulatino, y yo asistí a ese alarmante proceso desde el principio. Al final, poco antes de que todo aquel capítulo de su madre terminara, Ferrer se había quedado –y no exagero– tan flaco como un alambre. Daba grima verlo. Nadie resistía mucho tiempo mirándole. Llegué a pensar que, de seguir perdiendo peso, llegaría el momento en que, sencillamente, se esfumaría de este mundo. Era como un esqueleto andante: se le marcaban todos y cada uno de los huesos, en particular los de los brazos y las manos. De hecho, en la calle no había quien no se volviera para mirarlo. Tenía los pómulos tan hundidos que, si no le conocías y te lo encontrabas de frente, podías pensar que te habías topado con un zombi. Lo peor era cuando sonreía: su rostro adquiría entonces el aspecto de una auténtica calavera. También era horrible verle caminar, pues daba la impresión de alguien a quien le estuvieran manejando desde arriba, con unos hilos invisibles. Con un aspecto como aquel, no era de extrañar que muchos le evitasen y que Ferrer se sintiera por ello, desde muy joven, como un bicho raro. Porque a los esqueletos se los entierra o, como máximo, se los estudia; pero ¿quién querría pasar un rato con un esqueleto y ponerse a conversar con él?

2

Nadie consideró que el espíritu de sacrificio con que Ferrer cuidó a su madre fuera ejemplar, sino más bien contraproducente y enfermizo. A Ferrer no le importó. Alegó no entender a quienes aceptaban sin más el absurdo sistema académico, que él abandonó con una actitud que yo no dudaría en calificar de soberana. Pero no porque Ferrer fuera un revolucionario o un rebelde, capaz de liderar un movimiento subversivo o de protesta; él, sencillamente, no quería formar parte de todo eso. Estimaba que estar sentado en los pupitres colegiales era, simple y llanamente, una solemne pérdida de tiempo. Consideraba que los conocimientos que nos transmitían los profesores no servían para nada, algo en lo que, por cierto, estábamos todos de acuerdo. No juzgaba sensato que las ciencias naturales y la geografía se enseñasen como de hecho se enseñaban, por poner un ejemplo. Creía que en la enseñanza general básica había un error de partida; pero él no se sentía llamado a solucionarlo, sino tan sólo a marcharse de ahí cuanto antes para dar a su vida una orientación más productiva. Por eso, cuando su madre cayó enferma, Ferrer comprendió que había llegado su momento. Ya había ido al colegio demasiados años. Ya había llegado la hora de hacer algo de provecho, algo que le formara como persona.

Quizá nunca se lo planteara así, tan explícitamente. Tampoco pretendió convencernos a nosotros, sus compañeros: convencer a alguien de algo no entró nunca en sus planteamientos. A él le bastaba con que no le obligaran a hacer lo que no aprobaba y, si le obligaban, no participaba de corazón, sino que se limitaba a estar de cuerpo presente. Quienes le conocíamos sabíamos que, si se daban estas circunstancias, él estaría muy lejos de donde se encontraba su cuerpo. En este sentido, Ferrer era ingobernable; y esto ya desde jovencísimo. No había nacido para abanderar nada, sino para vivir aparte. No se metía donde no le llamaban. Era lo que se conoce como un lobo estepario.

Las pocas veces en que sacó malas notas, no hubo profesor que se atreviera a censurarle. Y mucho menos a ponerle en ridículo. Todos nuestros profesores sabían por instinto –como también nosotros, sus compañeros– que a Ferrer era mejor dejarlo tranquilo. Por un lado, estaba la manada; por el otro, él, el patito feo. En todas las clases de todos los colegios del mundo hay siempre un chico así. Suele ser el gordo y con gafas, pero en nuestro caso era Ferrer.

*

Ferrer estaba junto a su madre en el momento en que ella expiró. Yo acababa de cumplir los diecisiete. Lo recuerdo bien porque aquella fue la primera vez en que vi la muerte como algo real, que puede suceder y sucede a las personas que nos rodean. Pensé en que, así como la familia de Ferrer estaba siempre acosada por graves problemas, fueran los trapicheos económicos del padre, la larga y penosa enfermedad de la madre o la pésima relación que había entre los hermanos, la mía, por contrapartida, se caracterizaba por la ausencia más absoluta de cualquier conflicto. Entre nosotros, en mi casa, todo discurría con tal normalidad que, durante algunos años, ansié que sucediera algo que rompiera con aquella parsimonia en la que mis padres y hermanos vivíamos instalados. De hecho, tal era el orden y la placidez con que discurría entonces nuestra vida que, a menudo, con catorce, quince y dieciséis años pensé que hasta que no abandonase el hogar familiar no probaría el auténtico sabor de la vida.

Dada esta situación, no puede extrañar que pasara buena parte de mi adolescencia y juventud, quizá como otros tantos chicos, pensando en el día en que por fin podría independizarme: lo ensoñé, lo preparé, lo proyecté con suma concreción. Calculé el número de cajas que necesitaría para embalarlo todo, y hasta hice algunos sondeos entre mis amigos para ver si me ayudarían en la mudanza. Sin embargo, fuera por un motivo u otro –seguramente sólo por mi inseguridad–, la fecha de mi independencia del hogar paterno se fue posponiendo año tras año hasta que comprendí que eso de independizarse era mucho más difícil de lo que se decía. Porque, a pesar de toda la calma chicha que reinaba en mi familia –o, acaso, gracias a ella–, en mi casa se vivía, después de todo, bastante bien. No me marché de casa hasta los veintisiete, ya con la carrera terminada. Había pasado más de una década desde que había comenzado a soñar con el día de mi independencia.

Ese no fue el caso de Ferrer, quien enseguida se puso a trabajar y a ganar algún dinero, que invirtió en matricularse de nuevo para acabar su bachillerato. Aquellos años fueron muy difíciles para Ferrer, acaso más que los que pasó junto al lecho de su madre. Adelgazó más aún, demasiado, tanto que recordaba a un superviviente de un campo de concentración. Fue en aquella época cuando los dos hermanos se enfadaron y se separaron para no volver a verse nunca más. Fue por dinero, no hay que ser muy listo para imaginarlo; pero también porque sus estilos de vida eran muy diferentes, por no decir diametralmente opuestos. Alguna vez tenían que colisionar.

Con la seguridad que le daba su puesto de trabajo en un banco, David pensó que podía engañar fácilmente a su hermano y manejarlo. Pero Ferrer, que tenía tanta o más personalidad que él, tomó entonces otra de sus sonadas decisiones: renunció a todos sus bienes, presentes y futuros. Dijo no querer saber nada en adelante del patrimonio familiar –que en realidad se reducía a su vivienda–; y dijo que no quería volver a oír una palabra sobre su pasado. Prefería empezar de cero, dijo también. Empezar de cero, eso lo repitió muchas veces. Y a partir de entonces adelgazó hasta un límite realmente preocupante. Esta delgadez extrema, ya en la facultad, no le ayudó a mantenerse en el anonimato.

–¿Quién es ese? –decían de él a la salida de clase; y, como estaba tan flaco y era muy oscuro de piel, algunos comenzaron a llamarle «el Etíope».

–He perdido a mis padres y ahora he perdido también a mi hermano –me dijo el Etíope un día a la salida de clase, en la ciudad universitaria–. Ahora estoy... –y se paró para mirarme, lo recuerdo como si fuera hoy–, ahora estoy completamente solo.

Ni ese «solo» ni el «completamente» que lo había precedido habían sonado con el tono de alguien que se lamenta, sino con toda neutralidad, como quien constata un hecho objetivo. Como quien dice: son las cinco de la tarde, por ejemplo, o es un chico de ojos azules que mide uno y setenta y dos.

Tras decirme aquello, Ferrer no hizo ningún comentario más. Porque hablaba muy poco y, por ello, resultaba difícil saber lo que pensaba, o quizá porque en realidad no pensaba casi nunca. Deseaba una vida elemental, eso fue lo que empezó a decir a partir de entonces. Apuntaba a ello, digámoslo así; pero sólo un poco, como si a lo único a lo que Ferrer aspirase, que era a eso que llamaba vida elemental, lo hiciera involucrándose sólo lo estrictamente necesario.

3

Ferrer pasó algún tiempo haciéndose cargo de que estaba completamente solo en el mundo. A decir verdad, toda su vida fue una constatación del irremediable hecho de su soledad. Claro que esto es algo que, antes o después, todos constatamos; pero esta constatación se produjo, en su caso, de forma mucho más diáfana e intensa. Porque si a cualquiera de quienes le conocíamos en aquella época nos hubieran preguntado por alguien que estuviera solo en este mundo, todos habríamos respondido: Ferrer. Ya esto es elocuente.

Aunque todos seamos muy diferentes unos de otros, hay quienes pueden asociarse fácilmente a otros ejemplares de la raza humana y aquellos –con Ferrer a la cabeza– para quienes no existe grupo alguno en el que puedan encajar. De modo que, para su fortuna o para su desgracia, Ferrer estaba condenado a la más estricta soledad. Quizá fuera esta la razón por la que, con veintiún años, sin haber acabado los estudios, tomó otra de sus famosas decisiones, acaso la más sonada.

–Me voy de retiro. –Así fue como lo dijo; pero yo supe desde ese preciso instante que para él empezaba una nueva época. Que no iba a acabar la universidad. Que se largaba, haciendo gala de su soberana libertad.

–¿Cómo un retiro? –quise saber–. ¿Cómo un retiro? –le pregunté por segunda vez.

Estábamos sentados en una terraza del barrio y nos acababan de servir un par de granizados de limón.

Yo sabía que Ferrer no creía en Dios, así que lo del retiro me sonó muy extraño. A él nunca le había interesado la religión, la filosofía o la espiritualidad. De los dos, yo era claramente el místico, aunque él no fuera, desde luego, lo que puede llamarse un materialista. A decir verdad, Ferrer no era ni materialista ni espiritual. Era otra cosa, quizá por eso le admiraba tanto. No porque me gustase lo que decía o hacía, pues en verdad decía poco y no hacía gran cosa. Era que me gustaba porque era él mismo.

–El Etíope se ha vuelto loco –empezaron pronto a decir de él–. Ahora quiere hacer ejercicios espirituales.

No eran ejercicios espirituales en sentido estricto, claro; pero Ferrer no se esforzó por desmentirlo: le daba exactamente igual lo que unos u otros pudieran pensar de él. En realidad, no creo que ni siquiera le importara lo que él mismo pudiera pensar de sí. Hablamos largo y tendido sobre este asunto, y ya entonces me dijo que lo que pretendía era, precisamente, no pensar.

—Me voy de retiro para no pensar —confesó el día de su partida.

A mí me parecía alucinante. Yo creía que la gente se iba de retiro más bien para lo contrario: para poner en orden su cabeza y aclararse las ideas.

—Necesito tomarme un tiempo —me dijo aquel día también.

Nadie puso a eso ninguna objeción. Al fin y al cabo, todo el mundo necesita de vez en cuando tomarse su tiempo. Pero la cosa no era tan sencilla, porque cuando Ferrer decía eso —y aquella no había sido la primera vez—, él se lo tomaba de verdad. No era como casi todos los demás, que decimos que necesitamos tomarnos un tiempo, o incluso que nos lo vamos a tomar, y luego no nos lo tomamos en absoluto. Ferrer, no. El tiempo era para él como un objeto tangible y, cuando decía que se lo tomaba, era como si se lo metiera en el bolsillo y se marchara con él, a ver qué pasaba. Tenía veintiún años y había decidido parar. No estaba dispuesto a que su vida siguiera su curso natural, fuera el que fuese. Decidió hacer un alto en el camino, echar un vistazo a su alrededor, chequearse a sí mismo sin pensar y luego, cuando procediera, no antes, continuar.

Tuvo que pasar casi una década para que yo pudiera entender a lo que se refería Ferrer con ese no pensar.

El caso es que se las ingenió para que le dejaran una cabaña perdida en un monte de Murcia, a pocos kilómetros de la ciudad. Estaba lo bastante apartada como para, desde allí, no ser visto ni ver a nadie.

—¿Y qué vas a hacer en ese monte? —le pregunté yo, que no salía de mi asombro.

Creía que le conocía y me estaba dando cuenta de que no le conocía en absoluto. Se me escapaba. Sólo ahora puedo reconocer lo que entonces era incapaz de admitir: Ferrer era el hombre libre que a mí me habría gustado ser y eso me daba envidia. Envidia, sí, puesto que también yo me habría ido con él a ese monte. También yo estaba harto de la universidad y de mi familia. También a mí me parecía que había que hacer algo distinto, buscar en otra parte, tomar un camino propio. Yo lo deseaba y Ferrer lo realizaba, esa era la diferencia entre nosotros. Él era valiente, yo no.

–¿Que qué voy a hacer allí? –me contestó él–. ¡Pues vivir!

Lo decía así, con toda tranquilidad, como si simplemente vivir fuera lo más natural del mundo y no un estado excepcional. No le preocupaba de qué iba a vivir en concreto en aquella cabaña en lo alto del monte, es decir, qué comería o qué bebería; me dijo que todo eso ya lo pensaría a su debido momento.

–Pero ¿cómo que ya lo pensarás? –Yo no podía entenderlo.

Tampoco quiso decirme –probablemente porque ni él mismo lo sabía– cuánto tiempo pensaba estar retirado en aquella cabaña, que ni siquiera quiso visitar antes de trasladarse a vivir en ella. Resultó que pasó allí unos dos años, algo menos, pues antes de que cumpliera los veintitrés Ferrer ya estaba de vuelta, en Madrid.

*

Vino sin avisar. Tampoco habría podido hacerlo, pues no usaba el teléfono ni escribía cartas jamás. Estaba igual de flaco, igual de moreno y seguía con sus habituales y prolongadísimos silencios. Pero había cambiado: su rostro era ahora anguloso y duro, y su cuerpo mucho más musculoso. De hecho, todos estuvimos de acuerdo en que, tras su regreso de Murcia, Ferrer se parecía a Clint Eastwood, en particular en el papel que este actor interpreta en *Los puentes de Madison*. Por sus ojos, casi siempre entornados, Ferrer recordaba muchísimo al célebre actor, todos se lo decíamos. Su vida a la intemperie había operado en él este cambio, si bien, por lo demás, era casi como si nos hubiéramos despedido el día anterior.

–¡Hola! –me dijo, y, por mucho que le interrogué, apenas conseguí que me contara algo de lo que había vivido durante tantos meses en la soledad de aquella cabaña perdida en un bosque murciano.

–Se estaba muy bien –le arranqué.

No le vi ni más hosco ni más sofisticado que antes.

–¿Conseguiste tu objetivo? –le pregunté al fin, dándole prácticamente por imposible.

Pero a eso me respondió que había procurado vivir sin objetivos. Quizá esta fuera su clave: no buscaba nada.

Habían pasado dos años desde nuestro último encuentro. Yo había seguido con mi vida, casi me había olvidado de él. Él no había querido que le escribiera ni que le visitase durante su retiro, eso me lo dejó claro. Necesitaba estar solo, me costó apartarme de él y dejarle con su soledad. De pronto, estaba de nuevo ante mí como si nada hubiera sucedido.

Recuerdo que aquel día, el de su regreso, cuando cedí en mis pesquisas y me relajé, Ferrer me dijo algo sobre unas cigarras.

–Zumbaban con una fuerza descomunal. –Ese fue su resumen de dos años de vida apartada.

Cualquiera que haya vivido en el campo sabe que, en verano, las cigarras cantan con mucha fuerza. Ferrer no lo ignoraba, pero eso fue lo que destacó de su larga experiencia solitaria.

–El mundo de las cigarras es… –y se lo pensó– muy parecido al de los humanos –dijo para mi asombro–. La verdad es que los humanos son tan ajenos a los afanes de las cigarras –dijo también– como los dioses a los de los hombres. No es necesario afanarse, todo pasa.

No glosé este comentario. Me limité a darle una cariñosa palmadita en la espalda. Creo que nunca le había oído hablar durante tanto rato.

Esta estrategia de callarme fue eficaz, puesto que Ferrer añadió que las noches estrelladas en aquel monte murciano no habían sido para él siempre algo gozoso. El número de estrellas que algunas noches podía distinguirse era tan sobrecogedor, y tanta su luminosidad, que, según dijo, hubo momentos en que llegó a sentirse empequeñecido y hasta atemorizado. Como si la excesiva luz fuera algo temible; o como si con tanta luz peligrase de algún modo el orden natural.

–Todas aquellas estrellas tan siniestras, tan amenazantes... –me dijo en voz muy baja, y sacó las manos de los bolsillos, logrando que me sorprendieran por su gran tamaño.

–Me sentía como Hänsel y Gretel minutos antes de que se encuentren con la terrorífica bruja que trama conducirlos a su casita de chocolate –me comentó también–. No sé si hay alguien en el mundo que haya tenido esta experiencia: tener miedo de las estrellas, de su número, de su cercanía, de su luz...

Me pareció raro, pero posible. El hombre puede tener miedo de cualquier cosa. De hecho, no creo que haya nada en este mundo ante lo que alguien, alguna vez, no haya sentido miedo.

–¿Y cómo te sentiste allí durante todo ese tiempo, tan solo? –insistí. No estaba dispuesto a rendirme. Necesitaba saber lo que había vivido.

–No estuve solo –me respondió Ferrer–. Estaba conmigo mismo –y luego, por si hubiera alguna duda–, no es igual.

Tenía la mirada perdida en algún punto del horizonte. Él estaba en su mundo –de eso no había duda–, y quienes estábamos en el otro, aquel del que él había huido, lo sabíamos perfectamente.

–No, claro que no –le respondí–; pero… ¿cuál es la diferencia?

No me atreví a preguntárselo. Pensé que le desilusionaría si lo hacía. La opinión que Ferrer tuviera de mí me importaba. De hecho, creo que es la única persona en el mundo cuya opinión sobre mí todavía me importa. Me dolería mucho que algo mío le decepcionase, y eso, aunque ambos hayamos sobrepasado ya la treintena. Quizá sea esta la razón por la que mi comportamiento ante él, siendo afectuoso, no sea ni siquiera hoy todavía del todo espontáneo. Porque cuando alguien nos importa, si nos importa de verdad, cuesta mucho ser normal. No es ningún descubrimiento: ser uno mismo, que debería ser lo más fácil, se ha convertido hoy en lo más difícil y laborioso. Si hubiera muchos que se atrevieran a ser ellos mismos, nos quedaríamos sorprendidos de la gran diversidad que existe entre los humanos. No nos aburriríamos, estaríamos permanentemente estupefactos. Pero ni entonces ni después pude decirle a Ferrer nada de todo esto. Sin tan siquiera despedirse, él se dio la vuelta y se marchó por donde había venido, con la espalda muy recta. Caminaba algo desgarbado y calzaba un número más grande de lo normal.

4

Tras su regreso de Murcia, al no tener dónde caerse muerto, Ferrer vivió durante algún tiempo en una habitación que le dejó en su vivienda un tal Pérez-Peix, otro compañero de clase. Mi impresión era que el cuerpo de Ferrer había vuelto a Madrid, sí, pero que su alma –seguramente más indomable que nunca– seguía en su cabaña, al aire libre.

A Pérez-Peix yo le conocía bien. Era un tipo de complexión fuerte, alguien a quien difícilmente puede imaginarse de viejo. Era la típica persona a quien cualquiera recurriría para pedir ayuda en un trabajo que requiriese de cierta fuerza física. Todos conocemos gente así: no sólo fuertes, sino voluntariosos y disponibles, como si hubieran nacido para ayudar a los demás y para sumarse a una buena causa. Pérez-Peix era así, por eso nunca se le ocurrió insinuarle a Ferrer que ya era hora de que se largase de su casa, de la que, por otra parte, salía en contadas ocasiones. Era como si hubiera decidido continuar su retiro murciano en Madrid. De hecho, no hacía nada de particular: se limitaba a vivir en el cuartucho que le habían dejado. A veces me parecía que no saldría de aquella situación, que nada le haría abandonar su prolongado e injustificado encierro.

Pérez-Peix, por su parte, sabía que era inútil preguntar a Ferrer por la razón de su actitud, por su obstinación por vivir sin proyecto de ninguna clase. Conocía a Ferrer probablemente tan bien como yo. Como buen amigo suyo que era, se limitaba a dejarle en la cocina provisiones en abundancia. Porque, como cualquiera de quienes le habíamos cogido cariño, tampoco Pérez-Peix quería que Ferrer adelgazara más, como cuando lo de la enfermedad de su madre o lo de la ruptura con su hermano, cuando le llamaban el Etíope.

Cuando Pérez-Peix entraba en la habitación de su invitado, la mayoría de las veces lo encontraba sentado en una silla con las manos sobre la mesa, una sobre la otra. Pérez-Peix sabía que aquel aislamiento y aquel mutismo no podían ser eternos, así que no se preocupaba. A decir verdad, el bueno de Pérez-Peix nunca se preocupó por nada. Era un hombre tranquilo, casi tanto como el propio Ferrer, a quien conocía y respetaba como yo mismo. Sabía que esa etapa podría alargarse más o menos, dependiendo, pero que también de esa acabaría saliendo. Y no se equivocaba.

–Y tú, ¿qué crees que hace? –le pregunté a Pérez-Peix en cierta ocasión, escamado por aquel nuevo retiro, esta vez urbano.

—Se sostiene a sí mismo —me respondió él.

Tengo bien grabada esta respuesta.

—Es como si se sopesara a sí mismo para comprobar si luego, cuando le toque estar con los demás, podrá soportarse.

—No sé si lo entiendo —le respondí yo.

Y él:

—Me hago cargo.

Durante mi adolescencia y primera juventud me parecía que todos sin excepción hacían cosas raras y que, entre la gente que me rodeaba, yo era el único normal: alguien a quien no le sucedía nada extraño y cuyos días transcurrían en un tono admirablemente cotidiano, sin sobresaltos. Casi sentía vergüenza por ser un tipo tan corriente. Pérez-Peix, sin ir más lejos, también me parecía raro. Siempre tan sereno, tan ecuánime, tan maduro… ¿Cómo es que me rodeaba yo de gente así, tan especial?

Incitado por mi curiosidad, Pérez-Peix me informaba puntualmente de las costumbres de su inquilino. Me dijo, por ejemplo, que durante todos aquellos meses Ferrer nunca hizo su colada hasta que toda su ropa estaba sucia. Era entonces, cuando ya no le quedaba ni una sola camisa limpia, ni por supuesto ropa interior sin usar, cuando nuestro común amigo se decidía a hacer la colada. Tras sacarla de la lavadora, tenderla en la terraza y amontonarla en una gran pila, una vez seca Ferrer se dedicaba a plancharla con suma profesionalidad, esa fue la expresión que utilizó: profesionalidad.

—Daba gusto verle planchar, la verdad —me dijo y, al decirlo, imitó el movimiento de la mano al planchar.

Según él, no había raya de pantalón que a Ferrer se le resistiera.

*

Antes de poner un negocio por cuenta propia –como haría al término de aquel segundo retiro–, en casa de Pérez-Peix Ferrer siguió levantándose muy temprano, aunque no tuviera que ir a ninguna parte. Se aseaba con todo cuidado, como si tuviese que acudir a una entrevista de trabajo y quisiera causar una buena impresión. Luego se tomaba su tiempo para desayunar y, al terminar, recogía no sólo su habitación, sino toda la casa, aunque Pérez-Peix nunca le pidió que lo hiciera.

Ferrer se tomaba el mantenimiento y la limpieza de la casa con toda seriedad, como si en ello le fuera la vida. Le encantaban las tareas domésticas y se consagraba a ellas como si fueran una cuestión de vida o muerte. Realizaba todo con devoción, casi me atrevería a decir que con amor, con fanàtismo incluso. ¿Era algo como para preocuparse? Ferrer hacía semanalmente una limpieza a fondo de toda la casa, vaciando los cajones y ordenándolos de nuevo, cambiando las sábanas de todas las camas, abrillantando los cristales de las ventanas, limpiando incluso los rodapiés, en fin, todo. Pérez-Peix, por su parte, no daba a ese asunto la menor importancia.

Cuando ya no había nada más que limpiar –y no escatimaba su tiempo hasta dejarlo todo reluciente–, cuando ya no imaginaba en qué otra tarea podría aplicarse, si hacía buen tiempo Ferrer salía a dar un paseo, por lo general por la calle de la Princesa. Caminaba, Princesa arriba, unos cien números y, luego, Princesa abajo, otros cien. Si seguía con más ganas de caminar, repetía la operación y, si se había cansado, regresaba a la casa de Pérez-Peix, en Ferraz, 74, donde solía prepararse un almuerzo ligero.

Si el tiempo no era bueno, en cambio, Ferrer no salía a caminar, sino que se sentaba en una silla y, allí, como no le gustaba leer, sencillamente permanecía sentado. A veces miraba por la ventana, pero no siempre. Era en aquellas circunstancias cuando le sobrevenía un pensamiento tan simple como irrebatible: estoy solo. Lo sé porque me lo contó él mismo, pues yo le preguntaba a menudo por su sentimiento de soledad, algo que por alguna razón me inquietaba. Puedo asegurar que cualquiera de sus amigos –y no me refiero sólo a los pocos que tenía entonces, sino también a los que tiene ahora– nos habríamos asustado de haber tenido que padecer nosotros una soledad como la de Ferrer. Como todo el mundo, yo pensaba entonces que un amigo era un paliativo contra la soledad; Ferrer, no: él sabía que hay relaciones cuyo único objetivo parece ser, precisamente, recordarnos lo solos que estamos.

Fuera por su experiencia en el monte murciano, o por su carácter, más bien taciturno, o por lo que tuvo que vivir en la cabecera de la cama de su madre a los quince y dieciséis años, lo cierto es que Ferrer estaba vacunado contra la soledad. Y contra la angustia, puesto que la situación económica en que les dejó su padre no fue para él ni mucho menos algo menor. Tras la muerte de su madre, pero incluso antes, todos sabíamos que Ferrer ya había conocido el dolor en estado puro. Todavía más: que no existía el dolor –ninguno de los que pudieran sobrevenirle en el futuro– que tuviese que enseñarle nada más. Esta impresión se la daba a muchos de quienes le conocíamos, no sólo a mí: que él ya había conocido el sufrimiento propio de la existencia humana y que, en consecuencia, había entrado en un territorio que a nosotros, al menos por el momento, nos estaba vedado.

Tengo que decir aquí que Pérez-Peix tuvo un final tan inesperado como trágico. Poco después de que Ferrer se marchase de su casa, un martes de un mes de marzo, cruzó una calle sin mirar y fue atropellado. Murió en la flor de la vida. Ha muerto el Rubio, decía todo el mundo, pues Pérez-Peix tuvo siempre el pelo muy rubio, prácticamente blanco, y era así como se le conocía.

5

Comprendí que Ferrer era mi mejor amigo el día en que, pocos meses después de la muerte del Rubio, en verano, me puse enfermo y tuve que ser ingresado en un hospital. Padecí una grave amigdalitis por causa de los aires acondicionados y tuvieron que inyectarme no sé cuántos millones de unidades de penicilina. No podía hablar. Ni moverme. Me alimentaron por vena y un par de enfermeras venían cada día para asearme, ni para eso tenía fuerzas. Pues bien, al enterarse de que estaba ingresado, Ferrer no se lo pensó ni un minuto y vino a visitarme al hospital. Se sentó en la butaca que había junto a mi cama y... ¿qué diríais que sucedió? Pues que se quedó ahí, sin moverse, durante toda una semana.

–Vete a dormir a casa –le dije yo esa primera noche, o se lo escribí en un papel, pues, como he dicho, apenas tenía fuerzas para hablar.

Ferrer me respondió –también eso lo recuerdo a la perfección– que en aquella butaca se encontraba muy a gusto y que ya echaría una cabezadita cuando tuviera sueño.

–¿Cómo una cabezadita? –quise saber–. ¿Es que no piensas irte a tu casa? ¡Necesitas descansar! –le amonesté aquella primera noche, y tuve que repetírselo, aunque en balde, todas las que siguieron.

No hubo nada que hacer. Necesitara de una noche reparadora o no, lo cierto es que Ferrer se quedó junto a la cabecera de mi cama, como había hecho con su madre años atrás, haciéndome compañía los siete días con sus noches que pasé en aquel hospital. Este acto tan generoso me descolocó, pues en aquel tiempo yo no imaginaba que alguien pudiera hacer algo así por otra persona. Su comportamiento no entraba en mis esquemas y rompía mi manera de pensar. Porque debo advertir que Ferrer no salía de mi habitación hospitalaria ni siquiera para el almuerzo o para la cena. Le bastaba –y hasta sobraba– con que alguien le trajera de vez en cuando un bocadillo o una manzana. Nada, mi amigo se había hecho fuerte en aquella butaca y no había manera de sacarlo de ahí.

Es cierto que yo le había llamado mucho por teléfono, en particular tras la vuelta de su largo retiro en Murcia; también es cierto que fui a visitarle varias veces a casa del Rubio durante su segundo retiro. Allí, mientras conversábamos, le había visto cocinar y planchar con suma profesionalidad, como si no hubiera hecho otra cosa en su vida. También es cierto que habíamos sido buenos compañeros, primero en el colegio y luego en la universidad, cuando todos le marginaban por su extrema delgadez y cuando se burlaban de él llamándole el Etíope. Ahora bien, que su vida se redujera durante toda la semana de mi convalecencia a estar conmigo, y que eso lo hiciera además totalmente a gusto, sin reclamar nada para sí, a mí me dejaba desconcertado. Empezaba a entender lo que era la amistad, lo que era tener un amigo verdadero: saber que puedes contar con alguien, que alguien va a estar ahí, contigo, pase lo que pase. Que no se va a marchar. Todo aquello ya no eran palabras, sino que se realizaba literalmente en aquel hospital.

Ser protagonista de aquella historia de amor –lo confieso– me hizo emocionarme hasta las lágrimas. Sí, lo juro: miraba al bueno de Ferrer y se me humedecían los ojos. Su entrega a mi persona, su abnegación, su sencillez, eran –¿cómo decirlo?– superiores a mis fuerzas, obligándome a revisar mi comportamiento, incomparable con el suyo. De modo que consideré aquella semana como una declaración de amistad. Porque al igual que puede declararse la guerra –así lo pensé entonces–, también se puede declarar el amor o la amistad. Y aquel gesto de Ferrer era eso en toda regla: una decidida declaración de amistad.

Al cuarto o quinto día de mi internamiento, cuando pude empezar a hablar, ya no pude resistirlo más y se lo pregunté directamente.

–¿Por qué te comportas así? ¿Por qué actúas tan desinteresadamente?

Huelga decir que no me respondió. Se limitó a encogerse de hombros, como si su actitud fuera lo más natural del mundo. Como si no exigiera ninguna explicación.

No me conformé con su silencio, siempre me ha costado conformarme con sus silencios. Y horas después se lo pregunté por segunda vez. Su respuesta fue la misma: un encogimiento de hombros y una leve sonrisa, aunque eso de la sonrisa tampoco podría jurarlo. Desistí, todavía estaba muy febril.

Cuando se lo pregunté por tercera vez, a la mañana siguiente, tras la quinta noche que pasó durmiendo en la butaca que había junto a mi cama, Ferrer comprendió que ya no me conformaría con un simple encogimiento de hombros. Tengo su respuesta bien grabada en mi corazón. Todavía hoy me parece increíble que pudiera responderme como lo hizo, pero así fue.

–Me caes bien –me dijo, eso fue todo.

Le caía bien, eso era todo. Por eso estuvo ahí sentado, junto a mi cama, una semana entera.

Aquel día, vuelto de espaldas para que Ferrer no me viera, mis ojos no se limitaron a humedecerse, sino que lloré como un muchacho durante largo rato. Nadie me había dicho nunca algo así, tan hermoso: Me caes bien. Simplemente. ¿Para qué más? ¿Puede haber una declaración de amor más hermosa que esta? Creo que fue aquel día, con esas tres simples palabras –tenía veinticuatro años–, cuando conocí el verdadero amor.

Todavía hoy, una década después de aquello, me emociono cuando lo recuerdo. Veo lo incómodo que se sintió Ferrer por tener que decirlo, pues él nunca fue alguien a quien resultase fácil hablar de sus sentimientos; y veo el modo en que luego, tras decirlo, se quedó mirando por la ventana, en silencio. Había algunas nubes plomizas en el cielo y, minutos después, empezaba a llover.

*

Ferrer solía vestir con ropa de un solo color y de tonos más bien oscuros. Sin embargo, nadie en el mundo habría dicho que su aspecto irradiase tristeza o melancolía. Al salirse siempre de todos los parámetros, Ferrer no es alguien de quien fácilmente pueda decirse que sea una persona triste o alegre; tampoco simpático o antipático, tonto o inteligente. Él es siempre él, sólo él, y durante aquella temporada hospitalaria me lo demostró una y otra vez.

Aquella noche hablamos un poco. Es probable que nunca haya hablado con él de seguido más allá de un cuarto de hora. Recordamos la época en que se retiró a un monte murciano y me aseguró que en ningún lugar del mundo puede un hombre sentirse tan bien como en una pequeña cabaña de madera.

—Es un sitio perfecto para vivir —comenzó diciendo—. Pero es importante que la cabaña sea pequeña y que sea de madera; también es importante que no haya luz eléctrica, por supuesto, ni agua corriente u otras comodidades propias de la vida moderna.

En su opinión, era igualmente esencial que no hubiera nadie en, al menos, diez kilómetros a la redonda.

—Sólo en esa soledad puede el hombre darse cuenta de cómo son los pájaros y las avispas, las hormigas, los mosquitos... —me dijo, mientras yo le escuchaba como si estuviera hablando con un sabio anciano o con un maestro.

—Donde más he aprendido —me dijo también durante aquella inolvidable noche— es observando a los animales. No me canso de mirarlos —me aseguró, haciéndome pensar que yo nunca había mirado a un animal más de un minuto seguido–. Sólo en Murcia –continuó– me hice cargo de cómo se suceden las estaciones y de cómo sale o se pone el sol. Allí entendí qué es el tiempo. Y qué es el silencio, que no es otra cosa que la sinfonía de sonidos que habitualmente no somos capaces de escuchar. Fue en Murcia donde me di cuenta de qué es en realidad un problema y qué no.

Me incorporé ligeramente en mi cama, estaba fascinado con lo que me estaba contando. Me parecía que no iba a verme en otra como aquella y que Ferrer me estaba descubriendo, por fin, el verdadero secreto de su vida.

–Fue en Murcia –y decía Murcia como podría haber dicho paraíso– donde descubrí qué es tener apetito, qué es tener sueño, qué es que te duela algo y no poder hacer nada más que aguantarte.

Una enfermera entró entonces en nuestra habitación y colocó la bandeja de la cena sobre una mesita abatible, aneja a la cama. Nos sonrió sin dirigirnos la palabra.

–En Murcia –continuó mi amigo en cuanto se marchó, y otra vez sonó la palabra Murcia como si hubiera dicho paraíso–, en Murcia pasé muchas horas mirando las nubes. Pasé muchas horas, muchísimas, mirando la corteza de los árboles y el vuelo de las hojas en otoño, al capricho del viento.

Esto último lo dijo ya en un tono opaco y monocorde, como si pretendiera ahorrar sus energías al máximo. Sentí lástima al oírle hablar de algo que para él parecía tan importante con tal desapego, como si ya no le perteneciera y no pudiese hacer nada por recuperarlo. Y sentí deseos de azuzarle para que imprimiese a su discurso un tono más animoso, como el que había tenido poco antes. Pero él continuó durante algunos minutos más todavía con ese tono ahorrativo y miserable. Así hasta que empezó a hablarme de una silla de lona que a veces sacaba y colocaba a la puerta de su cabaña.

—Sentado en aquella silla de lona me sentía el rey del mundo —me confesó—. Alzaba los brazos y… —sus ojos sonreían— ¡me ponía a bailar! Sabía que nadie me veía, sólo los espíritus del bosque, y me sentía tan dichoso que no podía parar quieto. No pensaba, sólo bailaba, bailaba sin comprender la razón.

Me imaginé a Ferrer, delgado como un alambre, bailando a solas al atardecer, en el claro de un bosque.

—Todas las noches encendía un par de velas y, bajo aquella luz titilante, mi cabaña era para mí todavía más hermosa y acogedora de lo habitual. Me enorgullecía de aquella cabañita —prosiguió—, como si la hubiera construido yo. Y no podía ni imaginar el día en que decidiría abandonarla. En Murcia no echaba de menos nada en absoluto, y creo que habría podido permanecer allí muchísimo tiempo más, aunque probablemente no de manera indefinida.

Se quedó pensando, como evocando algún recuerdo.

—En mi cabaña no tenía ganas de leer o de escribir, sólo de estar ahí. Sólo de ser. Tengo la impresión —y con eso terminó— de que casi nadie logra en esta vida ser quien realmente es. ¿Me entiendes?

Asentí, claro. Pero, francamente, no creo que le entendiera.

6

Desde que tomó la decisión de abrir un negocio propio, lo que sucedió un par de años después de mi ingreso hospitalario, Ferrer comenzó a ganar peso y a cambiar de color de piel. Sé que suena absurdo, pero fue como si la decisión de normalizar su vida estuviera estrecha y secretamente vinculada tanto con su aumento de peso como con la coloración de su piel, cada vez más pálida. Se lo hice notar en su día, pero Ferrer –siempre en su línea– se limitó a encogerse de hombros.

Que una persona como Ferrer quisiera abrir un negocio, era lo que menos podíamos imaginar. Quizá tendríamos que haberlo supuesto, puesto que él siempre solía tomar la decisión más insólita. No tenía una vocación clara, eso lo había dicho él mismo en múltiples ocasiones. Era de ese tipo de personas que puede realizar actividades muy distintas, pues cualquiera de ellas, o al menos la mayoría, es capaz de llevarla a cabo con cierta destreza. Igual arreglaba un enchufe que levantaba un muro; igual podía escribir un informe –pues no era malo para las letras– como calcular un presupuesto, pues tampoco se le daban mal los números.

Sin tener claro de qué sería su negocio, Ferrer decidió que lo importante para él era trabajar por cuenta propia, no ajena. Cuando la cosa comenzara a funcionar –eso también lo veía con claridad–, tendría a su servicio unos cuantos empleados, pero siempre pocos, lo que se llama una empresa pequeña o familiar. Decidió de igual modo que nunca trabajaría mucho, sino lo justo; y que su propósito no sería crecer, sino sólo mantenerse. Estaba con Víctor cuando nos comentó que, una vez que hubiera conseguido todo esto –para lo que se daba un plazo de cuatro o cinco años como máximo–, se uniría a una mujer.

–Lo de tener con ella un hijo o no, ya se verá con el tiempo –nos explicó también, y durante toda aquella semana habló muy a menudo de ese negocio que proyectaba abrir y con el que pensaba labrarse un futuro.

–Pero un negocio ¿de qué? –le preguntó Víctor, haciendo por el momento caso omiso a lo que poco antes nos había dicho sobre la mujer y el hijo–. ¿Qué es lo que demonios quieres vender?

Ferrer tardó unas cuantas semanas en decidirlo; pero, en cuanto le vino la idea, no lo dudó.

—Fotocopias —nos respondió; y nos miró con una cara en la que se reflejaba una convicción total, sin fisuras.

Por su manera de abordar el asunto, se habría dicho que Ferrer había visto ese negocio de fotocopias en alguna parte y que, cuando nos explicó cómo sería, sólo lo estaba describiendo, no imaginando. No era como si estuviera hablando de un sitio que todavía no existía, sino de un sitio real, que podríamos visitar. Por eso, dentro de lo utópico, su relato nos resultó bastante convincente.

Para provocarle, le pedimos detalles: quisimos saber cómo sería el cierre de su establecimiento, por ejemplo, o el suelo, o el color de las paredes... Y, para nuestra sorpresa, Ferrer tuvo respuestas a todas nuestras preguntas, sin que nunca lográramos dejarle fuera de juego. El suelo, por ejemplo, sería de cemento pulido. Eso lo tenía clarísimo. No se paró ni un segundo a considerar que podría ser de cualquier otro material. El cierre sería de tijera, pues solían resultar tan prácticos como seguros. En cuanto a las paredes...; no recuerdo, en realidad, qué fue lo que dijo de las paredes. Pero, en cualquier caso, nuestro amigo sabía con gran precisión cómo sería todo en su establecimiento.

—Pero ¿qué sabes tú del negocio de las fotocopias? —volvió a preguntarle Víctor, a lo que él, como también yo esperaba, tuvo que respondernos que de eso, a decir verdad, no sabía nada.

*

Pocos días después de aquella conversación, Ferrer vino diciendo que ya tenía pensada la calle en que iba a situar su establecimiento, pues había visto un local en alquiler. Era una tarde de julio, y Víctor y yo estábamos recién llegados de la piscina.

—Altamirano —nos dijo él—, en la calle Altamirano. —Y ahora que lo escribo tengo dudas sobre si eso de la calle en que se ubicaría lo dijo antes de contarnos que lo que allí pensaba montar era un negocio de fotocopias.

Fuera como fuese, aquella misma tarde, pese al espantoso calor que hacía, tanto Víctor como yo le acompañamos a echar un vistazo a ese local. Recuerdo que la camisa que Víctor llevaba aquel día era de esas que, por su blancura, casi echa para atrás. Más tarde me acostumbraría a que las camisas de Víctor, que solían ser de cuello duro, fueran siempre impecables. Ataviado con una camisa así, tan limpia y bien planchada, el mundo tiene que verse de forma muy distinta, eso fue lo que pensé. Ferrer, por contrapartida, iba en bañador y con chanclas. Tampoco eso lo he olvidado.

Nos abrió el propietario del local, un tipo grueso y malhablado a quien sobresalía la tripa por encima del cinturón. Iba descamisado y sin afeitar, y hacía tintinear en sus manos un manojo con un montón de llaves. A juzgar por el lamentable aspecto de sus uñas, era patente que no se las mordía de vez en cuando, sino por sistema; en las de los pulgares en particular, la escabechina no se limitaba a la uña en sí, sino que se extendía a la piel, que tenía enrojecida. Víctor, a quien gustaba que todo el mundo estuviera bien aseado y que vistiera con pulcritud, dirigió al tipo una mirada de desconfianza, casi irritada.

Mientras balbuceaba quién sabe qué sobre el precio del alquiler, aquel hombre desaseado abrió un cierre de tijera, de esos que se ponían antes en los comercios para mayor seguridad: era un cierre tal y como el que Ferrer nos había descrito que tenía que tener su futuro local. Lo descorrió ruidosamente y nos dejó entrar mientras apuraba su cigarrillo, cuya brasa brilló en sus labios con intensidad.

—Daos prisita que tengo mucho que hacer —nos dijo, y se apoyó en el umbral de la puerta, dispuesto a esperarnos fuera.

Antes de entrar vi cómo se encendía un nuevo cigarrillo, rascando una cerilla en la pared.

El local no era nada del otro mundo. Eso por no decir que era un cuchitril de mala muerte. Parecía una caja de cerillas, pero Ferrer estaba encantado. Creo que ni Víctor ni yo le habíamos visto nunca así. ¡Él, que siempre parecía tan sobrio y moderado!

—Me basta para empezar —dijo nuestro amigo, mientras miraba hacia arriba, desde donde se filtraba la luz por una claraboya.

Los techos eran muy altos, de ahí que Ferrer comentara que quizá podría instalar allí un altillo que le sirviera de almacén.

—Aquí pondría una escalera metálica, de caracol —dijo también, y señaló un rincón en el que había un gran cubo de plástico negro para la basura—. Aquí, en cambio, pondré la máquina fotocopiadora —y señaló donde yo me encontraba—; y aquí el mostrador. —Y dio dos o tres pasos para indicarnos de dónde adónde iría ese futuro mostrador.

—¿Has estudiado el barrio? —le preguntó Víctor, siempre muy precavido.

Ferrer no lo había estudiado. No tenía ni idea sobre si habría más imprentas o locales parecidos al que él pretendía montar en aquel barrio y, en consecuencia, sobre si tendría o no alguna competencia.

—Eso no importa —nos respondió—. Mi negocio tiene que ser este.

Quisimos saber por qué se había empeñado tanto en lo de las fotocopias, temerosos de que esa idea pudiera luego costarle cara. Su respuesta volvió a sorprendernos.

—Lo he soñado —nos respondió sin titubear, y nos explicó que llevaba varias noches soñando con una máquina fotocopiadora que no cesaba de hacer fotocopias hasta inundarlo todo de papeles—. ¡Fas, fas, fas! —exclamó, imitando el destello eléctrico de la fotocopiadora y deslizando su mano de derecha a izquierda—. ¡Fas, fas! Tiene que ser un signo —dijo para concluir, sin añadir un solo «fas» más a todos los que ya había proferido, tan expresivamente.

Ferrer había tenido un sueño premonitorio y decía que necesariamente debía secundarlo. Nadie en el mundo habría podido hacerle desistir. Dos días después había firmado un contrato de alquiler por el que se comprometió para un par de años.

7

Víctor y yo ayudamos a nuestro buen amigo a pintar y adecentar ese local, así como a instalar ese altillo del que tanto nos había hablado. También le ayudamos a colocar unas escaleras metálicas, de caracol, con las que, según nos confesó, también había soñado un par de noches. Víctor, que ya en aquel entonces había hecho algún dinero, le prestó un considerable capital para la compra de la primera máquina, que costó una fortuna. Ferrer se comprometió a devolver el préstamo a plazos, y así lo hizo con escrupulosa puntualidad.

Cuando todo estuvo más o menos listo para su inauguración, recién instalado el mostrador y antes, por tanto, de que hubiera entrado ni un solo cliente, Ferrer nos confesó que, en la soledad de aquel local de techos altos, se sentía terriblemente feliz, más incluso que en la cabaña de madera en que vivió en Murcia, su paraíso, donde las noches estrelladas le sobrecogieron por su belleza y donde él, tumbado en la hierba, las había contemplado en silencio. Aquella confesión de felicidad tuvo lugar antes de que trajeran la primera máquina fotocopiadora, cuyo funcionamiento lo estudió Ferrer con todo detalle, de modo que pudiese arreglarla él mismo, sin necesidad de llamar a los técnicos, si es que en algún momento se estropeaba. Ferrer no nos había hablado de la felicidad jamás, él no era de esos a quienes gustan las grandes palabras. Pero aquel día lo hizo, y tanto Víctor como yo permanecimos, por ello, callados, por ver si se animaba y nos contaba algo más. También Víctor, como yo, sentía curiosidad.

Ferrer terminó por animarse y, alentado por aquella ilusión casi infantil que tenía por su futuro negocio, nos contó –sin venir a cuento, por alguna extraña asociación de ideas– que a lo largo de los casi dos años que pasó en Murcia había contemplado durante larguísimas horas el devenir de las nubes: su separación o fusión de una con otra, las tonalidades grises y lilas que iban adquiriendo, su lucha por vencer al cielo, tan azul, y, en fin, su victoria o retirada final. La cosa había empezado por las fotocopias, pero Ferrer lo relacionaba, de alguna forma, con las nubes.

–Mirar nubes por el día y estrellas por las noches es lo que más hice durante mis largos ejercicios espirituales en Murcia –nos admitió; y se apoyó en su mostrador recién instalado, que tenía una parte abatible mediante un sistema de bisagras.

–¿Qué os parece? –nos preguntó, saliendo por fin de su ensoñación.

Se refería a su mostrador, no a las estrellas o a las nubes que vio en Murcia.

Era un sistema de bisagra como cualquier otro, no tenía nada de particular. Las bisagras no eran bonitas, sino de esas que pueden encontrarse en cualquier ferretería. Tampoco la madera del mostrador era de buena calidad, sino un aglomerado barato y común. Pero Ferrer estaba encantado con su mostrador con bisagras. Tan encantado que daba apuro contradecirle.

–Muy bien, ha quedado muy bien –le dije yo para no desanimarle.

Eso pareció bastarle.

–Aquí van a hacerse muchas fotocopias –dijo él poco después y, por el modo en que miró el mostrador, habría jurado que ya lo veía lleno de papeles. Es casi seguro que hasta veía a los clientes, invisibles para Víctor y para mí, amontonándose en su pequeño establecimiento y haciendo cola a la puerta.

Es sabido que si alguien está ilusionado ve mucho más que lo que pueden ver quienes han perdido la ilusión o quienes nunca la han tenido. De modo que nuestro amigo era un visionario, creo que esta es la palabra que mejor se ajusta a lo que entonces estaba viviendo.

No tuvo que pasar mucho tiempo para que Víctor y yo tuviéramos que admitir que Ferrer no se equivocaba: contra todo pronóstico, su negocio fue desde el principio viento en popa.

*

De lo primero que nuestro amigo se dio cuenta a las pocas semanas de abrir su negocio fue de lo variopintos que eran sus clientes, así como de la enorme variedad de textos y materiales que pueden llegar a fotocopiarse. Porque uno cree que el asunto de las fotocopias se resuelve en un sota, caballo y rey, pero no es así en absoluto. El asunto tiene mucha miga.

–¿Qué quieres decir? –le preguntamos al oírle decir aquello.

–Pues que cualquier persona ajena a este negocio pensaría –nos dijo desde el otro lado de su mostrador– que sólo se fotocopian apuntes de clase, capítulos sueltos de algunos libros, carnets de identidad, documentos notariales y cosas de ese tipo. Pero no, nada de eso.

Llevaba una visera de color negro. No sé por qué se la ponía para trabajar, pues maldita la falta que le hacía. Pero aquella visera era como su uniforme de trabajo. Entraba en el local y se la ponía.

–Esas cosas se fotocopian, desde luego –nos explicó acto seguido; pero enseguida nos aseguró que cualquier profesional del gremio sabía que, por encima de todo eso, que es en lo que repara el usuario ocasional de una fotocopiadora, también se fotocopian materiales mucho más insólitos, tales como dibujos artísticos, cartillas escolares, manuscritos literarios o, incluso, cartas de amor.

—¿Cartas de amor? —preguntó Víctor, evidentemente interesado.

—¿Dibujos? —quise saber yo—. Pero ¿lees lo que te dan para fotocopiar?

Ferrer se revolvió en su banqueta. Nos aseguró con vehemencia que él no leía jamás nada de lo que ponían en sus manos, que nunca se atrevería a algo así. No leer el material que se entrega para ser fotocopiado forma parte de la profesionalidad de este oficio, dijo. Pero añadió que de vez en cuando era casi inevitable echar una ojeada, aunque sólo fuera para encuadrar la página. Y que era entonces cuando uno se hacía cargo de lo que estaba fotocopiando.

—He llegado a fotocopiar —y se ajustó su visera— el plano de un banco que, presumiblemente, se pensaba atracar. —Y sonrió como no le había visto sonreír nunca—. Tras ver aquel plano, miré al cliente que estaba tras el mostrador, esperando el cambio; y habría puesto la mano en el fuego a que aquel tipo… ¡era verdaderamente un ladrón!

Víctor y yo sonreímos. Ferrer continuó.

—En este barrio hay un escritor que fotocopia aquí todas sus novelas —dijo entonces para darnos otro ejemplo—. No debe de tener ningún éxito, pues tiene pinta de ser un pobre diablo que envía sus textos a un montón de editoriales para probar suerte, ejemplares que, seguramente, se almacenarán en algún sótano oscuro, llenándose de polvo. ¡Deje ya de escribir!, he tenido ganas de decirle en más de una ocasión. Pero ¡no se da cuenta de que es inútil! ¡Hágame caso y dedíquese a otra cosa! Os juro que tuve que taparme la boca para no decírselo —nos dijo también—; pero mi profesionalidad me obliga a guardar silencio.

—Tu escritor, ¿no será un tipo más bien bajo, con gorra y bigote? —preguntó entonces Víctor, quien, como nosotros, vive en Argüelles.

—¡Exacto! —le contestó él.

Al parecer, también Víctor había reparado en aquel desdichado; y también él había pensado que tenía la pinta de novelista fracasado.

—¡Ni os imagináis lo que fotocopia la gente! —prosiguió Ferrer, que no quería perder el hilo de la conversación—. ¡Ni lo mucho que a todo el mundo le encanta hablar mientras hago las fotocopias y distribuyo el material por el mostrador!

Sobre este asunto de las ganas de hablar de la gente, Ferrer se detuvo largo rato. Se había dado cuenta de la enorme necesidad que tiene casi todo el mundo de ser escuchado. También se había dado cuenta de lo poco que importa quién sea, al fin y al cabo, el que escucha, y mucho, en contrapartida, que realmente escuche o, al menos, que simule bien que lo está haciendo.

—Porque yo —nos dijo nuestro amigo tras pasarse los dedos por la comisura de los labios—... ¡nunca les digo casi nada! Cuando me cuentan algo, me limito a asentir o, como máximo, a formular alguna pregunta, o a hacer alguna exclamación del tipo: ¿de verdad?, o ¡no me diga! Con eso les basta —nos aseguró— para continuar largando.

De modo que en su local Ferrer había descubierto que estaba dotado con un poder que nunca había imaginado: el de escuchar a los demás. Sus clientes le veían como un agujero negro capaz de absorber cualquier cosa. O como un vertedero al que podía arrojarse cualquier residuo sin que él protestara. Fuera porque Ferrer apenas les respondía, o porque lo que les decía era siempre breve y acertado, lo cierto es que todos en Argüelles fueron comprendiendo que el calvo de la fotocopiadora, que era como se le conocía, escuchaba sin importarle de qué tema se tratase ni el tiempo que su confidente precisara para contarlo. Así que, mientras las máquinas fotocopiadoras expedían sus característicos fogonazos eléctricos, entre fotocopia y fotocopia, por así decir, muchos vecinos del barrio fueron abriéndole su corazón.

Fue así, hablando, como Ferrer conoció a María José, su mujer.

8

Reconozco que la primera vez que le oí a Ferrer hablar de su proyecto matrimonial a medio plazo –que fue también cuando supimos de su intención de abrir un negocio por cuenta propia–, sonreí con cierta indulgencia. Ya en aquella época empezaba a tener cada vez menos sentido que a Ferrer se le llamara el Etíope, pues el tono de su piel se había aclarado bastante, y mucho más lo haría a medida que su estilo de vida fue haciéndose, al menos en apariencia, más convencional. Subrayo lo de «en apariencia», puesto que, si bien es cierto que su vida se fue asimilando a la de cualquier hijo de vecino, también lo es que en su fuero interno él seguía siendo un hombre libre y, por ello, irreductible a cualquier esquema. El caso es que ni Víctor ni yo dimos ningún crédito a su idea de, rodado su negocio, buscarse una mujer agradable e irse a vivir con ella. Porque Ferrer, dicho sea de paso, nunca nos había hablado de chicas. Ni siquiera intervenía cuando Víctor y yo discutíamos porque él me había robado alguna de mis conquistas, o yo a él alguna de las suyas. En esos casos solía permanecer en silencio, como si el asunto no le incumbiera. Él era como un mero espectador que lo observaba todo desde la grada. Por eso mismo nos asombramos muchísimo el día en que, quitando importancia al asunto, nos comentó que llevaba algunos meses conviviendo con una chica.

—Se llama María José —nos dijo; y con eso parecía que nos lo había dicho todo, que no pensaba añadir ni una palabra más.

Lo del negocio de fotocopias lo había conseguido en el plazo previsto —eso era un hecho—, pero ni Víctor ni yo podíamos suponer que también conseguiría, y en el plazo que se había fijado, lo de la chica. Como es natural, le preguntamos si es que se había enamorado, pero ni ese día ni después él nos habló de enamoramiento. Ni de sexo. Ni siquiera de amor. Todo lo que le logramos sonsacar fue:

—Todo hombre necesita una compañera. —Y se calló.

Estábamos acostumbrados. Ferrer decía cualquier cosa y, como si se tratase de algo profundísimo y esencial para el destino de la humanidad, luego permanecía callado. Porque, si bien es cierto que solía guardar silencio antes de hablar, la verdad es que los silencios que guardaba después de hacerlo eran mucho más largos, como si precisara de aún más tiempo para calibrar lo que había dicho que para lo que iba a decir. A mí, que con frecuencia le miraba durante aquellos silencios suyos, no me daba la impresión de que estuviera sopesando sus palabras, en el sentido de que se reprochara haberlas dicho, por ejemplo, o que en su mente las estuviera corrigiendo con otras —acaso más ajustadas—, sino que tan sólo las admiraba, maravillándose de su sonoridad o de su significado, pero sin dejar que su entusiasmo se le notara en exceso.

—María José —repitió Víctor, como si se tratase de una palabra de gran valor o, mejor, como si ese nombre perteneciera a una lengua extranjera que no alcanzaba a comprender.

—María José... —repetí yo, y dejé la palabra colgando, por si Ferrer se animaba a contarnos algo más de aquella misteriosa chica.

En el local de Altamirano se instauró entonces un silencio muy especial, diferente a los que habíamos vivido anteriormente.

–Pero ¿¡cómo!? –exclamó Víctor, rompiendo aquel silencio mágico–. Pero ¡si tú eres un ser asexuado! –bromeó.

La verdad es que dudo mucho que Ferrer haya necesitado alguna vez sexualmente de alguien, hombre o mujer. De hecho, es la persona más autosuficiente de cuantos conozco. Sabe hacerlo todo, nunca precisa ayuda de ninguna clase. Por supuesto que tiene sentimientos y emociones, como el resto de los mortales; pero, al menos para la mayoría…, ¡resultaba imposible saber cuáles!

–¡Dinos algo! –me uní, pues también yo sentía una enorme curiosidad por aquella desconocida.

Deseaba saber si sería guapa o fea, callada o charlatana. Si era una chica normal o un perro verde, como él.

De modo que una noche, hartos ya de tanto misterio, Víctor y yo nos presentamos en su casa, sin avisar.

Aquí puedo decirlo: María José era una mujer perfecta. Morena de ojos claros, de nariz recta y cejas muy delineadas. Era una chica sencilla, de voz dulce y trato agradable. ¿Debo seguir? Era médica y se comportaba con Ferrer con ese toque inconfundible que tiene el verdadero amor. No digo enamoramiento o pasión. Digo amor, simplemente.

*

Aquella noche tuve tres revelaciones, cuatro. La primera fue ella, María José, que fue quien nos abrió la puerta y, por tanto, lo primero que pude ver, si es que realmente llegué a verla, pues mis ojos se nublaron en cuanto la tuve frente a mí. No es que fuera guapa –que lo era–, pero no se trataba de eso. Era la serenidad que desprendía, que te colocaba de inmediato en tu sitio. Era su maravillosa feminidad, que te hacía comprender –sólo con verla– qué es una mujer, qué debería ser. Era, sobre todo, la alegría que irradiaba, tanta que daban ganas de tomarla de la mano y ponerse allí mismo a bailar. No es que fuera guapa, repito. Es que era dulce y sencilla: todo lo que un hombre puede desear. Oye, pero tú..., quise decir. Pero no conseguí articular palabra. Me había quedado mudo: por fin había entendido esa expresión que se utiliza cuando la realidad desborda nuestras expectativas. ¡Dios mío, María José!, quise decir. O ¡María José, Dios mío!, da igual. ¿Cómo habría podido Ferrer conseguir una chica como aquella! ¡Con lo feo y flaco que es! Pero, al tiempo, ¿acaso habría alguien en el mundo que, en estricta justicia, mereciera más que él una mujer así, tan serena y soberana? No, la vida había sido definitivamente justa con él.

Yo me pellizcaba brazos y piernas para salir de mi ensoñación. Los miraba a los dos de hito en hito, como también les miraba Víctor, sólo que a él, desde que habíamos entrado en el apartamento de la calle Álvarez Mendizábal, le había dado por hablar.

–De modo que así se vive en Álvarez Mendizábal –dije yo en algún momento, ¡menuda estupidez!

Todo lo que diría en adelante, trastocados como estaban mis sentidos, sería inapropiado y hasta ridículo.

En algún momento vi cómo María José le hacía a Ferrer un cariño en el brazo. Sólo eso: un toque afectuoso, un gesto cotidiano de complicidad. ¡Qué suerte, Dios mío!, pensé. ¡Lo que yo daría por un cariño así! Y dije un par de tonterías más hasta que finalmente decidí callarme y limitarme a contemplar cómo en una calle como Álvarez Mendizábal, por donde había pasado cientos de veces, existía la felicidad.

Fue en aquel segundo, poco después de aquel cariño en el brazo, cuando comprendí que todo esto tendría que escribirlo algún día, que alguien tenía que contar la historia del bueno de Ferrer. Estas páginas quieren ser el testimonio de cómo la felicidad pura puede conseguirse tras treinta años de búsqueda, o tras quince, pues fue a los quince cuando Ferrer tomó su primera decisión fundamental: sentarse a los pies de una cama y acompañar el declive. ¡Sentarse, sólo sentarse! Esa había sido, después de todo, la clave.

No me preocupó que mis amigos se dieran cuenta de que me había quedado atontado; no tenía tiempo para pensar, sólo para admirar. Pero de algún modo nos saludamos y en algún momento nos condujeron a un tresillo de color naranja, donde nos acomodamos. Aquel tresillo me pareció comodísimo, eso sí que lo recuerdo, tanto que quise preguntar de dónde lo habían sacado. Oía voces, pero no puedo asegurar qué decían: un murmullo de fondo, una banda de música celestial, como de película norteamericana.

La segunda revelación, minutos después, fue la propia vivienda, tan coqueta, tan agradable. Porque todo lo que había allí me pareció bello, adecuado, en su sitio. También yo habría querido vivir en un apartamento así, desde luego, pero no porque en él hubiera algo que destacara en particular, salvo –acaso– que no había en toda la casa nada que desentonara. Ningún cuadro habría podido cambiarse de sitio y, todavía más, ningún objeto de los que podían verse en las estanterías o en el aparador habría podido desplazarse ni un centímetro sin que toda aquella armonía quedase afectada. Se respiraba orden y limpieza por todas partes, pero no esa limpieza o ese orden que revelan una personalidad maniática o escrupulosa, sino –¿cómo decirlo?– un orden justo, no exagerado, una limpieza necesaria, no enfermiza. Había una vieja mecedora que daba a la estancia un aire alegre; había un aparador con un hueco para un televisor de grandes dimensiones y una lámpara de pie que resaltaba por su modernidad en una decoración más bien clásica y modesta. Como un destello de color, en el centro de la mesa había una fuente con fruta. Parecía un bodegón. Daban ganas de fotografiar aquella fuente. O de alargar la mano y arrancar del racimo una uva. En fin, que todo lo que había en aquel salón anunciaba que aquel era un hogar feliz. Nunca como entonces sentí un hogar como el espejo más perfecto de quien lo habita.

María José nos trajo algo de beber y admiré una vez más la armonía de sus movimientos y la naturalidad de su sonrisa. Dijo estar muy contenta de conocernos. Dijo que le había pedido muchas veces a Ferrer que nos invitara alguna noche a su casa. También ella le llamaba Ferrer, no Alberto, y aquello me pareció lo máximo.

–¡Qué cosas tiene la vida! –le dije a Víctor al término de aquella velada, ya en la calle–. ¡Quién iba a imaginar un futuro así para alguien que ha vivido en un monte perdido de Murcia! ¡Cómo se lo ha montado!

Aún recuerdo su respuesta.

–Debe de ser la vía media.

9

Lo de la vía media tiene su explicación, pero para que se entienda necesito contar primero mi tercera revelación, que me la brindó aquella noche el propio Ferrer, a quien sólo pude mirar después de haberme saciado mirando a María José y mirando el comodísimo sofá de color naranja en que nos habíamos sentado para conversar.

Ferrer estaba en un extremo de aquel sofá y tenía las manos apoyadas en su regazo. Pues bien, mientras yo le veía así, con aquellas manos suyas, grandes y huesudas, apoyadas en su regazo, le vi también al pie de la cama de su madre, cuando tenía dieciséis años y empezaba a quedarse flaco. Le vi así con toda claridad –no como un recuerdo, sino como una visión–, como si desde entonces hasta ese momento en Álvarez Mendizábal no hubieran pasado quince años, sino quince días.

Poco después, cuando ya empezaba a familiarizarme con aquel Ferrer de aspecto adolescente, pero ya por dentro un hombre hecho y derecho, le vi también, y con la misma claridad, tal y como le había visto cuando volvió del monte murciano, con el rostro más anguloso y endurecido, la mandíbula más marcada, y hablando de las muchísimas horas que se había pasado observando el movimiento de las nubes.

Pasé un buen rato con aquel nuevo Ferrer a quien estaba justificadísimo que se le hubiera llamado el Etíope. Pero, poco después con un tercero, esta vez al pie de mi cama hospitalaria, diciéndome «me caes bien» y quedándose acto seguido tan ancho. Y hasta con un cuarto Ferrer, el último, que apareció algo más tarde en bañador, diciendo que quería poner un negocio de fotocopias en Altamirano.

Pues bien, todos aquellos Ferrer, tan extravagantes, tan lejanos en el tiempo, estaban de pronto ahí, en el hombre que me miraba sonriendo con las manos apoyadas en su regazo. Eran todos el mismo hombre, no había duda, todos ellos habían desembocado en quien ahora me miraba y me brindaba una enorme sonrisa. Todos le habían conducido a ese que ahora se encontraba con una mujer perfecta, en una casa perfecta, en un trabajo perfecto y apoltronado en un sofá alucinante en el que mi placidez era absoluta.

La felicidad que reinaba en aquella pequeña reunión de amigos me hizo comprender en aquel segundo –como si mi corazón y el de Ferrer fueran finalmente uno– que también yo me sentía feliz. Tuve entonces la impresión, la certeza, de que por primera vez comprendía realmente a mi amigo: que por fin había entendido todo lo que aquel hombre había estado buscando a lo largo de su vida y que, finalmente, había encontrado en la calle Álvarez Mendizábal. Porque absolutamente todo estaba ahí, en aquella velada inolvidable, plena de revelaciones.

—Lo has conseguido —quise decirle, o dije de hecho, ¿quién puede acordarse?—. Has encontrado lo que buscabas —quise decirle también, pero ¿llegué a decirlo verdaderamente?

—Sí —me contestó él—. Por fin puedo decir que he encontrado la vía media —nos dijo también, e hizo el movimiento que siempre hacía para ajustarse la visera negra, aunque entonces no la llevara puesta.

—¿La vía media? —quisimos saber.

María José sonrió. Ferrer nos lo explicó. Dijo que la vía media era lo que Siddharta Gautama, el Buda, recomendó a sus seguidores después de haberse perdido durante años en ascetismos radicales y búsquedas extremas. Dijo que la vía media supone apostar por un estilo moderado, sobrio y sencillo; y que él siempre había sabido que la cosa iba por ahí, sólo que había tardado mucho tiempo en ponerla en práctica y empezar a disfrutarlo.

—A los veinte años, cuando dejé la universidad —nos contó—, lo vi con claridad. Pero sólo pude orientarme a este fin con la suficiente determinación a los veinticuatro, cuando me empeñé en lo de Altamirano; y luego a los veintinueve, cuando María José entró en mi local y comprendí —y la miró— que no necesitaba buscar más.

Se hizo un silencio, un silencio que ya no dudo en calificar directamente de ferreriano, pues sólo él es capaz de callarse y hacer callar así. Los ojos de Ferrer brillaban y, por primera vez, le vi guapo. Lo juro: un hombre guapo. María José miró hacia abajo, ruborizada, seguramente, por esta nueva declaración de amor. Llevaba la melena suelta, cayéndole a un lado, y una blusa amarilla dejaba ver sus brazos, desnudos. En su cuello resaltaba una cadena de plata, de la que colgaba una pequeña cruz.

—Es una historia muy romántica –sentenció Víctor entonces.

Pero yo no creo que sea exactamente romántica. El término romántico se me queda aquí muy corto.

Oye, Ferrer, ¿tú crees que a todos nos espera una María José como la tuya?, tuve ganas de preguntarle. ¿Tú crees que la vía media está también hecha para un tipo como yo, que nunca ha cuidado de ningún enfermo y que jamás de los jamases se iría de ermitaño a Murcia? No le pregunté nada de todo esto, por supuesto. Me sentía demasiado feliz participando de la felicidad ajena como para empañar aquel instante con la banalidad de mis preguntas.

*

La cuarta revelación, quizá la clave de las anteriores, fue la del tiempo. El tiempo, sí, puesto que cuando Víctor y yo comentamos con Ferrer lo extraño que nos resultaba que alguien como él, más bien huraño, fuera depositario de las confidencias de la gente del barrio, nuestro amigo alegó, para nuestra sorpresa, que sólo nos sinceramos con quien intuimos que ha callado mucho.

—La gente percibe perfectamente quién tiene tiempo y quién no –nos dijo, mientras descorchaba una botella de vino–. El tiempo es el principal bien –sentenció poco después, recordándonos que de lo que más disfrutó en su cabañita de Murcia, hacía ya casi una década, había sido precisamente de tiempo–. ¡Por eso me sentí allí tan a gusto! –se rio.

De modo que tomarse tiempo, ahí estaba la clave: la clave del éxito en su trabajo, desde luego, que había sabido elegir y mantener, y la clave, probablemente, de su éxito en el amor.

—La clave, sobre todo –intervino María José, hasta entonces bastante callada–, de que la gente le abra su corazón.

Así tenía que ser. La gente de Argüelles había comprendido con el paso de los años que Ferrer estaba siempre en su fotocopiadora, pasara lo que pasase. Sabía que su apuesta por aquel negocio era en firme y que, si entraban en aquel local, sería a ese calvo parecido a Clint Eastwood a quien allí encontrarían. Eso, su fiabilidad, su previsibilidad, era lo que Ferrer les ofrecía y lo que también nos había ofrecido siempre a nosotros: estar ahí, a la cabecera de la cama, si enfermábamos, tras su mostrador de contrachapado, si queríamos conversar con él, en la calle Álvarez Mendizábal, si queríamos visitarle en su casa.

Ferrer va cada mañana de su casa, en Álvarez Mendizábal, a su negocio, en Altamirano. Cada tarde va nuevamente de su querido local de fotocopias, en Altamirano, hasta su casa, en Álvarez Mendizábal. Raro es el día en que cambia de itinerario. Poco antes de despedirnos, Ferrer nos aseguró que todo lo que le hace falta a un hombre para vivir con dignidad puede encontrarse en esas pocas manzanas. También dijo que, en cualquier lugar del mundo, por pequeño o modesto que sea, puede encontrarse casi todo. Que no hace falta irse a ningún extremo.

—Ni a Ferrer ni a mí nos gusta hacer turismo —intervino María José, siempre sonriendo—. Como máximo vamos a la piscina del Canal, para lo que hemos de salir de nuestro barrio…

Supimos que Ferrer iba de vez en cuando al dispensario médico que hay en la calle Quintana, que es donde María José trabaja, así como a la biblioteca Acuña, donde, más que leer, se sitúa frente a un gran ventanal para admirar la maravillosa previsibilidad de su barrio, donde todos le conocen. ¡Ah, sí, el calvo de la fotocopiadora!, habría dicho cualquiera de los vecinos si le hubieran preguntado por él! Porque Argüelles, todavía hoy, pese a estar en el centro, es como un pueblo: un mundo pequeño, fiable, tranquilo, un barrio pensado para que en él vivan personas como Ferrer y María José.

¡La vía media! ¡Y pensar que hay que pasar por tantas cosas para llegar a eso! ¡Y pensar que hay que atravesar situaciones tan extremas como las que había conocido Ferrer para llegar al encanto de lo cotidiano en la más absoluta simplicidad!

Colmenar Viejo, marzo de 2021

Telón

Si cada mañana alimento el libro que estoy escribiendo, me siento tranquilo; me inquieto, en cambio, si lo abandono, aunque sólo sea por unos días. Pienso entonces que lo que tengo entre manos se puede perder y que puedo malograrme como escritor. No se puede escribir sin debatirse entre la fe y el escepticismo ante el propio talento. La obra literaria es precisamente el resultado de esta batalla.

Lo importante para mí, a la hora de escribir, es disfrutar. Si pasa cierto tiempo y no me lo paso bien escribiendo, algo me dice que he cogido la carretera equivocada. Sé que disfruto cuando no tengo prisa, cuando no quiero terminar lo antes posible. La cosa funciona sólo si no pierdo de vista la historia principal, por así decir; si me enamoro demasiado de un personaje o de una escena, por contrapartida, sé por experiencia que el conjunto se resentirá. Por eso entro lo más a fondo que puedo en cada situación o personaje y, antes de agotar sus posibilidades, salto a lo siguiente. De este salto, de darlo a su debido tiempo y donde conviene, depende la trama o hilo argumental y, en definitiva, el suspense, que para mí es capital.

Suspense es para mí casi lo mismo que fluidez narrativa: que tenga uno ganas de seguir leyendo, que sea una prosa que se beba. Por eso mismo, mi sintaxis es casi siempre muy sencilla, sólo puntualmente subordinada. A veces parece rara, como escrita por un extranjero, quizá por los años que he vivido fuera de mi país. Pero siempre tiene imágenes detrás. Para mí es básico que el lector de mis cuentos y no-velas vea lo que yo escribo. Lo que se ve son las anécdotas, por supuesto, pero todas ellas están siempre al servicio de las ideas. Esto es lo que hace que mis libros sean siempre una indagación en la condición humana, en su comporta-miento, incomprensible a veces a primera vista, en su mun-do emocional y sentimental, así como en su dimensión mís-tica o trascendente, que es lo que más me interesa. Esta es la razón por la que en muchas de mis ficciones quedan ele-mentos sobrenaturales sin explicar.

El principal trabajo, el más costoso pero el más reconfortante, es para mí el de la estructura o composición, que no debe ser simplemente lógica o hermosa, sino justa, es decir, adecuada al contenido de lo que se cuenta y al estilo con que se está contando. Esto es, seguramente, lo más complicado de todo. Personajes inolvidables, aparentemente extravagantes, pero en el fondo cotidianos, me salen solos, como solos me salen algunos giros inesperados y juegos de correspondencias. Pero de una estructura obediente al tema y núcleo del relato depende que este tenga vida o sea finalmente fallido.

Ni que decir tiene que me pongo a escribir sólo con una idea bastante difusa de lo que quiero contar. Sólo al final de un borrador, o cuando lo estoy acabando, comprendo –y no siempre del todo– por qué lo he escrito. Esto convierte el acto de escritura en una auténtica exploración o, como me gusta decir, en una investigación literaria.

Escribir es una forma de sacar el inconsciente a la luz y de darte cuenta de que sabes mucho más de lo que crees. Lo sabe tu yo, no tu mente; pero para escuchar esa sabiduría hay que estar dispuesto a sentarse días y hasta meses sin más armas que el talento, mucho o poco –casi siempre menos de lo que uno quisiera–, el oficio –que es lo único sobre lo que el escritor tiene cierto control–, y la confianza, que suele traducirse en tenacidad y obstinación.

La existencia de un escritor suele ser tan dichosa como miserable. Quiero decir que normalmente se atraviesan los estados de ánimo más contrapuestos. Esto hace que casi nunca sea fácil convivir con un escritor. Estamos en nuestro mundo, estamos prácticamente siempre en estado de gestación. Somos abstraídos, irascibles, maniáticos, egoístas... Yo me he ido puliendo cuanto he podido, pero de un artista nunca ha sido fácil sacar un santo.

Se puede ser escritor y funcionario si se separan muy bien los ámbitos. Se puede ser incluso sacerdote y escritor, como es mi caso, pero sólo a condición de no vivir la religión como ideología, sino como búsqueda. Ser escritor y hombre público, en cambio, no es posible. Todo lo que es demasiado público tiende a matar el estilo de vida del escritor, que es necesariamente privado. Claro que un escritor puede tener éxito y, ocasionalmente, verse rodeado de gente. Pero eso debe ser algo esporádico o puntual, so pena de que la creación artística se resienta y el escritor, en consecuencia, repita una y otra vez la misma fórmula y deje de ser un investigador.

Escribir y comprometerse socialmente con una causa, o afectivamente con una persona, y mucho más escribir y tener una familia, es en mi opinión algo casi imposible. Porque uno no puede dedicarse a esa religión que es la literatura y colocarla en segundo o tercer lugar. Toda la historia de la literatura está llena de solteros o de casados que se encierran en una habitación dejando fuera a sus parejas o cónyuges. La escritura, como la meditación o la vida en pareja, lo pide absolutamente todo.

*

Antes de empezar a escribir un libro tengo como máximo un aroma, una intuición, una intención, una nostalgia poderosa. Todo funciona porque hay algo dentro que quiere nacer. Nunca sabes si es bueno, pero sí que debes fiarte y empezar. Ya has escrito otros libros y no ignoras lo penosa que es la tarea, pues has de vértelas con tus demonios y, evidentemente, ya has lidiado mucho con ellos y estás agotado. No querrías pasar de nuevo por ahí; te ves viejo y cansado. Pero la criatura que tienes dentro, aún informe, es más fuerte que tú y puja por salir. Así que no tienes más remedio, te toca ponerte a trabajar. Te pones a trabajar porque sabes que si no lo haces la cosa será peor. El escritor sufre más cuando no escribe que cuando escribe, aunque lo que escriba sea endemoniadamente malo. Lo normal es que no escriba un párrafo decente –y con decente me refiero a que dé impresión de vida– hasta varias semanas después, a veces incluso meses. Es muy humillante producir basura, pero no hay más remedio. Tienes que mancharte con el abono si un día quieres ver una flor.

Claro que no todo es tan desesperante. Las semanas o meses en que la historia se configura, por ejemplo, o cuando entiendes por qué escribes lo que estás escribiendo, adónde te podría conducir –si todo va bien–, eso es, desde luego, maravilloso. También es maravilloso cuando nace el humor –eso es lo mejor de todo–, o la rabia –que no suele faltar–, o la poesía... A decir verdad, nada me produce tanto placer ni tanta alegría como escribir una página con vida. Estar a solas en mi habitación llenando una página tras otra, cuando estoy inspirado, es para mí la experiencia de libertad más absoluta. Siento entonces que he venido a este mundo para esto, que por fin estoy cumpliendo mi destino, que podré ser reconocido o no, pero que yo, mal que bien, he cumplido. Todo eso es una gozada que no te hace olvidar los sinsabores pasados, pero sí al menos llegar a comprenderlos y a soportarlos.

Escribo para conocerme, es obvio, para inventarme: para entender el meollo de mi vida, pues nada me conduce tanto a ese meollo como la ficción narrativa. A partir de lo que he vivido, exploro lo que habría podido vivir. Lo hago desglosándome en mis personajes, a quienes amo como a mis propias posibilidades. Una ficción está construida con millares de observaciones de la vida ordinaria, en particular de la condición humana. El escritor debe estar ahí, como un centinela, como un archivero, para recogerlas, ordenarlas y corregirlas hasta doblegarlas.

Lo primero que hago es caminar hacia el centro del libro, el centro del libro es muy importante. Luego, cuando al fin lo tengo, peregrino hacia su desenlace. Mi oficio como narrador es la transformación de la realidad en verdad: es a eso a lo que nos dedicamos los que nos consagramos a la escritura. Naturalmente que nadie sabe nada de esa profunda conexión entre arte y verdad. La gente no quiere arte, sino consejos morales, confirmación de sus ideas y recursos fáciles. Esta es la razón, probablemente, por la que la mayoría de mis lectores haya preferido en general mis ensayos a mis ficciones. Un buen escritor es para mí necesariamente un inconformista, un incendiario, un provocador. Es alguien que insulta, roba, seduce o conquista y se queda tan ancho, pues es el señor de su mundo. Sólo los narradores comprendemos a los narradores. Los músicos, pintores, actores..., todo eso es otra cosa.

Es difícil entender que uno encuentre gusto a pasarse la vida dando vueltas a las frases, entretenido con la precisión y la ambigüedad del lenguaje –ambas cosas–, entregado a algo que, a fin de cuentas, no existe y que, sin embargo, para el escritor, es lo más real de todo. Es alucinante, es demencial, es una vocación. No se puede ser escritor sin ser egocéntrico, al menos durante los primeros veinte años de este oficio. Luego, cuando ya te has ganado las credenciales, cuando más o menos puedes vivir de tu obra, descubres –atónito– que puede escribirse sin ego, sólo por placer. Sólo por ser. Sólo por dejar ahí tu cagadita.

Ningún escritor de verdad se sentaría a trabajar si no creyera que es uno de los grandes. No todos los escritores son grandes, por supuesto; pero uno debe creérselo al menos en ocasiones, esa es la gasolina del trabajo. Sin eso la cosa no marcha y uno abandona antes o después. Perseverar en la escritura es la mejor manifestación de la propia vocación literaria. Si perseveras escribiendo año tras año, década tras década, atravieses la situación que atravieses, entonces, bueno o malo, eres escritor. Si eres malo, mala suerte. Si eres bueno, no pasa nada: hay otros muchos también bastante buenos, tampoco tiene tanta importancia.

Yo he escrito toda la vida, casi todos los días de mi vida, desde los trece o catorce años hasta ahora, con sesenta. Supongo que he logrado cierta excelencia en este oficio, pero eso es lo mínimo que puede pedirse tras medio siglo de obstinación, agarrado a mi pluma. Tengo en mi haber ocho novelas, tres ensayos, un puñado de relatos y un sinfín de artículos, además de centenares de diarios. No puedo saber si me leerán dentro de cincuenta años, dentro de cien. No es importante. Lo importante es que he hecho lo que he podido.

Segovia, marzo de 2023

Agradecimientos

En 2013 recorrí tres mil kilómetros para conocer a Franz Jalics: un corazón puro, un alma grande. El maestro me recibió en su casa de campo en el corazón de Centroeuropa, donde me atendió con una solicitud casi materna. Escuchó mi confesión, respondió a mis preguntas y me miró con ojos límpidos: para mí hay un antes y un después de esa mirada. Guiado por su discreta y luminosa presencia, seguí todas sus indicaciones y me adentré en sus ejercicios de contemplación, que tan justa fama le han dado. Fue así como fui descubriendo las claves del camino espiritual, que poco después yo mismo comencé a difundir en conferencias y retiros.

En 2021 comprendí que debía narrar este itinerario interior. En este sentido, cada uno de los relatos que conforman *Los contemplativos* despliega el paisaje que, de un modo u otro, debe recorrerse para llegar a la plenitud. Así las cosas, «El estilo Wu», que abre esta colección, habla del cuerpo; «Iniciación al vacío», del vacío, por supuesto; «Biografía de la sombra», de la sombra, huelga decirlo; «Torre de observación», de la contemplación y el recogimiento; «Casa giratoria», de la identidad; «Laska», del perdón, que es una de las cimas de la realización humana, y «La vía media», en fin, de la plenitud de lo cotidiano y del tesoro de la simplicidad. Es así como he pretendido —no sé si con éxito— que mística y poética se dieran la mano. De manera que este libro podría definirse como una poética de la transformación: algo así como un curso de mística en forma de relatos.

Durante la escritura de esta especie de pequeño tratado de espiritualidad cotidiana, son muchos los que, directa o indirectamente, me han acompañado. Así, «El estilo Wu» (Mirto, mayo de 2021) quiero dedicárselo a Isabelle Leurent. «Iniciación al vacío» (Los Negrales, diciembre de 2021) a mi discípula Carmen Rives. «Biografía de la sombra» (Guadalajara, México, enero de 2022) a Olga Cebrián. «Torre de observación» (Alpedrete, noviembre de 2021) a Ester Antón. «Casa giratoria» (Palamós, septiembre de 2022) a Gonzalo R. Fraile. «Laska» (Lord, Lleida, junio de 2022) a Angélica Carrillo Torres y a sus hijas –mi tríada favorita. «La vía media» (Colmenar Viejo, marzo de 2021), por fin, a María Boada y a Marta Moreno. Todas estas personas están en mi corazón y, cada una a su modo, me ha alentado en esa solitaria tarea que es la escritura.

Junto a todos ellos, quiero destacar aquí, de igual modo, a mis hermanos Luis y Mauricio, implacables y puntillosos lectores de los borradores de todos mis libros; así como a Joan Tarrida, mi editor, por su afecto y decidida apuesta por mi obra literaria.

Me resta por decir que *Los contemplativos* nace después de cinco o seis años dedicados al ensayo, más concretamente a *Biografía de la luz*, es decir, con la nostalgia de esa alegría, tan inconfundible, que a mí sólo me da la narrativa. No sé si este será o no mi último libro de ficción. Lo digo porque, al empezar mi carrera de escritor con un libro de cuentos, *El estreno*, y al publicar ahora otro, doce títulos después, es fuerte la tentación de cerrar aquí esta aventura. En cualquier caso, siento que debo focalizar mi energía en asentarme en la paz interior de la que por fin gozo, así como, por supuesto, en profundizarla y compartirla. Ya se verá. Por el momento, vayan con estas palabras y estos relatos mis deseos de una lectura gozosa.

PABLO D'ORS

Índice de *Los contemplativos*

14. La literatura como arma arrojadiza. 15. Coloquio imaginario con una chica. 16. La bofetada. 17. Deseo y vergüenza. 18. El hombre del saco. 19. Pirquetgasse, 5. 20. La juventud cansa. 21. Ritual de la descomposición. 22. Una caja de zapatos.

1. El doctor Frade. 2. Muerte de don Honorio. 3. Ritual para difuntos. 4. La vieja bruja. 5. En la cámara mortuoria. 6. El hechicero de la tribu. 7. *Exitus*. 8. Lo que dijo Confucio. 9. Entrada en la torre. 10. Responso. 11. El cielo.

ACTO I 1. Estrella del Amanecer. 2. Una granja. 3. La llamada del bosque viejo. 4. Contabilidad del verde. 5. El presagio de las gallinas. 6. Acompañamientos personales. 7. La mujer del nuevo paradigma. 8. Una indescifrable excitación.
ACTO II 9. El público invisible. 10. El conflicto del barniz. 11. La falta de energía vital. 12. El imperioso deseo de huir. 13. Éxtasis del estigma. 14. Me voy. 15. ¿No ves lo bonito que es todo esto?
ACTO III 16. El paseo meditativo. 17. Una madrugada azulada. 18. La piedad peligrosa.

1. Mi padre. 2. Mi perro. 3. La mentira. 4. Conchita. 5. Estefanía. 6. La espera. 7. La indiferencia. 8. El muro. 9. El precipicio. 10. La plenitud. 11. Punto de inflexión. 12. La bolsa amarilla. 13. La montaña.

1. El gordo y el flaco. 2. El Etíope. 3. El zumbido de las cigarras. 4. Encierro en casa del Rubio. 5. Me caes bien.

6. El local de Altamirano. 7. El poder de escuchar. 8. Tres
revelaciones. 9. Tomarse tiempo.

Pablo d'Ors
Andanzas
del impresor Zollinger

*Un entrañable aventurero busca
su destino y, tras mil y una
peripecias, lo encuentra cuando
vuelve a casa.*

Pablo d'Ors
Biografía del silencio

*Un meditador se sienta
diariamente en silencio y quietud
y va constatando cómo su vida
se transforma.*

Pablo d'Ors
El amigo del desierto

*Un hombre fascinado por
los paisajes desérticos descubre
el magnetismo de la soledad.*

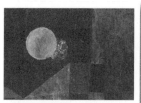

Pablo d'Ors
Sendino se muere

*Una doctora se enferma y no
se agarra a la vida, sino que
la entrega.*

Pablo d'Ors
Contra la juventud

*Un aprendiz de escritor se
encuentra de pronto dentro de
una novela en medio de una
ciudad fantasmal.*

Pablo d'Ors
El estupor y la maravilla

*El vigilante de un museo
se asombra ante la belleza
de lo más pequeño
y cotidiano.*

Pablo d'Ors
Entusiasmo

*Un joven que simplemente
partió como un lunático,
siguiendo un deseo indomable.*

Pablo d'Ors
El estreno

*Un homenaje tan cómico como
melancólico a siete grandes
narradores de nuestro tiempo.*

*Edición con ilustraciones
de Miquel Barceló a un libro que ha
conquistado miles de corazones.*

Pablo d'Ors
El olvido de sí

Pablo d'Ors
Biografía de la luz

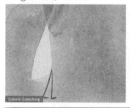

*Un disoluto aristócrata
se convierte y emprende una
insólita y atribulada carrera
en busca del verdadero amor.*

*Una relectura del evangelio
como mapa de la conciencia
y como permanente
provocación existencial.*